돌다리 외

이태준 전집 2

지은이

이태준(李泰俊, Lee Tae-jun) 호는 상허(尙虛). 1904년 강원도 철원에서 태어났다. 1909년 부친 사망, 1912년 모친 사망으로 친척집에서 성장하였다. 1921년 휘문고등보통학교에 입학하였으나 동맹 휴교의 주모자로 지목되어 퇴학하였다. 일본으로 건너가 고학하면서 쓴 「오몽녀」로 1925년 등단하였다. 도쿄 조치대학 예과에 입학하여 수학하다가 1927년 귀국하였다. 개벽사, 『중외일보』, 『조선중앙일보』 기자, 『조선중앙일보』 학예부장을 지냈고, 이화여자전문학교, 경성보육학교 등에서 작문을 가르쳤다. 1933년 정지용, 김기림, 박태원, 이상 등과 구인회활동을 하였고, 1939년 『문장』지를 주재하였다. 해방 이후 조선문학가동맹에서 활동하다가 1946년 월북하였다. 북조선문학예술총동맹 부위원장을 지내기도 하였으나, 구인회 활동과 사상성을 이유로 숙청되었다. 소설가, 수필가, 문장가로서 한국 문학의 발전에 기여하였다.

엮은이 (가나다 순)

강진호(姜珍浩, Kang Jin-ho) 성신여자대학교 교수
김준현(金埈顯, Kim Jun-hyun) 고려대학교 강사
문혜윤(文惠允, Moon Hye-yoon) 고려대학교 강사
박진숙(朴眞淑, Park Jin-sook) 충북대학교 교수
배개화(裵開花, Bae Gae-hwa) 단국대학교 교수
안미영(安美永, Ahn Mi-young) 건국대학교 교수
유임하(柳壬夏, Yoo Im-ha) 한국체육대학교 교수
정종현(鄭鍾賢, Jeong Jong-hyun) 인하대학교 HK교수
조윤정(趙胤姃, Jo Yun-jeong) 서울대학교 강사

돌다리 외 – 이태준 전집 2

초판1쇄 발행 2015년 6월 10일
초판2쇄 발행 2019년 10월 10일
지은이 이태준 **엮은이** 강진호·김준현·문혜윤·박진숙·배개화·안미영·유임하·정종현·조윤정
펴낸이 박성모 **펴낸곳** 소명출판 **출판등록** 제13-522호
주소 서울시 서초구 서초중앙로6길 15, 1층
전화 02-585-7840 **팩스** 02-585-7848 **전자우편** somyungbooks@daum.net **홈페이지** www.somyong.co.kr

ISBN 979-11-86356-20-3 04810
　　　 979-11-86356-18-0 (세트)

값 16,500원 ⓒ 상허학회, 2015

이태준
전집

2

THE STONE BRIDGE AND OTHER WORKS

돌다리 외

상허학회 편

소명출판

『이태준 전집』을 내며

상허(尙虛) 이태준(李泰俊)은 20세기 한국 문학의 상징적 지표이다. 이태준은, 1930년대에 순수 문학단체이자 모더니즘 운동의 중심지로 평가받는 구인회(九人會)를 결성하여 활약한 소설가로서, '시의 정지용, 소설의 이태준'이라는 평가를 받으며 한국 근대문학의 형태적 완성을 이끈 인물이다. 그가 창작한 빼어난 작품들은 한국의 소설을 한 단계 발전시켰을 뿐만 아니라 대중의 폭넓은 지지를 얻었다. 이태준이 가지고 있던 단편과 장편에 대한, 그리고 소설 창작에 대한 장르적 인식은 1930년대 후반 『문장(文章)』지의 편집자로서 신인작가들을 등단시키는 데 큰 영향력을 행사하였다.

이태준이 소설을 발표하던 당시부터 그의 소설에 대해 언급하는 논자들은 공통적으로 그가 어휘 선택이나 문장 쓰기에 예민한 감각을 소유하고 있다는 점을 인정하였고, 소설은 물론 수필에서도 단정하면서 현란한 수사를 구사하는 '스타일리스트'로 평가하였다.

그런데 이태준의 작가적 행보를 따라가다 보면 그가 제기했던 문학에 대한 인식에 모순되는 문제들과 마주치게 된다. 근대적인 언어관·문학관과 상충되는 의고주의(擬古主意)라든지, 문학의 순수성에 대한 발언과 어긋난, 사회 참여적인 작품 창작과 해방과 분단 이후로까지 이어지는 행적(조선문학가동맹 부위원장, 월북, 숙청) 등은, 이태준의 문학 경향을 일관성 있게 해명하는 데 여러 가지 난점을 제공한다. 이태준의 처음과 중간과 끝의 작가적 행보를 확인하는 일은 한국 소설, 나아가 한국 문학이 성립·유지되었던 근거를 탐색하는 일이라 할 수 있다.

1988년 해금 이후 이태준에 대한 연구가 활발하게 집적되었고 이태준 관련 서적들의 출판도 왕성하였다. 이태준 전집이 발간된 지도 20년이 지났다. 상허학회가 결성된 1992년 이후 전집 간행의 필요성이 본격적으로 제기되면서 총 17권의 전집이 기획되었고, 1994년부터 순차적으로 전집이 간행되기 시작하였다. 그렇지만 여러 요인들로 인해 전집은 완간을 보지 못한 채 현재 절판과 유실 등으로 작품을 구하기 힘든 상황에 이르렀다. 이런 현실에서 상허학회는 우선 상허의 문학적 특성을 잘 보여주는 작품들만이라도 묶어서 간행할 필요를 절감하였다. 작가의 생명력은 독자를 통해서 유지되기에 전집의 간행은 더 이상 지체할 수 없는 일이었다.

상허학회는 이런 문제의식을 바탕으로, 기간(旣刊) 『이태준 전집』(깊은샘)을 전면적으로 재검토하고 체제와 내용을 새롭게 구성하였다. 원본 검토와 여러 판본의 대조를 통해서 기간 전집의 문제점을 최소화하고자 했고, 또 새로 발굴된 작품들을 추가하여 한층 온전한 형태의 전집을 만들고자 하였다. 총 7권으로 기획된 『이태준 전집』은 이태준의 모든 단편소설, 중편소설, 수필, 기행, 문장론을 대상으로 삼았다. 『이태준 전집』 1권과 2권은 이태준의 첫 번째, 두 번째 단편집인 『달밤』과 『가마귀』 및 그 시기 전후 발표한 모든 단편소설을 모았고, 3권과 4권은 해방 전후 발표한 「사상의 월야」, 「농토」 등 중편소설을 모았다. 5권과 6권은 『무서록』을 비롯한 수필과 소련기행·중국기행 등의 기행문을 묶었고, 마지막 7권은 『문장강화』와 여타 문장론들을 모두 실었다. 이 전집은 한국 문학을 연구하는 전문 연구자들뿐만 아니라 문학을 사랑하는 일반 독자들에게도 유용하고 의미 있는 텍스트가 될 것이다.

어려운 여건에도 불구하고 전집 간행에 뜻을 같이 해 준 상허학회 여러 선생님들께 감사의 말씀을 전한다. 특히 물심양면으로 도움을 주신 이태준 선생의 외종질 김명렬 선생님과 상허학회 안남연 이사께 감사의 말씀을 드린다. 그리고 작지 않은 규모의 전집 간행을 흔쾌히 수락해 준 소명출판 박성모 사장님과 전집 간행을 위해 정성을 쏟은 편집부 한사랑 님의 수고도 잊을 수 없다. 이분들의 정성과 노고가 헛되지 않도록 이 전집이 일반 독자들과 연구자들에게 널리 사랑 받기를 소망한다.

2015년 6월
『이태준 전집』 편집위원 일동

차례

일러두기

1. 『이태준 전집』은 이태준의 단편소설(1~2권), 중편소설(3~4권), 수필 및 기행(5~6권), 문장론(7권)으로 구성되어 있다. 새롭게 발굴된 이태준의 작품을 모두 수록하였다. 일문소설은 번역문을 실었다.

2. 이태준의 해방 전 최초 단행본을 원본으로 삼았고, 단행본에 수록되지 않은 작품은 잡지나 신문에 게재된 텍스트를 원본으로 하였다. 단행본에 수록되었음에도 검열 등의 이유로 삭제·수정되어 원본의 훼손이 심한 경우 잡지나 신문의 판본을 확인하여 각주에 표시하였다. 단행본에 수록되었던 작품은 단행본의 순서를 따랐고, 단행본에 게재되지 않았던 작품은 발표순으로 배열하였다. 작품마다 끝부분에 본 전집이 정본으로 삼은 판본의 출전을 밝혔다.

3. 띄어쓰기는 현대 표기법에 따라 교정하였다.

4. 맞춤법은 원문을 따르되, 원문의 의미가 훼손되지 않는 경우 현대 표기법으로 교정하였다. 그러나 대화에서는 당시의 말투를 최대한 전달하기 위해 원문을 따르는 것을 원칙으로 하였다. 북한식으로 두음법칙이 적용되지 않은 경우(「먼지」)는 우리 표기법에 따라 교정하였다.

5. 한자어·사투리·토속어·외래어의 경우도 원문을 따르되, 오늘날 잘 쓰이지 않아 이해가 어려운 경우에는 각주로 설명을 붙였다. 일본어와 중국어 인명·지명의 경우 당시의 일반적인 상용어라는 점을 감안하여 원문의 표기를 따르되, 필요한 경우 현대의 표기 및 의미를 각주로 표시하였다.

6. 작가가 의도적으로 채택했다고 판단되는 사투리는 원문에 따르되, 오늘날 일반적으로 통용되는 낱말의 사투리 및 토속어는 현대 표기법에 따랐다.

- 원문에 따른 경우: 아랫목 → 아르묵, 아루묵 / 이제 → 인전 / 흩뿌리다 → 휘뿌리다 / 팔찌 → 손목고리 / 모래 → 모새

- 현대 표기법에 따른 경우: 너머 → 너무 / 모다 → 모두 / 뒷방마냄 → 뒷방마님 / 가마귀 → 까마귀 / 썩정귀 → 삭정이 / 풀매 → 팔매 / 버혀다가 → 베다가 / 장북 → 장목 / 주검 → 죽음 / 저윽 → 적이 / 단간방 → 단칸방 / 재치다 → 재우치다 / 아모 → 아무

7. 한글 표기를 원칙으로 하여 원본의 한자는 모두 한글로 고쳤다. 필요한 경우에는 ( ) 안에 넣어 표기하였다. 본문에는 없으나 뜻이 통하지 않는 부분에 글자를 부기한 경우는 [ ] 안에 넣었다.

8. 장음의 표기 구분을 하지 않는 현대 표기법에 따라 장음 기호 '—'는 생략하였다.

9. 책·잡지 부호는『』, 책 속 작품명은「」, 희곡, 영화명은〈〉, 대화·인용은 " ", 생각·강조는 ' '으로 표시하였다.

단편

까마귀

"호."

새로 사온 것이라 등피에서는 아직 석유내도 나지 않는다. 닦을 것
도 별로 없지만 전에 하던 버릇으로 그렇게 입김부터 불어 가지고 어스
름해진 하늘에 비춰 보았다. 등피는 과민하게도 대뜸 뽀얗게 흐려지고
만다.

"날이 꽤 차졌군⋯⋯."

그는 등피를 닦으면서 아직 눈에 익지 않은 정원을 둘러보았다. 이
끼 앉은 돌층계 밑에는 발이 묻히게 낙엽이 쌓여 있고 상나무, 전나무
같은 상록수를 빼어놓고는 단풍나무까지 이미 반나마 이울어 어떤 나
무는 잎이라고 하나도 없이 설멍하게 서 있다. '무장해제를 당한 포로
들처럼' 하는 생각을 하면서 그런 쓸쓸한 나무들이 이 구석 저 구석에
묵묵히 섰는 것을 그는 등피를 다 닦고도 다시 한참이나 바라보다가야
자기 방으로 정한 바깥채 작은사랑으로 올라갔다.

여기는 그의 어느 친구네 별장이다. 늘 괴벽한 문체(文體)를 고집하여
독자를 널리 갖지 못하는 그는 한 달에 이십 원 남짓 하면 독방을 차지
할 수 있는 학생층의 하숙생활조차 뜻대로 되지 않았다. 궁여의 일책으
로 이렇게 임시로나마 겨우내 그냥 비워 두는 친구네 별장 방 하나를 빌
린 것이다. 내년 칠월까지는 어느 방이든지 마음대로 쓰라고 해서 정자

지기가 방마다 문을 열어 보이는 대로 구경하였으나 모두 여름에나 좋을 북향들이라 너무 음습하고 너무 넓고 문들이 많아서 결국은 바깥채로 나와, 상노들이나 자는 방이라는 작은사랑을 치우게 한 것이다.

상노들이나 자는 방이라 하나 별장 전체를 그리 손색 있게 하는 방은 아니었다. 동향이어서 여름에는 늦잠을 자지 못할 것이 흠일까 겨울에는 어느 방보다 밝고 따뜻할 수 있고 미닫이와 들창도 다 갑창까지 들인데다 벽장문과 두껍닫이에는 유명한 화가인지 아닌지는 몰라도 낙관(落款)이 있는 사군자(四君子)며 기명절지(器皿折枝)가 붙어 있다. 밖으로도 문 위에는 추성각(秋聲閣)이라 추사(秋史)체의 현판이 걸려 있고 양쪽 처마 끝에는 파랗게 녹슨 풍경이 창연히 달려 있다. 또 미닫이를 열면 눈 아래 깔리는 경치도 큰사랑만 못한 것 같지 않으니, 산기슭에 나붓이 섰는 수각(水閣)과 그 밑으로 마른 연잎과 단풍이 잠긴 연당이며 그리고 그 연당 언덕으로 올라오면서 무룡석으로 석가산[1]을 모으고 잔디밭 새에 길을 돌린 것은 이 방에서 내려다보기가 기중일 듯싶었다. 그런데다 눈을 번뜻 들면 동편 하늘이 바다처럼 트이고 그 한편으로 휜칠한 늙은 전나무 한 채가 절벽같이 가려 서 있는 것이다. 사슴의 뿔처럼 삭정이가 된 상가지에는 희끗희끗 새똥까지 묻어서 고요히 바라보면 한눈에 태고(太古)가 깃들이는 듯한 그윽한 경치이다.

오래간만에 켜보는 남폿불이다. 펄럭 하고 성냥불이 심지에 옮기더니 좁은 등피 속은 자옥하게 연기와 김이 서리었다가 차츰차츰 밝아지는 것이었다. 그렇게 차츰차츰 밝아지는 남폿불에 삥 둘러앉았던 옛날

---

1   1936년 1월 『조광』에 발표된 「가마귀」에는 '산'이라 되어 있다.

집안사람들의 얼굴이 생각나게, 그렇게 남폿불은 추억 많은 불이다.

　그는 누워 너무나 고요함에 귀를 빼앗기면서 옛사람들의 얼굴을 그려 보다가 너무나 가까운 데서 까악 까악 하는 까마귀 소리에 얼른 일어나 문을 열었다. 바깥은 아직 아주 어둡지 않았다. 또 까악 까악 하는 소리에 쳐다보니 지나가면서 우는 소리가 아니라 바로 그 전나무 삭정 가지에 시커먼 세 마리가 웅크리고 앉아 그러는 것이었다.

　"까마귀!"

　까치나 비둘기를 본 것만은 못하였다. 그러나 자연이 준 그의 검음과 그의 탁한 음성을 까닭 없이 저주할 필요는 느끼지 않았다. 마침 정자지기가 올라와서

　"아, 진지는 어떡하십니까?"

하는 말에, 우유하고 빵이나 먹고 밥 생각이 나면 문안 들어가 사먹는다고, 그래도 자기는 괜찮다고 어름어름하고 말막음으로

　"웬 까마귀들이?……"

하고 물었다.

　"네, 이 동네 많습니다. 저 낭구엔 늘 와 사는 걸입쇼."

　"그래요? 그럼 내 친구가 되겠군……."

하고 그는 웃었다.

　"요 아래 돼지 기르는 데가 있읍죠니까. 거기 밥찍게기 같은 게 흔하니까 그래 까마귀가 떠나질 않습니다."

하면서 정자지기는 한걸음 나서 팔매 치는 형용을 하니 까마귀들은 주춤하고 날 듯한 자세를 가지다가 아래를 보더니 도로 앉아서 이번에는 '까르르……' 하고 GA 아래 R이 한없이 붙은 발음을 하는 것이다.

정자지기가 내려간 후 그는 다시 호젓하니 문을 닫고 아까와 같이 아무렇게나 다리를 뻗고 누워 버렸다.

배가 고팠다. 그는 또 그 어느 학자의 수면습관설(睡眠習慣說)이 생각 났다. 사람이 밤새도록 그 여러 시간을 자는 것은 불을 발명하기 전에 할 일이 없어 자기만 한 것이 습관으로 전해진 것뿐이요 꼭 그렇게 여러 시간을 자야만 될 리는 없다는 것이다. 그는 이 수면습관설에 관련하여 식욕이란 것도 그런 것으로 믿어 보고 싶었다. 사람은 하루 꼭꼭 세 번씩 으레 먹어야 될 것처럼 충실히 먹는 것이나 이것도 그렇게 많이 먹어야만 되게 되어서가 아니라, 애초에는 수효 적은 사람들이 넓은 자연 속에서 먹을 것이 쉽사리 손에 들어오니까 먹기만 하던 것이 습관으로 전해진 것뿐이요 꼭 그렇게 세 끼씩이나 계획적으로 먹어야만 될 리는 없을 것 같았다. 그런데, 사람이 잠을 자기 위해서는 그처럼 큰 부담이 있는 것은 아니나 먹기 위해서는, 하루 세 번씩 먹는 그 습관을 지키기 위해서는 얼마나 큰, 얼마나 무거운 부담이 있는 것인가. 그러기에 살려고 먹는 것이 아니라 먹으려고 산다는 말까지 생긴 것이 아닌가 생각되었다.

'먹으려구 산다! 평생을 먹으려구만 눈이 뻘개 허둥거리다 죽어? 그건 실로 인간의 모욕이다.'

그는 쓴웃음을 지으며 지금 자기의 속이 쓰려 올라오는 것과 입 속이 빡빡해지며 눈에는 자꾸 기름진 식탁이 나타나는 것을 한낱 무가치한 습관의 발작으로만 돌려 버리려 노력해 보는 것이다.

'어디선가 루날²은 예술가는 빵 한 근보다 꽃 한 송이를 꺾는다고, 그러나 배가 고프면? 하고 제가 묻고는 그러면 그는 괴로워하고 훔치고 혹은 사람을 죽일지도 모른다. 그렇더라도 글쓰기를 버리지는 않을 게라고 했다. 난 배가 고파할 줄 아는 그 얄미운 습관부터 아예 망각시켜 보리라. 잉크는 새것이 한 병 새벽 우물처럼 충충히 담겨 있것다 원고지도 두툼한 게 여남은 축 쌓여 있것다!'

그는 우선 그 문 앞으로 살랑살랑 지나다니면서 '쌀값은 오르기만 허구…… 석탄두 들여야겠는데……'를 입버릇처럼 하던 주인마누라의 목소리를 십 리나 떨어져서 은은한 풍경 소리와 짙은 어둠에 흠박 싸인, 이 산장 호젓한 방에서 옛 애인을 만난 듯한 다정스러운 남폿불을 돋우고 글만을 생각하는 데 취할 수 있는 것이 갑자기 몸이 비단에 싸이는 듯, 살이 찔 듯한 행복이었다.

*

저녁마다 그는 남포에 새 석유를 붓고 등피를 닦고 그리고 까마귀 소리를 들으면서 어둠을 기다리었다. 방 구석구석에서 밤의 신비가 소곤거려 나올 때 살며시 무릎을 꿇고 귀한 손님의 의관처럼 공손히 남포 갓을 들어 올리고 불을 켜는 것이며 펄럭거리던 불방울[3]이 가만히 자리 잡는 것을 보고야 아루묵으로 물러나 그제는 눕든지 앉든지 마음대로 하며 혼자 밤이 깊도록 무얼 읽고 무얼 생각하고 무얼 쓰고 하는 것이다. 그래서 아침이면 늘 늦도록 자곤 하였다. 어떤 날은 큰사랑 뒤에 있는 우물에 올라가 세수를 하고 나면 산 너머로 오정 소리가 울려 오

---

2   쥘 르나르(Jules Renard, 1864~1910). 프랑스의 소설가, 극작가.
3   불티.

기도 했다. 그러다가 이날은 무슨 무서운 꿈을 꾸고 그 서슬에 소스라쳐 깨어 보니 밤은 벌써 아니었다. 미닫이에는 전나무 가지가 꿩의 장목처럼 비끼었고 쟁쟁한 햇볕은 쏴 소리가 날 듯 쪼여 있었다. 어수선한 꿈자리를 떨쳐 버리는 홀가분한 기분과 여기 나와서는 처음 일찍 깨어 보는 호기심에서 그는 머리를 흔들고 미닫이부터 쫙 밀어 놓았다. 문턱을 넘어 드는 바깥 공기는 체온에 부딪히는 것이 찬물 같았다. 여윈 손으로 눈을 비비며 얼마나 아름다운 아침일까를 내어다보았다. 해는 역광선이어서 부신 눈으로 수각을 더듬고 연당을 더듬고 잔디밭길을 더듬다가 그 실뱀 같은 잔디밭길에서다. 그는 문득 어떤 여자의 그림자 하나를 발견한 것이다.

여태 꿈인가 해서 다시금 눈부터 비비었다. 확실히 여자요 또 확실히 고요히 섰으되 산 사람이었다. 그는 너무 넓게 열렸던 문을 당황히 닫아 버리고 다시 조그만 틈으로 내어다보았다.

여자는 잊어버린 듯 오래도록 햇볕만 쏘이고 서 있다가 어디선지 산새 한 마리가 날아와 가까운 나뭇가지[4]에 앉는 것을 보더니 그제야 사뿐 발을 떼어놓았다. 머리는 틀어 올리었고 저고리는 노르스름한 명줏빛인데 고동색 스웨터를, 아이 업듯, 두 소매는 앞으로 늘어뜨리고 등에만 걸치었을 뿐, 꽤 날씬한 허리 아래엔 옥색 치맛자락이 부드러운 물결처럼 가벼운 주름살을 일으켰다. 빨간 단풍잎 하나를 들었을 뿐, 고요한 아침 산보인 듯하다.

'누굴까?'

---

4   원작에는 '감나무가지'라 되어 있다.

그는 장정(裝幀) 고운 신간서(新刊書)에처럼 호기심이 일어났다.[5] 가까이 축대 아래로 지나가는 것을 보니 새 양봉투 같은 깨끗한 이마에 눈결은 뉘어 쓴 영어 글씨같이 채근하다. 꼭 다문 입술, 그리고 뾰로통한 콧봉오리에는 약간치 않은 프라이드가 느껴지는 얼굴이었다.

'웬 여잔데?'

이튿날 아침에도 비교적 이르게 잠이 깨었다. 살며시 연당 쪽을 내어다보니 연당 앞에도 잔디밭길에도 아무도 사람이라고는 보이지 않았다. 왜 그런지 붙들었던 새를 날려 보낸 듯 그는 서운하였다.

이날 오후이다. 그는 낙엽을 긁어다가 불을 때고 있었다. 누군지 축대 아래에서 인기척이 났다. 머리를 쓸어넘기며 내려다보니 어제 아침의 그 여자다. 어제 그 옷, 그 모양, 그 고요함으로 약간 발그레해진 얼굴을 쳐들고 사뭇 아는 사람을 보듯 얼굴을 돌리려 하지 않고 걸음을 멈추고 섰는 것이다. 이쪽은 당황하여 다시 머리를 쓸어넘기며 일어섰다.

"×선생님 아니세요?"

여자가 거의 자신을 가지고 먼저 묻는다.

"네, ×××입니다."

"……."

여자는 먼저 물어 놓고 더 말이 없이 귀밑까지 발그레해지는 얼굴을 폭 수그렸다. 한참이나 아궁에서 낙엽 타는 소리뿐이었다.[6]

"절 아십니까?"

---

5   원작에는 다음 문장이 아래와 같이 서술되어 있다.
     "가까이 축대 아래로 지나가는 것을 보니 다듬은 듯한 이마, 고요한 눈결, 꼭 다문 입술에는 약간의 프라이드가 느껴지어 꽤 높은 교양을 가진듯한 얼굴이었다. / '누굴까?'"
6   이 문장은 단행본에 수록되는 과정에서 첨가된 것이다.

"……."

여자는 다시 얼굴을 들 뿐, 말은 없다가 수줍은 웃음을 머금고 옆에 있는 돌층계를 휘뚝휘뚝 올라왔다. 이쪽에서는 낙엽 한 무더기를 또 아궁에 쓸어 넣고 손을 털었다.

"문간에 명함 붙이신 걸루 알었세요."

"네……."

"저두 선생님 독자예요. 꽤 충실한……."

"그러십니까? 부끄럽습니다."

그는 손을 비비며 여자의 눈을 보았다. 잦아든 가을 호수와 같이 약간 꺼진 듯한, 피곤한 눈이면서도 겨울 별[7] 같은 찬 광채가 일어났다.

"손수 불을 때시나요?"

"네."

"전 이 집 정원을 저의 집처럼 날마다 산보 와요, 아침이문……."

"네! 퍽 넓구 좋은 정원입니다."

"참 좋아요…… 어서 때세요."

"네, 이 동네 계십니까?"

"요 개울 건너예요."

이날은 더 이야기가 나올 새 없이 부끄러움도 미처 걷지 못하고 여자는 돌아가고 말았다.

그는 한참 뒤에 바깥 행길로 나와 개울 건너를 살펴보았다. 거기는 기와집, 초가집 여러 집이 언덕에 층층으로 놓여 있었다. 어느 것이 그

---

7   원작에는 '샛별'로 되어 있다.

여자가 들어간 집인지 짐작조차 할 수 없었다.

이날 저녁에 정자지기를 만나 물었더니

"그 여자 병인이올시다."

하였다. 보기에 그리 병색은 아니더라 하니

"뭐 폐병이라나요. 약 먹누라구 여기 나왔는데 숨이 차 산엔 못 댕기구 우리 정자루만 밤낮 오죠."

하였다.

폐병! 그는 온전한 남의 일 같지 않게 마음이 쓰였다. 그렇게 예모 있고 상냥스러운 대화를 지껄일 수 있는 아름다운 입술이 악마 같은 병균을 발산하리라는 사실은 상상만 하기에도 우울하였다.

그러나 그 다음날부터는 정원에서 그 여자를 만나 인사할 수 있는 것이 즐거웠고, 될 수만 있으면 그를 위로해 주고 그와 더불어 자기의 빈한한 예술을 이야기하고 싶었다.[8] 그래서 그 여자가 자기의 방문 앞으로 왔을 때는 몇 번이나

"바람이 찹니다."

하여 보았다. 그러나 번번이

"여기가 좋아요."

하고 여자는 툇마루에 걸터앉았고 손수건으로 자주 입과 코를 막기를 잊지 않았다. 하루는

"글세 괜찮으니 좀 들어오십시오."

하고 괜찮다는 말에 힘을 주었더니 여자는 약간 상기가 되면서 그래도

---

8   원작에는 '자기의 빈한한 예술을 솔직하게 비평도 받고 싶었다'라고 서술되어 있다.

이쪽에 밝히 따지려는 듯이

"전 전염병 환자예요."

하고 쓸쓸한 웃음을 지었다.

"글세 그런 줄 압니다. 괜찮으니 들어오십시오."

하니 그제야 가벼운 감격이 마음속에 파동치는 듯, 잠깐 멀리 하늘가에 눈을 던지었다가 살며시 들어왔다. 황혼이었다. 동향 방의 황혼이라 말할 때의 그 여자의 맑은 눈 속과 흰 잇속만이 별로 또렷또렷 빛이 났다.

"저처럼 주검에 대면해 있는 처녀를 작품 속에서 생각해 보신 적 계서요? 선생님?"

"없읍니다! 그리구 그만 정도에 웨 주검을 생각허십니까?"

"그래두 자꾸 생각하게 되어요."

하고 여자는 보일 듯 말 듯한 웃음으로 천장을 쳐다보았다. 한참 침묵 뒤에

"전 병을 퍽 행복스럽다 했어요. 처음엔……."

하고 또 가벼이 웃었다.

"……."

"모두 날 위해 주구 친구들이 꽃을 가지구 찾어와 주구 그리구 건강했을 때보다 여간 희망이 많지 않어요. 인제 병이 나으면 누구헌테 제일 먼저 편지를 쓰겠다, 누구헌테 전에 잘못한 걸 사과하리라 참 벨벨 희망이 다 끓어올랐예요…… 병든 걸 참 감사했예요. 그땐……."

"지금은요?……"[9]

9　1936년 1월 『조광』에 발표된 「가마귀」에는 다음과 같이 서술되어 있다.
　　"인제 병이 나문 누구헌테 제일 먼저 편지를 쓰겠다 누구헌테 제일 먼저 찾어 가겠다. 무슨

"무서와졌예요. 주검두 첨에는 퍽 아름다운 걸루 알었드랬예요. 언제던지 살다 귀찮으면 꽃밭에 뛰여들듯 언제나 아름다운 주검에 뛰여들 수 있는 걸 기뻐했예요. 그런데 이렇게 닥들리고 보니 겁이 자꾸 나요. 꿈을 꿔두⋯⋯."

하는데 까악 까악 하는 소리가 바로 그 전나무 삭정가지에서인 듯, 언제나 똑같은 거리에서 울려 왔다.

"여기 나와선 가마귀가 내 친굽니다."

하고 그는 억지로 그 불길스러운 소리를 웃음으로 덮어 버리려 하였다.

"선생님은 친구라구꺼정! 전 이 동네가 모두 좋은데 저게 싫여요. 죽음을 잊어버리면 안 된다구 자꾸 깨쳐 주는 것 같아요."

"건 괘난 관렴인 줄 압니다. 흰 새가 있듯 검은 새도 있는 거요. 소리 맑은 새가 있듯 소리 탁한 새도 있는 거죠. 취미에 따런 까마귀도 사랑할 수 있는 샌 줄 압니다."

"건 주검을 아직 남의 걸로만 아는 건강한 사람들의 두개골을 사랑하는 것 같은 악취미겠지요. 지금 저헌텐 무서운 짐생이예요. 무슨 음모를 가지구 복면허구 내 뒤를 쫓아다니는 무슨 음흉한 사내같이 소름이 끼쳐요. 아마 내가 죽으면 저 새가 덥석 날러와 앞을 설 것만 같이⋯⋯."

"⋯⋯."

"주검이 아름답게 생각될 때 죽는 것처럼 행복은 없을 것 같아요."

하고 여자는 너무 길게 지껄였다는 듯이 수건으로 입을 코까지 싸서 막고 멀거니 어두워 들어오는 미닫이를 바라보았다.

책을 사보리라 누구헌테 전에 잘못한 걸 사과하리라 참 벨벨 히망이 다 끓어올랐세요⋯⋯ 병든 걸 참 감사했세요 그땐⋯⋯." / "지금은 좀 귀찮으십니까?'

이 병든 처녀가 처음으로 방에 들어와 얼마 안 되는 이야기를 그의 체온과 그의 병균과 함께 남기고 간 날 밤, 그는 몹시 우울하였다.

'무슨 말을 하여야 그 여자를 위로할 수 있을까?'

'과연 그 여자의 병은 구할 수 없는 것일까?'

'어떻게 하면 그 여자에게 죽음이 다시 한번 꽃밭으로 보일 수 있을까?'

그는 비스듬히 벽에 기대어 이것을 생각하다가 머릿속에서 무엇이 버스럭거리는 소리를 들었다. 가만히 이마에 손을 대니 그것은 벽장 속에서 나는 소리였다. 그는 벽장을 열고 두어 마리의 쥐를 쫓고 나무때기처럼 굳은 빵 한쪽을 꺼내었다. 그리고 한 손으로는 뒷산에서 주워 온 그 환약과 같이 동그라면서도 가랑잎처럼 무게가 없는 토끼의 배설물을 집어 보면서 요즘은 자기의 것도 그렇게 담박한 것이 틀리지 않을 것을 미소하였다. '사람에게서도 풀내가 나야 한다' 한 철인 소로[10]의 말이 생각났으며, 사람도 사는 날까지 극히 겸손한 곤충처럼 맑은 이슬과 향기로운 풀잎으로만 만족하지 못하는 것을, 그 운명이 슬픈 생각도 났다.

'무슨 말을 하여 주면 그 여자에게 새 희망이 생길까?'

그는 다시 이런 궁리에 잠기었고 그랬다가 문득

'내가 사랑하리라!'[11]

하는 정열에 부딪치었다.

---

10 헨리 데이비드 소로 (Henry David Thoreau, 1817~1862). 미국 사상가 겸 문학가. 에머슨을 알게 되어 '초월주의자(超越主義者)' 그룹에 가담하였다. 순수 자연에 근접한 생활을 하며 그 체험을 바탕으로 쓴 『숲속의 생활(*Walden, or Life in the Woods*)』(1854)은 그의 대표작이다.

11 원작에는 '내가 그 여자를 사랑하리라!'고 서술되어 있다.

'확실히 그 여자는 애인을 갖지 못했을 거다. 누가 그 벌레 먹는 가슴에 사랑을 묻었을 거냐!'

그는 그 여자의 앉았던 자리에 두 손길을 깔아 보았다. 싸늘한 장판의 감촉일 뿐 체온은 날아간 지 오래였다.

'슬픈 아가씨여 죽더라도 나를 사랑하면서 죽어 다오! 애인이 없이 죽는 것은 애인을 남기고 죽기보다 더욱 슬플 것이다…… 오래 전부터 병균과 싸워 온 그대에겐[12] 확실히 애인이 있을 수 없을 게다.'

그는 문풍지 떠는 소리에 덧문을 닫고 남포의 불을 낮추고 포의 슬픈 시 「레이벤」을 생각하면서

"레노어? 레노어?"

하고, 포가 그의 애인의 망령(亡靈)을 불렀듯이 슬픈 음성을 소리쳐 보기도 하였다. 그 덮을 것도 없이 애인의[13] 헌 외투자락에 싸여서, 그러나 행복스럽게 임종하였을 레노어의 가엾고 또 아름다운 시체는, 생각하여 보면 포의 정열 이상으로 포근히 끌어안아 보고 싶은 충동도 일어났다. 포가 외로운 서재에 앉아 밤 깊도록 옛 책을 상고할 때 폭풍은 와 문을 열어 젖뜨렸고 검은 숲속에서는 보이지도 않는 까마귀가 울면서 머리 풀어헤친 아름다운 레노어의 망령이 스르르 방 안 한구석에 들어서곤 하였다.

'오오 나의 레노어! 너는 아직 확실히 애인을 갖지 못했을 거다. 내가 너를 사랑해 주며 내가 너의 죽음을 지키는 슬픈 애인이 되어 주마!'

그는 밤이 너무나 긴 것을 탄식하며 어서 날이 밝기를 기다렸다.

---

12 원작에는 '너에겐'이라 서술되어 있다.
13 원작에는 '남편의'이라 서술되어 있다.

그러나 밝는 날 아침의 하늘은 너무나 두껍게 흐려 있었고 거친 바람은 구석구석에서 몰려 나오며 눈발조차 희끗희끗 날리었다. 온실 속에서나 갸웃이 내어다보는 한 송이 온대지방[14] 꽃처럼, 그렇게 가냘픈 그 처녀의 얼굴이 도저히 나타나기를 바랄 수 없는 날씨였다.

　'오 가엾은 아가씨! 너는 이렇게 흐린 날 어두운[15] 방 속에 누워 애인이 없이 죽을 것을 슬퍼하리라! 나의 가엾은 레노어!'

　사흘이나 눈이 오고 또 사흘이나 눈보라가 치고 다시 며칠[16] 흐리었다가 눈이 오고 그리고 날이 들고 따뜻해졌다. 처마끝에서 눈 녹는 물이 비 오듯 하는 날, 오후인데 가엾은 아가씨가 나타났다. 더 창백해진 얼굴에는 상장(喪章) 같은 마스크를 입에 대었고 방에 들어와서는 눈꺼풀이 무거운 듯 자주 눈을 감았다 뜨면서

"그간 두어 번이나 몹시 각혈을 했어요."

하였다.

"그러나……."

"의사는 기관에서 터진 피래지만, 전 가슴에서 나온 줄 모르지 않어요."

"그래두 의사가 더 잘 알지 않겠어요?"

"의사가 절 속여요. 의사만 아니라 사람들이 다 날 속이려구만 들어요. 돌아서선 뻔히 내가 죽을 걸 이야기허다가두 나보군 아닌 체들 해요. 그래서 벌써부터 난 딴세상 사람처럼 따돌리는 게 저는 슬퍼요. 주검이 그렇게 외로운 거란 걸 날 죽기 전부터 맛보게들 해요."

14　원작에는 '열대지방'이라 서술되어 있다.
15　'어두운'이라는 단어는 단행본에 수록되는 과정에서 첨가된 것이다.
16　원작에는 '이틀이나'라 서술되어 있다.

아가씨의 말소리는 떨리었다.

"그래두…… 만일 지금이라두 만일…… 진정으루 사랑하는 사람이 있다면 그 사람의 말만은 고지들으시겠읍니까?"

"……."

눈을 고요히 감고 뜨지 않았다.

"아르시는 병을 조곰도 싫여하지 않고 정말 운명을 가치 따라 하려는 사람만 있다면……?"

"그럼 그건 아마 사람이 아니겠지오. 저헌테 사랑하는 사람이 있긴 있어요…… 절 열렬히 사랑해 주어요. 요즘두 자주 저헌테 나와요."

"……."

"그는 정말 날 사랑하는 표루 내가 이런, 모두 싫여허는 병이 걸린 걸 자기만은 싫여허지 않는단 표루 하로는 내 가슴에서 나온 피를 반 컵이나 되는 걸[17] 먹기까지 한 사람이야요. 그렇지만 그게 내게 위로가 되는 줄 아세요?"

"……."

그는 우울할 뿐이었다.

"내 피까지 먹구 나허구 그렇게 가깝게 해두 그는 저대로 건강하구 저대루 살아가야 할 준비를 하니까요. 머리가 조흐면[18] 이발소에 가구, 신이 해지면 새 구둘 마치구, 날마다 대학 도서관에 다니면서 학위 받을 연구만 하구 있어요.[19] 그러니 얼마나 저허군 길이 달러요? 전 머리

---

17 '반 컵이나 되는 걸'이라는 어구는 단행본에 수록되는 과정에서 첨가된 것이다.
18 좋다. 머리카락이 많이 자라서 길다.
19 원작에는 '식량문제를 연구하구 있어요'라 서술되어 있다.

속에 상여, 무덤 그런 생각뿐인데……."

"왜 그런 생각만 자꾸 하십니까?"

"사람끼린 동정하구퍼두 동정이 안 되는 거 같애요."

"왜요?"

"병자에겐 같은 병자가 되는 것 아니곤 동정이 못 될 겁니다. 그런데 어떻게 맘대루 같은 병자가 되며 같은 정도로 앓다, 같은 시각에 죽습니까? 뻔히 죽을 사람을 말로만 괜찮다 괜찮다 하구 속이는 건 이쪽을 더 빨리 외롭게만 만드는 거예요."

"어떤 상여를 생각하십니까?"

그는 대담하게 이런 것을 물어 주었다. 그렇게 하는 것이 그 아가씨의 세계를 접근하는 것이 될까 하였다.[20]

"조선 상여는 참 타기 싫여요. 요즘 금칠 막 한 자동차두 보기두 싫여요. 하얀 말 여럿이 끌구 가는 하얀 마차가 있다면…… 하구 공상해 봤어요. 그리구 무덤두 조선 무덤들은 참 암만해두 정이 가질 않아요. 서양엔 묘지가 공원처럼 아름답다는데 조선 산수들이야 어디 누구의 영원한 주택이란 그런 감정이 나요? 곁에 둘 수 없으니 흙으루 덮구 그냥 두면 비에 패이니까 잔디를 심는 것뿐이지 꽃 한 송이 심을 데나 꽂을 데가 있어요? 조선 사람처럼 죽는 사람의 감정을 안 생각해 주는 사람들은 없는 것 같애요. 패니 그 듣기 싫은 목소리루 울기만 허구 가마귀나 꽤들게 떡조카리[21]나 갖다 어질러 놓구……."

---

20 원작에는 다음과 같이 서술되어 있다.
  "그는 대담하게 이런 것을 물어주는 것이 그 아가씨를 딴 세상 사람으로 따돌리지 않는 것이 될까 하였다."
21 원작에는 '조떡가리'라 되어 있다.

"……."

"선생님은 왜 이렇게 외롭게 사세요?"

"……."

그는 아무 대답도 하지 않았다. 그 여자에게 애인이 없으리라 단정한 자기의 어리석음을 마음 아프게 비웃었고 저렇게 절망에 극하여 세상 욕심이라고는 털끝만치도 없는 거룩한 여자를 애인으로 가진 그 젊은 학도가[22] 몹시 부러운 생각뿐이었다.

날은 이미 황혼에 가까웠다. 연당 아래 전나무 꼭대기에서는 아직, 그 탁한 소리로 울지는 않으나 그 우악스런 주둥이로 그 검은 새들이 삭정이를 쪼는 소리가 딱딱 울려 왔다.

"까마귀가 온 게지오?"

"그렇게 그게 싫으십니까?"

"싫여요. 그것 뱃속엔 아마 별별 구신딱지가 다 든 것처럼 무서워요. 한번은 꿈을 꾸었는데 까마귀 뱃속에 무슨 부적이 들구 칼이 들구 시퍼런 불이 들구 한 걸 봤어요. 웃지 마세요. 상식은 절 떠난 지 벌서 오래요……."[23]

"허허……."

그러나 그는 웃고, 속으로 이제 까마귀를 한 마리 잡으리라 하였다. 그 배를 갈라서 그 속에는 다른 새나 조금도 다를 것이 없는 내장뿐인 것을 보여 주리라. 그래서 그 상식을 잃은 여자의 까마귀에 대한 공포

---

22 원작에는 '그 식량 문제를 연구하는 청년이'라 서술되어 있다.

23 '웃지 마세요. 상식은 절 떠난 지 벌서 오래요……'라는 문장은 단행본에 수록되는 과정에서 첨가된 것이다.

심을 근절시키고 그래서 죽음에 대한 공포심까지도 좀 덜게 해주리라 마음먹었다.[24]

*

그는 이 아가씨가 간 뒤에 그 길로 뒷산에 올라 물푸레나무를 베다가 큰 활을 하나 메었다. 꼿꼿한 싸리로 살을 만들고 끝에다는 큰 못을 갈아 촉을 박고 여러 번 겨냥을 연습하여 보고 까마귀를 창문 가까이 유혹하였다. 눈 위에 여기저기 콩을 뿌리었더니 그들은 마침내 좌우를 의뭉스런 눈으로 두리번거리면서도 내려와 그것을 쪼았다. 먼데 것이 없어지는 대로 그들은 곧 날듯 날듯이 어깨를 곤추세우면서도 차츰차츰 방문 가까이 놓인 것을 쪼며 들어왔다. 방 안에서는 숨을 죽이고 조그만 문구멍에 살촉을 얹고 가장 가까이 들어온 놈의 옆구리를 겨냥하여 기운껏 활을 다려가지고 쏘아 버렸다.

푸드득 하더니 날기는 다 날았으나 한 놈이 죽지에 살이 박힌 채 이내 그 자리에 떨어졌고 다른 놈들은 까악까악거리면서 전나무 꼭대기로 올라갔다. 그는 황망히 신을 끌며 떨어진 놈을 쫓아 들어가 발로 덮치려 하였다. 그러나 까마귀는 어느 틈에 그의 발밑에 들지 않고 훨쩍 몸을 솟구어 그 찬란한 핏방울을 눈 위에 휘뿌리며 두 다리와 한 날개로 반은 날고 반은 뛰면서 잔디밭 쪽으로 더풀더풀 달아났다. 이쪽에

---

24 원작에서 이 문단은 다음과 같이 서술되어 있다.
　　"하고 그는 웃고 이제 가마귀를 한 마리 잡아서 그 배를 갈러서 그 속에는 다른 새나 조금도 다를 것이 없는 내장 뿐인 것을 보여주리라 그래서 그 여자의 가마귀에 대한 공포심을 근절시키고 그래서 죽엄에 대한 공포심을 좀 덜게 해주리라 속으로 결심하였다."

서도 숨차게 뛰어 다우쳤다. 보기에 악한과 같은 짐승이었지만 그도 한낱 새였다. 공중을 잃어버린 그에겐 이내 막다른 골목이 나왔다. 화살이 그냥 박힌 채 연당으로 내려가는 도랑창에 거꾸로 박히더니 쌕쌕하면서 불덩어리인지 핏방울인지 모를 두 눈을 뒤집어쓰고 집게 같은 입을 딱딱 벌리며 대가리를 곧추들었다. 그리고 머리 위에서는 다른 놈들이 전나무에서 내려와 까악거리며 저희 가족[25]을 기어이 구하려는 듯이 낮게 떠돌며 덤비었다.

그는 슬그머니 겁이 나기도 했으나 뭉어리돌[26]을 집어 공중의 놈들을 위협하며 도랑에서 다시 더풀 올려솟는 놈을 쫓아 들어가 곧은 발길로 먹투시[27]를 차 내던지었다. 화살은 빠져 떨어지고 까마귀만 대여섯 간[28] 밖에 나가떨어지며 킥 하고 뻐들적거렸다. 다시 쫓아가 발길을 들었으나 그때는 벌써 까마귀는 적을 볼 줄도 모르고 덮어 누르는 죽음과 싸울 뿐이었다. 그는 두근거리는 가슴으로 이 검은 새의 죽음의 고민을 내려다보며 그 병든 처녀의 임종을 상상해 보았다. 슬픈 일이었다. 그는 이내 자기 방으로 돌아왔고 나중에 정자지기를 시켜 그 죽은 까마귀를 목을 매어 어느 나뭇가지에 걸게 하였다. 그리고 어서 그 아가씨가 나타나면 곧 훌륭한 외과의(外科醫)나처럼 그 검은 시체를 해부하여 까마귀의 뱃속에도 다른 날짐승과 똑같이 단순한 조류(鳥類)의 내장이 있을 뿐, 결코 그런 무슨 부적이거나 칼이거나 푸른 불이 들어 있지 않다는 것을 증명하리라 하였다.

---

25 원작에는 '동무'라 되어 있다.
26 뭉우리돌. 모난 데가 없이 둥글둥글하게 생긴 큼지막한 돌.
27 먹투시. '먹살'의 평안도 사투리.
28 원작에서는 '열아문간'이라 서술되어 있다.

그러나 날씨는 추워 가기만 하고 열흘에 한 번도 따뜻한 해가 비치지 않았다. 달포가 지나도록 그 아가씨는 나타나지 않았다. 날씨는 다시 풀어져 연당에 눈이 녹고 단풍나무 가지에 걸린 까마귀의 시체도 해부하기 알맞게 녹았지만 그 아가씨는 나타나지 않았다.

*

　　하루는, 다시 추워져 싸락눈이 사륵사륵[29] 길에 떨어져 구르는 날 오후이다. 그는 어느 잡지사에 들어가 곤작(困作) 한 편을 팔아 가지고 약간의 식료를 사들고 다 나온 길인데 개울 건너 넓은 마당에는 두어 대의 검은 자동차와 함께 금빛 영구차 한 대가 놓여 있는 것이다.

　　그는 가슴이 섬찍하였다. 별장 쪽을 올려다보니 전나무 꼭대기에서는 진작부터 서너 마리의 까마귀가 이 광경을 내려다보며 쭈그리고 앉아 있었다.

　　'그 여자가 죽은 거나 아닌가?'

　　영구차 안에는 이미 검은 포장에 덮인 관이 실려 있었다.[30] 둘러섰는 동네 사람 속에서 정자지기가 나타나더니 가까이 와 일러주었다.

　　"우리 정자루 늘 오던 색씨가 갔답니다."

　　"……."

　　그는 고요히 영구차를 향하여 모자를 벗었다.

29　원작에는 '바실바실'로 되어 있다.
30　원작에는 다음과 같이 서술되어 있다.
　　"'그 여자가 죽었구나!' / 영구차 안에는 이미 검은 헌겊에 싸인 관이 실려 있었다."

"저 뒤에 자동차에 지금 오르는 사람이 그 색시하구 정혼했던 남자
랩니다."

그는 잠자코 그 대학 도서실에 다니며 학위 얻을 연구를 한다는 청
년을 바라보았다.[31] 그 청년은 자동차 안에 들어앉아, 이내 하얀 손수
건을 내어 얼굴에 대었다. 그러자 자동차들은 영구차가 앞을 서며 고
요히 굴러 떠나갔다. 눈은 함박눈이 되면서 펑펑 쏟아지기 시작하였
다.[32] 그 자동차들의 굴러간 자리도 얼마 안 있어 덮어 버리고 말았다.

까마귀들은 이날 저녁에도 별다른 소리는 없이 그저 까악 까악 거리
다가 이따금씩 까르르 하고 그 GA 아래 R이 한없이 붙은 발음을 내곤
하였다.

— 乙亥年 十二月 —

『가마귀』, 한성도서, 1937.8

---

31 원작에는 '식량문제를 연구한다는 청년을 건너다 보았다'라고 서술되어 있다.
32 원작에는 '눈은 자꾸 나리었다'라고 서술되어 있다.

바다

"야! 과연!"

"무스게라능야?"

"멀기¹ 말이오 멀기…… 과연 기차당이."

"무시거?"

"멀기말임둥. 과연 무섭지 앙이오?"

이들은 지껄인다기보다 고함을 치되, 여간 곁에서가 아니면 알아듣기 어려웠다.

파도는 정말 소리만 들어도 무서웠다. 비도 채찍처럼 휘어박지만 빗소리쯤은 파도가 쿵하고 나가떨어진 뒤에 스러지는 거품 소리만도 못한 것이요, 다만 이따금 머리 위에서 하늘이 박살이 나는 듯한 우렛소리만이 파도와 다투어 기승을 부린다.

"옥순 아버이허구 또 뉘 배레 못 들어왔능야?"

"냐? 무스게라오?"

"뉘 배레 못 들어왔능야?"

"옥순 아버이와 왈룽이너 부자랑이."

"야 그거…….."

---

1 바다의 큰 물결.

해도 다 지나간 듯, 바다도 하늘도 캄캄해만졌다. 다른 때는 이 언덕에 나서면 시오리라고는 하지만 아랫윗동리처럼 알른거리던 배기미(梨津)의 불빛도, 이날은 한정없이 올려 솟는 파도와 그 부서지는 자욱한 안개 속에 묻혀 버리고 바다는 불똥 하나 보이지 않는, 온전한 암흑이었다. 이 암흑 속에서 물이라기보다 산이 무너지는 듯한 파도 소리, 그리고 귓등을 갈기고 젖은 옷자락을 찢어갈 듯이 덤비는 바람과 빗발, 게다가 가끔 자지러지게 우렛소리가 정수리를 내려찧는 것이다.

"제에메²?"

부대 쪽으로 등을 가리고 쪼크리고 앉아 바들바들 떨던 옥순이는 어머니를 불렀다.

"……."

귀에 느껴지는 것은 폭풍우와 파도 소리뿐, 어머니의 대답은 들리지 않는다.

"제에메?"

시커먼 그림자의 곁으로 바싹 다가서며 다시 불러 보았다.

"……."

번쩍, 번갯불에 켜졌던 어머니의 얼굴은 조갑지³ 속처럼 해쓱한 것이 그냥 바다 쪽만 향하고 서 있는 것이다.

"제에메?"

또 한번 부르면서 마침 서너 번이나 재우쳐서 일어나는 번갯불에 휙 좌우를 둘러보니 웅성거리던 이웃 사람들은 어느 틈에 거의 다 흩어졌

---

2 어머니.
3 조갑지. '조가비'의 방언.

다. 모두 저희 아버지나 저희 지애비는 아니라는 듯, 슬금슬금 빠져 들어간 이웃 사람들이 원망스러운 생각과 함께 외로움이 울컥 솟았다. '정말 왈룡이가 못 살아 오는 날은?' 옥순은 또 한번 가슴 속에 방망이질이 일어났다.

"제에메?"

"……."

"그만 들어가장이. 모두 돌아들 갔오…… 여기 섰으문 어찌겠오?"

옥순이는 어머니의 비 흐르는 손을 잡아다렸다.

"앙이, 옥순네 아즈망임둥?"

이런 데서도 목소리 큰 것을 들어 황생원이었다.

"황새웡이오? 이거 어찌겠오."

그제야 옥순 어머니는 입을 열었다.

"어찌긴 무쉴 그리 염려르 함둥? 괘난스리……."

"이거 아무래두 당한 일이랑이 어찌문 좋소? 이거 어찌오 이거르!……."

"낸장…… 앙이 물녘에서 늙으면서두 그리 겁이 많소? 왈룡이너 아즈망인 어찌겠오. 그 집인 부재오 두 구식량이. 그래두 그 아즈망인 집으루 들어간 지 오래오. 날래 들어갑세."

"……."

"멀기랑게 바다 중간에사 이리 모질게 치는 법이 있오? 어디 파선이 무슨 파선이오. 지금 들어왔다가 어디다 배르 대갰오? 그래 부러 앙이 들어오능 거랑이……."

황생원은 기어이 옥순네 모녀를 이끌고 들어왔다.

깜박깜박하는 고망어 기름불, 그것이나마 심지를 돋워 가면서 이 모녀는 어젯저녁과 마찬가지로 귀를 곤추세우고 밤을 새워 앉아 있었다. 황생원의 말과 같이 설혹 배가 성한 채 있더라도 육지에 나와 검접을 할[4] 수가 없을 것을 짐작은 하면서도, 그래도 누워서 다리를 뻗고 눈을 붙일 수는 도저히 없었다.

"어찌 살았길 바래겠능야! 그럭겐 이만 못한 멀기에두 배기미 사람 들이 둘이나……."

"……."

파도 소리는 조금도 낮아가지 않았다. 빗소리조차 밖에서 맞으며 들을 때보다 더 요란스러웠다. 겨울 난 문풍지에는 급한 바람이 몰려들 때마다 푸르륵푸르륵 부 부 하는 소리가 났다. 마치 파선을 당하는 사람들의 혼 나간 소리처럼 무시무시하기도 했다.

"네 홍인만 아니문 이번 문어잽이사 앙이 나갈거르."

어머니의 입에서는 기어이 딸의 탓이 나오고 말았다.

옥순이는 왈룡이와 정혼한 지가 삼 년째다. 해마다 '이번 가을엔 성례를 시켜야' 별러 왔지만 한 해는 이쪽 집에서 배를 고치게 되면, 한 해는 저쪽 집에서 그물을 새로 사도록만 되었다. 올 가을에는 어떻게 하든지 성례를 시켜야 한다고 두 집 아버지들은 이른 봄부터 덤비어 웬만한 풍랑, 웬만한 추위, 웬만한 피곤은 가리지 않고, 또 후리질 따위로는 촌사람들의 뉘투성이 조알갱이나 구경하게 되므로 어떻게 배기미로 가지고 가서 은전이 되고 지전이 될 수 있게 방어니 문어니 되미니 하고 물길을 멀리 나가서라도 값나갈 생선을 쫓아다니게 된 것이다.

---

4 검접하다. 검질기게 붙잡고 놓지 않다. 또는 꼭 달라붙다.

이번에도 멀리 나갈 날씨가 아니었다. 새풍[5]이 세었다. 갈매기들이 오리 밖을 나가 뜨지 않고 '가충구치' 끝으로만 모여들었다. 이걸 보면서도 옥순 아버지와 왈룡이네 부자는 '너덜령' 끝을 돌아 사뭇 나가기만 했던 것이다.

*

새벽녘이 되어서야 빗소리는 멎었다. 그러나 바람 소리와 파도 소리는 더욱 높아지는 것만 같았다. 가마곶에 웅크리고 엎드린 고양이만이 눈을 붙였을 뿐, 옥순이와 그의 어머니는 뜬눈으로 밤을 새웠다. 드므(물독) 옆으로 샛창이 훤해 오는 것을 보자 어머니는 왈룡 어머니에게나 가 본다고 나가 버리었다. 옥순이도 이내 밖으로 나왔다. 바람은 뼈가 저리게 찼다. 힝 하니 언덕으로 나갔다. 먹장 같은 구름이 군데군데 얇아지긴 했으나 푸른 하늘은 아직 손바닥만치도 드러나지 않았다.

밝은 때 보는 파도는 더 어마어마스러웠다. 산더미 같은 것이 불끈 올려 솟아서는 으리으리한 절벽을 이루고 그것은 이내 거대한 야수의 아가리처럼 희끗 하는 이빨을 악물면서 와르릉 소리를 치고 눈보라같이 육지를 휩쓸어 나왔다.

'간나 멀기……'

옥순은 그 물의 절벽이 닥뜨려올 때마다 이를 악물고 바르르 떨었다. 그 능글능글한 물의 절벽으로 마주 내닫고도 싶었다.

---

5   새풍. 동풍(東風)의 평안도 방언.

'어서 윤선이라두 하나 지나능거르 봐두…….'

울뚝불뚝 뒤에 뒤를 이어 올려 솟는 파도의 산 때문에 아무리 발돋움을 하여야 먼 바다를 내다볼 수평선이 눈에 걸리지 않는다. 옥순이는 눈물을 씻고 웅크리고 앉았다가 마을 쪽에서 자기 어머니와 왈룡 어머니와 왈룡이 누이 채봉이가 나오는 것을 보고는 이내 일어섰다. 왈룡 어머니나 채봉이는 자기 어머니보다도 더 몇 갑절 자기를 탓할 것을 생각하고는 그들에게 죄나 진 것처럼 얼른 길을 돌아 집으로 들어왔다.

집안은 여러 날 비었던 것처럼 힝 한 맛이 새삼스러워 윗방에서 아버지의 음성이 나는 듯, 정지 뒷길에서 왈룡이의 휘파람 소리가 지나가는 듯, 옥순은 집 속이 못 견디게 서글프고 무시무시해졌다. 그러나 바깥보다는 덜 추웠다. 이불을 끌고 가마곬으로 가 고양이가 일어나는 자리에 쓰러지고 말았다.

*

두어 달 뒤, 바다는 언제 그런 풍랑이 있었느냐는 듯이 갓난아이들도 나가 놀게 잔잔하고, 하늘도 그런 풍운이 있은 것은 아득한 태초의 전설이라는 듯이 양떼 같은 구름송이만 수평선을 둘러 피어오르는, 따갑되 명랑한 여름날 아침이었다.

옥순은 모랑 함지를 끼고 새까맣게 끄슬리고 쪼들린 얼굴이 땀기에 함빡 배어 소리도 안 나는 모새밭⁶을 밟으며 바다로 나오고 있었다. 아

6　모래밭.

버지가 생존했을 때 같으면 누가 그냥 주어도 내어 버릴 것밖에는 소용이 없던 가락미역, 그리고 모새가 어적어적하는 바둑조개, 방게 같은 것도 이제는 맨 소금국에라도 그것들이 손쉬운 반찬이요, 또 제 손으로 따 들이고 주워 들이지 않으면 구할 수 없는 귀물들이 되었다.

"야, 옥순아?"

반이나 나왔는데 구장이 부채를 든 손으로 뛰어나오다 말고 손짓을 하며 불렀다.

"내 말임둥?"

"어망이레 찾는다."

"무스게오?"

"너으 어망이레 찾는당이."

옥순이는 곧 다시 나올 셈으로 함지는 모새밭에 놓아두고 돌아섰다.

'무슨 일일까? 어머니가 찾으시면 어머니가 나서 부르시지 않구?……'

옥순은, 며칠 전에 술이 잔뜩 취해 가지고 와서 아버지가 못 다 갚은 빚 독촉을 하고 나중에는 어머니에게 손찌검까지 하려고 덤비던 그, 사람 잘 치는 구장임을 생각할 때, 소름이 오싹 돋는 것을 발바닥에까지 느끼었다.

"제에메, 어디 있음둥?"

옥순이가 구장의 뒤를 따라 저희 집 정지로 들어서자 어머니는 보이지 않았기 때문이다. 어머니가 보이지 않을 뿐 아니라 웬 보지 못하던 양복쟁이 하나가 더럽기는 했으나 말끔히 쓸어 놓은 노존[7] 위에 운동

---

7   노존. '삿자리'의 방언.

화를 신은 채 각반친 다리를 떡 뻗히고 섰는 것이다.

"냐? 어디서 찾습둥?"

"가망이 있거라. 인추 온당이⋯⋯."

하더니 구장은 이내 양복쟁이에게

"숙성함녕이⋯⋯."

하였다. 안경을 쓰고 윗수염을 제비꼬리처럼 기른 양복쟁이는 이번에는 한 다리를 척 문턱에 올려 딛고 저고리를 뒤적거리더니 피죤갑을 꺼내었다. 먼저 구장에게 권하고 저도 한 개를 입에 물더니 그것을 문 채 옥순에게

"당신 이름이 뭐요?"

하였다. 말투가 압대[8] 사람이다.

"옥숭이꼬마."

"옥순이⋯⋯."

그는 옥순이가 면구스러울 정도로 옥순이 얼굴 생김을 뜯어보았다. 그러다가 옥순이가 휙 돌아서니까

"나 성냥 좀 주."

하였다.

"무스게오?"

"비지깨[9] 말이랑이."

하고 옆에 섰던 구장이 싱글거리며 통역처럼 하였다.

옥순이는 부뚜막으로 가서 성냥갑을 집어다 구장에게 주었다. 양복

---

8 앞대. 어떤 지방에서 그 남쪽의 지방을 이르는 말.
9 성냥.

쟁이는 잠시도 놓치지 않고 안경알 속으로, 혹은 안경알 너머로 옥순의 이모저모를 노려보았다. 구장보다 노상 젊은 사람이다. 담배에 불을 붙이더니

"저 색시 청진 더러 가 봤오?"

하고 들떼놓고 물었다.

"……."

옥순이가 잠자코 있으니까 구장이

"청징이 무스게오. 배기미나 가 봤지비……."

하더니

"무스거 오래 보나마나 하당이. 이 동네선 제일 똑똑함넝이……."

하였다. 그래도 양복쟁이는 다시 한번 힐끔 눈을 던지더니

"나 물 한 그릇 주시오. 응? 미안하오만."

하면서 노존 위에 던지었던 맥고모자를 집어들었다. 그리고 물이 먹고 싶어서가 아니었던만큼 물그릇을 가져올 때와 물그릇을 도로 받을 때의 옥순의 손과 얼굴에만 그의 안경은 확대경처럼 번뜩이었다.

입에 물었던 물을 뱉을 겸 양복쟁이는 밖으로 나갔다. 구장도 따라 나가 무어라고 한참이나 수군거리더니 양복쟁이는 아주 사라져 버리고 구장만이 갑자기 점잖은 기침 소리를 내며 다시 들어왔다.

"옥순아 네 어찌갰능야?"

"무스거 말임둥?"

"게 앉아 내 말으 들어 보랑이……."

"……."

"너 이재두 물녁으루 나가드라만 사철 그리갰능야? 요즘에사 방게

나 마풀으 주서다 끓이기루 죽지야 앙이허겠지 그러나 겨울이문 어찌
겠능야. 무스거 주서다 먹겠능야?"

"……."

"딸은 자식이 앙이겠능야? 딸두 자식이지비 남자만 자식이겠능야?
산 어망이두 모셔야겠구 돌아간 아방이 빚두 자식이 돼 갚을 도리르 해
야지 안능야?"

"무스거 해서 갚습둥?"

"……."

"그렁이 내 말으 들으라능거다. 폐일언허구서리 네 이재 그 어른으
따라 청진으루 가거라……."

"……."

"청진으루 가서 귀경두 하구 세상이 어떻다는 것두 약간 눈으 떠야
지비. 직업으 가지라능 거다."

"직업으? 무시겜둥? 비지깨 공장임둥?"

"치! 그까짓 비지깨 공장에 너르 보내겠능야?"

"그럼 무시겜둥?"

"내 너르 못 갈 데 지시르 할 리 있능야? 이재 그 어릉이 청진서 고등
식당으 경영한당이. 나진에다 지점으 두구 지금 지점으로 들어가는 길
인데 너만치한 아더르 삼사 명으 모집한당이……."

"……."

"직업에 귀청이 있느야? 또 그게 어째 천하겠능야. 식당에서 점잖은
신사더르 접대하능 게 무실에 천업이겠능야?"

"내사……."

"네 생각으 해 보랑이…… 무실에…….”

"내사 그렁거 실스꼬마…….”

"무시거? 앙이 네 무슨 공븨 있능야 재강이 있능야 사람이랑게 남녀르 막론허구 대처에 가 구불러야 때르 뺏능이라…….”

"…….”

"좀 조캥이? 아, 고분 우티[10]가 있어, 마싰는 요리도 먹어 손님들으게 귀염으 받어 돈으 모아…… 모으능 게 무시게냐. 당장에 앙이 네 간다구 만 허문 당장에 비단우티르 해 주구 선월급으루 돈 백 웡이나 준당이…… 그르믄 네 어른 빚으 갚구두 너이 어망이 배기미루 댕기며 생선장사할 미청이 넉근하게 되지 않겡이? 그 노릇으 앙이하구 네 무스거 하겠능야?”

"내사 실스꼬마…….”

옥순은 벌써 구장의 속이 뻔히 들여다보이는 것 같았다.

"앙이…… 배기미 술장수 간나들처리 술으 팔라능 건 줄 아능야? 손님 접대하능 거랑이…… 교제하능 거랑이.”

"…….”

"너는 어째 좋응 거르 좋은 주르 모르능야? 채봉이는 첫 마디에 좋아 나서드라.”

"채봉이? 채봉이레 감둥?”

"그르므…… 앙이 가구 무실하갱이…… 채봉인 청진이나 가는 줄 아 능야? 나진으루 간당이. 나진 지점으로 간당이……야?”

구장은 갑자기 말소리를 낮추어 옥순의 귀에다 약간 호주 냄새를 풍

---

10 옷.

기며 이렇게 속삭이었다.

"네 얼구리 채봉이보다 낫다구 너르 청진 본점으루 갖다 앉히겠다드라 좋지 앙이냐?"

"……."

"네 비단우티나 입구 분이나 싹 발라 봐라 너르 고바 앙이 할 사람이 누구겠나! 무실 이 구석에서 썩갱이?…… 치……."

"……."

옥순은 어리둥절할 뿐, 그래서 다시는 대답이 없이 바다로 나오고 말았으나 그렇게 해서 설혹 아버지의 빚을 갚고 어머니를 살리고 제 몸에 고움과 편안함이 돌아온다 하더라도 그것은 모든 동리 사람들의 손가락질과 쑥덕거림과 침을 뱉기는 '쌍짓'이란 생각이 점점 또렷해졌다.

'사람은 어째 갈매기처리 물에 뜨지 못하구 빠져죽능야?'

옥순은 잔잔한 바다를 내어다보니 어느 쪽에서고 왈룡이가 철벅철벅 걸어나올 것만 같았다. 그러나 그것은 꿈속에서나 있을 수 있는 일인 것을 깨달을 때, 그리고 '겨울이문 어찌겠능야, 무스거 주서다 먹겠능야?' 하던, 구장의 말. 다른 모든 말은 우습게 들으려면 우습게 들을 수 있지만 이 말 한마디만은 하늘이 내리는 말이나 다름없이 무서웠던 것을 깨달을 때, 옥순은 눈앞이 아찔하며 쓰러질 것 같았다.

*

뚜.

청진(淸津)서 배기미(梨津)로 들어오는 윤선(기선) 소리다. 이 배를 타고 채봉이는, 그 양복쟁이와 함께 나진(羅津)으로 가고 이 배가 웅기(雄基) 이북까지 갔다 돌쳐나오는 편에, 옥순이는 구장과 같이 배기미로 가서 바로 그 배에 돌쳐나오는 그 양복쟁이를 만나 청진으로 가게 되었다.

먼저 선선히 대답한 채봉이가 떠나기 전날부터 울며불며 몸부림을 쳤고 옥순이는 도리어 한번 대답한 이후로는 남 보는 데, 더구나 어머니 보는 데 눈물 한 방울 떨구지 않았다.

'저 배에 채봉이는 가구마능구나!'

모두 자기 탓이거나 생각하니 까맣게 멀리 뵈는 배기미 거리에서 어느 구석에서고 충혈된 채봉의 눈이 자기를 흘겨보는 것만 같았다.

'이리구 어찌 살겡이.'

이날 옥순은 채봉이가 탔을 그 윤선이 너덜령 끝에 한 줄기의 연기만 남기고 사라지는 것을 보고는 그 전날 감돌이네가 복어알을 한 모랭이[11]나 감자밭머리에 파묻는 것을 본 생각이 났다. 조심조심 남의 눈을 피해 가며 옥순은 감돌네 감자밭머리로 가서 그것을 파내었다. 거름기도 없는 샛노란 모래밭, 복어알은 깨끗한 채 싱싱한 채 파낼 수가 있었다. 치마 속에 감추어 들고 집으로 와 보니 어머니는 딸의 청진 갈 옷을 지으러 재봉틀이 있는 구장네 집으로 가서 아직 오기 전이었다. 소금을 조금 뿌리고, 누가 와 열어 보더라도 얼른 알지 못하게 미역 오리로 위를 덮어서 울타리 썩은 것을 뜯어다 땀을 흘리며 끓이었다. 다른 때의 찌개보다 이상하게 빨리 끓는 것 같았다. 달큼한 냄새가 나고 웬 일본장 냄새까지 풍기는 것 같았다. 숭어 장조림이나 하는 듯 입 안에 침

---

11 함지.

이 서리었다. 냄비 뚜껑을 열어 보니 보기에도 먹고 죽는다는 것은 공연한 말같이 먹음직스러웠다. 얼른 바깥으로 뛰어나가 누가 오지 않나 살피고 들어와서는 그새 거품이 넘어 뿌시시거리는 냄비를 손을 데이며 내어 놓았다.

제일 큰, 전에 아버지의 숟가락이던 것을 집어다 국물 한 숟갈을 떠 들었다. 그러나 완연히 음식이건만 이것을 먹으면 죽는 것이기 때문에 먹으려는 자기, 죽으면 어머니가 어떻게 될까? 어머니를 위해 이왕 대답해 놓은 바엔 죽어도 청진 가 죽는 게 옳지 않은가? 이런 생각이 번개같이 오고가고 하는 새 떠서 들었던 국물은 어느 곁에 반이나 노존에 떨어지고 말았다.

'죽는 년이 아무 때문……'

옥순은 숟갈을 내던지고 사기 탕기를 갖다 알까지 건져서 그릇이 넘치도록 따랐다. 그리고 흔들거리는 손으로 눈을 꼭 감고 입에 갖다 대었다. 눈을 감았던 때문인지, 손이 떨리었던 때문이지 누가 옆에서 콱 떠다민 것처럼 뜨거운 국물이 덥석 입술을 올려 물었다. 깜짝 놀래어 탕기를 떨굴 뻔하고 손바닥으로 입술을 쌌다. 어디선지 생선 냄새를 맡고 고양이가 야옹거리면서 앞에 나타나 말뚱말뚱한 눈알을 굴리고 쳐다본다.

"저리 가……"

고양이는 혀끝을 내어 아래턱을 핥을 뿐, 달아나지 않았다. 그러는 데 굴뚝 쪽에서 인기척이 난다.

옥순은 얼른 탕기에 담았던 것까지 냄비에 쏟아서 골방으로 가지고 갔다. 뜨겁지만 않은 것이면 여기서라도 마셨을는지도 모른다.

"옥순아아?"

하고 어머니가 찾는 소리에 얼른 빈 동이 속에 숨겨 두고 정지로 내려왔다.

"무신 냄새야 이게?"

"아무것도 앙이오."

"무스거 끓였능야?"

불자리를 보고 묻는 어머니에게 더 아무것도 아니라고 할 수는 없었다. 그러나 바른대로 댈 수도 없는 것이라 얼른 말머리를 돌리었다. 억지로 좋아하는 기색을 지어

"다 됐오?"

하고 어머니가 옆에 끼고 온 울긋불긋한 새옷을 받아 들었다.

"초마 기장이 길 것 같당이……."

하면서 어머니도 속으로는 편할 리 없지마는 이런 경우에선 모녀간이 모두 귀한 손님 사이와 같이 서로 흔연한 안색을 갖추기에 힘을 쓴다.

옥순이는 이날 밤, 몇 번이나 어머니 몰래 골방으로 올라가려 하였다. 그러나 그럴 때마다 어머니는 자지 않고 있다가

"어째 아직 앙이 자능야?"

하고 딸을 될 수 있는 대로 위로하려 하였다. 그럭저럭하다 옥순이는 깜박 잠이 들었다가 깨어 보니 벌써 날이 밝았다.

날이 밝자 옥순네 집에는 이른 아침부터 찾아오는 사람이 많았다. 옥순이의 비단옷을 구경하러 오는 사람, 옥순이를 이별하러 오는 사람, 옥순의 어머니를 위로하러 오는 사람, 또는 팔려 가는 처녀를 멸시와 천한 흥미에서 구경하러 오는 사람, 똑 무슨 잔칫집과 같았다. 그 틈에

서 옥순의 모녀는 정신을 차릴 수가 없었다.

"날이 좋아 윤선으 타기 좋갔당이."

철없이, 윤선을 타고 청진 구경을 갈 옥순을 부러워하는 어떤 계집애의 말이다.

"어서 새우티르 입구 나서 봐라."

어떤 안질이 난 늙은이가 눈을 닦으며[12] 하는 소리다.

점심때 조금 전이다. 어서 물에 나가 목욕을 하고 와 새옷을 입고 구장 집에 가서 점심을 먹고 구장과 같이 배기미로 가야 될 판이었다. 옥순은 따라나오는 경순이, 서분이, 왕례, 다 좋은 구실로 들여 쫓고 혼자 가충 구치 끝으로 나왔다. 어머니가 주는 시뻘건 비누 한 장을 받아 들고.

날씨는 아름답다기보다 고요하였다. 잔물결 하나 일지 않았다. 해당 화가 반이나 모래밭에 떨어진 것은 며칠 전의 바람엔 듯하였다. 웅웅 거리는 꿀벌의 소리, 반짝반짝 거리는 금모새, 정신이 다 아릿해지는 해당화 향기, 옥순은 깜박 잠이 들 듯한 피곤과 정신의 마취를 느끼곤 하였다. 그러다가는 몇 번이나 발바닥이 뜨끈뜨끈한 바위 끝으로 기어 나가 세 길도 더 될 물밑이 한 뼘처럼 모래알 하나하나까지 들여다뵈는 물속을 엿보곤 하였다.

구름이 뭉게뭉게, 무슨 아름다운 동리처럼, 꽃밭처럼, 아늑한 골짜 기처럼 피어올랐다. 가깝거니 하고 쳐다보면 까맣게 바다 저편이었다.

그 구름 동리, 그 구름 꽃밭, 그 구름 골짜기에 가면 꼭 왈룡이가 있을 것 같았다. 가만히 귀를 옹송그리면 왈룡이의 부르는 소리조차 들

---

12 1936년 7월 『사해공론』에 발표될 때에는 '부비며'라고 서술되어 있다.

려오는 것도 같았다.

'왈룽이구나!'

하다가 제 생각에 놀라 다시 들으면 그것은 해당화 꽃가지에서 나는 왕벌의 소리이다.

*

점심때가 되어 옥순의 어머니와 구장댁이 찾아 나왔을 때는, 옥순은, 비누만 새것인 채 바위 위에 남겨 놓았을 뿐, 이미 육지에서는 사라진 뒤였다.

『가마귀』, 한성도서, 1937.8; 『이태준단편선』, 박문출판사, 1939.12

장마

"가만히 뒀느니 반침이나 좀 열어 보구려."

"건 또 무슨 소리야?"

"책이 모두 썩어두 몰루?"

하고 아내는 몰래 감추어 두고 쓰는 전기다리미줄을 내다가 곰팡을 턴다.

"책두 본 사람이 좀 내다 그렇게 털구려."

"일이 없어 그런 거꺼정 하겠군! 좀 당신 건 당신이 해봐요 또 남보구만 그런 것두 못 보구 집에서 뭘 했냐 마냐 하지 말구⋯⋯."

"쉬 고만둡시다. 말이 길면 또 어쩌녁처럼 돼."

하고 나는 마룻바닥에서 일어나 등의자로 올라앉았다. 등의자도 삶아 낸 것처럼 눅눅하다. 적삼고름으로 팔 놓은 데를 쓱 문대 보니 송충이나 꿰뚫은 것처럼 곰팡이와 때가 시퍼렇고 시커멓게 묻어난다. 나는 그제야 오늘 아침에 새로 입은 적삼인 것을 깨닫고 얼른 고름을 감추며 아내를 보았다. 아내는 아직 전기다리미줄만 마른 행주로 훔치고 있었다. 보았으면 으레 '어린애유? 남 기건 빨아 대려 입혀 놓니까⋯⋯' 하고 한마디, 혹은 내가 가만히 듣고 있지 않고 맞받으면 열 마디 스무 마디라도 나왔을 것이다.

늙은 내외처럼 흥흥거리기만 하고 지내는 것은 벌써 인생으로서 피곤을 느낀 뒤이다. 젊은 우리는 가끔가다 한 번씩 오금을 박으며 꼬집어 떼듯이 말총을 쏘고 받는 것도 다음 시간부터의 새 공기를 위해서는 미상불 필요한 청량제이기도 하다.

그러나 요즘 두 주일 동안은 비에 갇혀 내가 나가지 못한 때문인지 공연히 말다툼이 잦았다. 부부간의 말다툼이란 (우리의 길지 못한 경험에선) 언제든지 지내 놓고 보면 공연스러웠던 것이 원칙으로 우리가 엊저녁에 말다툼한 것도 다툴 이유로는 여간 희박한 내용이 아니었다. 소명이란 년이 하루에 옷을 네 벌을 말아 놓았다는 것이 동기였다. 해는 나지 않고 젖은 옷은 썩기만 하는데 왜 자꾸 비를 맞고 나가느냐고 쥐어박으니 아이는 악을 쓰고 울었다. 나는 드끄러우니까 탄할밖에 없었다.[1] 아이들이란 비도 맞고 놀아버릇을 해야 감기 같은 것에 저항력도 생기는 것인데 어른이 옷을 말려 대일 수가 없다는 이유로 감금을 하려 들 뿐만 아니라 구타까지 하는 것은 무슨 몰상식, 무책임한 짓이냐고 하였더니 아내는 지지 않고 책임이라 하니 그런 책임이 어째 어멈에게만 있고 아비에겐 없을 리가 있느냐는 것이다. 또 그렇게 아이들이 하루에 옷을 몇 벌을 말아 놓던지 달리지 않게 왜 옷을 여러 벌 사다 놓지 못하느냐? 또 젖은 옷도 썩을 새 없이 말릴 만한 그런 설비 완전한 집을 왜 지어 놓지 못하느냐? 그러고도 큰소리만 탕탕 하고 앉았는 건 남편이나 아비 된 자로서 무슨 몰상식, 무책임한 짓이냐 하고 우리집 경제적 설비의 불완전한 점은 모조리 외고 있었던 것처럼 지적해 가면서 특히 '왜 못 하느냐'에 강한 악센트를 내가며 나의 무능을 힐책하는 것이었다.

---

1 1936년 10월 『조광』에 발표될 때에는 '한할밖에 없었다'라고 서술되어 있다.

이런 경우에 나의 말막음은 역시 태연한 것으로

"또 이건 무슨 약속위반이야? 혼인하기 전에 물질적으로는 어떤 곤란이 있던지 불평하지 않기로 약속한 건 누구야?"

그래도 저쪽에서 나오는 말이 많으면 최후로는

"그럼 마음대로 해봐."

이다. 이 마음대로 해보라는 말은 가장 함축이 많은 술어(述語)²로서 저쪽에서 듣고만 있지 않고

"마음대로 어떻게 하란 말야?"

하고 해석을 요구하는 경우에는 얼마든지 폭탄적 선언으로 설명을 들려줄 수 있는 것이니 아내의 비위를 초점적으로 건드리는 데는 가장 효과 있는 말이 된다.

어제는 이 술어를 설명하는 데까지 이르렀더니 아내의 골은, 밤잔 원수가 없다는 말은 아무 의미도 없게, 아침까지 풀리지 않은 모양이었다.

비는 어쩌면 그칠 듯하다. 나는 마루 밑에서 구두를 꺼냈다. 안팎으로 곰팡이가 파랗게 피었다.

"여보?"

나는 엊저녁 이래 처음으로 의논성스럽게 아내를 불러 본다.

아내는 힐끗 보기만 한다.

"여보?"

"부르지 않군 말 못 하나."

"곰팡이가 식물이던가? 동물이던가?"

---

2 원작에는 '숙어(熟語)'로, 단행본에는 '술어(術語)'라 되어 있다.

"승겁긴……."

나는 사실 가끔 싱겁다.[3]

*

오래간만에 넥타이를 매느라고 거울을 들여다보았더니 수염이 마당의 잡초와 함께 무성하다.

"면도를 하구 나가?"

면도칼을 꺼내 보니 녹이 슬었다. 여럿이 쓰는 물건 같으면 또 남을 탓했을는지 모르나, 나 혼자밖에 쓰는 사람이 없는 면도칼이라, 녹이 슨 것은 틀림없이 내가 물기를 잘 닦지 못하고 둔 때문이다. 녹을 벗기려면 한참 갈아야 되겠다. 물을 떠오너라, 비누를 좀 내다 다오, 다 귀찮은 노릇이다. 링컨과 같은 구레나룻을 가진 이상(李箱)의 생각이 난다. 사내 얼굴에는 수염이 좀 거칠어서 야성미를 띠어 보는 것도 좋은 화장일지 모른다. 그러나 내 수염은 좀 빈약하다. 사진을 보면 우리 아버지는 꽤 긴 구레나룻이셨는데 아버지는 나에게 그것을 물리지[4] 않으셨다.

아직 열한점, 그러나 낙랑(樂浪)이나 명치제과(明治製菓)쯤 가면, 사무적 소속을 갖지 않은 이상이나 구보(仇甫)[5] 같은 이는 혹 나보다 더 무성한 수염으로 커피잔을 앞에 놓고 무료히 앉았을는지도 모른다. 그러다가 내가 들어서면 마치 나를 기다리기나 하고 있었던 것처럼 반가이 맞

---

3   원작에는 '나는 가끔 승거움으로 안해의 골을 풀어준다'라고 서술되어 있다.
4   원작에는 '전하지'라 서술되어 있다.
5   소설가 박태원(朴泰遠, 1909~1986)의 호.

아 줄는지도 모른다. 그리고 요즘 자기들이 읽은 작품 중에서 어느 하나를 나에게 읽기를 권하는 것을 비롯하여 나의 곰팡이 슨 창작욕을 자극해 주는 이야기까지 해줄는지도 모른다.

나는 집을 나선다. 포도원 앞쯤 내려오면 늘 나는 생각, '버스가 이 돌다리까지 들어왔으면'을 오늘도 잊어버리지 않고 하면서 개울물을 내려다본다. 여러 날째 씻겨 내려간 개울이라 양치질을 하여도 좋게 물이 맑다.[6] 한 아낙네가 지나면서

"빨래하기 좋겠다!"

하였다.

이런 맑은 물을 보면 으레 '빨래하기 좋겠다!'나 느낄 줄 아는, 조선 여성들의 불우한 풍속을 슬퍼한다.

푸른 하늘은 한 군데도 보이지 않는다. 고개에 올라서니 하늘은 더욱 낮아진다. 곰보네 가게는 유리창도 열어 놓지 않았고, 세월 잃은 '아스꾸리' 통은 교통방해가 되리만치 길가에 나와 넘어졌다.

"저따위가 누굴 쇠기긴…… 내가 초약[7]이 되는 거야. 이리 내애……."

열두어 살밖에 안 된 계집애 목소리 같은 곰보아내의 날카로운 소리다. 나는 곰보가게라고 하지만 다른 사람들은 흔히 안주인을 표준으로 곱추가게라고 한다. 얼굴은 늘 회충을 연상하게 창백한데, 좀 모두가 소규모여서 그렇지, 그만하면 이쁘다고 할 수 있는 눈이요, 코요, 입을

---

6 이하에 서술되는 내용은 단행본에 수록되는 과정에서 개작되는데, 원작에서는 아낙네가 등장하지 않는다. 그 내용은 다음과 같다.
　　"이런 맑은 물을 보면 '어서 빨래나 해야겠군!'을 제일 먼저 느낄 줄 아는 조선여성들의 불우한 풍속을 슬퍼한다."
7 초약(草約). 화투 놀이에서, 난초 넉 장을 갖추어서 이루는 약.

가지어서 곱추만 아니었다면 곰보로는 올려보지도 못할 미인이다. 병신이 되었기 때문에 할 수 없이 이 고갯마루턱에다 빙수가게나 내고 앉았는 곰보에게 온 모양으로, 속으로는 남편을 늘 네까짓것 하는 자존심이 떠나지 않는 모양이었다. 가끔 지나는 귓결에 들어 보아도 색시는 그 패다 만 앳된 목소리로 남편에게 '저따위가' 어쩐다는 소리를 잘 썼다. 그러면 아내와는[8] 아주 딴판으로 검고 우악스럽게 생긴 남편은 '요것이……' 하고 눈을 히뜩거리며 쫓아가 어디를 쥐는지 '아야얏' 소리가 반은 비명이요, 반은 앙탈이게 멀리 지난 뒤에도 들리는 것이었다. 사내는 그 가냘픈, 그리고 방아깨비 다리처럼 꺾이어진 색시에게 비겨, 너무나 우람스럽게 튼튼하다. 어떤 날 보면 보성학교 밑에서부터 고갯마루턱 저희 가게 앞까지 사이다니 바나나니를 한짐이나 되게 장본 것을 실은 자전차를, 사뭇 탄 채로 올라오는 것이었다. 그런 장정에게 한번 아스러지게 잡히고 앙탈스런 비명을 내는 것도, 그 색시로서는 은연히 탐내는 향락의 하나일지도 모른다. 비는 오고 물건은 팔리지 않고 먹을 것은 달린다 하더라도 남편과 단 둘이 들어앉아 약이니 띠니 하고 무슨 내기였던지[9] 화투장이나 젖히는 재미도, 어찌 생각하면 걱정거리 많은 이 세상에서 택함을 받은 생활일지도 모른다.

비는 다시 뿌린다. 남산은 뽀얗게 운무 속에 들어 있다. 고개는 올라올 때보다도 내려갈 때가 더 무엇을 생각하며 걷기에 좋다.

얼굴 얽은 이와 등 곱은 이의 부처, 저희끼리 '난 곰보니 넌 곱추라도 좋다' '난 곱추니 넌 곰보라도 좋다' 하고 손을 맞잡았을 리는 없을 것이

---

8 원작에는 '색씨와는'이라고 서술되어 있다.
9 '무슨 내기였던지' 부분이 원작에는 '팔맞기'라고 서술되어 있다.

요 누구라도 새에 들어서서, 그러나 한쪽에 가서는 신랑이 곰보라는 말을 반드시 하였을 것이요, 또 한쪽에 가서는 신부가 곱추라는 것을 반드시 이야기하고서야 되었을 것이다.

'자기와 혼인하려는 처녀가 곱추라는 말을 들었을 때, 그 총각의 심경은 어떠하였을 것인가?'

나는 생각하기에도 괴롭다.

아직도 고개는 더 내려가야 한다.

'우리 부처는 어떻게 되어 혼인이 되었더라?'

나는 우리 자신의 과거를 추억해 본다. 나는 강원도, 아내는 황해도, 내가 스물여섯이 되도록 한 번도 본 적도 없고 들은 적도 없었다. 다만 인연이란 내가 잘 아는 조양이(지금은 그도 여사이나) 내 아내와도 친한 동무였다. 그렇다고 처음부터 조양 때문에 우연히 서로 보고 로맨스가 일어난 것도 아니었다. 혹 그런 기회가 있었더라도 나면 모르나, 내 아내란 위인이 결코 로맨스의 여왕이 될 소질은 피천[10] 한푼 어치도 없는 사람이다. 애초부터 결혼을 문제삼아 가지고 조양이 우리 두 사람을 맞대 놓았다. 조양은 저쪽에다 나를 무엇이라고 소개했는지는 모르지만 나한테다는

"첫째 가정이 점잖고, 고생은 못 해봤으나 무어든 처지대로 감당해 나갈 만한 타협심이 있고, 신여성이라도 모던과는 반대요, 음악을 전공하나 무대에 야심이 있는 것이 아니라 취미에 그칠 뿐이요, 인물은 미인은 아니나 보시면 서로 만족하실 줄 압니다."

---

10 노린동전. 매우 적은 액수의 돈.

하였다. 나는 곧 만날 기회를 청했었다. 조양은 이내 그런 기회를 주선해 주었다. 나는 이발을 하고 양복에 먼지를 털어 입고 구두를 닦아 신고 갔었다. 내가 보기만 하는 것이 아니라 나도 뵈이는 터이라 얼떨떨하여서 테이블만 굽어보고 있었으나, 대체로 그가 다혈질이 아닌 것과 겸손해 뵈는 것과 좀 수줍은 티가 있는 것과 얼굴이 구조무자형(九條武子型)[11]인 데 마음에 싫지 않았다.[12]

'그러나 결혼엔 사랑이 있어야 한다는데, 사랑을 인제 해가지고 결혼에 도달할 건가? 이렇게 미리부터 결혼을 조건으로 하고 만나는 데는 순수한 사랑이 얼크러질 리가 없다. 이건, 아무리 서로 마음에 들어 활동사진에 나오는 것 같은 러브신을 가져 본다 하더라도 어디까지 결혼하기 위한 선보기의 발전이지 로맨스일 리는 없다…….'

나는 차라리 만나 본 것을 후회하였다. 다만 조양을 그의 인격으로나 교양으로나 우정으로나 모든 것을 믿는 만큼, 모든 것을 맡겨 버리고 서로 미지의 인연대로 약혼이 되게 하였더면, 그랬더면 그 혼인식장에 가서나 아내의 얼굴을 처음으로 대하는, 그 고전적인, 어리숙한 흥미란, 얼마나 구수한 것이었으랴.[13] 나는 그렇게 못 한 것을 지금까지도 후회하거니와 나는 이왕 만나 본 김에야 좀 더 사귀어 볼 필요가 있다 하고, 한번 같이 산보할 기회를 청해 보았다. 저쪽에서 답이 오기를 자기도 그렇게 하고 싶다고 하였고, 토요일 오후에는 두 시서부터 다섯 시까지, 세 시간 동안은 학교에서 나가 있을 수 있는데, 무슨 공원

---

11 구조 다케코(九條武子, 1887~1928). 일본의 가인(歌人). 그녀의 원래 이름은 오타니 다케코[大谷武子]로 다이쇼의 삼대 미인 중 한 사람이다.
12 원작에는 '마음에 들었다'고 서술되어 있다.
13 원작에는 '절정적인 것이였으랴'라고 서술되어 있다.

이나 극장 같은 번잡한 데는 싫다고 하였다.

　나는 그때, 서대문턱 전차정류장에서 그를 만나 가지고 어디로 걸어야 좋을지 몰랐다.

　"어느 쪽으로 걸을까요?"

　"전 몰라요."

하고 그는 붉어진 얼굴로 주위를 둘러보았다. 그는 동무나 선생을 만날까 봐 얼른 그 자리를 떠나자는 눈치였다.

　"이 성 밑으로 올라갈까요?"

　그는 잠자코 걷기 시작했다. 한참 올라가다가

　"그럼 이 산 위로 올라가 볼까요?"

하고 향촌동 위를 가리켰더니

　"거긴 동무들이 산보 잘 오는 데예요."

하였다. 할 수 없이 나는 중학 때 원족으로 진관사(津寬寺) 가던 길을 생각하였다. 서대문형무소 앞을 지나 무학재를 넘어서면 저 세검정(洗劍亭)에서 내려오는 개천이 모래도 곱고 물도 맑았다. 철도 그때와 같이 가을이라 곡식 익는 향기와 들국화와 맑은 하늘과 새하얀 모샛길이 곧 우리를 반길 것만 같았다. 그래서 먼지가 발을 덮는 서대문형무소 앞을 참고 걸어서 무학재를 넘어섰다. 고개만 넘어서면 곧 길이 맑고 수정 같은 개천이 흐르리라고 믿었던 것은 나의 착각이었다. 얼마를 걸어도 먼지만 풀석풀석 일어난다. 거름마차만 그 코를 찌르는 냄새에다 먼지를 일으키며 지나간다. 자동차나 한번 지나면 한참씩 눈도 뜰 수가 없고 숨도 쉴 수가 없다. 벌써 한 시간이나 거의 소비했다. 조용한 말이라고는 한마디도 못 해보았다. 그 세검정서 내려오는 개천은 여간 더 멀리 걷기 전에는 만날 것 같지도 않았다. 햇볕은 제일 뜨거운 각도로 우리를 쏘았다. 나는 산을 둘러보았다. 이글이글 단 바위뿐이다. 그러나 산으로나 올라가 앉을 자리를 찾는 수밖에 없었다. 산은 나무가 좀 있는 데를 찾아가니 맨 새빨갛게 송충이 먹은 소나무뿐이었다. 그리고 좀 응달이 진 데를 찾아가 앉으니, 실오리만한 물줄기에는 빨래꾼들이 천렵이나 하듯 법석이었다. 빨랫방망이들 소리에 우리는 여간 크게 발음을 하지 않고는 서로 알아들을 수가 없었다.

아내는 성북동(城北洞)으로 처음 나와 볼 때, 왜 그때 이렇게 산보하기 좋은 데를 몰랐느냐고 나를 비웃었고, 소설을 쓰되 연애소설은 쓸 자격이 없겠다 하였다. 나의 변명은 그때 우리는 연애가 아니었다는 것이다.

그런 소리를 하면 아내는 실쭉해져서

"그럼 한이 풀리게 연애를 한번 해보구려."

하는 것이다.

아닌 게 아니라 가끔 연애욕이 일어난다. 이것은 누구에게나 영원한 식욕[14]일지도 모른다. 또 얼마를 해보든지 늘 새로운 것이어서 포만될 줄 모르는 것도 이것일지 모른다.

*

버스는 오늘도 놀리고 간다. 우산을 접으며 뛰어가려니까 스타트해버린다. 나는 굳이 버스의 뒤를 보지 않으려, 그 얄미운 버스 뒤에다 광

---

14 원작에는 '욕망'이라 서술되어 있다.

고를 낸 어떤 상품의 이름 하나를 기억해야 할 의무를 가지지 않으려 다른 데로 눈을 피한다.

벌써 삼 년째 거의 날마다 집을 나와서는 으레 버스를 타지만, 뛰어 오거나 와서 기다리거나 하지 않고 오는 그대로 와서, 척 올라탈 수 있게, 그렇게 버스와 알맞게 만나 본 적은 한 번도 없다. 그 여러 백 번에 한두 번쯤은 그런 경우가 있는 편이 도리어 자연스러운 일일 것 같은데 아직 한 번도 그 자연은 오지 않는다.

'그러나 어디로 먼저 갈까?'

나는 한참 생각하다가 어느 편으로고 먼저 오는 버스를 타기로 한다. 총독부행(總督府行)이 먼저 온다. 꽤 고물이 된 자동차다. 억지로 비비고 운전사 뒷자리에 앉았더니 기계에 기름도 치지 않았는지 차를 정지시킬 때와 스타트시킬 때마다 무엇인지 불부삽자루만한 것을 잡아당겼다 밀었다 하는데 그놈이 귀가 찢어지게 삐익 삐익 소리를 낸다. 그러나 이 총독부행의 코스를 탈 때마다 불쾌한 것은 돈화문(敦化門) 정류장을 거쳐야 하는 데 있다. 거기 가서는 감독이 꼭 가래야만 차가 움직이는데 감독의 심사는 열 번에 한 번도 차를 곧 떠나게 하는 적은 없다. 차 안의 모든 눈이 '이 자식아 얼른 가라구 해라' 하는 듯이 쏘아보기를, 어떤 때는 목욕탕에 들어앉았을 때처럼 '하나 둘……' 하고 수를 헤어 보면, 무릇 칠십 팔십까지 헤도록 해야 가라고 하는 것이다. 그나 그뿐이 아니라 뻔쩍하면 앞차로 갈아타라 뒷차로 갈아타라 해서, 어떤 신경질 승객에게서는 '바가야로' 소리가 절로 나오게 되는데 제일에 나 같은 키 큰 승객이 욕을 보는 것은 기껏 자리를 잡고 앉았다가 앉을 자리는 벌써 다 앉아 버린, 다른 차로 가서 목을 펴지 못하고 억지로 바깥을 내다보는 체하며 서서 가야 하는 것이다.

"망할 자식, 무슨 심사루 차를 이렇게 오래 세워 둬……."

또

"저자식은 밤낮 앞차로 갈아타라고만 하더라 빌어먹을 자식……."
하고 욕이 절로 나오지만, 생각해 보면 그 감독이란 친구도 고의로 그
러는 것은 아닐 뿐 아니라 승객 일반을 위해서는 그런 조절, 정리가 필
요할 것은 무론이다.

그러나 이런 사회학적 사고(社會學的思考)는 나중 문제요 먼저는 모두
저 갈 길부터 바빠서 욕하고 눈을 흘기고 하는 것이 보통이니, 이것은
조선 사회에 아직 나 같은 공덕교양(公德教養)이 부족한 분자가 많기 때
문인지는 몰라도 아무튼 버스 감독이란 것도 형사(刑事)나 세관리(稅關
吏)만 못하지 않게 친화력(親和力)과는 담 싼 직업이다.

오늘도 다행히 차는 바꿔 타란 말이 없었으나 헤기만 했으면 아마
일흔은 헤었을 듯해서야 차가 움직이었다.

안국동(安國洞)서 전차로 갈아탔다. 안국정(安國町)이지만 아직 안국동
이래야 말이 되는 것 같다. 이 동(洞)이나 이(里)를 깡그리 정화(町化)시킨
데 대해서는 적지 않은 불평을 품는다. 그렇게 비즈니스의 능률만 본
위로 문화를 통제하는 것은 그릇된 나치스의 수입이다. 더구나 우리
성북동을 성북정이라 불러 보면 '이주사'라고 불러야 할 어른을 '리상'
이라고 남실거리는 격이다. 이러다가는 몇 해 후에는 이가니 김가니
박가니 정가니 무슨 가니가 모두 어수선스럽다고 시민의 성명까지도
무슨 방법으로든지 통제할는지도 모른다.

모든 것에 있어 개성(個性)을 살벌하는 문화는 고급한 문화는 아닐 게다.[15]

"조선중앙일보사 앞이오."

하는 바람에 종로까지 다 가지 않고 내린다. 일 년이나 자리 하나를 가지고 앉았던 데라 들어가면 일은 없더라도, 인젠 하품 소리만큼도 의의가 없는 '재미 좋으십니까?' 소리밖에는 주고받을 것이 없더라도, 종로 일대에서는 가장 아는 사람이 많이 모여 있는 곳이라 과히 바쁘지 않으면 으레 한번씩 들러 보는 것이 나의 풍속이다.

그러나 들어가서는 늘 싱거움을 느낀다. 나도 전에 그랬지만 손목만 한번 잡아 볼 뿐, 그리고 옆에 의자가 있으면 앉으라고 권해 볼 뿐, 저희 쓰던 것을 수굿하고 써야만 한다. 나의 말대답을 하다가도 전화를 받아야 한다. 손은 나와 잡고도

"얘? 광고 몇 단인가 알아봐라."

소리를 급사에게 질러야 한다. 선미(禪味)[16] 다분한 여수(麗水)[17]가 사회부장 자리에서 강도나 강간 기사 제목에 눈살만 찌푸리고 앉았는 것은 아무리 보아도 비극이다. 『동아』에서는 빙허(憑虛)[18]가 또 그 자리에서 썩는지 오래다. 수주(樹洲)[19] 같은 이가 부인잡지에서 세월을 보내게 한다.

"이렇게까지들 사람을 모르나?"

좋게 말하자면 사원들의 재능을 만점으로 가장 효과적이게 착취할 줄들을 모른다.[20] 내가 한번 신문, 잡지사의 주권자가 된다면, 인재 배

---

15 원작에는 '전진하는 문화는 아닐게다'라고 서술되어 있다.
16 탈속한 취미.
17 시인 박팔양(朴八陽, 1905~?)의 호.
18 소설가 현진건(玄鎭健, 1900~1943)의 호.
19 시인 변영로(卞榮魯, 1897~1961)의 호.
20 원작에서는 다음과 같이 서술되어 있다.
    "수주(樹洲)같은 이가 부인잡지를 주물르고 월급날이나 기다리는 것은 소인극(素人劇)으로

치에만은 지금 어느 그들보다 우월하겠다는 자신에서 공연히 썩는 이들을 위해, 또 그 잡지 그 신문을 위해 비분해 본다.

"왜 벌써 가시렵니까?"

"네."

나는 언제나 마찬가지로 『동경신문』 몇 가지를 뒤적거리다가는 그들이 나의 친구가 되기에는 너무 시간들이 없는 것을 느끼고 서먹해 일어선다.

"거 소설 좀 몇 회 치씩 밀리게 해주십시오."

"네."

대답은 한결같이 시원하다. 그러나 미리는 안 써지고 쓸 재미도 없다. 이것은 참말 수술이라도 해야 할 악습이다. 이러고 언제 신문소설이 아닌 본격 장편을 한 편이라도 써보나 생각하면 병신처럼 슬퍼진다.

출판부로 내려와 본다. 여기 친구들도 바쁘다. 돌리는 의자를 끝까지 치켜 올리고는 그 위에서도 양말을 벗어 내던진 발로 뒤를 보듯 쪼그리고 앉아 팔을 걷고 한 손으로는 담뱃재를 툭툭 떨어 가면서, 한 손으로는 박짝박짝 철필을 긁어 내려가는, 아명 신복 씨(兒名信福氏)[21]는 바쁜 사람 모양의 전형[22]일 것이다.

"원고 써주셔서 감사합니다."

"웬 원고는요?"

난 몇 번 부탁은 받았으나 아직 써보낸 것은 하나도 없다고 기억된다.

는 너머길다. / '이렇게까지들 사람을 애끼나?' / 좋게 말하자면 고인(雇人)들의 능력을 만점으로 가장 효과적이게 착취할 줄들을 모른다."

21 아동문학가 최영주(崔泳柱, 1905~1945)의 호.

22 원작에는 '표본'이라 서술되어 있다.

"인제 써주시면 감사하겠단 말씀이죠."

하고, 역시 여기서 '간쓰메'[23]가 되어 있는 윤 동요작가(尹童謠作家)[24]가 해설해 준다.

"그럼 인제 써드리리다."

하였더니 그 말이 떨어지기 바쁘게 신복 씨는 의자를 뱅그르르 돌리며 내려서더니 원고지와 펜을 갖다 놓는다.

"수필 하나 써주십시오."

"무슨 제목입니까?"

"바다 하나 써주십시오."

나는 작문 한 시간을 하지 않으면 안 되게 되었다.

"바다!"

멀리 쳐다보이는 것은 비에 젖은 북한산이다. 들리는 건 처마 물 떨어지는 소리와 공장에서 윤전기 돌아가는 소리다.

"바다!"

암만 바다를 불러 보아도 내가 그리려는 바다는 오백오십 리를 동으로 가야 나올 게다. 한 줄 쓰다 찍, 두 줄 쓰다 찍, 작문시간에 학생들에게 심히 굴지 말아야 할 것을 느낀다. 파리가 날아와 손등에 앉는다. 장마 파리는 구더기처럼 처끈처끈하고 서물거리는 감촉을 준다. 날려 버리면 이내 또 그 자리에 와 앉는다. 이런 때 끈끈이를 손등에다 발랐으면 요 파리란 놈이 달라붙어 가지고 처음 날릴 때 멀리 달아나지 않은 것을 얼마나 후회할까 생각해 본다. 그러다 보니 '바다'를 써야 할 것을

---

23 간즈메(かんづめ(缶詰め)). 협소한 장소에서 외부와의 접촉을 단절함.
24 아동문학가 윤석중(尹石重, 1911~2003)을 지칭하는 말.

한참이나 잊어버리고 있었다.

"이선생님?"

"네?"

"『조광(朝光)』 내월호(來月號) 어느 날 나오는지 아십니까?"

"모릅니다."

하고 가만히 생각해 보니 알더라도 모른다고 해야 할 대답이다. 신문들의 경쟁보다 잡지들의 경쟁은 표면화되어 있다. 『중앙』과 『조광』에다 그만치 놀러 다니는 나를 이 두 군데서 다 이런 것을 묻기도 하는 반면 요시찰인시(要視察人視)할지도 모른다. 모른다가 아니라 그럴 줄 알아야 할 사실이다. 좀 불쾌하다. 또 깨달으니 '바다'를 한참이나 잊어버리고 있었다.[25]

*

말동무가 그립다. 조광사(朝光社)에 들러 보고 싶은 생각도 난다. 그러나 들르나 마나다. 뻔한 노릇이다. 노산(鷺山)[26]은 전화로 맞추고 가기 전에는 자리에 없기가 일쑤요, 일보(一步)[27]는 직접 편집에 양적(量的)으로 바쁜 이요, 석영(夕影)[28]은 삽화 그리기에 한참씩 눈을 찌푸리고 빈 종이만 내려다보아, 얼른 보기엔 한가한 듯하나 질적(質的)으로 바쁜 이다.

---

25 단행본에 수록되는 과정에서 아래의 내용이 생략된다.
　　"이렇게 가로 세로 들어달리는 다른 생각들과 싸와 물리치며 억지로 '바다'이야기 팔구매를
　　끄적여 놓고 나왔다."

26 시조시인이자 수필가 이은상(李殷相, 1903~1982)의 호.

27 소설가 함대훈(咸大勳, 1906~1949)의 호.

28 삽화가 안석주(安碩柱, 1901~1950)의 호.

바로 낙랑으로 가니, 웬일인지 유성기 소리가 나지 않는다. 그러나 문만 밀고 들어서면 누구나 한 사람쯤은 아는 얼굴이 앉았다가 반가이 눈짓을 해줄 것만 같다. 긴장해 들어서서는 앉았는 사람부터 둘러보았다. 그러나 원체 손님도 적거니와 모두 나를 쳐다보고는 이내 시치미를 떼고 돌려 버리는 얼굴뿐이다. 들어가 구석자리 하나를 차지하고 앉는다. 불쾌하다. 내가 들어설 때 쳐다보던 사람들은 모두 낙랑 때가 묻은 사람들이다. 인사는 서로 하지 않아도 낙랑에 오면 흔히는 만나는 얼굴들이다. 그런 정도로 아는 얼굴은 숫제 처음 보는 얼굴만 못한 것이 보통이다. 그런 얼굴들은 내가 들어서면, 나도 저이들에게 그런 경우에 그렇게 할 수 있듯이

'저자 또 오는군!'

하고 이유 없이 일종의 멸시에 가까운 감정을 가질 것과 나아가서는

'저자는 무얼 해먹고 살길래 벌써부터 찻집 출근이람?

하고 자기보다는 결코 높지 못한 아무 걸로나 평가해 볼 것에 미쳐서는 여간 불쾌하지 않다.

커피 한 잔을 달래 놓았으나 컵에 군물이 도는 것이 구미가 당기지 않는다. 그 원료에서부터 조리에까지 좀 학적(學的) 양심을 가지고 끓여 논 커피를 마셔 봤으면 싶다. 그러면서 화제 없는 이야기도 실컷 지껄여 보고 싶다.

나는 심부름하는 애를 불렀다.

"너 이층에 올라가 주인 좀 내려 오래라."

"아직 안 일어나셨나 분데요."

"지금 몇 신데 가서 깨워라."

"누구시라고 여줄가요?"

"글세 그냥 가 깨워라 괜찮다."

하고 우기니깐 그 애는 올라간다.

주인은 나와 동경시대에 사귄 '눈물의 기사' 이 군(李君)[29]이다. 눈물에 천재가 있어 공연한 일에도

"아하!"

하고 감탄만 한번 하면[30] 곧 눈에는 눈물이 차버리는 친구로 밤낮 찻집에 다니기를 좋아하더니 나와서도 화신상회에서 꽤 고급을 주는 것도 미술가를 이해해 주지 못한다는 불평으로 이내 그만두고 이 낙랑을 차려 놓은 것이다.

그는 나를 만나면, 늘 조용히 하고 싶은 말이 있노라 했다. 한번은 밤에 들렀더니 이층에 있는 자기의 방으로 끌고 가서, 자기가 연애를 하는 중이라고 말하였다. 상대자는 서울 청년들이 누구나 우러러보지 않는 사람이 없는, 평판 높은 미인인데, 그 모두 쳐다만 보는 높은 들창의 열쇠를 차지한 행운의 사나이는 자기란 것과, 그렇게 되기 위해서는 열 몇 달이라는 시일을 두고 이 낙랑의 수입을 온통 걸어가면서 뭇 사나이의 마수를 막아 가던 이야기를 눈물이 글성글성해서 하였다. 그리고는

"자네 알다시피 내겐 처자식이 있지 않나? 이를 어쩌면 좋은가?"

하고 그것을 좀 속시원하게 말해 달라 하였다. 나는 오래 생각할 것도 없이 만일 내 자신에게 그런 경우가 생겨도 그렇게밖에는 할 도리가 없기 때문에

---

29 원작에는 '이순석(李順石)'으로 표기되어 있다.

30 원작에는 '우름만 한번 치면'이라 서술되어 있다.

"단념해 보게."

하였다.

"어느 편을?"

하고 그의 눈은 최대한도의 시력을 내었다.

"연인을."

하니

"건 죽어도……."[31]

하였다.

"그럼 연애를 그대로 하게나."

하였더니

"안핸 그냥 두구 말이지?"

한다.

"그럼, 몰래 하는 연애까지야 아내가 간섭 못 할 것 아닌가? 결혼을 할 작정이면 몰라도…… 자네 결혼까지 하고 싶은가?"

하였더니

"그럼…… 그럼……."

하고 그는 고개를 숙이었다. 나는

"죽어도 단념할 수는 없다니 자네 나갈 탓이지 제삼자가 뭐라고 용훼[32]하나?[33]"

하고 물러앉으려 하였더니 그는 내 손을 덥벅 잡고

---

31 원작에는 '건 죽어도 못하겠네'라고 서술되어 있다.
32 말참견.
33 원작에는 '내가 뭐라고 용 하나?'라고 서술되어 있다.

"아직 우린 순결하네.³⁴ 끝까지 정신적으로만 사랑해 나갈 순 없을가?"

묻는 것이었다.

"그건 참 단념하는 것만은 못하나 좋은 이상이긴 하네."

하였더니 그는

"이상이라? 그럼 불가능하리란 말일세 그려?"

했다. 그리고 그 여자의 초상화 그린 것을 내다보이며

"미인 아닌가?"

하면서 울었다.

그 뒤 얼마 만에 만났더니 그는 얼굴이 몹시 상했고 한편 손 무명지를 붕대로 칭칭 감고 있었다. 왜 그러냐 물었더니

"생인손을 알아 짤라 버렸네."

하는데 그 대답이 퍽 부자연스러웠다. 나는 감격성 많고 선량한 그가 그 연애사건으로 말미암아 단지(斷脂)한 것임을 직각하였으나 여럿이 있는 데서라 다시 묻지는 못하였는데 영업이 잘 되지 않아 낙랑도 팔아 버리고 동경으로나 다시 가 바람을 쐬겠다고 하면서 낙랑 인계할 만한 사람이 있거든 한 사람 소개해 달라고 하는 양이 여러 가지 비관이 있는 모양이었다. 그 뒤로는 다시 못 만났는데 심부름하는 아이는 한참 만에 내려오더니

"주인 선생님이 일어나셨는데 어디루 나가셨나 봐요. 아마 댁으로 진지 잡수러 가셨나 봐요."

하는 것이다.

---

34 원작에는 '아직 육체관계는 없네'라고 서술되어 있다.

"집에? 집에 가 잡숫니 늘?"

"어쩌다 조선 음식 잡숫고 싶으면 가시나 봐요."

한다. 구보도 이상도 나타나지 않는다. 비는 한결같이 구질구질 내린다. 유성기 소리가 나기 시작한다. 누구든지 한 사람 기어이 만나보고만 싶다. 대판옥(大阪屋)이나 일한서방(日韓書房)쯤 가면 어쩌면 월파(月坡)[35]나 일석(一石)[36]을 만날지도 모른다.

'친구?'

나는 이것을 생각하며 낙랑을 나서 비 내리는 포도를 걷는다. 낙랑의 이군[37]만 해도 서로 친구라고 부르는 사이다. 그러나 그가 그의 집으로 갔나 보다고 할 때, 나는 그의 집안을 상상하기에 너무나 막연하다. 그의 어머니는 어떤 부인이요 아버지는 어떤 양반[38]이요 대체 이군은 어디서 났으며 소학교는 어디를 다녔으며 어릴 때의 그는 어떤 아이였더랬나? 나는 깜깜이다. 그가 만일 친상을 당했다 하더라도 나는 어떤 노인이 죽은 것을 의미하는 것인지 막연할 것이다. 그의 조상에는 어떤 사람이 나왔나 그의 어린애들은 어떻게 생긴 아이들인가 모두 깜깜하다.

'이러고도 친구간인가? 친구라 할 수 있는 것인가?'

생각이 들어간다. 생각해 보면 오늘 만나 본 중앙일보사의 모든 사람들, 또 지금부터 만났으면 하는 구보나 이상이나 월파나 일석이나 모두 안 그런 친구는 하나도 없지 않은가? 모두 한 신문사에 있었으니깐 알았고 한 학교에 있으니깐 알았고 한 구인회원이니깐 안 것뿐이 아

---

35 시인 김상용(金尚鎔, 1902~1951)의 호.
36 국어학자 이희승(李熙昇, 1896~1989)의 호.
37 원작에는 '이순석군'이라 표기되어 있다.
38 원작에는 '노인'이라 표기되어 있다.

닌가? 직업적으로, 사무적으로, 자주 만나니까 인사하고 자주 인사하니까 손도 잡고 흔들게 되고 하는 것뿐이지 더 무슨 애틋한, 그리워해야 할 인연이나 정분이 어디 있단 말인가? '친구간에 어쩌고 어쩌고……' 하는 말이 모두 쑥스럽지 않은가? 그러자 나는 몇 어렸을 때 친구 생각이 난다.

용기, 홍봉이, 학순이, 봉성이……. 그들은 정말 친구라 할 수 있을까? 어려서 발가벗고 한 개울에서 헤엄을 치고 자랐다. 그래서 용기 다리에는 무슨 흠집이 있고 봉성이 잔등에는 기미가 몇인 것까지도 안다. 학순이는 대운동회 때, 나와 이인삼각(二人三脚)의 짝이 되어 일등을 탄 다음부터 더 친하게 놀았다. 그들의 조부모는 어떤 사람들이고 부모는 어떤 사람들이고 죄 안다. 그들의 집안 풍경까지도 소상하다. 누구네 집 마당에는 수수배나무가 서고, 누구네 집 뒷동산에는 밀살구나무가 선 것까지도…….

'참! 지난봄에 학순에게서 편지 온 걸…….'

나는 아직 답장을 해주지 못한 것을 깨닫는다. 몇 가지 부탁이 있는 것까지 모른 체해 버리고 만 것이 생각난다. 그때 즉시 답장을 하지 못한 것은 바빠서라기보다 그냥 모른 척해 버리고 싶었기 때문이다. 그의 편지 사연은 지금도 기억할 수 있다.[39]

'어느 잡지책에선가 보니 자네가 『달밤』이란 소설책을 냈데그려. 이 사람 내가 얘기책 좋아하는 줄 번연히 알면서 어쩌문 그거 한 권 안 내 준단 말인가? 그런데 책 이름을 어째 그렇게 지었나? 『추월색』이니

『강상명월』이니만치 운치가 없지 않은가? 그런데 내용은 물론 연애소설이겠지? 하여간 한번 읽어 보고 싶네. 부디 한 권 부쳐 주기 바라며 또 한 가지 부탁은 돈은 못 부치나 담배꽁댕이를 모아 담아 먹으려 하니 아조 쬐고만 고불통[40] 물뿌리 하나만 사서 『달밤』과 함께 똘똘 말아 부쳐 주게. 야시에 가면 십 전짜리 그런 고불통이 있다데……'

소학교 이후 그는 농촌에만 묻혀 있으니 남의 창작집을 『추월색』따위 이야기책과 비겨 말하려는 것이 무리는 아니나 좀 불쾌하기도 하고, 『달밤』을 보낸댔자 그의 기대에 맞을 리가 없을 것이 뻔하여 그 고불통까지도 잠자코 내버려뒀던 것이다.

나는 후회한다. 그가 알고 읽든, 모르고 읽든, 한 책 보내 주어야 할 정리에 쥐뿔 같은 자존심만 내인 것을 후회한다.

나는 진고개로 들어서서 고불통 '마도로스 파이프'부터 눈여겨보았다. 하나도 십 전급의 것은 없다. 모두 오륙 원 한다. 이런 것은 그에게 『달밤』이 맞지 않을 이상으로 당치 않을 것들이다.

대판옥서점으로 들어섰다. 책을 보기 전에 사람부터 둘러보았으나 아는 이는 한 사람도 없다. 신간서(新刊書)도 변변한 것이 보이지 않는데 장마때에 무슨 먼지가 앉았을라고 점원이 총채를 가지고 와 두드리기 시작한다. 쫓기어 나와 일한서방으로 가니 거기도 아는 얼굴은 하나도 없는 듯하였는데 그 아는 얼굴이 아니었던 속에서 한 사람이 번지르르한 레인코트를 털면서 내 앞으로 다가왔다.

"이군 아냐?"

---

40 흙을 구워 만든 담배통.

그의 목소리를 듣고 보니 전에 안경 안 썼던 때의 그의 얼굴이 차츰 떠올라온다.

"강군……."

나도 그의 성을 알아맞혔다. 중학 때 한반이었던 사람이다. 그는 나의 손을 잡고, 흔들면 흔들수록 옛날 생각이 솟아나는 듯 자꾸 흔들기를 한참 하더니 나를 본정그릴로 데리고 간다. 클락에 들어서 모자를 벗는 것을 보니 머리는 상고머리요 레인코트를 벗는 것을 보니 양복저고리 에리에는 일장기 배지를 척 꽂았다. 테이블을 정하고 앉았더니 그는 그 일장기 꽂힌 옷깃을 가다듬고

"그간 자네 가쓰야꾸부리[41]는 신문잡지에서 늘 봤지."

하였고 다음에는

"그래 돈 좀 잡았나?"

하는 것이다.

"돈?"

하고 나는 여러 가지 의미의 고소를 그에게 주었다. 그리고

"자넨 좀 붓들었나?"

물었더니

"글세 낚시는 몇 개 당거 놨네만……."

하고 맥주를 자꾸 먹으라고 권하더니 자기도 한잔 들이켜고 나서는,

"자네도 알겠지만 세상일이 다 낚시질이데 그려. 알아듣겠나? 미끼가 든단 말일세. 허허……."

---

41 가쓰야꾸부리(かつやくぶり(活躍ぶり)). 활약상.

하고 선웃음을 치는 것이 여간 교젯속에 닳지 않았다.

"나 그간 저어 황해도 어느 해변에 가 간사지[42] 사업 좀 했네."

"간사지라니?"

나는 간사지가 무엇인지 모른다. 그는,

"허 안방 도련님일세 그려."

하고 설명해 주는데 들으니 조수가 들락날락하는 넓은 벌판을 변두리를 막아 다시는 조수가 못 들어오게 하고 그 땅을 개간한다는 것이다.

"한 사오십 정보 맨드러 놨네."

하더니 내가 그 사업의 가치를 잘 몰라주는 것이 딱한 듯

"잘 팔리면 오십만 원쯤은 무려할 걸세. 난 본부에 드러가서두 막 뻗히네."

하는 것이다.

"본부라니?"

나는 간부와 대립되는 본부는 아닐 줄 아나 그것도 무엇인지 몰랐다.

"허 이 사람 서울 헛 있네 그려. 본불 몰라? 총독불!"

하고 사뭇 무안을 준다. 그리고 자기는 정무총감한테 가서도 하고픈 말은 다 한다고 하면서 간사지란, 지도에도 바다로 들어가는 것인데 그것을 훌륭한 전답지로 만들어 놓았으니 국토를 늘려 논 셈 아닌가 하면서,

"안 해 그렇지 군수 하나쯤이야 운동하면 여반장이지."

하고 보이를 크게 부르더니 날더러 뭘 점심으로 시켜 먹자고 한다. 런치를 시키더니

---

42 원작에는 '간사지'가 모두 '사간지'라 표기되어 있다.

"여보게?"

하고 목소리를 고친다.

"말하게."

"자네 여학교에 관계한다데 그려?"

"좀 허지."

"나 장개 좀 드려 주게."

하고 또 선웃음을 친다.

몹시 불쾌하다. 점심만 시키지 않았으면 곧 일어나고 싶다.

"이 사람 친구 호사 한번 시키게나 그려? 농담이 아니라 진담일세. 나 지금 독신일세."

나는 그에게 아직 미혼이냐 이혼이냐 상배를 당했느냐 아무것도 묻지 않았고 친구라는 말에만 정신이 번쩍 났다. 그는 역시 친구라는 말을 태연히 쓴다.

"친구간에 오래 격조했다 만났는데 어서 들게."

하고 맥주를 권하였고

"친구간 아니면 갑작이 만나 이런 말 하겠나."

하고 트림을 한다.

런치가 나오기 시작한다. 나는 이 사람이 금세 '세상일은 다 낚시질이데그려' 하던 말을 잊을 수 없다. 이것도 그의 낚시질인지 모른다. 내가 미끼를 먹는 셈인지도 모른다.

"여잔 암만해두 인물부터 좀 있어야겠데…… 자넨 어떻게 생각하나?"

나는 '옳지 낚시질 시작이로구나' 하고,

"글세……."

하였을 뿐이다. 생각하면 낚시질이란 반드시 어부 편에만 이익이 돌아가는 것은 아니다. 고기가 미끼만 곧잘 따먹어 셀 수도 없지는 않은 것이다. 그가 비싼 것을 시키는 대로, 그가 권하는 대로 내 양껏 잘 먹고 잘 소화해 볼 생각이 생긴다.

그는 나중에

"자넨 문학가니까 연애나 결혼이나 그런 방면에 나보다 대갈 줄 아네. 자네가 간택한 여자라면 난 무조건하고 복종할 테니 아예 농담으로 듣지만 말게……. 내 자랑 같네만 본부에 있는 친구들서껀 참 자네 ×사무관 아나?"

한다.

"알 택 있나."

"메칠 안 있으면 도지사 돼 나갈 걸세. 그런 사람들도 당당한 재산가 영량들만 소개하지만 자네 소개가 원일세. 소설에 나오는 것 같은 쪽 뽑은 신여성 하나 권해 주게. 내 어려운 살림은 안 식힐 걸세."

그리고

"친구간이니 말일세만 독신 된 후론 자연 화류계 계집들과 상종이 되니 몸도 인전 괴롭고 첫째 살림꼴이 되나 어디……."

하더니 명함 한 장을 꺼내 주고 서울 오면 교제상 어쩔 수 없어서 비전옥(備前屋)에 들어 있으니 자주 통신을 달라 한다. 그리고 길에 나와 헤어져서 저만치 가다 말고 돌아서더니

"꼭 믿네."

하고 소리를 지르는 것이다.

그가 이제부터 또 누구에게 '낙시는 몇 개 당거 났네만' 하는 말에는

오늘 나에게 런치 먹인 것도 들어갈는지도 모른다.

*

비는 그저 내린다. 못 먹는 맥주를 두어 컵이나 먹었더니 등허리가 후끈거린다. 이런 것이 다 나에게도 교젯속 공부일지 모른다.

지금쯤 아내는 골이 풀어졌을 듯도 하다. 그러나 내가 들어서면 또 절로 새침해질는지도 모른다.

'내 어려운 살림은 안 식힐 걸세.'

하던 강군의 말이 잊혀지지 않는다.

'난 아내에게 어려운 살림을 시키는 남편이다!'

나는 낙랑 뒤를 돌아 중국 사람들의 거리로 들어섰다. 아내가 젖이 잘 나지 않던 어느 해다. 누가 중국 사람들이 먹는 도야지족을 사다 먹이라 하였다. 사다 먹여 보니 젖이 잘 나왔다. 여러 번 먹어 보더니 맛을 들여 젖은 안 먹이는 지금도 그것만 사다 주면 좋아한다. 나는 천증원(天增園)에 들러 제일 큰 것으로 하나 샀다. 그리고 그 길로는 한도(漢圖)로 갔다. 고불통은 다른 날 사보내기로 하고 우선 『달밤』만 한 책을 학순에게 부치었다.

우리[43] 성북동 쪽 산들은 그저 뽀얀 이슬비 속에 잠겨 있다.

— 丙子, 八月 九日 松田에서 —

『가마귀』, 한성도서, 1937.8

---

43 원작에는 '우리'가 생략되어 있다.

철로

　송전(松田) 정거장은 간이역(簡易驛)이다. 플랫폼 위에, 표를 찍고 들어간 손님들이나 잠깐 앉았으라고 지어놓은 것 같은 바라크 한 채가 일반 대합실(待合室)이요 역원실(驛員室)의 전부이다. 그래 순사나 운송점원 아닌 사람도 누구나 입장권 없이 무상출입을 하게 되었다. 우연히 바람 쏘이러 나갔다가도 아는 사람을 맞을 수 있고 그리 친하지 않은 사람이 가는 데도 여럿이 따라나와 떠나는 이를 즐겁게 해줄 수 있다. 그리고 화원(花園)이 없는 데라 달리아 꽃이 보고 싶으면 언제든지 여기로 올 수 있고, 유리창만 다 밀어놓으면 별장들보다 더 시원하니 어떤 사람은 낮잠을 자러도 이리로 나온다. 이런 것은 간이역이 가진 미덕(美德)이다.

*

　철수도 정거장에 무시로 들어왔다. 처음으로 기차가 개통되었을 때는, 바다에서 들어와 오후는, 흔히 정거장에서 해를 보냈다. 날이나 궂어 바다에 나가지 못할 날이면 '옳다 내 세상이다' 하고 종일을 정거장에서 한 시간이라는 것이 얼마나 긴 동안인지도 모르면서 네 시간만 있으면 온다, 다섯 시간만 있으면 온다, 하는 기차만 무작정 기다리고 있는 것이 낙이었다.

기차는 큰 장난감같이 보였다. 객차가 기관차를 떼었다 달았다 하는 것이며, 빽빽 하는 기적소리, 언덕을 올라갈 때면 치치팡팡거리는 소리, 밤이면 이마에다 불을 달고 꼬리에는 새빨간 새끼등을 단 것, 모두 재미있으라고 만든 것 같았다. 그것을 타고 오는 사람, 가는 사람, 손님들도 모두가 무슨 볼일이 있어 다니는 것이 아니라 장난으로 타보기 위해 다니는 것만 같았다.

'나는 언제나 한번 저놈을 타보나?'

혼자 몇 달을 별러서 양 한 돈을 내고 고저(庫底)까지는 타 보았다. 그 눈이 아찔하게 빠르던 것, 굴속으로 지나갈 때, 생판 대낮인데도 밤중처럼 캄캄하던 것,

'야! 나도 육지에서 무슨 벌이를 하면서 늘 기차를 타고 다녔으면!' 하는 욕망이 절로 치밀었다.

그러나 바다는 여간해서 놓아주지 않았다. 동틀머리에는 으레 잠이 깨어졌다. 철썩거리는 파도 소리는 어서 일어나라고 부르는 것 같았다. 부르는 것 같지 않더라도, 아무리 생각하더라도 다른 도리는 없었다. 아무리 일찍 깨어도 한 번도 바쁘지 않은 아침은 없다. 어머니가 조반을 짓는 동안 열 봉(천 개)이나 되는 낚시에 섶(생홍합)을 까가며 미깟(미끼)을 찍어(끼어) 놔야 한다. 아무리 서둘러도 어머니의 어서 밥 먹고 나가라는 재촉이 늘 앞선다.

급한 밥을 먹고 일어서 나오면 배만은 하루같이 바다가 그리운 듯, 멀기(파도)가 들어올 때마다 꽁지를 들먹거리었다. 물을 서너 바가지 퍼버리고 나서 여남은 번 노질만 하면 으레 아침 하내바람[1]은 육지로

부터 살곱게 불어 나왔다. 돛을 달고 앉아 담배를 한 대 피워 물어야 그 제야 후 하고 한숨이 나가고 제 세상을 만난 듯 마음이 턱 놓이기는 하 나 아침볕만 늠실거리는 망망한 바다로 모래섬에 지저귀는 물제비 소 리만 들으며 나가는 것은 한없이 외롭기도 하였다.

고기가 잘 물리지 않아서 배에서 다시 낚시를 골라 가지고 두벌잡이 나 하게 되는 날은 두 시 차가 뚜 하고 치궁(致弓) 굴속을 빠져나와 배암 같은 것이 달려감을 보면 낚시 앉힌 것은 그냥 내버리고라도 어서 육지 로 나오고만 싶었다.

두벌잡이를 안하는 날도 집으로 들어올 때는 아침에 바다로 나올 때처 럼 늘 바빴다. 바람이나 아침바람이 바뀌지 않고 그냥 하내바람이 내불 기만 해서 갈지자로 엇먹어 들어오게 되는 날은 더 마음이 안타까웠다.

'오늘은 황길네 배보다 먼저 팔아버려야 할 턴데…….'

'오늘은 별장에서들 좀 사러 와야 할 턴데…….'

안말이나 촌에서들 오는 사람은 물건 타박만 할 뿐 아니라 돈 가진 이가 별로 없다. 모다 감자나 좁쌀이나 된장, 고추장 따위다. 돈으로 들 어와야 몇십 전 자기가 얻어가지고 담배도 사 피워 본다.

한 사 년 전 송전불녁(해변)에 별장들이 새로 생긴 해 여름이었다. 한 번은 고기를 잡아가지고 나오니 함지들을 끼고 섰는 촌아낙네들 사이 에 아롱아롱한 치마를 짧게 입고 단발한 머리가 오똑 올려 솟은 처녀가 바윗등에 서 있었다. 가까이 들어와 보니 나이가 거의 자기 또래인데 그렇게 이쁘게 뵈는 처녀는 처음이었다. 정거장에 나가 차 안에 앉은

---

1 하내바람. '하늬바람'의 방언

여학생도 많이 보았지만 그렇게 눈서껀 입서껀 귀서껀 정신나게 생긴 처녀는 본 적이 없었다. 그 처녀는 가자미가 펄떡펄떡 뛰는 것을 보고 내외도 없이 뱃전으로 다가오더니 새하얀 팔을 척 걷고 만져보았다.[2] 그리고

"이거 한 마리 얼맙니까?"

하고 물었다. 철수는 이런 나이 열칠팔이나 된 처녀에게서 공대를 받아보기는 처음이라 옆엣 사람들이 좀 부끄러웠다.

"한 드럼에 사십 전 주우다."

하였더니

"한 드럼이 몇 마립니까?"

하고 또 그 동그란 눈을 쌍꺼풀이 지게 뜨며 물었다. 옆에서 누가 스무 마리가 한 드럼이라 가르쳐 주니 얼른 오십 전짜리 은전을 꺼내주며 한 드럼 달라고 하였다. 사 놓기는 하고 들고 가기 무거워하는 것을 보고 철수는 자기가 해수욕장까지 들어다 주었다.

그때, 그 길에서 그 처녀는 조금도 부끄러워하지 않고, 별것을 다 물어주었다. 고기를 어떻게 잡느냐, 낚시는 어떻게 생겼느냐, 무슨 고기 무슨 고기가 잡히느냐, 풍랑을 만나면 어떻게 되느냐, 저기 빤히 보이는 섬이 무슨 섬이냐, 여기서 그 섬까지 몇 리나 되느냐, 종일이라도 같이만 있으면 물어보는 것이 한이 없을 것 같았다.

그 뒤부터 그 처녀는 자주 생선을 사러 나왔고 많이 사는 날은 으레 철수가 들어다 주었다. 들어다 줄 때마다 처녀는 철수에게 바다에 관

---

2   1936년 10월 『여성』에 발표될 당시에는 '뱃전으로 다가오더니 만져보았다'라고 서술되어 있다.

한 여러 가지를 물었다. 물을 때마다 철수는 무어든지 잘 대답하였다. 모두 철수로서 넉넉히 대답할 수 있는 것이었다. 알섬은 왜 이름이 알섬이냐 물으면 바다의 날짐승들이 봄이면 모두 그 섬으로 모여들어 알을 까기 때문이라 설명해 주었고 바람이 육지에서 내어부는데 어떻게 돛을 달고 들어오느냐 물으면 한 손으로는 돛 모양을 하고 한 손으로는 키 모양을 내어가며 바람과 반대 방향으로도 진행할 수 있는 것을 떠듬거려서나마 설명해 주었다. 그러면 처녀는 가던 걸음을 다 멈추고

"어쩌문!"

하고 감탄하곤 하였다. 그 감탄을 받을 때마다 철수는 바다 위를 그냥 뛰어나갈 듯 신이 났다.

그러다 어느덧 바다에 찬물이 들어 그 처녀의 그림자가 불녘에서 사라지고 말았을 때 철수는 그렇게 서운한 감정이란 일찍이 느껴본 적이 없었다. 정거장에 나와서

'여기서 차를 타고 갔겠구나!'

생각하면서 멀리 산모롱을 돌아가버린 철롯길만 바라볼 때는 가슴이 찌르르 하였다.

가으내, 겨우내, 봄내, 철수는 무시로 그 별장집 처녀를 생각하다가 다시 해수욕철을 맞이하였다. 은근히 기다려지는 마음에 아침 차에는 나올 새가 없으나 저녁 다섯 시 차에는 으레 정거장으로 나오곤 했다. 철에 맞지는 않으나 전에 아버지가 쓰던 나까오리[3]를 털어 쓰고 오월 단오 때 고저로 씨름하러 가서 사 신고 온 운동화를 내어 신고 바다에

---

3 나까오리(なかおり(中折り)). 중절모.

서 들어오면 부리나케 정거장으로 오곤 하였다.

"너 어드메 가니?"

아는 사람이 물으면 대뜸 얼굴이 씨뻘개지며 말문이 막혀 어름거리면서도 여전히 나오곤 하였다.

그러나 처녀는 어느 날인지 아침 차에 내린 듯하였다. 그래서 역시 고기 사러 오매리(梧梅里) 불녁으로 나온 것을 만나보게 되었다.

철수는 가슴이 뛰어 얼굴을 잘 들지 못하였다. 일 년 동안 처녀는 엄청나게 몸이 피었다. 머리는 그저 자른 대로였으나 쪽만 틀어놓는다면 벌써 아이를 낳은 황길이 처만 못하지 않을 몸피[4]였다. 그러나 처녀는 조곰도 내외 티가 없이 먼저 알아보는 체하고,

"나 모르겠오?"

소리를 다 하였다. 철수는 얼굴이 후끈거리어, 짠 바닷물에 세수를 해가며 묻는 말에도 잘 대답을 못하고 비슬비슬 피하기까지 하였다.

이 해 여름도 고기를 많이 사는 날은 늘 들어다 주곤 하였다. 그러다 찬물이 들어서면 어느 날에 떠나는지 처녀의 그림자는 다시 볼 수 없게 된다. 정거장에 나가면 산모롱에 철롯길만 아득한 것이다.

*

작년에도 또 처녀는 철수가 마중 나오는 낮차에는 내리지 않았다. 으레 서울서 밤차를 타는 듯했다. 그런데 이번에는 잘랐던 머리를 길

---

4   원작에는 '몸시'라 표기되어 있다.

러가지고 쪽을 틀고 왔었다. 쪽을 틀어 그런지 철수의 눈에는 아직도 처녀라기에는 지나치게 어른인 편이었다. 자기는 스물두 살, 처녀는 아무래도 열아홉이나 갓스물은 되었으리라 하였다. 그리고

'혼인을 했나보다!'

생각해 보았다. 왜 그런지 그런 생각은 슬픈 생각이었다.

'혼인을 했으면 저희 시집으로 갔을 테지 또 친정집 별장으로 왔을 리가 있나? 왜 못 와? 다니러 올 수도 없어?'

철수는 혼자 물어보았다. 나중에는 아낙네들 지껄이는 소리를 유심히 들어보기도 하였다. 촌 아낙네들은 여학생이 나타날 때마다 으레 그의 소문거리를 잘들 알아내 지껄이기 때문이다. 그러나 한 아낙네도 그 처녀가 시집을 갔거니, 아직 안 갔거니를 지껄이지는 않았다.

이 해 여름에도 그 처녀가 고기를 사러 오면 철수는 다른 사람의 눈을 피해가며 싸게 팔았고 또 무거운 것이면 으레 전과 같이 이야기를 하면서 들어다 주었다. 하루는 바다 이야기 아닌 것을 물었다.

"외금강(外金剛)까지 가자면 여기서 몇 시간이나 걸립니까?"

철수는 이것은

"모르는데요."

할 수밖에 없었다.

"외금강까지 가는 데 여기서부터 정거장이 몇이나 됩니까?"

그것도 철수는 알지 못했다. 처녀는 자꾸 물었다.

"요다음 정거장이 고저, 그 다음은 어딘가요?"

"통천(通川)입니다."

"통천 다음엔요?"

"모르겠는데요."

철수는 여간 분하지 않았다. 왜 미리 외금강까지 몇 시간이나 걸리고 정거장은 몇이고 무슨 정거장 무슨 정거장이 차례로 놓였는지 그렇게 여러 번 정거장에 나다니면서도 진작 그것쯤 알아두지 못해 가지고, 자기는 무어든 잘 아는 줄 알고 묻는 처녀에게 모른다는 대답만 하게 되나, 하고 여간 분하지 않았다. 그리고 생각해보면 자기는 송전서 외금강 가는 데만 모르는 것이 아니라 송전서 북으로 안변(安邊)까지 가는 데도 잘 모른다. 시간이 얼마 걸리는 것이나 정거장이 몇인 것은 물론, 정거장 이름도 겨우 패천(沛川)과 흡곡(歙谷) 둘밖에는 생각나지 않는다.

'나는 육지는 너무 모르는구나!'

생각이 났다.

'그 처녀는 육지에 사는데……'

철수는 적지 않은 불안을 느끼었다.

'그 처녀가 모래섬 같은 데 혼자 산다면!'

철수는, 어디는 몇 길이나 되고 어디다 낚시를 놓으면 무슨 고기가 물리고, 섶을 따려면 어느 섬으로 나가야 하고 전복을 따려면 어떤 날씨라야 하고, 이런 것은 눈을 감고도 훤한 바다를 내다보면서 한숨을 쉬었다. 그리고 그 길로 정거장으로 가 낯익은 아이들을 붙잡고 남으로 간성(杆城)까지, 북으로 원산(元山)까지 가는, 위의 세 가지 지식을 배우려 하였다. 그러나 한 아이도 시원하게 그것을 가르치지는 못할 뿐아니라 또 정거장 이름은 단 다섯을 차례대로 외기가 힘들었다.

철수는 그것이 일조일석에 얻을 수 없는 학문임을 깨닫고 그 뒤로는 거의 날마다 저녁때면 정거장으로 나왔다. 보통학교 다니는 아이들을 붙들고 손을 꼽아가며 배워 그 처녀가 서울로 돌아갈 무렵에는 동해북부선(東海北部線) 스물다섯 정거장 이름을 다 외우게 되었다. 내년에 와서 다시 한 번만 물어 주었으면 얼마나 좋으랴 싶었다.

*

그러나 올여름에도 해수욕철이 되자 그 처녀가 오기는 왔으되 그런 것은 물어볼 기회조차 가지려 하지 않았다. 아무리 무겁도록 생선을 많이 사더라도 그것을 들어다 줄, 그리고 이야기 동무가 될 하이칼라 청년 하나가 금년에는 따라와 있었다.

'저 자식이 웬 자식일까?'

청년은 키가 늠름하고 이마가 미끈한데 웃을 때 보니 백금니가 보이었다.

철수로는 얼른 알 수가 없었다. 둘이서는 눈꼴이 실 만치, 무인지경처럼 히룽새룽거리었다. 고기를 사면 으레 청년이 돈을 치르고 처녀는 청년이 들었던 사진기를 받아 가졌다. 그러면 작년까지도 자기가 들어다 주던 생선꾸러미는 그 청년이 들고 자기와는 일찍이 한 번도 그렇게 붙어 서 본 적이 없게 가까운 사이로 나란히 걸어가는 것이다.

'혼인을 했나 저자허구? 오래비가 아닌가? 오래비면 무슨 희룽을 서로?'

철수는 팔월달의 그 빛나는 해가 잘 보이지 않았다. 며칠 되지 않아 이웃 아낙네들은 그 처녀와 청년의 소문을 지껄이었다.

"작년 가을에 정혼을 했다덩가 메칠 앙이 쉬구 서울로 간답데. 성례르 하러……."

아닌게 아니라 다른 해 같으면 아직 반도 안 있었는데 하루는 오더니 내일 밤차로 서울 가져가게 생홍합 한 초롱만 산 채로 따다 달라고 아주 석유초롱까지 가지고 나왔다. 생걸 그렇게 많이 갖다 무엇에 쓰느냐고 물었더니 처녀는 조금도 거리낌 없이

"집에 큰일멕이가 좀 있어 그래요."[5]

하였다.

＊

이튿날 저녁, 철수는 섶 한 초롱을 둘러메고 꾸벅꾸벅 정거장으로 들어왔다. 처녀와 그 백금니박이 청년은 진작부터[6] 나와 차를 기다리고 있었다. 낯익은 처녀의 어머니만이 자기에게로 오더니

"수고했네."

하고 전보다 후하게 섶값을 내어 주었다. 그리고 차가 오거든 찻간에 좀 올려놔 주고 가라고 부탁하였다.

하늘엔 별이 총총하다. 처녀는 저의 약혼자와 어깨나 서로 결은 듯이 붙어서 여러 사람의 눈을 피하느라고 새파란 포인트라이트가 있는 쪽으로 걸어갔다.

이윽고 기차는 들이닿았다. 철수는 떨리는 가슴을 억지로 진정하면서 섶초롱 놓아둔 데로 갔다. 전에는 장난감처럼 재미있게만 보이던 기차가 이렇듯 마음을 아프게 해줄 줄은 몰랐다. 한 손으로도 번쩍 들

---

5   원작에는 '집에 대사가 좀 있어 쓸려구 그래요'라고 서술되어 있다.
6   원작에는 '벌써부터'라고 표기되어 있다.

릴 섶 초롱이 두 손으로도 무거웠다. 억지로 찻간에 올려놓았더니 웬 사람이 와서 어깨를 툭 친다. 돌아다보니 그 백금니박이 청년이다. 왜 그러느냐 묻기도 전에 그는

"저 앞 이등차로 가져와 빨리."

하고 앞서 가는 것이다. 철수는 어리둥절해서, 차는 빨리 떠난다는 생각에서만, 어느 모서리에 부딪혔는지 정강이가 으스러지는 것 같은 것도 만져볼 새 없이 다시 섶초롱을 안고 이등차로 달려갔다. 미처 놓기도 전에 청년은 또

"빨리 내려가 차 떠나."

하고 소리를 쳤고 하마터면 고꾸라질 뻔하면서 뛰어내리니 그 처녀는 어느 자리에 앉았는지 자기의 넘어질 뻔하는 꼴에 깔깔 웃는 소리만 굴러 나왔다.

이등찻간은 벌써 저만치 달아났다. 정강이 벗겨진 데를 한 번 어루만져 보는데 차는 벌써 꼬리에 달린 새빨간 테일라이트가 이마 앞을 스치고 달아났다.

철수는 쫓아가기나 할 것처럼 얼른 철도로 내려섰다. 테일라이트는 깊은 바다 속으로 닻(碇)이 가라앉아 들어가듯 어둠 속으로 뱅글뱅글 도는 듯이 졸아들면서 달아난다. 그 뒤에 희미하게 떠오르는 두 줄기의 대철,[7] 뚝뚝 뚝뚝 뚝뚝 마치 철수의 가슴처럼 울린다. 그러나 대철의 울리는 소리는 철수의 가슴처럼 그냥 계속하지는 않았다. 그 테일라이트가 산모롱이로 사라지고 말았을 때는 숨 넘어간 배암과 같이 조

---

7   대철(大鐵). 레일.

용하였다. 맨발에 밟혀지니 싸늘할 뿐이다. 철수는 멍하니 섰다가 언젠지 저도 모르게 발을 떼어놓았다.

뚜.

얼마 안 걸어 차가 다시 패천(沛川)을 떠나는 소리가 별 밝은 하늘을 울려왔다.

"벌써 패천을!

패천 다음엔

흡곡,

자동,

상음,

오계,

안변."[8]

작년 여름에 달포를 두고 애를 써 외워 넣은 그 정거장 이름들이다. 철수는 울음이 나오려는 입 속으로 그것을 외우며 자꾸 걸었다.

— 丙子 八月 下澣 松田서 —

『가마귀』, 한성도서, 1937.8; 『이태준단편집』, 학예사, 1941.2

8　원작에는 '벌서 패천을! 패천 다음엔 흡곡 흡곡 다음엔 자동, 자동 다음엔 상음, 오계, 안변'이라 서술되어 있다.

복덕방

    철석, 앞집 판장 밑에서 물 내버리는 소리가 났다. 주먹구구에 골독했던 안초시에게는 놀랄 만한 폭음이었던지, 다리 부러진 돋보기 너머로, 똑 모이를 쪼으려는 닭의 눈을 해가지고 수챗구멍을 내다본다. 뿌연 뜨물에 휩쓸려 나오는 것이 여러 가지다. 호박 꼭지, 계란 껍질, 거피해 버린 녹두 껍질.

    "녹두 빈자떡을 부치는 게로군 흥……."

    한 오륙 년째 안초시는 말끝마다 '젠장……'이 아니면 '흥!' 하는 코웃음을 잘 붙이었다.

    "추석이 벌서 낼 모레지! 젠장……."

    안초시는 저도 모르게 입맛을 다시었다. 기름내가 코에 풍기는 듯 대뜸 입 안에 침이 홍건해지고 전에 괜찮게 지낼 때, 충치니 풍치니 하던 것은 거짓말이었던 것처럼 아래윗니가 송곳 끝같이 날카로워짐을 느끼었다.

    안초시는 그 날카로워진 이를 빈 입인 채 빠드득 소리가 나게 한번 물어 보고 고개를 들었다.

    하늘은 천리같이 트였는데 조각구름들이 여기저기 널리었다. 어떤 구름은 깨끗이 바래 말린 옥양목처럼 흰빛이 눈이 부시다. 안초시는 이내 자기의 때묻은 적삼 생각이 났다. 소매를 내려다보는 그의 얼굴은 날래 들리지 않는다. 거기는 한 조박[1]의 녹두빈자나 한잔의 약주로써 어쩌지 못할, 더 슬픔과 더 고적함이 품겨 있는 것 같았다.

혹혹 소매 끝을 불어보고 손 끝으로 튀겨 보기도 하다가 목침을 세우고 눕고 말았다.

"이사는 팔하고 사오는 이십이라 천이 되지…… 가만…… 천이라? 사로 했으니 사천이라 사천 평…… 매 평에 아주 줄여 잡아 오 환씩만 하게 돼두 사 환 칠십오 전씩이 남으니 그럼…… 사사는 십륙 일만 육천 환하구……."

안초시가 다시 주먹구구를 거듭해서 얻어 낸 총액이 일만 구천 원, 단 천 원만 들여도 일만 구천 원이 되리라는 심속이니, 만 원만 들이면 그게 얼만가? 그는 벌떡 일어났다. 이마가 화끈했다. 도사렸던 무릎을 얼른 곧추세우고 뒤나 보려는 사람처럼 쪼그렸다. 마코[2] 갑이 번연히 빈 것인 줄 알면서도 다시 집어다 눌러 보았다. 주머니에는 단돈 십 전, 그도 안경 다리를 고친다고 벌써 세 번챈가 네 번째 딸에게서 사오십 전씩 얻어 가지고는 번번이 담뱃값으로 다 내어보내고 말던 최후의 십 전, 안초시는 주머니에 손을 넣어 그것을 집어내었다. 백통화 한 푼을 없은 야윈 손바닥, 가만히 떨리었다. 서참위(徐參尉)[3]의 투박한 손을 생각하면 너무나 얇고 잔망스러운 손이거니 하였다. 그러나, 이따금 술잔은 얻어먹고, 이렇게 내 방처럼 그의 복덕방에서 잠까지 빌려 자건만 한 번도, 집 거간이나 해먹는 서참의의 생활이 부럽지는 않았다. 그

---

1   조각.
2   담배 이름.
3   1937년 3월 『조광』에 발표한 「복덕방」과 『가마귀』(1937)에는 서참의(徐參議)로, 『이태준단편선』(1939)에는 서참위(徐參尉)로 되어 있다.

래도 언제든지 한번쯤은 무슨 수가 생기어 다시 한번 내 집을 쓰게 되고, 내 밥을 먹게 되고, 내 힘과 내 낯으로 다시 한번 세상에 부딪혀 보려니 믿어졌다.

초시는 전에 어떤 관상쟁이의 '엄지손가락을 안으로 넣고 주먹을 쥐어야 재물이 나가지 않는다'는 말이 생각났다. 늘 그렇게 쥐노라고는 했지만 문득 생각이 나 내려다볼 때는, 으레 엄지손가락이 얄밉도록 밖으로만 쥐어져 있었다. 그래 드팀전을 하다도 실패를 하였고, 그래 집까지 잡혀서 장전을 내었다가도 그만 화재를 보았거니 하는 것이다.

"이놈의 엄지손가락아 안으로 좀 들어가아 젠장."

하고 연습 삼아 엄지손가락을 먼저 안으로 넣고 아프도록 두 주먹을 꽉 쥐어 보았다. 그리고 당장 내어보낼 돈이면서도 그 십 전짜리를 그렇게 쥔 주먹에 단단히 넣고 담배 가게로 나갔다.

*

이 복덕방에는 흔히 세 늙은이가 모이었다.

언제, 누가 와, 집 보러 가잘지 몰라, 늘 갓을 쓰고 앉아서 행길을 잘 내다보는, 얼굴 붉고 눈방울 큰 노인은 주인 서참의다. 참의로 다니다가 합병 후에는 다섯 해를 놀면서 시기를 엿보았으나 별수가 없을 것 같아서 이럭저럭 심심파적으로 갖게 된 것이 이 가옥 중개업(家屋仲介業)이었다. 처음에는 겨우 굶지 않을 만한 수입이었으나 대정 팔구년 이후로는 시골 부자들이 세금(稅金)에 몰려, 혹은 자녀들의 교육을 위해 서울로만 몰려들고, 그런데다 돈은 흔해져서 관철동(貫鐵洞), 다옥정(茶

屋町) 같은 중앙지대에는 그리 고옥만 아니면 만 원대를 예사로 훌훌 넘었다. 그 판에 봄가을로 어떤 달에는 삼사백 원 수입이 있어, 그러기를 몇 해를 지나 가회동(嘉會洞)에 수십 간 집을 세웠고 또 몇 해 지나지 않아서는 창동(倉洞) 근처에 땅을 장만하기 시작하였다. 지금은 중개업자도 많이 늘었고 건양사(建陽社) 같은 큰 건축회사가 생기어서 당자끼리 직접 팔고 사는 것이 원칙처럼 되어 가기 때문에 중개료의 수입은 전보다 훨씬 준 셈이다. 그러나 이십여 간 집에 학생을 치고 싶은 대로 치기 때문에 서참의의 수입이 없는 달이라고 쌀값이 밀리거나 나뭇값에 졸릴 형편은 아니다.

"세상은 먹구 살게는 마련야……."

서참의가 흔히 하는 말이다. 칼을 차고 훈련원에 나서 병법을 익힐 제는, 한번 호령만 하고 보면 산천이라도 물러설 것 같던, 그 기개와 오늘의 자기, 한낱 가쾌(家儈)[4]로 복덕방 영감으로 기생, 갈보 따위가 사글셋방 한 간을 얻어 달래도 네 네 하고 따라나서야 하는, 만인의 심부름꾼인 것을 생각하면 서글픈 눈물이 아니 날 수도 없는 것이다. 워낙 술을 즐기기도 하지만 어떤 때는 남몰래 이런, 감회(感懷)를 이기지 못해서 술집에 들어선 적도 여러 번이다.

그러나 호반武ㅅ들의 기개란 흔히 혈기(血氣)에서 나오는 것이기 때문이지 몸에서 혈기가 줆을 따라 그런 감회를 일으킴조차 요즘은 적어지고 말았다. 하루는 집에서 점심을 먹다 듣노라니 무슨 장사치의 외는 소리인데 아무래도 귀에 익은 목청이다. 자세히 귀를 기울이니 점

---

4   집주름. 집 흥정 붙이는 일로 업을 삼는 사람.

점 가까이 오는 소리인데 제법 무엇을 사라는 소리가 아니라 '유리병이나 간장통 팔거쏘' 하는 소리이다. 그런데 그 목청이 보면 꼭 알 사람 같아, 일어서 마루 들창으로 내어다보니 이번에는 '가마니나 신문 잡지나 팔거쏘' 하면서 가마니 두어 개를 지고 한 손에는 저울을 들고 중노인이나 된 사나이가 지나가는데 아는 사람은 확실히 아는 사람이다. 그러나 그를 어디서 알았으며 성명이 무엇이며 애초에는 무엇을 하던 사람인지가 감감해지고 말았다.

"오라! 그렇군…… 분명…… 저런!"[5]

하고 그는 한참 만에 고개를 끄덕이었다. 그 유리병과 간장통을 외는 소리가 골목 안으로 사라져 갈 즈음에야 서참의는 그가 누구인 것을 깨달아 낸 것이다.

"동관(同官) 김참위…… 허!"

나이는 자기보다 훨씬 연소하였으나 학식과 재기가 있는데다 호령 소리가 좋아 상관에게 늘 칭찬을 받던 청년 무관이었었다. 이십여 년 뒤에 들어도 갈 데 없이 그 목청이요 그 모습이었다. 전날의 그를 생각하고 오늘의 그를 보니 적이 감개에 사무치어 밥숟가락을 멈추고 냉수만 거듭 마시었다.

그러나 전에 혈기 있을 때와 달라 그런 기분이 오래 가지는 않았다. 중학교 졸업반인 둘째 아들이 학교에 갔다 들어서는 것을 보고, 또 싸전에서 쌀값 받으러 와 마누라가 선선히 시퍼런 지전을 내어 헤는 것을 볼 때 서참의는 이내 속으로

---

5 '저런!'은 단행본 수록 과정에서 첨가된 것이다.

'거저 살아야지 별수 있나. 저렇게 개가죽[6]을 쓰고 돌아다니는 친구도 있는데…… 에헴.'

하였을 뿐 아니라 그런 절박한 친구에다 대면 자기는 얼마나 훌륭한 지체냐 하는 자존심도 없지 않았다.

'지난 일 그까짓 생각할 건 뭐 있나. 사는 날까지…… 허허.'

여생을 웃으며 살 작정이었다. 그래 그런지 워낙 좀 실없는 티가 있는데다 요즘 와서는 누구에게나 농지거리가 늘어 갔다. 그래 늘 눈이 달리고 뾰로통한 입으로는 말끝마다 젠장 소리만 나오는 안초시와는 성미가 맞지 않았다.

"쫌보야 술 한잔 사주랴?"

쫌보라는 말이 자기를 업신여기는 것 같아서 안초시는 이내 발끈해 가지고 '네깟 놈 술 더러 안 먹는다' 한다.

"화토패나 밤낮 떼면 너이 어멈이 살아온다덴?"

하고 서참의가 발끝으로 화투장들을 밀어 던지면 그만 얼굴이 새빨개져서 쌔근쌔근하다가 부채면 부채, 담뱃갑이면 담뱃갑, 자기의 것을 냉큼 집어 들고 다시 안 올 듯이 새침해 나가 버리는 것이다.

"조게 계집이문 천생 남의 첩감이야."

하고 서참의는 껄껄 웃어 버리나 안초시는 이렇게 돼서 올라가면 한 이틀씩 보이지 않았다.

한번은 안초시의 딸의 무용회(舞踊會) 날 밤이었다. 안경화(安京華)라고, 한동안 토월회(土月會)에도 다니다가 대판(大阪)에 가 있느니 동경(東

---

6 낯가죽.

京)에 가 있느니 하더니 오륙 년 뒤에 무용가로라 이름을 날리며 서울에 나타났다. 바로 제일회 공연 날 밤이었다. 서참의가 조르기도 했지만, 안초시도 딸의 사진과 이야기가 신문마다 나는 바람에 어깨가 으쓱해서 공표를 얻을 수 있는 대로 얻어 가지고 서참의뿐 아니라 여러 친구를 돌라줬던 것이다.[7]

"허! 저기 한가운데서 지금 한창 다릿짓하는 게 자네 딸인가?"

남은 다 멍멍히 앉았는데 서참의가 해괴한 것을 보는 듯, 마땅치 않은 어조로 물었다.

"무용이란 건 문명국일수록 벗구 한다네그려."

약기는 한 안초시는 미리 이런 대답으로 막았다.

"모르겠네 원…… 지금 총각놈들은 모두 등신인가 바……."

"웨?"

하고 이번에는 다른 친구가 탄하였다.

"우린 총각 시절에 저런 걸 보문 그냥 못 배기네."

"빌어먹을 녀석…… 나잇값을 못 하구 개야 저건 개……."

벌써 안초시는 분통이 발끈거려서 나오는 소리였다.

한 가지가 끝나고 불이 환하게 켜졌을 때다.

"도루, 차라리 여배우 노릇을 댕기라구 그래라. 여배운 그래두 저렇게 넙적다린 내놓구 덤비지 않더라."

"그 자식 오지랖 경치게 넓네. 네가 안방 건는방이 몇 칸이요나 알았지 뭘 쥐뿔이나 안다구 그래? 보기 싫건 나가렴."

<hr>

7   원작에는 '청했던 것이다'라고 되어 있다.

하고 안초시는 화를 발끈 내었다. 그러니까 서참의도 안방 건넌방 말에 화가 나서 꽤 높은 소리로

"넌 또 뭘 아니? 요 쫌보야."

하고 일어서 버리었다.

이 일이 있은 후 안초시는 거의 달포나 서참의의 복덕방에 나오지 않았었다. 그런 걸 박희완(朴喜完) 영감이 가서 데리고 왔었다.

*

박희완 영감이란 세 영감 중의 하나로 안초시처럼 이 복덕방에 와 자기까지는 안 하나 꽤 쏠쏠히 놀러 오는 늙은이다. 아니 놀러 오기만 하는 것이 아니라 와서는 공부도 한다. 재판소에 다니는 조카가 있어 대서업(代書業)운동을 한다고 『속수국어독본(速修國語讀本)』을 노상 끼고 와 그 『삼국지(三國志)』 읽던 투로

"긴상 도꼬에 유끼이마쓰까."[8]

어쩌고를 외고 있는 것이다.

그러나 『속수국어독본』 뚜껑이 손때에 절고, 또 어떤 때는 목침 위에 받쳐 베고 낮잠도 자서 머리때까지 새까맣게 절어 조선총독부 편찬(朝鮮總督府編纂)이란 잔 글자들은 보이지 않게 되도록, 대서업 허가는 의연히 나오지 않는 모양이었다.

"너나 내나 다 산 것들이 업은 가져 뭘 허니. 무슨 세월에…… 흥!"

---

8 김 선생님 어디 가십니까.

하고 어떤 때, 안초시는 한나절이나 화투패를 떼다 안 떨어지면 그 화풀이로 박희완 영감이 들고 중얼거리는 『속수국어독본』을 툭 채어 행길로 팽개치며 그랬다.

"넌 또 무슨 재술 바라구 밤낮 화투패나 떨어지길 바라니?"

"난 심심풀이지."

그러나 속으로는 박희완 영감보다 더 세상에 대한 야심이 끓었다. 딸이 평양으로 대구로 다니며 지방 순회까지 하여서 제법 돈냥이나 걷힌 것 같으나 연구소를 내느라고 집을 뜯어고친다, 유성기를 사들인다, 교제를 하러 돌아다닌다 하느라고, 더구나 귀찮게만 아는 이 애비를 위해 쓸 돈은 예산에부터 들지 못하는 모양이었다.

"얘? 낡은 솜이 돼 그런지, 샀바누질이 돼 그런지 바지 솜이 모두 치어서 어떤 덴 홋옷이야. 암만해두 사쓸 한 벌 사입어야겠다."

하고 딸의 눈치만 보아 오다 한번은 입을 열었더니

"어려니 인제 사드릴라구요."

하고 딸은 대답은 선선하였으나 샤쓰는 그해 겨울이 다 지나도록 구경도 못 하였다. 샤쓰는커녕 안경다리를 고치겠다고 돈 일 원만 달래도 일 원짜리를 굳이 바꿔다가 오십 전 한 닢만 주었다. 안경은 돈을 좀 주무르던 시절에 장만한 것이라 테만 오륙 원 먹은 것이어서 오십 전만으로 그런 다리는 어림도 없었다. 오십 전짜리 다리도 있지만 살 바에는 조촐한 것을 택하던 초시의 성미라 더구나 면상에서 짝짝이로 드러나는 것을 사기가 싫었다. 차라리 종이 노끈인 채 쓰기로 하고 오십 전은 담뱃값으로 나가고 말았다.

"왜 안경다린 안 고치셨어요?"

딸이 그날 저녁으로 물었다.

"흥……."

초시는 말은 하지 않았다. 딸은 며칠 뒤에 또 오십 전을 주었다. 그러면서 어떻게 들으라고 하는 소리인지

"아버지 보험료만 해두 한 달에 삼 원 팔십 전씩 나가요."

하였다. 보험료나 타먹게 어서 죽어 달라는 소리로도 들리었다.

"그게 내게 상관있니?"

"아버지 위해 들었지 누구 위해 들었게요 그럼?"

초시는 '정말 날 위해 하는 거문 살아서 한푼이라두 다우. 죽은 뒤에 내가 알 게 뭐냐' 소리가 나오는 것을 억지로 참았다.

"오십 전이문 왜 안경다릴 못 고치세요?"

초시는 설명하지 않았다.

"지금 아버지가 좋고 낮은 걸 가리실 처지야요?"

그러나 오십 전은 또 마코 값으로 다 나갔다. 이러기를 아마 서너 번째다.

"자식도 소용 없어. 더구나 딸자식…… 그저 내 수중에 돈이 있어야……."

초시는 돈의 긴요성(緊要性)을 날로 날로 더욱 심각하게 느끼었다.

"돈만 가지면야 좀 좋은 세상인가!"

심심해서 운동삼아 좀 나다녀 보면 거리마다 짓느니 고층 건축들이요 동네마다 느느니 그림 같은 문화주택들이다. 조금만 정신을 놓아도 물에서 갓 튀어나온 미여기[9]처럼 미끈미끈한 자동차가 등덜미에서 소리를 꽥 지른다. 돌아다보면 운전수는 눈을 부릅떴고 그 뒤에는 금시

겟줄이 번쩍거리는, 살진 중년 신사가 빙그레 웃고 앉았는 것이었다.

"예순이 낼 모레…… 젠장할 것."

초시는 늙어 가는 것이 원통하였다. 어떻게 해서나 더 늙기 전에 적게 돈 만 원이라도 붙들어 가지고 내 손으로 다시 한번 이 세상과 교섭해 보고 싶었다. 지금 이 꼴로서야 문화주택이 암만 서기로 내게 무슨 상관이며 자동차 비행기가 개미떼나 파리떼처럼 퍼지기로 나와 무슨 인연이 있는 것이냐. 세상과 자기와는 자기 손에서 돈이 떨어진, 그 즉시로 인연이 끊어진 것이라 생각되었다.

"그러면 송장이나 다름없지 뭔가?"

초시는 이런 질문을 자신에게 던지는 지가 이미 오래였다.

"무슨 수가 없을가?"

또

"무슨 그루테기가 있어야 비비지!"

그러다도

"그래도 돈냥이나 엎질러 본 녀석이 벌기도 하는 게지."

하고, 그야말로 무슨 그루터기만 만나면 꼭 벌기는 할 자신이었다.

*

그러다가 박희완 영감에게서 들은 말이었다. 관변에 있는 모 유력자를 통해 비밀리에 나온 말인데 황해 연안[10]에 제이의 나진(羅津)이 생긴다

---

9   메기.

10   원작에는 '황해연변(黃海沿邊)'이라 되어 있다.

는 말이었다. 지금은 관청에서만 알 뿐이나 축항 용지(築港用地)는 비밀리에 매수되었으므로 불원하여 당국자로부터 공표가 있으리라는 것이다.

"그럼, 거기가 황무진가? 전답들인가?"

초시는 눈이 뻘개 물었다.

"밭이라데."

"밭? 그럼 매평 얼마나 간다나?"

"좀 올랐대. 관청에서 사는 바람에 아무리 시굴 사람들이기루 그만 눈치 없겠나. 그래두 무슨 일루 관청서 사는진 모르거던……."

"그래?"

"그래 그리 오르진 않었대…… 아마 평당 이십오륙 전씩이면 살 수 있다나 보데. 그러니 화중지병¹¹이지 뭘 허나 우리가……."

"음!"

초시는 관자놀이가 욱신거리었다. 정말이기만 하면 한 시각이라도 먼저 덤비는 놈이 더 먹는 판이다. 나진도 오륙 전 하던 땅이 한번 개항된다는 소문이 나자 당년으로 오륙 전의 백 배 이상이 올랐고 삼사 년 뒤에는, 땅 나름이지만 어떤 요지(要地)는 천 배 이상이 오른 데가 많다.

'다 산 나이에 오래 끌 건 뭐 있나. 당년으로 넘겨두 최소한도 오 환씩야 무려할 테지…….'

혼자 생각한 초시는

"대관절 어디란 말야 거기가?"

하고 나앉으며 물었다.

---

11 화중지병(畵中之餠). 그림의 떡.

"그걸 낸들 아나?"

"그럼?"

"그 모 씨라는 이만 알지. 그리게 날더러 단 만 원이라도 자본을 운동하면 자기는 거기서도 어디어디가 요지라는 걸 설계도를 복사해 낸 사람이니까 그 요지만 산단 말이지, 그리구 많이두 바라지 않어, 비용 죄다 제치구 순이익의 이 활만 달라는 거야."

"그럴 테지…… 누가 그런 자국을 일러주구 구경만 하자겠나…… 이 활이라…… 이 활……."

초시는 생각할수록 이것이 훌륭한, 그 무슨 그루터기가 될 것 같았다. 나진의 선례도 있거니와 박희완 영감 말이 만주국이 되는 바람에 중국과의 관계가 미묘해짐으로 황해 연안에도 으레 나진과 같은 사명을 갖는 큰 항구가 필요할 것은 우리 상식으로도 추측할 바이라 하였다. 초시의 상식에도 그것을 믿을 수 있었다.

*

오늘은 오래간만에 피죤을 사서, 거기서 아주 한 대를 피워 물고 왔다. 어째 박희완 영감이 종일 보이지 않는다. 다른 데로 자금운동을 다니나 보다 하였다. 서참의는 점심 전에 나간 사람이 어디서 흥정이 한자리 떨어지느라고인지 아직 돌아오지 않는다. 안초시는 미닫이틀 위에서 다 낡은 화투를 꺼내었다.

"허, 이거 봐라!"

여간해선 잘 떨어지지 않던 거북패가 단번에 뚝 떨어진다. 누가 옆에 있어 좀 보아 줬으면 싶었다.

"아무래두 이게 심상치 않어…… 이제 재수가 티나 부다!"

초시는 반도 타지 않은 담배를[12] 행길로 내어던졌다. 출출하던 판에 담배만 몇 대를 피고 나니 목이 컬컬해진다. 앞집 수채에는 뜨물에 떠내려 가다 막힌 녹두 껍질이 그저 누렇게 보인다.

"오냐, 내년 추석엔……."

초시는 이날 저녁에 박희완 영감에게서 들은 이야기를 딸에게 하였다. 실패는 했을지라도 그래도 십수 년을 상업계에서 논 안초시라 출자(出資)를 권유하는 수작만은 딸이 듣기에도 딴사람인 듯 놀라웠다. 딸은 즉석에서는 가부를 말하지 않았으나 그의 머릿속에서도 이내 잊혀지지는 않았던지 다음날 아침에는, 딸 편이 먼저 이 이야기를 다시 꺼내었고, 초시가 박희완 영감에게 묻던 이상으로 시시콜콜히 캐어물었다. 그러면 초시는 또 박희완 영감 이상으로 손가락으로 가리키듯, 소상히 설명하였고 일 년 안에 청장을 하더라도 최소한도로 오십 배 이상의 순이익이 날 것이라 장담 장담하였다.

딸은 솔깃했다. 사흘 안에 연구소 집을 어느 신탁회사(信託會社)에 넣고 삼천 원을 돌리기로 하였다. 초시는 금시 발복이나 된 듯 뛰고 싶게 기뻤다.

"서참의 이놈, 날 은근히 멸시했것다. 내 굳이 널 시켜 네 집보다 난 집을 살 테다. 네깟놈이 천생 가쾌지 별거냐……."

그러나 신탁회사에서 돈이 되는 날은 웬 처음 보는 청년 하나가 초

---

12 원작에는 '피죤을'로 되어 있다.

시의 앞을 가리며 나타났다. 그는 딸의 청년이었다. 딸은 아버지의 손에 단 일 전도 넣지 않았고 꼭 그 청년이 나서 돈을 쓰며 처리하게 하였다. 처음에는 팩 나오는 노염을 참을 수가 없었으나 며칠 밤을 지내고 나니, 적어도 삼천 원의 순이익이 오륙만 원은 될 것이라 만 원 하나야 어디로 가랴 하는 타협이 생기어서 안초시는 으실으실 그, 이를테면 사위녀석격인 청년의 뒤를 따라나섰다.

*

일 년이 지났다.

모두 꿈이었다. 꿈이라도 너무 악한 꿈이었다. 삼천 원 어치 땅을 사놓고 날마다 신문을 훑어보며 수소문을 하여도 거기는 축항이 된단 말이 신문에도, 소문에도 나지 않았다. 용당포(龍塘浦)와 다사도(多獅島)에는 땅값이 삼십 배가 올랐느니 오십 배가 올랐느니 하고 졸부들이 생겼다는 소문이 있어도 여기는 감감소식일 뿐 아니라 나중에, 역시, 이것도 박희완 영감을 통해 알고 보니 그 관변 모 씨에게 박희완 영감부터 속아떨어진 것이었다. 축항 후보지로 측량까지 하기는 하였으나 무슨 결점으로인지 중지되고 마는 바람에 너무 기민하게 거기다 땅을 샀던, 그 모 씨가 그 땅 처치에 곤란하여 꾸민 연극이었다.

돈을 쓸 때는 일 원짜리 한 장 만져도 못 봤지만 벼락은 초시에게 떨어졌다. 서너 끼씩 굶어도 밥 먹을 정신이 나지도 않았거니와 밥을 먹으러 들어갈 수도 없었다.

"재물이란 친자간의 의리도 배추 밑 도리듯 하는 건가?"

탄식할 뿐이었다. 밥보다는 술과 담배가 그리웠다. 물론 안경다리는 그저 못 고치었다. 그러나 이제는 오십 전짜리는커녕 단 십 전짜리도 얻어 볼 길이 없다.

추석 가까운 날씨는 해마다의 그때와 같이 맑았다. 하늘은 천리같이 트였는데 조각구름들이 여기저기 널리었다. 어떤 구름은 깨끗이 바래 말린 옥양목처럼 흰빛이 눈이 부시다. 안초시는 이번에도 자기의 때묻은 적삼 생각이 났다. 그러나 이번에는 소매 끝을 불거나 떨지는 않았다. 고요히 흘러내리는 눈물을 그 더러운 소매로 닦았을 뿐이다.

*

여름이 극성스럽게 덥더니 추위도 그럴 징조인지 예년보다 무서리가 일찍 내리었다. 서참의가 늘 지나다니는 식은 관사(殖銀官舍)에들 울타리가 넘게 피었던 코스모스들이 끓는 물에 데쳐 낸 것처럼 시커멓게 무르녹고 말았다.[13]

참의는 머리가 띵하였다. 요즘 와서 울기 잘하는 안초시를 한번 위로해 주려, 엊저녁에는 데리고 나와 청요릿집으로, 추탕집으로 새로 두 점을 치도록 돌아다닌 때문 같았다. 조반이라고 몇 술 뜨기는 했으나 혀도 그냥 뻑뻑하다. 안초시도 그럴 것이니까 해는 벌써 오정 때지만 끌고 나와 해장술이나 먹으리라 하고 부지런히 내려와 보니, 웬일인지 복덕방이라고 쓴 베 발이 아직 내어걸리지 않았다.

---

13 원작에는 '죽고 말았다'라고 되어 있다.

"이 사람 봐아…… 어느 땐 줄 알구 코만 고누…….."

그러나 코고는 소리는 들리지 않았다. 미닫이를 밀어 젖힌 서참의는 정신이 번쩍 났다. 안초시의 입에는 피, 얼굴은 잿빛이다. 방 안은 움 속처럼 음습한 바람이 휘잉 끼친다.[14]

"아니……?"

참의는 우선 미닫이를 닫고 눈을 비비고 초시를 들여다보았다. 안초 시는 벌써 아니요 안초시의 시체일 뿐, 둘러보니 무슨 약병인 듯한 것 하나가 굴러져 있다.

참의는 한참만에야 이 일이 슬픈 일인 것을 깨달았다.

"허!……."[15]

파출소로 갈까 하다 그래도 자식한테 먼저 알려야겠다 하고 말만 듣 던 그 안경화 무용연구소를 찾아가서 안경화를 데리고 왔다. 딸이 한 참 울고 난 뒤다.

"관청에 어서 알려야지?"

"아니야요 아스세요."

딸은 펄쩍 뛰었다.

"아스라니?"

"저……."

"저라니?"[16]

"제 명예도 좀……."

---

14 마지막 문장은 단행본 수록 과정에서 첨가된 것이다.
15 원작에는 '참의는 한차만에야 눈물이 나왔다. / "어쩌누 이걸……"'이라 되어 있다.
16 "저……." / "저라니?"라는 대화는 단행본 수록 과정에서 첨가된 것이다.

하고 그는 애원하였다.

"명예? 안 될 말이지, 명옐 생각하는 사람이 애빌 저 모양으루 세상 떠나게 해?"

"......."

안경화는 엎드려 다시 울었다. 그러다가 나가려는 서참의의 다리를 끌어안고 놓지 않았다. 그리고

"절 살려 주세요."

소리를 몇 번이나 거듭하였다.

"그럼, 비밀은 내가 지킬 테니 나 하자는 대루 할가?"

"네."

서참의는 다시 앉았다.

"부친 위해 보험 든 거 있지?"

"네 간이보험이야요."

"무슨 보험이던…… 얼마나 타게 되누?"

"사백팔십 원요."

"부친 위해 들었으니 부친 위해 다 써야지?"

"그럼요."

"에헴 그럼…… 돌아간 이가 늘 속사쓸 입구퍼 했어. 상등 털사쓰를 사다 입히구 그 우에 진견으로 수의 일습 구색 마쳐 짓게 허구…… 선산이 있나 묻힐 데가?"

"웬걸요 없어요."[17]

---

17 원작에는 "'웬 그런 준비야 있어요'"라고 되어 있다.

"그럼 공동묘지라도 특등지루 널찍하게 사구…… 장례식을 장하게
해야 말이지 초라하게 해버리면 내가 그저 안 있을 게야. 알아들어?"
"네에."
하고 안경화는 그제야 핸드백을 열고 눈물 젖은 얼굴을 닦았다.

*

안초시의 소위 영결식(永訣式)이 그 딸의 연구소 마당에서 열리었다.
서참의와 박희완 영감은 술이 거나하게 취해 갔다. 박희완 영감이
무얼 잡혀서 가져왔다는 부의(賻儀) 이 원을 서참의가
"장례비가 넉넉하니 자네 돈 그 계집애 줄 거 없네."
하고 우선 술집에 들러 거나하게 곱빼기들을 한 것이다.
영결식장에는 제법 반반한 조객들이 모여들었다. 예복을 차리고 온
사람도 두엇 있었다. 모두 고인을 알아 온 것이 아니요, 무용가 안경화
를 보아 온 사람들 같았다. 그중에는, 고인의 슬픔을 알아 우는 사람인
지, 덩달아 기분으로 우는 사람인지 울음을 삼키느라고 끽끽 하는 사
람도 있었다. 안경화도 제법 눈이 젖어 가지고 신식 상복이라나 공단
같은 새까만 양복으로 관 앞에 나와 향불을 놓고 절하였다. 그 뒤를 따
라 한 이십 명 관 앞에 와 꾸벅거리었다. 그리고 무어라고 지껄이고 나
가는 사람도 있었다.
그들의 분향이 거의 끝난 듯하였을 때
"에헴."
하고 얼굴이 시뻘건 서참의도 한마디 없을 수 없다는 듯이 나섰다. 향

을 한움큼이나 집어 놓아 연기가 시커멓게 올려 솟더니 불이 일어났다.
후 후 불어 불을 끄고, 수염을 한번 쓰다듬고 절을 했다. 그리고 다시

"헴……."

하더니 조사(弔辭)를 하였다.

"나 서참일세 알겠나? 흥…… 자네 참 호살세 호사야…… 잘 죽었느
니 자네 살았으문 이만 호살 해보겠나? 인전 안경다리 고칠 걱정두 없
구…… 아무턴지……."

하는데 박희완 영감이 들어서더니

"이 사람 취했네그려."

하며 서참의를 밀어냈다.

박희완 영감도 가슴이 답답하였다. 분향을 하고 무슨 소리를 한마디
했으면 속이 후련히 트일 것 같아서 잠깐 멈칫하고 서 있어 보았으나

"으흐흙……."

하고 울음이 먼저 터져 그만 나오고 말았다.

서참의와 박희완 영감도 묘지까지 나갈 작정이었으나 거기 모인 사
람들이 하나도 마음에 들지 않아 도로 술집으로 내려오고 말았다.

— 丁丑 初春 —

『가마귀』, 한성도서, 1937.8; 『이태준단편선』, 박문출판사, 1939.12

사막의 화원

작년 여름 S어촌에서다. 해수욕을 하고 날 때마다, 저녁 산보를 할 때마다, 김 군은

"제길헐 찻집이나 식당이나 하나 있으면 오죽 좋아……."

하고 버릇처럼 중얼거리던 판인데 하루는 원산 사람이 와 식당을 차린다는 소문이 났다. 소문은 곧 해수욕장 솔밭에 실현되었다. 바라크라기보다 천막인 편으로, 아직 간판도 나붙기 전에 김 군과 나는 찾아갔다. 걸상은 사이다와 삐루 궤짝을 둘러놓았고 테이블도 송판으로 아무렇게나 못질해 세워 팔꿈치를 좀 얹으니까 바닥이 모새기도 했지만 이내 한편으로 씰그러지는 것이었다. 그래도 백로지를 덮고 그 위에다 엽서만 한 종이에 '메뉴'부터는 써놓았는데 가루피스, 사이다, 삐루, 오야꼬돔부리,[1] 오무레스…… 이렇게 꽤 여러 가지가 적혀 있었다. 그때가 점심때였던지 우리는 '오야꼬돔부리'를 주문하였다. 그랬더니 주인인지 쿡인지 모를 '사루마다'[2]만한 반바지에 게다를 신고 이마에 두드럭두드럭한 여드름을 비비고 섰던 청년이 허리를 굽신하며 아직 닭을 사지 못해 '오야꼬돔부리'는 될 수 없다 하였다. 그럼 무엇이 되느냐 하니까 '오무레스'나 '사까나후라이'[3]는 곧 된다 했다. 우리는 그 두 가지

---

1   닭고기가 들어간 계란덮밥.
2   팬티보다 조금 긴 속옷.

를 다 시키니까 그는 어느 구석에선지 부채를 한 자루 집어다 놓더니 숯 튀는 소리가 나는 데로 들어가 버렸다. 그리고 그의 대신으로 나타난 사람이 '하나꼬'라는 이 식당 마담이었다. 아까 청년보다는 나이 훨씬 위인 여자로 가까이 들여다보니 나이 사십이나 되었을 얼굴이었다. 쪽도 아니요 트레머리도 아닌 머리에 기름을 고르지 못하게 칠하였고 얼굴은 희나 그것도 몇 번 쳐다보니 햇볕을 보지 못한 때문인지 가죽이 두꺼운 눈두덩이요 뺨이요 입술이었다. 적은 눈 위에는 눈썹조차 적은 듯 거의 전부가 그린 것이었다. 그는 우리 앞으로 와서 부채질을 해주었다.

"당신 나이 몇 살이요?"

그는 반이 금니투성인 잇속을 히쭉 열어 웃기만 했다.

"당신 이 집 마담이오?"

"매담이 뭐야요?"

그는 생긴 것처럼 마담도 모르는 꼴이었다. 이름만은 '하나꼬'라고 이내 대었다. 왜 이름을 그렇게 지었느냐니까

"꽃이라면 손님들이 많이 오시지 않아요?"

하고 저도 어색한 듯 큰소리를 내어 웃어 버렸다. 남의 면박을 잘 주는 김 군이

"제길헐 이름만 꽃이면 꽃인가. 어서 저기 가 음식이나 빨리 만들어 와……."

하니까 얼굴이 시뻘개서 부엌으로 가버리었다.

---

3 생선튀김.

음식은 그 '메뉴'의 글씨나 또 '하나꼬'나처럼 못 만들지는 않았다. 꽤 맛나게 먹은 우리는 그 다음날도 찾아갔다. 그리고 그날은 유성기 소리도 들었다. 몇 장 안 되는 것이 모두 유행가 부스러기뿐이었으나 그중 좀 나은 것은 '사바꾸니 힝아 구레데[4]' 하는 노래여서 우리는 그것만 서너 번이나 거푸 들었다. 그리고 식당 이름을 '동해식당'이라 하려는 것을 우리가 '사바꾸니 힝아 구레데'와 마담 '하나꼬'를 합하여서 '식당 사막의 화원'이라 지어 주었고 김 군은 간판까지 써주었던 것이다.

우리는 이 식당 '사막의 화원'에 밤에도 가끔 갔다. 갈 때마다 놀라운 것은 '하나꼬'는 우리에게만 꽃이 못될 뿐, 이 색채에 주린 빈한한 어촌 청년들에게는 자기의 이름대로 훌륭히 꽃노릇을 하는 것이었다. 모여드는 청년들은 대개 '하나꼬'보다 어린 청년이었으나 '하나꼬'는 곧잘 그들의 무릎에 앉아 맥주를, 혹은 소주를 따르며 그 어설픈 애교를 떨었다. 그 어설픈 애교에도 멍하니 혼이 나가서 건침을 삼켜가며 쳐다보고 앉았는 것이 김 군의 말대로 하면 이 거리의 채플린들이었다.

그런데 사막의 화원이 열리어 한 열흘쯤 되어서다. 점심을 사먹으려고 가니까 쿡이 매를 맞고 누워 꼼짝을 못한다는 것이었다. '하나꼬'는 잘 대지를 않아 동네 청년들에게 물어 보니 지난밤에 자는 것을 누가 돌멩이를 들어던져 골이 깨어졌다는 것이다. 원인을 물으니 '하나꼬'가 말로는 그 쿡을 조카라고 하니 사실은 서방이라는 것을 엿보아 알았기 때문이란 것이 짐작이라고는 하면서들도 그 채플린들의 일치되는 대답이었다.

---

4 '사막에 해는 저물어'. 일본의 유행가.

우리는 그날인가 그 이튿날인가 외금강으로 가서 한 일주일 묵어서 왔다. 오는 길로 우리는 궁금하기도 하고 무얼 좀 마시고도 싶어 사막의 화원으로 갔는데 웬걸, 사막의 화원 자리엔 검댕 묻은 돌멩이들과 소독저 부러진 것들만 휴지조각들과 함께 널렸을 뿐, 기둥 하나 남아 있지 않았다. 모랫바닥엔 지난밤에 쏟아진 빗물 자리뿐이요, 바다에선 파도 소리가 높이 부서졌다. 마침 지나가는 주재소 급사를 붙들고 물어보니 '하나꼬'는 원산 어떤 유곽에 매인 몸으로 이웃 요릿집 쿡으로 있는 그 사나이와 정이 들어 도망왔던 것이라 한다. 그래 사나이는 순사에게 붙잡히고 계집은 포주에게 붙잡혀 매를 한 마당이나 맞고 원산으로 끌려갔다는 것이다.

사막의 화원! 우연한 일이었으나 우리는 그들의 행복의 둥지를 이렇게 단명(短命)하게 지어준 것을 후회하였다. 그리고 아직 이마에 여드름이 두드럭두드럭한 그 청년의 쿡보다 청춘이란 탄력은 다 꺼져버린 그 결코 꽃답지 못한 '하나꼬'의 인생(人生)을 생각하고 우리의 해변 산보는 우울하지 않을 수 없었다.

— 丁丑 六月 十九日 —

『이태준단편선』, 박문출판사, 1939.12

패강냉(浿江冷)

　다락에는 제일강산(第一江山)이라, 부벽루(浮碧樓)라, 빛 낡은 편액(扁額)들이 걸려 있을 뿐, 새 한 마리 앉아 있지 않았다. 고요한 그 속을 들어서기가 그림이나 찢는 것 같아 현(玄)은 축대 아래로만 어정거리며 다락을 우러러본다.

　질퍽하게 굵은 기둥들, 힘 내닫는 대로 밀어던진 첨차와 촛가지의 깎음새들, 이조(李朝)의 문물(文物)다운 우직한 순정이 군데군데서 구수하게 풍겨 나온다.

　다락에 비겨 대동강은 너무나 차다. 물이 아니라 유리 같은 것이 부벽루에서도 한 뼘처럼 들여다보인다. 푸르기는 하면서도 마름[水草]의 포기포기 흐늘거리는 것, 조약돌 사이사이가 미꾸리라도 한 마리 엎디었기만 하면 숨쉬는 것까지 보일 듯싶다. 물은 흐르나 소리도 없다. 수도국 다리를 빠져, 청류벽(清流壁)을 돌아서는 비단필이 훨적 펼쳐진 듯 질편하게 깔려 나갔는데, 하늘과 물은 함께 저녁놀에 물들어 아득한 장미꽃밭으로 사라져 버렸다. 연광정(鍊光亭) 앞으로부터 까뭇까뭇 널려 있는 매생이[1]와 수상선들, 하나도 움직여 보이지 않는다. 끝없는 대동벌에 점점이 놓인 구릉(丘陵)들과 함께 자못 유구한 맛이 난다.

1　마상이. 거룻배처럼 노를 젓는 작은 배.

현은 피우던 담배를 내어던지고 저고리 단추를 여미었다. 단풍은 이제부터 익기 시작하나 날씨는 어느덧 손이 시리다.

'조선 자연은 왜 이다지 슬퍼 보일까?'

현은 부여(夫餘)에 가서 낙화암(落花岩)이며 백마강(白馬江)의 호젓함을 바라보던 생각이 난다.

*

현은 평양이 십여 년 만이다. 소설에서 평양 장면을 쓰게 될 때마다, 이번에는 좀 새로 가보고 써야, 스케치를 해와야, 하고 벼르기만 했지, 한 번도 그래서 와보지는 못하였다. 소설을 위해서뿐 아니라 친구들도 가끔 놀러 오라는 편지가 있었다. 학창 때 사귄 벗들로, 이곳 부회 의원이요 실업가인 김(金)도 있고, 어느 고등보통학교에서 조선어와 한문을 가르치는 박(朴)도 있건만, 그들의 편지에 한 번도 용기를 내어 본 적은 없었다. 이번에 받은 박의 편지는² 놀러 오라는 말이 있던 편지보다 오히려 현의 마음을 끌었다.

내 시간이 반이 없어진 것은 자네도 짐작할 걸세. 편안하긴 허이. 그러나 전임으론 나가 주고 시간으로나 다녀 주기를 바라는 눈칠세. 나머지 시간이라야 그리 오래 지탱돼 나갈 학과 같지는 않네. 그것마저 없어지는 날 나도 그때 아주 손을 씻어 버리려 아직은 찌싯찌싯 붙어 있네. 하는 사연을 읽고는 갑자기 박을 가 만나 주고 싶었다. 만나야만 할말

---

2 1938년 1월 『삼천리문학』에 발표될 당시에는 이 부분 다음에 '놀러 오라는 말은 한마디도 쓰여 있지 않았다. 그러나 다른 때,'라는 내용이 있었으나 단행본 수록 과정에서 생략되었다.

이 있는 것은 아니지만 손이라도 한번 잡아 주고 싶어 전보만 한 장 치고 훌쩍 떠나 내려온 것이다.

정거장에 나온 박은 수염도 깎은 지 오래어 터부룩한데다 버릇처럼 자주 찡그려지는 비웃는 웃음은 전에 못 보던 표정이었다. 그 다니는 학교에서만 찌싯찌싯 붙어 있는 것이 아니라 이 시대 전체에서 긴치 않게 여기는, 찌싯찌싯 붙어 있는 존재 같았다. 현은 박의 그런 찌싯찌싯함에서 선뜻 자기를 느끼고 또 자기의 작품들을 느끼고 그만 더 울고 싶게 괴로워졌다.

한참이나 붙들고 섰던 손목을 놓고, 그들은 우선 대합실로 들어왔다. 할말은 많은 듯하면서도 지껄여 보고 싶은 말은 골라 낼 수가 없었다. 이내 다시 일어나 현은,

"나 좀 혼자 걸어 보구 싶네."

하였다. 그래서 박은 저녁에 김을 만나 가지고 대동강가에 있는 동일관(東一館)이란 요정으로 나오기로 하고 현만이 모란봉으로 온 것이다.

오면서 자동차에서 시가도 가끔 내다보았다. 전에 본 기억이 없는 새 빌딩들이 꽤 많이 늘어섰다. 그중에 한 가지 인상이 깊은 것은 어느 큰 거리 한 뿌다귀에 벽돌 공장도 아닐 테요 감옥도 아닐 터인데 시뻘건 벽돌만으로, 무슨 큰 분묘(墳墓)와 같이 된 건축이 웅크리고 있는 것이다. 현은 운전사에게 물어 보니, 경찰서라고 했다.

또 한 가지 이상하다 생각한 것은, 그림자도 찾을 수 없는, 여자들의 머릿수건이다. 운전사에게 물으니 그는 없어진 이유는 말하지 않고

"거, 잘 없어졌죠. 인전 평양두 서울과 별루 지지 않습니다."

하는 매우 자긍하는 말투였다.

현은 평양 여자들의 머릿수건이 보기 좋았었다. 단순하면서도 흰 호접과 같이 살아 보였고, 장미처럼 자연스런 무게로 한 송이 얹힌 댕기는, 그들의 악센트 명랑한 사투리와 함께 '피양내인'들만이 가질 수 있는 독특한 아름다움이었다. 그런 아름다움을 그 고장에 와서도 구경하지 못하는 것은, 평양은 또 한 가지 의미에서 폐허라는 서글픔을 주는 것이었다.

*

현은 을밀대(乙密臺)로 올라갈까 하다 비행장을 경계함인 듯, 총에 창을 꽂아 든, 병정이 섰는 것을 발견하고는 그냥 강가로 내려오고 말았다. 마침 놀잇배 하나가 빈 채로 내려오는 것을 불렀다. 주암산까지 올라갔다가 내려오자니까 거기는 비행장이 가까워 못 올라가게 한다고 한다. 그럼 노를 젓지는 말고 흐르는 대로 동일관까지 가기로 하고 배를 탔다.

나뭇잎처럼 물 가는 대로만 떠가는 배는 낙조가 다 꺼져 버리고 강물이 어두워서야 동일관에 닿았다.

이 요릿집은 강물에 내여민 바위를 의지하고 지어졌다. 뒷문에 배를 대고 풍악 소리 높은 밤 정자에 오르는 맛은, 비록 마음 어두운 현으로도 적이 흥취 도연해짐을 아니 느낄 수 없다.

'먹을 줄 모르는 술이나 이번엔 사양치 말고 받아 먹자! 박을 위로해 주자!'

생각했다.

박은 김을 데리고 와 벌써 두 기생으로 더불어 자리를 잡고 있었다.

김의 면도 자리 푸른 살진 볼과 기생들의 가벼운 옷자락을 보니 현은 기분이 다시 한번 개인다.

"이 사람 자네두 김 군처럼 면도나 좀 허구 올 게지?"

"허, 저런 색시들 반허게!"

하고 박은 씩 웃는다.

"그래 요즘 어떤가? 우리 김 부회 의원 나리?"

"이 사람, 오래간만에 만나 히야까시³부턴가?"

"자넨 참 늙지 안네그려! 우리 서울서 재작년에 만낫던가?"

"그러치 아마…… 내 그때 도시 시찰로 내지 다녀오던 길이니까……."

"참 자넨 서평양인지 동평양인지서 땅 노름에 돈 좀 잡앗다데 그려?"

"흥, 이 사람! 선비가 돈 말이 하관고?"

"별수 있나? 먹어야 배부르데."

"먹게, 오늘 저녁엔 자네가 못 먹나 내가 못 먹이나 한번 해보세."

"난 옆에서 경평대항전 구경이나 헐가?"

"저이들은 응원하구요."

기생들도 박과 함께 말참례를 시작한다.

"시굴 기생들 우숩지?"

"우숩다니? 기생엔 여기가 서울 아닌가. 금수강산 정기들이 다르네!"

기생들은 하나는 방긋 웃고, 하나는 새침한다. 방긋 웃는 기생을 보니, 현은 문득, 생각나는 기생이 하나 있다.

"여보게들?"

---

3   히야까시(ひやかし(冷やかし)). 놀림.

"그래."

"벌서 열둬 해 됐네 그려? 그때 나 왔을 때 저 능라도에 가 어죽 쒀먹던 생각 안 나?"

"벌서 그렇게 됐나 참."

"그때 그 기생이 이름이 뭐드라? 자네들 생각 안 나나?"

"오 그러치!"

비스듬히 벽에 기대었던 김이 놀라 일어나더니

"이거 정작 부를 기생은 안 불렀네 그려!"

하고 손뼉을 친다.

"아니, 그 기생이 여태 있나?"

"살앗지 그럼."

"기생 노릇을 여태 해?"

"암."

"오라!"

하고 박도 그제야 생각나는 듯이 무릎을 친다.

그때도 현이 서울서 내려와서 이 세 사람이 능라도에 어죽놀이를 차렸다. 한 기생이 특히 현을 따라, 그때만 해도 문학청년 기분이던, 현은 영월의 손수건에 시를 써주고 둘이만 부벽루를 배경으로 하고 사진을 다 찍고 하였었다.

"아니, 지금 나이 몇 살일 텐데 아직 기생 노릇을 해? 난 생각은 나두 이름두 잊었네."

"그리게 이번엔 자네가 제발 좀 데리구 올라가게."

"누군데요?"

하고 기생들이 묻는다.

"참, 이름이 뭐드라?"

박도

"이름은 나두 생각 안 나는걸……."

하는데 보이가 온다.

"기생, 제일 오랜 기생, 제일 나이 많은 기생이 누구냐?"

보이는 멀뚱히 생각하더니 댄다.

"관옥인가요? 영월인가요?"

"오! 영월이다 영월이 곧 불러라."

현은 적이 으쓱해진다. 상이 들어왔다. 술잔이 돌아간다.

"그간 술 좀 뱄나?"

박이 현에게 잔을 보내며 묻는다.

"웬걸…… 술이야 고학할 수 있던가 어디……."

"망할 자식 가긍허구나! 허긴 너이 따위들이 밤낮 글 써야 무슨 덕분에 술 차례가 가겠니! 오늘 내 신세지……."

"아닌 게 아니라……."

하고 김이 또 현에게 잔을 내어밀더니

"현군도 인젠 방향 전환을 허게."

한다.

"방향 전환이라니?"

"거 누구? 뭐래던가 동경 가 글 쓰는 사람 있지?"

"있지."

"그 사람 선견이 있는 사람야!"

하고 김은 감탄한다.

"이 자식아 잔이나 받아라. 듣기 싫다."

하고 현은 김의 잔을 부리나케 마시고 돌려보낸다.

박이 다 눈두덩을 내려쓸도록 모두 얼근해진 뒤에야 영월이가 들어섰다. 흰 저고리 옥색 치마, 머리도 가리마만 약간 옆으로 탔을 뿐, 시체 기생들처럼 물들이거나 지지거나 하지 않았다. 미닫이 밑에 사뿐 앉더니 좌석을 휙 둘러본다. 김과 박은 어쩌나 보느라고 아무 말도 않고 영월과 현의 태도만 번갈아 살핀다. 영월의 눈은 현에게서 무심히 스쳐 지나, 박을 넘어뛰어 김에게 머무르더니,

"영감, 오래간만이외다. 그려."

하고 쌩긋 웃는다.

"허! 자네 눈두 인전 무뎄네 그려! 자넬 반가워할 사람은 내가 안야."

"기생이 정말 속으로 반가운 손님헌텐 인살 안 한답니다."

하고 슬쩍 다시 박을 거쳐 현에게 눈을 옮긴다.

"과연 명기로군! 척척 받음수가……."

하고 김이 먼저 잔을 드니 영월은 선뜻 상머리에 나앉으며 술병을 든다.

웃은 지 오래나 눈 속은 그저 웃는 것이 옛 모습일 뿐, 눈시울에 거무스름하게 그림자가 깃들인 것이나 볼이 홀쭉 꺼진 것이나 입술이 까시시 메마른 것은 너무나 세월이 자국을 깊이 남기고 지나갔다.

"자네, 나 모르겠나?"

현이 담배를 끄며 묻는다.

"어서 잔이나 드시라우요."

잔을 드는 현과 눈이 마주치자 영월은 술이 넘는 것도 모르고 얼굴

을 붉힌다.

"자네도 세상살이가 고단한 걸세 그려?"

"피차일반인가 봅니다. 언제 오셌나요?"

하고 현이 마시고 주는 잔에 가득히 붓는 대로 영월도 사양하지 않고 받아 마신다.

"전엔 하얀 나비 같은 수건을 썼더니…….."

"참, 수건이 도루 쓰고퍼요."

"또 평양말을 더 또렷또렷하게 잘했었는데…….."

"손님들이 요샌 서울말을 해야 좋아한답니다."

"그깟놈들…… 그런데 박 군? 어째 평양 와 수건 쓴 걸 볼 수 없나?"

"건 이 김 부회 의원 영감께 여쭤 볼 문젤세. 이런 경세가(經世家)들이 금령을 내렸다네."

"그렇다드군 참!"[4]

"누가 아나 비러먹을 자식들…….."

"이 자식들아, 너이야말루 비러먹을 자식들인게…… 그까짓 수건 쓴 게 보기 좋을 건 뭐며 이 평양부내만 해두 일 년에 그 수건값허구 당기값이 얼만지 알기나 허나들?"

하고 김이 당당히 허리를 펴고 나앉는다.

"백만 원이면? 문화 가치를 모르는 자식들…….."

"그러니까 너이 글 쓰는 녀석들은 세상을 모르구 산단 말이야."

"주제넘은 자식…… 조선 여자들이 뭘 남용을 해? 예펜네들 모양 좀

---

4   발표될 당시 원작에는 "어째서?"라고 되어 있다.

내기루? 예펜넨 좀 고와야지."

"돈이 드는걸……."

"흥! 그래 집안에서 죽두룩 일해, 새끼 나 길러, 사내 뒤치개질 해……
그리구 일 년에 당기 한 감 사 매는 게 과하다? 아서라 사내들 술값 담
뱃값은 얼만지 아나? 생활개선, 그래 예펜네들 수건값이나 당기값이나
조려 먹구? 요 푼푼치 못한 경세가들아? 저인 남용할 것 다 허구……."

"망할 자식 말버릇 좀 고쳐라…… 이 자식아 술이란 실사회선 얼마
나 필요한 건지 아니?"

"안다. 술만 필요허냐? 고유한 문환 필요치 않구? 돼지 같은 자식
들…… 너이가 진줄 알 수 있니…… 허……."

"히도오 바가니 수르나 고노야로……."[5]

"너이 따윈 좀 바까니시데모 이이나……."[6]

"나니?"[7]

"나닌 다 뭐 말라빠진 거냐? 네 술 좀 먹기루 이 자식, 내 헐말 못 헐
놈 아니다. 허긴 너헌테나 분푸리다만……."[8]

하고 현은 트림을 한다.

"이 사람들 고걸 먹구 벌써 취했네 그려."

박이 이쑤시개를 놓고 다시 잔을 현에게 내민다. 김은 잠자코 안주
를 집는 체한다.

오래 해먹어서 손님들 기분에 눈치 빠른 영월은 보이를 부르더니 장

---

5 사람 우습게 보지 마라 이 자식…….
6 깔봐도 좋다…….
7 뭐라구?
8 마지막 문장은 단행본에 수록되는 과정에서 첨가된 내용이다.

구를 가져오게 하였다. 척 장구채를 뽑아 잡고 저쪽 손으로 먼저 장구
전두리[9]를 뚱땅 울려 보더니

"어따 조오쿠나 이십오현 탄야월······."

하고 불러내기 시작한다. 현은 물끄러미 영월의 핏줄 일어선 목을 건
너다보며 조끼 단추를 끌렀다. 부들부들 떨리는 손으로 상머리를 뚜드
려 본다. 그러나 자기에겐 가락이 생기지 않는다.

"에헹에 헤이야하 이라 우겨라 방아로구나······."

하고 받는 사람은 김뿐이다. 현은 더욱 가슴속에서만 끓는다. 이런 땐 소
리라도 한마디 불러 내었으면 얼마나 속이 시원하랴 싶어진다. 기생들도
다른 기생들은 잠잠히 앉아 영월의 입만 쳐다본다. 소리가 끝나자 박은

"수고했네."

하고 영월에게 술 한잔을 권하더니 가사를 하나 부르라 청한다. 영월
은 사양치 않고 밀어 놓았던 장구를 다시 당기어 안더니

"일조 오 나앙군······."

불러 낸다. 박은 입을 씻고 씻고 하더니 곡조는 서투르나 그래도 꽤
어울리게 이런 시 한 구를 읊어서 소리를 받는다.

"각하안산진수궁처······ 임정가고옥역난위[10]를······."

박은 눈물이 글썽해 후 한숨으로 끝을 맺는다.

자리는 다시 찬비가 지나간 듯 호젓해진다. 김은 보이를 부르더니

---

9   둥근 뚜껑 따위의 둘레의 가장자리.
10 却恨山盡水宮處任情歌哭亦難爲. 단재 신채호의 「백두산도중(白頭山途中)」이란 한시의 일부
    다. "한스럽다 산도 물도 다한 곳에서 내 뜻대로 노래 통곡 그도 어렵네"란 뜻이다. 이태준은
    단재가 '독립군 양성기지'를 백두산에 구축할 것을 생각하고 답사를 겸하여 백두산을 등반하
    고 쓴 이 작품 가운데 첫 연의 전, 결구만을 인용한다.

유성기를 가져오라 했다. 재즈를 틀어 놓더니 그제야 다른 두 기생은
저희 세상인 듯 번차 김과 마주 잡고 댄스를 추는 것이다.

"영월이?"

영월은 잠자코 현의 곁으로 온다.

"난 자넬 또 만날 줄은 몰랐네. 반갑네."

"저 같은 걸 누가 데려가야죠?"

"눈이 너머 높은 게지?"

"네?"

유성기 소리에 잘 들리지 않는다.

"눈이 너머 높은 게야?"

"천만에…… 그간 많이 상허섯세요."

"응?"

"많이 상허섯세요."

"나?"

"네."

"자네가 그리워서……."

"말슴만이라두……."¹¹

"허!"

댄스가 한 곡조 끝났다. 김은 자리에 앉으며 현더러

"기미모 오도레."¹²

한다.

---

11 단행본 수록 과정에서 '고맙습니다'가 생략되었다.

12 너도 춤춰라.

"난 출 줄도 모르네. 기생을 불러 놓고 딴쓰나 하는 친구들은 내 일직부터 경멸[13]하는 발세."

"자네처럼 마게오시미 쓰요이[14]한 사람두 없을 걸세. 못 추면 그냥 못 춘대지……."

"흥! 지기 싫여서가 아닐세.[15] 끄러안구 궁뎅이짓이나 허구 유행가 나부랭이나 비명을 허구 그게 기생들이며 그게 놀 줄 아는 사람들인가? 아마 우리 영월인 딴쓸 못 할 걸세. 못 하는 게 아니라 안 할걸?"

"아이! 영월 언니가 딴쓸 어떻게 잘하게요."

하고 다른 기생이 헬깃 쳐다보며 가로챈다.

"자네두 그래 딴쓸 허나?"

"잘 못 한답니다."

"글세, 잘 허구 못 허구 간에?"

"어쩝니까? 이런 손님 저런 손님 다 비월 마추쟈니까요."

"건 왜?"

"돈을 벌어야죠."

"건 그리 벌기만 해 뭘 허누?"

"기생일수룩 제 돈이 있어야겠읍디다."

"어쩨?"

"생각해 보시구려."

"모르겠는데? 돈 많은 사내헌테 가면 되지 안나?"

---

13 원작에는 '모욕'이라 되어 있다.
14 고집이 센.
15 발표될 당시에는 이 문장과 다음 문장 사이에 '기생이란 조선에 국보적 존잴세'라는 문장이 있었다.

"돈 많은 사내가 변심 않구 나 하나만 다리고 사나요?"

"그럴가?"

"본처나 되면 아무리 남편이 오입을 해두 늙으면 돌아오겠지 하구 자식 락이나 보면서 살지 않어요? 기생야 그 사람 하나만 바라고 갔는데 남자가 안 들어와 봐요?[16] 뭘 바라고 삽니까? 그리게 살림 드러갔다 오래 사는 기생이 몇 됩니까? 우리 기생은 제가 돈을 뫄서 돈 없는 사낼 얻는 게 제일이랍니다."

"야! 언즉시야라 거 반가운 소리구나!"

하고 박이 나앉는다. 그리고

"난 한푼 없는 놈이다. 직업두 인젠 벤벤치 못하다. 내 예펜네라야 늙어서 바가지두 긁지 않을 거구 자네 돈 뫘으면 나하구 살세?"

하고 영월의 손을 끌어당긴다.

"이 사람, 영월인 현군 걸세."

"참, 돈 가진 기생이나 얻는 수밖에 없네 인젠……."

하고 현도 웃었다.

"아닌게 아니라 자네들 이제부턴 실속 채려야 하네."

하고 김은 힐긋 현의 눈치를 본다.[17]

---

16 원작에는 이 문장과 다음 문장 사이에 '처다볼 건 바름팍만 아니야요?'라는 문장이 있었으나 단행본 수록 과정에서 삭제되었다.

17 원작에서 이 문장의 뒷부분은 아래와 같이 서술되어 있다.
"어떻게 채려야 실속인가?" / "팔릴 글을 쓰란 말일세. 자네들 쓰는 걸 인제부터 누가 알아야 읽지 않나? 나두 가끔 자네 이름이니 좀 읽어볼가해두 요미니꾸낏데…… 도모이깡……." / "아니꺼운 자식…… 너이 따원 안 읽어두 좋다. 그래 방향전환을…… 뭐…… 어디가 글 쓰는 놈이 선견이구 어쩌구 하는구나? 똥내나는 자식……." / "나니?" / 김이 발끈해진다. 김이 발끈해지는 바람에 현도 다시 농담기가 걷히고 눈이 번쩍 빛난다. / "더러운 자식! 나닌 무슨 말라빠진……." / 하더니 현은 술을 깨려고 마시던 사이다 컵을 김에게 사이다 째 던져버린다. / 깨어지고 튀고 하는 것은 유리병만이 아니다. 기생들이 그리로 쏠린다. 보이들도 들어

"더러운 자식!"

"흥, 너이가 아무리 꼬장꼬장한 체해야……."

"뭐 이 자식……."

하더니 현은 술을 깨려고 마시던 사이다 컵을 김에게 사이다 째 던져버린다. 깨지고 뛰고 하는 것은 유리컵만이 아니다. 기생들이 그리로 쏠린다. 보이들도 들어온다.

"이 자식? 되나 안 되나 우린 우린…… 이래봬두 우리……."

하고 현의 두리두리해진, 눈엔 눈물이 핑 어리고 만다.

"이런 데서 뭘…… 이 사람 취햇네 그려 나가 바람 좀 쐬세."

하고 박이 부산한 자리에서 현을 이끌어 낸다. 현은 담배를 하나 집으며 복도로 나왔다.

"이 사람아? 김 군 말쯤 고지식하게 탄할 게 뭔가?"

"후……."

"그까짓 무슨 소용이야……."

"내가 취했나 보이…… 내가…… 김 군이 미워 그리나?[18]…… 자넨 드러가 보게……."

현은 한참 난간에 의지해 섰다가 슬리퍼를 신은 채 강가로 내려왔다. 강에는 배 하나 지나가지 않는다. 바람은 없으나 등골이 오싹해진다. 강가에 흩어진 나뭇잎들은 서릿발이 끼쳐 은종이처럼 번뜩인다. 번뜩이는 것을 찾아 하나씩 밟아 본다.

온다. / "이 자식! 되나 안 되나 우린 이래봬두 예술가다! 예술가 이상이다. 이 자식……." / 하고 현의 두리두리해진 눈엔 눈물이 핑 어리고 만다.

18 단행본 수록 과정에서 첨가된 내용이다.

"이상견빙지(履霜堅冰至)……."

주역(周易)에 있는 말이 생각났다. 서리를 밟거든 그 뒤에 얼음이 올 것을 각오하란 말이다. 현은 술이 홱 깬다. 저고리 섶을 여미나 찬 기운은 품속에 사무친다. 담배를 피우려 하나 성냥이 없다.

"이상견빙지…… 이상견빙지……."

밤 강물은 시체와 같이 차고 고요하다.

— 乙丑 十一月 初八日 —

『이태준단편집』, 학예사, 1941.2

영월 영감

작년 가을, 어느 비 오는 날이었다. 성익은 집에 들어서자 사랑 마루에 웬 누르퉁퉁한 지우산과 검은 지까다비[1] 한 켤레가 놓인 것부터 눈이 미치었다. 한 손에 찬거리를 사든 길이라 안으로 들어가 아내에게 들은즉, 자기는 처음 보는 어른인데 아이들더러, 나두 너희 할아범이야 하는 것을 보아, 아마 당신 아저씨뻘 되는 양반인 게라고 하였다. 옆에서 어린것 하나는, 아주 무섭게 생긴 할아버지야 하였다. 나와 뵈니, 정말 성익도 어렸을 때는 무서워하던 영월 아저씨였다.

성익은 참 뜻밖이요 오래간만에 뵙는 아저씨였다. 혼인한 지 십 년이 넘는 성익의 아내는 이번이 처음이도록 여러 해 동안을 뵐 수 없던, 생사조차 모르던, 영월 아저씨였다.

젊어 영월(寧越) 군수를 지내어 영월댁이라, 영월 영감이라, 영월 아저씨, 영월 할아버지로 불리어지는 인데, 키가 훤칠하고, 이글이글 타는 눈방울이 늘 술취한 사람처럼 화기 띤 얼굴에서 번뜩일 뿐 아니라 음성이 행길에서 듣더라도 찌렁찌렁 울리는 데가 있는 어른이어서, 영월 할아버지 오신다 하면 아이들은 울음을 그치었다. 위엄은 아이들이나 하인배에뿐 아니라 그분과 동년배요 항렬로는 도리어 위 되는 이라

---

1 노동자용 작업화.

도 영월 영감이 오는 눈치면 으레 물었던 담뱃대들을 뽑아 들고 길을 비키었다.

심경에 큰 변화를 일으킨 듯,[2] 논을 팔고 밭을 팔고 가대[3]와 종중(宗中)의 위토(位土)[4]까지를 잡혀 쓰면서 한동안 경향 각지로 출입이 잦았었다.

그러나 무슨 이권이나 세도를 얻으려 다니는 것 같지는 않다가 한번은 그 예사로운 출입으로 나간 것이 소식이 끊이기를 십오륙 년, 대소가가 모두 궁금하게 여기던 것조차 이제는 지쳐 버리게 되었는데, 이렇게 서울서 문득 찢어진 지우산과 지까다비로 조카 성익의 집에 나타난 것이었다.

"그간 어디 가 계셨읍니까?"

"일소부주(一所不住)지 안 당긴 데 있나……."

음성이 높은 것, 우묵하게 꺼지기는 하였으나 그 푸른 안정이 쏘아 나오는 눈, 그리고 저녁상에서 성익은 갈비를 다시 구워 올 것도 없게 실패쪽처럼 벗겨 자시는 것을 보면 그 식사나 기력의 정정함도 옛 풍모 그대로였다. 그러나 이마와 눈시울에 잘고 굵은 주름들은 너무나 탄력을 잃었다. 더구나 머리와 수염이 반이 넘어 흰 것을 뵙고는, 성익은 가슴이 뿌지지했다.[5]

---

2 1939년 2월 잡지 『문장』과 1939년 단행본 『이태준단편선』에 작품이 수록될 때에는, 이 어구 앞에 영월영감이 심경에 변화를 일으킨 원인이 서술된다. 그러나 1943년 단행본 『돌다리』에 작품이 수록될 때에는 그 부분이 삭제된다. 내용은 다음과 같다.
  "세도가 정상시가 아닌 때에 득세(得勢)를 하는 것은 소인잡배의 무리라 하고, 읍에 한번 가는 일이 없이 온전히 출입을 끊었다가 기미년 일에 사오년 동안 옥사 생활을 거친 후로는."
3 가대(家垈). 집터와 그에 딸린 논밭, 산림 따위를 통틀어 이르는 말.
4 묘위토. 묘에서 지내는 제사의 비용을 마련하기 위하여 경작하던 논밭.
5 원작에는 '성익은 이분도 시대의 운명을 어쩌기는커녕 자기자신이 그 운명 속에 휩쓸리고 마는 것이 아닌가 하는 서글픔이 가슴이 뿌지지하게 느껴졌다'라고 서술되어 있다.

"아저씨두 인전 반백이나 되셨군요?"

"반백은 넘었지. 허!"

하고 그 수염을 한번 쓸어 보면서,

"빈발여하백(鬢髮如何白)고 다인적학로(多因積學勞)[6]라더니 내 백발은 적학로도 아니고…… 허허!"

하고 크게 웃었다. 그리고 조카가 이것 저것 물었으나 별로 대답이 없이 손자 되는 어린것의 머리만 쓰다듬다가,

"세월밖에 헤일 게 없구나! 대답할 게 없으니 아무것두 묻지 말아…… 내가 다녀갔단 말 시굴집에들 알릴 것두 없구…… 네게 온 건 돈 얼마 변통해 쓸까 하구 왔는데……."

하였다. 성익은 그래도 그동안 대소가 소식들부터 알려 드리고 나서,

"얼마나 쓰실 일입니까?"

물었다.

"한 천 원 가까이 됐으면 좋겠다."

성익은 얼른 마루 아래 놓인 이 아저씨의 지까다비 생각이 났다. 이분이 금광을 하시는 것이나 아닌가? 하였으나 아무것도 묻지 말라는 말을 먼저 받았다. 아무튼 비록 행색은 초췌할망정 생사조차 알리지 않다가 십여 년 만에 찾는 조카에게 자기 개인 밥값 같은 것이나 궁해서 돈 말을 할 영월 아저씨로는 믿어지지 않다. 성익은 할 수 없이 무리를 해서 모아 온 고완품(古翫品)[7]에 손을 대었다. 고려청자 찻종 하나와 단계석(端溪石) 벼루 하나를 이튿날 식전에 들고 나가 천 원은 못다

---

6 귀밑머리가 어찌하여 세었는고. 학문을 쌓은 노고가 많은 때문이지.
7 원작에는 '골동품(骨董品)'이라 되어 있다.

되고 칠백 원을 만들어다 드리었다. 돈이 칠백 원이란 말만 들었을 뿐, 영월 영감은 헤어 보지도 않고 빛 낡은 양복 조끼 안주머니에 넣더니 저녁때가 가까웠는데도 떠나야 한다고 나섰다. 비는 그저 지적지적 내리었다.

"애장품을 없애 줘 미안타. 그러나 그런 건 누가 보관튼 보관돼 갈 거구⋯⋯."

하면서 마당에 내려 화단에서 비에 젖는 고석을 잠깐 눈주어 보더니,

"어디서 구했니?"

하였다.

"해석입니다. 충남 어느 섬에서 온 거라는데 파는 걸 사왔습니다."

"넌 너의 아버닐 너무 닮는구나! 전에 너의 아버니께서 고석을 좋와하셔서서 늘 안협(安峽)으로 사람을 보내 구해 오셨지⋯⋯ 그런데 난 이런 처사 취미(處士趣味)엔 대반대다."

"왜 그러십니까?"

"더구나 젊은이들이⋯⋯ 우리 동양 사람은, 그중에두 우리 조선 사람이지 자연에들 너무 돌아와 걱정이야."

"글세올시다."

"자연으루 돌아와야 할 건 서양 사람들이지. 우린 반대야. 문명으루, 도회지루, 역사가 만들어지는 데루 자꾸 나가야 돼⋯⋯."

이렇게 영월 영감은 목소리가 더 우렁차지며 얼굴이 더 붉어지며 가을비에 이끼 끼는 성익의 집 마당을 부산하게 나섰다.

*

돈을 언제 갚는단 말도, 어디 와 있다는 말도, 성익도 기다리지도 않았지만 전혀 소식이 없다가 꼭 돌이 되어 요 전달 하순이었다.

하루는 세브란스 병원에서 성익에게 메신저 보이가 왔다. 박대하란 환자를 대신해 쓴다 하고 곧 좀 외과 진찰실로 와달라는 것이었다. 박대하란 영월 영감이다. 성익은 곧 달려갔다. 간호부가 가리키긴 하나 누군지 알아볼 수 없게 얼굴 온통이 붕대 뭉치가 되어 진찰대에 누워 있었다. 멀겋게 부푼 입술이 번질번질한 약을 바르고 콧구멍과 함께 숨을 쉴 정도로 내어 놓아졌을 뿐, 눈까지 약칠한 가제에 덮여 있는 것이다. 송장이 아닌가 싶었다.

"이분이?"

"네, 박대하 씨라구요. 광산에서 다치셨대요. 입원을 허실 턴데 시내에 보증인이 있어야니까요."

하고 간호부는 환자의 귀 가까이로 가더니

"불러 달라시던 분 오셨세요."

하였다. 환자의 육중한 입술이 부르르 떨리었다. 성익은 덤썩 환자의 손을 끌어 쥐었다. 뜨거웠다.

"성익이냐?"

분명히 영월 아저씨였다.

"네, 이게 웬일입니까?"

"뭐, 허, 답답해라…… 대단친 않구…… 자꾸 보증인인갈 세래 널 알렸다."

"다치신 덴 얼굴뿐입니까?"

"그럼."

"어디서 다치셨는데, 누구 같이 온 사람두 없습니까?"

간호부가 복도로 나와 같이 온 사람을 가리켜 주었다. 우중충한 복도에 섰는 흙물이 시뻘건 동저고릿바람의 장정이었다.

"당신이오?"

"네."

남포를 놓는데, 세 방을 한꺼번에 놓는데, 심지 하나가 중간에서 불이 꺼지는 것을 보고 그것마저 들어가 대려 놓는데 먼저 타들어간 것이 의외에 빨리 터졌다는 것이다.

"광산은 어디요?"

"거기가 양평따입지오. 그런데 과히 오래 가든 않는답니까?"

"글세 아직 모르겠소."

하고 성익은 그제야 의사에게로 왔다. 머리를 돌에 맞아 뇌진탕을 일으켰으나 반 시간도 못 돼서 정신을 차렸다는 정도니까 꿰맨 자리만 아물면 뇌엔 별일이 없을 것이요, 얼굴은 전면적으로 매연과 모래에 타박상을 받았으나 큰 상처는 없고, 안과에서 보았는데 눈도 동공은 상하지 않았으니까 중증의 결막염 정도니까 며칠 치료하면 뜰 수 있으리란 것이다.

성익은 다행으로 알고 아저씨를 병실로 옮기고 곧 입원 수속을 끝내었다. 그리고 아저씨께 돌아오니 그의 앞에는 광부가 꾸부리고 무슨 부탁을 듣고 서 있었다.

"아마 한길은 더 울렸으리……."

"그렇습죠."

"허니 천변두 울리지 않았나 조심해서들 보구, 내 나가길 기대릴 게 아니라 따내게들······."

"그립죠."

"서덕대보구 따들어가다 재바닥만 비치거든 감석[8]을 골라 내게 좀 보내 달라구 그러게."

"네."

"어서 떠나게. 중상은 아니라구 염려들 말라구 그리게."

"네 그럼······."

광부가 나간 뒤에 성익은 잠깐 멍청히 서서 병실 안을 둘러보았다. 다른 침대 하나에는 아직 환자가 없다. 두 쪽 유리창에도 도시의 하늘답지 않게 전선줄 한 오리 걸리지 않고 유리 그대로 멀뚱하다. 누워 있는 영월 아저씨는 번질번질한 부푼 두 입술이 있을 뿐, 모두 흰 붕대와 흰 약과 흰 홑이불에 덮여 있다. 비었다기보다 시체실에 혼자 섰는 것처럼 서뭇해진다. 저분이 금광을? 그럼, 저분이 여태껏 찾아다닌 것도 금이던가? 금? 그럼, 내 돈 칠백 원도 금광에 투자한 셈이던가? 성익은 쌉쓰레한 군침을 입 안에 다시며 침상 앞으로 나섰다.

"아저씨?"

"성익이냐? 이거 답답해 어디 견디겠나!"

영월 영감은 시울이 팅팅히 부어 떠지지 않는 눈을 눈썹만 슴벅거려 본다.

"그런데 어쩌실려구 뻐언히 위험한 델 들어가셨습니까?"

"인정처럼 고약한 게 없거던······ 첨에는 심질 십여 척씩 늘이구두

---

8 유용한 광물이 어느 정도 이상으로 들어 있는 광석.

뒤돌아볼 새 없이 뛰나오더랬는데 것두 몇 해 다뤄 보니 심상해져 겁이 어디 나? 사람이 비켜야만 터질 것처럼 믿어진단 말이야."

"그런데 아저씨께서 금광을 허시리라군 의욉니다."

"어째?"

"막연히 그런 생각이 듭니다."

"막연이겠지…… 힘없이 무슨 일을 허나?[9] 금 같은 힘이 어딋나? 금 캐기야 조선같이 좋은 데가 어딋나? 누구나 발견할 권리가 있어, 누구 나 출원하면 캐게 해, 국고 보조까지 있어, 남 다 허는 걸 왜 구경만 허 구 앉었어?"

"이제 와 아저씬 금력을 믿으십니까?"

"이제 와서가 아니라 벌서 여러 해 전부터다. 금력은 어디 물력뿐이 냐? 정신력도 금력이 필요한 거다."

"그래 광을 허십니까?"

"그럼."

"허면 꼭 금을 캘 걸 믿으십니까?"

"암, 못 캐란 법은 어딨나? 왜 못 될 걸 믿어?"

"그러나 사실에 성공하는 사람이 천에 하나나 만에 하나 아닙니까?"

"억만에서 하나기루 그 하나이 자기가 되길 계획해 못쓸까? 사람이 란 그다지 계획력이 미약한 걸가?"

"글세올시다."

"글세올시다가 아니야. 그렇게 막연히 살아 무슨 전도가 있나? 천에

---

9 『문장』(1939.2)과 『이태준 단편선』(1939)에서는 이 문장 뒤에 "홍경래두 돈을 만들어 뿌리 지 않었어?"라는 문장이 있으나, 『돌다리』(1943)에는 빠져 있다.

하나, 만에 하나가 저절루 자기가 되길 바라선, 요행히 되길 바라선, 건 허영이지, 건 투기지. 그런 요행이야 천에 하나 만에 하나밖에 없을 게 당연지사겠지. 그러나 끝까지만 나가면야 천이면 천, 만이면 만 다 성 공할 게 원측이지."

"그래두 일생을 광산으로 다녀두 봇다리를 벤 채 죽는 사람이 얼마 든지 있지 않습니까?"

"……."

영월 영감은 부푼 입술이 거북한 듯 말 대신 고개를 젓는다.

"참, 말씀 그만두시죠. 입술두 퍽 부셨는데."

"말꺼정 못 하군 정말 죽은 거 같게…… 그런 것들은 다 투기자들이 지. 물욕부터 앞서 제가 실패한 원인을 반성할 여유가 없이 나가구, 또 뻔히 경험으로 봐 안 될 것두 요행만 바라구 나가거던…… 그런 사람들 실패하는 거야 원형리정[10]이지…… 나두 벌써 십여 차 실패다. 그러나 똑같은 실팬 한 번도 안 했다. 똑같은 실팰 다시 허기 시작허면야 건 무 한한 거다. 그러나 금을 캐는 데 있을 실패가 그렇게 무한한 수로 있을 건 아니지. 실패를 잘만 해서 실패된 원인만 밝혀나간다면야 실패가 많아질수록 성공에 가까워 가는 게 아니냐? 난 그걸 믿는다."

"……."

"조선 땅엔 금은 아직 무진장이다. 어느 시대구 어느 나라서구 불변 가치를 갖는 게 금밖에 또 있니?[11] 금만한 힘이 있니?"

---

10 원형이정(元亨利貞). 사물의 근본이 되는 원리.
11 『이태준 단편선』(1939)에서는 이 문장 뒤에 "힘 없이 움즉일 수 있니?"라는 문장이 있으나, 『돌다리』(1943)에는 빠져 있다.

"……."

"금을 금답게 쓰지 못하는 자들이 얼마나 많이들 금을 캐내니? 땅이 울 게다! 땅이……."

하고 영월 영감은 홑이불을 밀어던지고 석수처럼 돌때에 뿌우연 손을 올려 가슴 위에 깍지를 꼈다.

*

이튿날부터 영월 영감은 광산에서 기별이 오기를 기다렸다.

"몇 자 안 나려가 재바닥¹²이 비칠 건데…… 맥형 생긴 게 틀림은 없는데……."

그리고 사흘부터는 의사를 조르기 시작하였다.

"허! 이거 일월을 못 보니 꼭 죽었소그려. 언제나 눈을 뜨? 머린 이내 아물겠오?"

"맘이 급허시면 더 더딥니다. 눈은 차츰 부기가 낫기 시작합니다만 머리야 젊은 사람과 달라 어디 그렇게 빨리 아뭅니까?"

"내가 늙어 그러리까?"

"조그만 헌디 하나라두 연령관계가 큽니다. 신진대사 차이가 크니까요."

의사가 나간 뒤 한 시간이나 지나서다. 속으로는 그저 그 생각이었던 듯,

"내가 지금 사십만 같애두! 사십만……."

---

12 광석이 많이 나던 광맥이 끊어졌다가 아래로 내려가면서 다시 광석이 많이 나올 때에, 그 아 랫부분을 이르는 말.

하고 한숨을 쉬는 것이었다.

"이론이 그렇지. 그것 아무는 데 며칠 상관이 될라구요."

"어디 이것뿐이냐? 매사에 일모도원[13]이다! 넌 올에 몇이지?"

"서른둘입니다."

"서른둘! 호랑이 같은 때로구나! 왜들 가만히들 있니?"

"……."

한참 침묵이 지나서다.

"너 낼 산에 좀 갔다 와다우."

"산에요?"

"광산에 가, 그새 작업을 어떻게 했는지두 좀 알구, 나온 걸 어떤 돌이구 간에 한 가지씩 가져오너라. 엊저녁 꿈엔 돼지를 다 봤는데……."

"돼지요?"

"미신이나 금광 허는 사람들이 돼지 보길 바라지들…… 돼질 보면 금이 난다구들, 허허……."

영월 영감은 차츰 제 빛이 돌아오는 입술에 빙그레 웃음을 띠었다.

*

성익은 아저씨가 일러준 대로 이튿날 자동차로 양평(楊平)을 지나 풍수원(豊水院)이란 데로 왔다. 여기서는 사람을 하나 사가지고 동북간으로 고개라기는 좀 큰 산을 넘어 아저씨의 광산을 찾았다. 다복솔[14]이

---

13 일모도원(日暮途遠). 날은 저물고 갈 길은 멀다는 뜻으로, 늙고 쇠약한데 앞으로 해야 할 일은 많음을 이르는 말. 『사기』의 「오자서열전(伍子胥列傳)」에 나오는 말이다.

깔린 평퍼짐한 산허리에 서너 군데나 생흙이 밀려 나와 사태난 자리처럼 쌓였다. 가까이 가보니 흙이 아니라 모두 돌이었다. 굿막과 화약고도 이내 나타났으나 사람이라고는 질통꾼[15] 서너 명만 보였다. 질통꾼들에게 서덕대를 물으니 굿[16] 속에서 작업중이라 한다. 굿 속으로 따라 들어가려 하였으나 바닥이 질고 천반에선 여기저기 기름과 철분에 시뻘건 샘물이 낙숫물 떨어지듯 하여 달리 차리지 않고는 들어설 수가 없다. 우선 서덕대를 좀 나오라고 이르고 땀이나 들이려 냉장고같이 시원한 굿 초입에 서 있었다. 굿 속은 키 큰 사람은 모자가 닿으리만치 낮다. 통나무로 좌우 벽선[17]과 천반을 버티어 들어갔다. 간드레[18] 불을 든 질통꾼들이 한 삼십 간 들어가서는 꼬부라져 사라지고 만다. 거기까지는 수평이다. 그 뒤는 캄캄하여 도무지 짐작을 할 수가 없다. 물방울 떨어지는 소리뿐 가만히 귀를 기울여야 쿠웅쿠웅 바위 울리는 소리가 은은히 돌아나온다. 그쪽은 저승과 같이 아득하고 신비스럽다.

'저 속에서 금이 난다!'

성익은 담배를 피워 물고 생각하였다.

그 몇만분지, 몇십만분지의 일인 금을 얻으려 산을 헐고 바위를 뚫고…… 그 적은 비례의 하나를 찾기 위해 몇만 배, 몇십만 배의 흙을 파내고 돌을 쪼아 내고…… 성익은 고개를 기다랗게 내밀어 광산 전체를 쳐다보았다. 까맣게 올려다보이는 석벽도 이 산의 봉우리는 아직 아니

---

14 가지가 탐스럽고 소복하게 많이 퍼진 어린 소나무.
15 질통을 지고 물건을 져 나르는 사람을 이르던 말.
16 광산에서, 무너지지 아니하도록 손을 보아 놓은 구덩이.
17 기둥에 붙여 세우는 네모진 굵은 나무.
18 candle. 광산의 갱(坑) 안에서 불을 켜 들고 다니는 카바이드등.

었다.

'하나를 위해 구만 구천구백구십구의 헛일을 해야 하는…….'

성익는 한숨이 나왔다. 어렸을 때 풀기 어려운 산술 숙제를 받던 생각이 난다. 그러나 이내 또, 아저씨의 '사람이란 그다지 계획력에 미약한 거냐' 하던 말도 생각난다.

'계획? 나 자신에겐 지금 무슨 계획이 있는가?'

성익은, 굿막 퇴장에 걸터앉아 아무 의식이 없이 머르레한[19] 눈으로 건넌산을 바라보는, 그 풍수원서 데리고 온 사람의 꼴에서 자기를 발견하는 것 같은 허무함을 느끼었다.

다시 붙인 담배를 반이나 태웠을까, 그때 굿 속에서 사람들이 나타났다.

"내가 서이관이오."

하고 나서는 서덕대는 늙은 푼수로는 야무진 목소리다.

"우리 광주 영감 좀 어떠신가요?"

"차츰 나가십니다. 도무지 감석인갈 보내지 않으니까 궁금허시다구 좀 가보래 왔습니다."

"허!"

서덕대는 굿막 퇴장으로 와 담배부터 피워 문다. 전체가 까맣고, 딴딴하게 뭉친 것이 엿누룽갱이 같은 늙은이다. 침을 찍 뱉어 버리더니,

"영감 운이 아직 틔질 않어…… 영감 운이 틔셔야 우리네두 고생한 끝이 나겠는데……."

---

19 머르레하다. 흐릿하다.

하는 꼴이 좋은 바닥이 아직 비치지를 않는 모양이다.

"그럼, 아직 광석이랄 게 나오지 않습니까?"

"나오기야 나오죠. 허잘것없는 게 나오니, 그런 거야 자동차비가 아까워 어떻게 보내 드리나요."

"더 따들어가면 좋은 게 나올 것 같습니까?"

"허! 그걸 장담헐 수 있나요. 장담두 많이 해봤죠만 이전 내 입으룬 장담 않죠."

"그럼 이 광산이 영감 보시겐 신통치 않은가 봅니다 그려?"

"것두 장담 안요? 내 눈두 과히 어둡진 않죠. 금점[20]밥을 먹는 지두 서른대여섯 해 되죠. 당구[21] 십 년 격우루 산을 보면 대강 짐작은 납니다만 난 이전 산 보구 쫓아다니진 않소."

"그럼, 뭘 보십니까?"

"산에 한두 번 속았겠소? 난 이전 광주 보구 쫓아다니지요. 이 영감님 모시구 다니는 지두 벌써 칠 년째죠만 인덕이 그만허시구야 금줄 못 잡을 리 있나요."

성익은 겉옷을 바꿔 입고 서덕대를 따라 굿 속 작업현장을 구경하고, 물이 충충히 고여 개구리들만 끓는 쩹이라는, 수직으로 내려뚫은 광구도 몇 군데 구경하고는 그래도 질이 좀 나은 것이라는 회색 차돌 몇 덩이를 싸들고 풍수원으로 넘어와 밤을 자고 이튿날 오후 한 시나 돼서 병원으로 돌아왔다.

---

20 금점(金店). 금광.
21 서당개.

*

　병원에서는 영월 영감보다 의사가 더 성익을 기다리고 있었다. 간호부가 성익을 보자,

　"잠간만 거기 계셔요."

하고 병실에 들어가기 전에 무슨 일이 있다는 듯이 의사 있는 데로 달려가는 것이다. 성익은 가슴이 섬뜩하여 주춤하고 섰었으나 두어 방만 지나가면 아저씨의 병실이라 우선 병실로 가 문을 열었다. 아저씨는 여전히 침대에 누웠다. 그러나 문 소리 나는 쪽을 향해 '성익이냐?' 불러 봄직한 그가 문 소리 난 것도 모를 뿐 아니라 두 손을 쳐들어 합장도 아니요 박수도 아닌 손짓을 하고 있는 것이다. 머리맡에는 보지 않던 얼음주머니도 달려 있다.

　"아저씨?"

　"……."

　"아저씨?"

　"누구야…… 응?"

　성익은 가슴이 철렁 내려앉는다.

　"저야요, 성익이야요."

　"오오."

　그제야 영월 영감은 벌떡 일어나 앉는다.

　"누세요."

　"이리 내……."

　그러나 눈은 아직 열리지 않는다. 한 손으로 한쪽 눈을 억지로 벌리

려 한다. 성익은 얼른 붕산수에 적신 약솜을 뜯어 눈곱을 닦아 드리었
다. 그리고,

"어디 어디……."

하고 내어미는 아저씨의 손바닥을 보고는 광석을 놓기 전에 다시 한번
놀라지 않을 수 없다.

"아저씨 손바닥이……."

"어서 이리 내."

성익은 아저씨의 다른 편 손바닥도 펼쳐 보았다. 양편이 똑같다. 검
붉은 포돗빛의 혈반이 은단알만큼, 녹두알만큼 꽃 피듯 번져 있는 것
이다. 그리고 뜨거운 것이다. 그러나 당자는 아직 자기 피부에 그런 이
상이 나타난 것도 모르는 것 같다. 광석 하나를 받아 들더니 광선이 제
일 환한 쪽으로 상체를 돌린다.

"가져온 것 다 인내라."

신문지에 싼 채 다 그의 앞으로 가 펼쳐 들었다. 더듬더듬 하나씩 하
나씩 모조리 만져 보고, 들어보고, 그 다시 푸르스름해진 입술에 갖다
혀끝까지 대어 보곤 하더니 그중에서 역시 서덕대가,

"모두 요눔만 같애두."

하던 것을 용하게 골라 내어 한 손으로 눈곱 닦은 눈을 벌리었다. 그 눈
에 유리창은 너무 밝았다. 광선이 아니라 독한 연기를 쏘인 듯 눈물이
핑 쏟아져 다시는 벌리지도 못하고 만다.

"누세요. 제가 말슴 드릴게요."

"서덕대가 뭐래?"

"퍽 좋은 바닥이 나왔답니다."

"어떤?"

"차돌인데 맥이 넓구 여간 질이 좋지 않다구 안심허시랍니다."

"노다지가 나오다니?"

"네?"

성익은 아저씨의 정신상태가 아무래도 의심스러웠다.

"아저씨?"

아저씨는 두 손에 한움큼씩 광석을 움켜쥔 채 얼음주머니를 뒤통수로 때리며 벌떡 뒤로 드러누워 버린다.

간호부가 그제야 나타난다. 이쪽에서 뭐랄 새도 없이,

"선생님이 좀 오시래요."

하고 앞선다.

의사는 다른 환자의 처방을 끝내어 간호부에게 주어 버리더니 이렇게 말한다.

"지금 들어가 보셨지오?"

"네, 손바닥에 그런데……."

"네, 네……."

의사는 영월 영감의 진찰부를 꺼내 놓더니 보지는 않고,

"손바닥과 발바닥에 모두 피하 출혈이 현저하게 드러났습니다."

한다.

"어떤 딴 증세가 난 겁니까?"

"패혈증입니다. 더 의심할 수 없는……."

"패혈증이라뇨?"

"피가 썩는 겁니다. 어떤 상처로 미균이 들어가 가지군…… 아마 그

머리 다치신 상처겠죠…… 광산 같은 데서 애초에 소독이 완전히 됐을 리 있습니까?"

"걸 어째 진작 모르셨나요?"

"건 모릅니다. 발증이 되기까진 모르는 겁니다. 또 미리 안댔자 지금 의학으론 테라폴 따위 살균제나 놓는데 그런 걸룬 절망입니다."

"절망이야요?"

"벌서 피 대부분이 상했습니다. 가족에 곧 알리시구 유언이라두 들어 두시죠."

성익은 복도로 나와 한 십 분 동안 제정신을 차리기에 애를 썼다. 정신을 차려 가지고는 우선 우편국으로 가 이분의 두 아들에게 다 전보를 쳐주었다. 그리고 성익은 또 한 가지 생각이 났다. 얼른 자동차로 종로로 와서 광석 표본을 진열창에 많이 늘어 놓은 무슨 광산 사무손가를 찾았다. 팔지 않는다는 것을, 성냥갑만한 유리갑에 넣은 노다지 한 덩어리를 억지로 샀다. 영월 영감은 의사의 예언대로 최후의 맑은 정신이 돌아왔다. 방 안은 어스름한 황혼이다. 성익은 간호부에게 불을 켜라 일렀다. 그리고 약솜으로 아저씨의 두 눈을 닦고 최대한도로 띄워 드리었다. 지느러미 상한 고기 눈처럼 머르레한 눈동자는 이내 눈물에 잠기고 만다.

"아저씨? 이걸 자세 보세요."

"이게…… 에! 노다지로구나!"

"많이 나왔습니다."

"오! 오……."

영월 영감은 말이 놀라는 것처럼 우쩍 상반신을 일으켰다. 두 주먹을 뛰려는 말발굽처럼 움켜들었다. 주먹은 손가락 가락가락 부르르 떨리면서 펼쳐진다. 그러나 눈은 자기 힘으로 떠지지 않는다. 부들부들 팔째 떨리던 주먹은 탁 자기 얼굴을 휩싸 때리더니 '아휴!' 하고 성익의 팔에 쓰러지고 말았다.

성익은 차마 유언을 묻지 못하였다.

두 아들이 나타났을 때는, 영월 영감은 이미 시체실로 옮겨진 뒤였다.

*

성익은 아저씨의 화장장에서 돌아오는 길 버스 안에서 맏상제 봉익에게 물었다.

"자넨 몇이지 올에?"

"형님보다 내가 두 살 아래 아뉴?"

성익은 눈을 감고 잠깐 멍청히 흔들리다가 중얼거리었다.

"서른! 서른둘! 호랭이 같은……."

『이태준단편선』, 박문출판사, 1939.12; 『돌다리』, 박문서관, 1943.12

아련(阿蓮)

나는 어렴풋이 잠이 들었다가, 개 짖는 소리에 깼다. 깨기는 하였으나, 짖기 잘하는 우리 집 개라 이내 멎으려니 하고 다시 잠을 청했다. 그러나 자꾸 짖기만 한다. 안방에서 아내가 내다보고 바둑아, 바둑아 부르며 달래나, 바둑이는 점점 더 짖기만 한다. 아내는 나더러 좀 나가 보라고 소리친다. 나는 아내더러 좀 내다보라고 대답한다. 개는 그저 짖어 대는 품이 누가 왔든지, 무슨 일이 생겼음에 틀리지 않다.

나는 미닫이를 열고 불을 내대고, 아내는 전지를 켜 들고 아랫마당으로 내려갔다. 개 짖는 소리가 그제야 멎는다.

"뭐유?"

나는 방에서 소리를 질렀다. 아내는 전지를 한 곳으로만 한참 비추고 섰더니, 잠자코 사방을 두리두리하며 뛰어올라왔다.

"뭐유?"

"좀 나오슈."

"뭐냐니까?"

"글세 나오세요 좀……."

하는 아내는, 무슨 처참한 광경이나 본 것처럼 얼굴이 하얘서 후들후들 떤다. 그러자 대문 쪽에서 웬 갓난애 울음소리가 난다. 울음소리를 듣자, 아내는 나더러 얼른 나오라고 발을 구른다.

나도 가슴이 뚝딱거렸다. 내려가 보니, 하얀 포대기 속에서 새빨간 어린애 얼굴이 아스러지게 우는 것이다. 나는 아이를 자세 들여다보기 전에 먼저 전지를 받아 사방을 둘러 비춰 보았다. 누가 이따위 짓을 했을까? 담도 없이 나무숲으로 둘린 우리 집이라, 아이를 갖다 놓고는 으레 어느 구석에서든지 집어 들여가나 안 들여가나 지키고 섰을 것이다. 지금 우리의 이 광경을 말끔 보고 섰을 것이었다. 나는 몹시 불쾌하기부터 했다.

　"어쩌우?"

　"내버려두지, 어째?"

하고 엿보는 사람이 있으면 알아듣도록 크게 소리질렀다.

　"당신두……."

　아내는 어느 틈에 아이를 안아 들었다. 아이는 울음을 그친다. 내가 자식이 있는 사람이라면 구차한 사람이 우리의 동정을 바라는 것으로 여길 것이겠으나, 우리가 무자식한 사람이라, 아무의 자식이고 생기기만 하면 감지덕지 기를 줄 알고, 우리의 약점을 이용하는 것이 아니면, 그들이 우리를 도리어 동정하는 행동 같아서 자못 불쾌할 뿐이었다.

　"어린거야 무슨 죄유? 감기 들었겠다."

　아내는 아이를 안은 채 더플더플 안으로 올라간다. 나는 대문 밖으로 나와 전지를 끄고 한참이나 어정거렸다. 그 아이의 임자가 나타나 아는 체해 주기를 바란 것이다. 그러나 좀처럼 나타나는 사람이 없었다.

　아이는 계집애였다. 포대기 안에서는 새로 빨아 채곡채곡 개킨 기저귀 세 벌이 나왔고, 우유로 기르던 아이인듯, 고무줄 달린 젖병에는 아직도 따스한 우유가 반이나 든 채 있었다. 그리고 융저고리 앞섶에다는 서투른 언문 글씨로 생일을 적고, 특히 이 달 열하룻날이 백일이라고까지 쓴 헝겊이 붙어 있었다. 팔다리가 가느다란 것이 묶였던 것을 끌러놓으니, 버둥거리며 즐거운 듯이 주먹을 빨았다.

아직 낳은 지 백 일도 못 되는 아이를 인상(人相)을 뜯어보는 것은 잔인하기는 하나, 우리는 눈부터, 코부터, 귀 붙은 것부터, 머리 생긴 것부터 덤비며 들여다보고, 만져 보고 하였다. 나는 하나도 마음에 안 들었다.

"누굴가? 어떤 종잔지나 알었음······."

"건 알아 뭘 허우."

"어떡허실랴우 그럼?"

"그리게 왜 안구 들어와? 우리가 그냥 두구 들어옴 저이가 도루 가져갈 거 안야?"

"어떻게 그럭허우? 추운 때······ 저 봐 기침허지 않게!"

아이는 두 주먹을 딴딴히 쥐면서 기침을 날 때마다 바들작 바들작한다. 이맛살이 쪼그라들고 눈을 꼭 감아 눈물 방울이 쫄끔 올려솟더니, 응아아 울어 댄다.

"이거 생, 걱정거리 맡지 않었게!"

아내가 젖을 데우러 나간 새, 나는 서너 번 울음을 달래느라고 또닥또닥해 보았으나, 아이도 당치않은 사람의 손길이라는 듯이 그냥 내처 울었고, 나도 그냥 멀거니 내려다만 보다가, 입맛을 다시며 내 방으로 건너오고 말았다.

*

나는 아이 울음 소리도 귀에 익지 않았거니와 무슨 모욕이나 당한 것처럼 불쾌해 잠이 오지 않았다.

아내가 약을 먹는다, 수술을 한다 하며 하 애를 쓰는 것을 볼 때는, 나도 걱정이 안 되는 것은 아니었다. 내 자신 혼자로도 조그만 문방구 한 가지라도 공을 들여 만지다가는 이담 내가 쓰던 물건만 임자 없이 남을 것이 쓸쓸하였고, 더구나 병이나 나 누웠으면 그 쓸쓸함은 몇 배 더하였다. 한번은 어떤 관상쟁이가 나를 고고상(孤孤相)이라 하였다. 나는 도리어 반동심이 생기어 어디, 굳이 한번 아이를 낳아 보리라 애를 쓴 적도 없지 않았다.

그러나 아무것도 아니게 생각하면 또한 아무것도 아닌 것이다. 인간이 내 몸 한번 죽어지는 날 아내는 무엇이며 자식은 무엇인가? 하물며 손때 좀 묻히고 남긴 물건이 하상[1] 무엇인가? 사는 날까지 도리어 자번뇌(子煩惱)를 모르고 내 서재, 내 정원에서 무영무욕신(無榮無辱身)[2]으로 유유자적하는 것이 얼마나 편하고 맑은 생활인가? 난초가 기르기 힘드나 밤을 새워 간호해야 하는 질환은 없고, 서화가 값이 높으나, 교육비와 같은 의무는 아니다. 난초에 꽃이 피는 날 아침, 바람을 기다리는 재미, 벽에 서화를 갈아 걸고 친구를 기다리는 맛은 어째 인간의 복락 중에 소홀히 여길 것의 하나이랴. 자식 낙은 모르면 모르는 채 나에게만 주어진 복을 아끼고 지킬 것이지, 구태여 남의 자식을 주워 오는 데에까지 자식 탐을 내는 것은 망령된 욕심이라 느껴졌다.

---

1 도대체.
2 영화도 없고 욕됨도 없는 몸.

이튿날 나는 곧 가까운 파출소로 갔다. 파출소에서는 곧 부청으로 알리어 이날 오후로 순사와 인부 한 사람이 왔다. 나는 내 자신 처사에 스스로 놀랐다. 순사는 검시(檢屍)나 하러 나온 것 같았고 인부는 아이를 안고 묘지로나 갈 사람같이 끔찍해 보임은 웬일일까? 더구나 아내가 하룻밤 사이에 든 정만으로도 제 혈육을 내어 놓는 것처럼 마음 아파하는 것이다.

"못생긴 것……."

하고 나는 순사에게 면구쩍어 혀를 몇 번 차고 눈까지 흘겼으나, 나 역 허연 포대기에 싸여 그 이름도 없는 아이가 아무 상관도 없는 인부에게 안겨 껍신껍신 사라져 가는 것을 보고는, 눈두덩이 뜨거워 옴을 감출 수 없었다. 전생에서부터 맺어진 무슨 인연인 것을 모반하는 죄스러움조차 느끼었다. 아내는 엉엉 소리를 내어 울었다. 아내가 더욱 애처로워하는 것은 그 아이가 감기가 든 것이다. 우리 대문간에 버려두었던 고 동안에 든 것인 듯, 아침에는 손발이 끓고 우유 꼭지도 제대로 빨지 못하면서 기침만 콜록거리었다 한다.

"부청으루 감 그게 어딜루 뉘 손으루 가 길류?"

"내가 아우. 아무턴 관청에서 하는 일인데, 으레 책임 있는 설비가 있겠지."

"거 감기가 낫거든 보냈어두…… 저이 어멈이 알믄 얼마나 우릴 모진 연눔으로 알가!"

"저이가 더 모진 연눔이지, 왜 못 기를 처지면 와 사정을 못해……."

나는 어서 여러 날이 지나 이런 뒤숭숭한 기분이 우리 집에서 사라
져 버리기를 바랐다.

그러나 아내에게 잠재했던 모성의식(母性意識)은 그 머리털 한 오리
닿을 데 없는 아이언만, 그 아이를 하룻밤 옆에 누였던 것만으로도 굳
센 자극을 받았던 모양이었다. 아이 울음소리가 자꾸 들리는 것 같고,
그 울음소리는 자기를 찾는 것 같고, 팔이 허전하여 무슨 무게든지 아
이만한 것을 안아 보고 싶어 견딜 수가 없다는 것이다.

나는 생각다 못해 아내에게 앵무 한 마리를 사다 주었다. 새에게라
도 엄마 소리를 가르쳐 주고 들으라 하였다. 아내는 거들떠도 보지 않
았다. 전에 화초 가꾸듯하면 응당 앵무에게도 정을 쏟으련만, 굶기지
못해 물과 모이를 줄 뿐, 조금도 탐탁해하지 않다가, 하루는 아마 그 아
이가 간 지 대엿새 되어서다.

"나 걔 가 보구 왔지."

하는 것이다.

"걔라니?"

"우리 집에 왔던 애."

그러면서 눈물이 대뜸 글썽해졌다. 부청으로 가 물었더니, ××고아
원으로 보냈다 해서 그 길로 고아원으로 갔더니, 거기서는 왕십리(往十
里) 사는 유모에게 맡겼다 해서 그리로 찾아가 보고 왔다는 것이다.

"그래 감긴?"

"아주 낫진 안었어…… 그래 소아과루 데리구 가 진찰허구 약져줘
보냈지."

"잘했수."

하고 무심히 그 자리를 물러섰으나, 아무리 생각해 보아도 아내에겐 난초보다, 서화보다, 앵무보다, 한 어린애가 몇 곱절 더 귀한 것임을 나는 무시할 수가 없어졌다. 나는 여러 날 저녁 생각다 못해 슬그머니 그 고아원으로 찾아갔다.

젖먹이들은 다 젖어멈을 정해 돌려 주고 거기서 노는 아이들은 모두 오륙 세, 칠팔 세짜리 큰 아이들이었다. 낯선 사람이라 그들은 신기한 눈으로 두리번거리며 가까워지는 아이마다 나에게 경례를 하였다. 나는 대뜸 낙망하고 만 것이, 그 많은 아이들이 하나같이 못생긴 것이다. 하나같이 골통이 기왓골에 끼어 자란 박처럼 남북이 내밀지 않았으면 삐뚤고, 퉁그러졌고, 눈이 하나같이 머르레 한데다 힐꺼배기도 한둘이 아니다. 게다가 모두 눈칫밥만 먹어 몸가짐이 진득해 보이는 아이는 하나도 없다. 샛별 같은 눈, 능금 같은 뺨, 천진한 동심은 하나도 보이지 않는다. 나는 차라리 죄스러우나 동물원 생각이 났다. 동물들의 새끼라면 저렇게 보기 싫거나 이쪽의 마음을 어둡게는 안 할 것이라 느껴졌기 때문이다. 나는 몇 번이나 주춤거리다가, 그래도 사무실로 가서, 어린애 하나가 필요한 것을 말하고, 좀 깨끗이 생긴 아이면 갓난 것을 갖다 기르고 싶다 하였다. 사무실에서는 매월 그믐날이면 유모들이 아이들을 데리고 월급을 타러 오니, 그날 와서 골라 보라 하였다.

나는 고아원에 갔던 것, 그믐날을 기다리는 것, 다 아내에게는 말하지 않았다. 미리 말하였다가 합당한 아이가 없으면 아내의 심정을 긁어부스럼 만드는 격이 될까 하여서다.

*

그믐날, 나는 부지런히 나섰다. 아내는 어디 가느냐 물었다. 좀 볼일이 있다 하니, 자기도 곧 나갈 터이니, 일찍 들어와 있으라 하였다. 어디 가느냐 물으니, 그저 몇 군데 나가 볼 일이 있다 하였다. 이런 문답이 있이 먼저 나온 나와 나중 나온 아내와는 이내 한 장소에서 같은 목적으로 만난 것이다.

나는 아내에게, 아내는 나에게, 그때처럼 서로 무안해 본 적은 없었다. 또 그때처럼 서로 마음이 엉켜 본 적도 없었다. 나는 억지로 허허 웃어 버리고 아내와 함께 아이들을 골라 보기 시작하였다.

내가 꿈꾸는 샛별 눈, 능금 뺨은 하나도 없다. 점심때가 지나서야 그 아이, 우리 집에 왔던 아이도 나타났다. 나는 죄를 지은 것처럼 그 아이에게 서먹했다. 그러나 어느 아이보다 얼른 들여다보고는 싶어졌다. 아이는 그새 딴 아이처럼 자랐다.

"아니 한 보름새 이렇게 자랐나?"

아이는 방실방실 웃었다. 나는 아이들을 무슨 물건이나처럼 고르고 섰던 내 자신을 얼른 후회하였다.

"여보?"

아내는 내 눈치만 보았다.

"얘만한 아이두 없나 보."

"그리게 내가 뭐랩듸까?"

하고 아내는 그 아이를 안아 보고 싶으니, 유모더러 좀 달라고 한다. 유모는 주기는커녕 실쭉해 돌아서 아이를 안은 채 사무실 쪽으로 가 버리는 것이다. 아내는 제 아이처럼 바짝 쫓아간다. 나는 그 유모가, 제 아이도 둘이나 있다는 여자가 애정에서 그러는 줄만 알고 크게 감탄하였다. 나중에 알고 보니 맡았던 아이가 없어지면 팔 원씩 받는 월급 자리가 떨어지기 때문이었다. 그것을 알고는, 그 아이가 더욱 불쌍한 생각이 나 우리는 대뜸 뜻을 정하고 사무실로 들어갔다. 명록을 보니, 그 아이는 이미 내 성(姓)을 따라 윤(尹)가로 되어 있고, 이름도 우리 동네 아현정(阿峴町)에서 아(阿)자를 떼어다 아련(阿蓮)으로 되어 있었다. 내버려진 아이는 발견된 그 처소가 원적지가 되고, 그 번지의 호주의 성(姓)을 따르는 규정이라 하였다. 그래 아련인 성만 내 성을 따른 것이 아니라, 원적도 이미 내 주소로 되어 있었다. 우리는 허황은 하나 인연감(因緣感)을 다시 한번 느끼며, 아내는 아련을 안고, 나는 아련을 안은 아내를 데리고 부부 동반으로 산보나 갔던 것처럼 고아원을 나섰다.

"참! 얘 백일날이 지났네!"

"그럼, 그래도 그날 내가 왕십리루 가 봤어…… 이 드레쓰서껀 모자서껀 그날 내가 사다 준 건데……."

하는 아내는 눈물이 다 글썽해진다.

우리는 바로 화신(和信)으로 왔다. 한 번도 들러 본 적이 없는, 어린애 용품 파는 데로부터 올라갔다.

이게 모두 연극 같다면, 나는, 우리 인간사 치고 연극 같지 않은 게 또 무엇이냐 하고 싶었다.

— 己卯 四月 二十三日 —

『문장』, 1939.6

농군

(이 소설의 배경 만주는 그전 장작림(張作霖) 정권 시대임을 말해둔다.)

1

봉천행 보통 급행 삼등실, 내리는 사람보다 타는 사람이 더 많다. 세면소에는 물도 떨어졌거니와 거기도 기대고, 쭈그리고, 모두 자기 체중에 피로한 사람들로 빼곡하다. 쳐다보면 시렁도 그득, 가죽가방, 헝겊보따리, 신문지에 꾸린 것, 새끼에 얽힌 소반, 바가지쪽, 어떤 것은 중심이 시렁 끝에 겨우 걸치어 급한 커브나 돌아간다면 밑엣 사람 정수리를 내려치기 알맞다.

차는 사리원(沙里院)을 지나 시뻘건 진흙 평야를 달린다. 한쪽 창에는 해가 뜨겁다. 북으로 달릴수록 벌써 초겨울의 풍경이긴 하나 훅훅 찌는 사람내 속에 종일 앉았는 얼굴엔 햇볕까지 받기에 진땀이 난다.

개다리소반에 바가지쪽들이 차가 쿵쿵거리는 대로 들썩거리는 시렁 밑이다.

"뜨겁죠 하라버지? 이걸 내립시다."

스물두셋 된 청년, 움푹한 눈시울엔 땀이 홍건하다.[1]

"그냥 둬…… 뜨건 게 낫지. 밖을 볼 수 있어야지."

할아버지는 찌적찌적한 눈을 슴벅거리면서 담뱃대를 내어 희연을 담는다. 두어 모금 빨더니 자기 담배연기에 기침이 시작된다. 멎을 듯 멎을 듯, 이 노인의 등이 굽은 것은 이 기침병 때문인 듯하다. 땀을 쭉 빼더니 겨우 진정하고 이내 담배를 털어 고무신으로 밟아 버린다.

"그리게 아버닌 담밸 끊으서야 한대두."

맞은편에 끼여 앉아 걱정하는 아낙네도 머리가 반백은 되었다.

"거 윤풍언이 차에서 피라구 한 봉지 사주개…… 망한 눔의 기침, 물이나 갈아 먹음 원 어떨지……."

똑 수염이 염소 같은 턱은 그저 후들후들 떨면서 햇볕 뜨거운 창 밖을 머르레 내다본다.

"흙두 되운 뻘겋다. 저기서 곡식이 돼?"

"뻘겋기만 허지 돌이야 어딧세요? 한새울거치 돌 많은 눔으 데가 어딧세요. 우리 동네니깐 떠나기 안됐지, 농토야 한 자리 탐날 게 있나요?"

하며 청년도 눈을 찌푸리며 창 밖을 내다본다.

"우리 가는 덴 흙이 댓진² 같대지?"

"한 댓 핸 거름 않구두 조이삭 하내 개꼬리만큼식 숙으러진대니까요."

"채심이가 거짓말야 했겠니……."

영감은 창에서 물러나더니 군입을 쩍쩍 다신다.

"거 웃골 서깟³은 괘니 팔았느니라."

---

1   1939년 7월 『문장』에 발표된 「농군」에는 '홍건하나 눈알 구르는 것은 서늘하다'라고 서술되어 있다.
2   담뱃대 속에 낀 진.
3   '멧갓'의 평안도 방언. 나무를 함부로 베지 못하게 가꾸는 산.

"또 아버닌!"

하고, 청년에겐 어머니요 노인에겐 며느리인 듯한 아낙네가 노인의 말문을 막는다.

"글세 하라버지두 되푸릴 허심 뭘 허세요? 묘(墓) 자리가 백이문 뭘 해요. 여간 사람 아니군 허갈 맡아야 쓰잖어요?"

"몰래두 잘들만 쓰더라 원."

하고 노인은 수그리더니 침을 퉤 뱉는다. 그리고 들릴락말락하게 혼자 말처럼 지껄였다.

"그저 난 병만 들건 차에 얹어라…… 칠십 년이나 살던 델 두구 어듸가 묻히란 말이냐! 한새울 사람들이 아무 밭머리에구 나 하나 감장⁴ 안 해주겠니……."

"아버닌 자계 생각만 허시는군! 재 아버진 뭐 묻구퍼 공동매다 묻었나……."

하더니 아낙네는 여태 무릎 위에 얹었던 신문 뭉치를 펼친다. 팥알들이 꼬실꼬실 마른 시루떡 부스러기다. 파리가 와 붙은 대로 아들한테 내민다.

"싫수."

"입두 짧기두 허지…… 너두 참, 배고프겠다."

하고 이번엔 영감 옆에 앉은 처녀인지, 색시인지 분간 못 할 젊은 여자에게 내어민다. 살결이 맑지는 않은데 햇볕을 못 본 얼굴인 듯, 너리⁵도 없는 이빨이 누렇게 보이도록 창백하다. 트레머리인지 쪽인지 손질

---

4 장사(葬事) 치르기를 마침.
5 잇몸.

은 많이 했으나 뒤룩거린다. 갓 스물은 되었을까 눈이 가늘고 이마가 도드라진 것이 약삭빠르게는 보인다. 시루떡을 집으러 오는 손이 새마다 짓물렀던 자리가 있다.

어떤 손가락 사이엔 아직도 붕산말 같은 가루약이 묻어 있다. 햇볕에 구릿빛으로 그을은 노인, 아낙네, 청년, 이들과는 동떨어져 보인다. 그러나 한 일행이다.

무어라는 소리인지 차 안은 한쪽 끝에서부터 수선스러워진다. 차장이 들어섰다. 차장이니 남의 어깨라도 넘어 헤치고 들어오며 차표 조사다. 이 청년은 이내 조끼에서 차표 넉 장을 내어 든다.

차장 뒤에는 그냥 양복쟁이 하나가 뒷짐을 지고 넘싯넘싯 차장이 찍는 차표와 그 차표를 낸 승객을 둘러보며 따라온다. 차장은 청년의 손에서 넉 장 차표를 받아 말없이 찍기만 하고 돌려 준다. 그런데 양복쟁이가 청년에게 손을 쑥 내미는 것이다. 청년은 조끼에 집어넣으려던 차표를 다시 내어주었다. 양복쟁이는 차표에서 장춘(長春)까지 가는 것을 알았을 터인데도,

"어듸꺼정 가?"

묻는다.

"장춘꺼지요."

"차는 장춘까지지만 거기선?"

"네……."

청년은 손이 조끼로 간다. 만주 어느 지명 적은 것을 꺼내려는 눈치다.

"이리 좀 나와."

청년은 조끼에 손을 찌른 채 가족들을 둘러보며 일어선다. 가족들은

눈과 입이 다 똥그래진다. 청년은 속으로 경관이거니는 하면서도,

"왜요, 어디루요?"

맞서 본다.

"오래니깐⋯⋯."

청년은 양복쟁이의 흘긴 눈을 따라가는 수밖에 없다. 찻간 끝에 변소만한 방, 차장의 붉은 기와 푸른 기가 놓인 책상, 그리고 양쪽에 걸상이 있었다.

"앉어⋯⋯ 어⋯⋯ 이름이 뭐?"

"윤창권입니다."**⁶**

"쓸 줄 아나?"

"네."

창권은 손가락으로 책상 위에 '尹昌權'이라 써보인다.

"원적은?"

"강원도 ×× 군⋯⋯."

형사가 적는 대로 글자까지 불러 준다.

"누구누군가? 젊은 여잔 안핸가?"

"네."

"어째 얼굴이 혼자 그렇게 하얀가?"

"공장에 가 있었읍니다."

"무슨?"

"읍에 고치실 켜는 공장입니다."

---

6 원작에는 "'유창권이야요'"라고 서술되어 있으며 아래 한자도 '柳昌權'으로 표기되어 있다.

"응, 방적회사 말이로군?"

"네."

"늙은인?"

"조부님입니다."

"아버진?"

"안 계십니다."

"부인넨 어머닌가?"

"네."

"만주엔 누가 가 있나?"

"저이 동네서 한 삼 년 전에 간 황채심이란 이가 있습니다. 그이가 늘 들어만 옴 농산 맘대루 질 수 있대서요. 그런데 조선 사람들만 한 삼십 가구 한데 돼서 땅을 여러 백 섬지기 사기루 했다구요. 한 삼사백 원 어치만 맡아두 대여섯 식군 걱정 없을 만치 논을 풀 수 있대나요."

"황채심이…… 그자는 믿을 만헌가? 사람이?"

"네, 전에 동장두 지내구 저 댕긴 사립학교 선생님이더랬습니다."

"돈 얼마나 가지구 가나?"

"한 오백 원 됩니다."

"오백 원, 웬 건가?"

"밭허구 산허구 집서껀 판 겁니다."

"집두 있구 밭두 있으면 왜 고향서 안 살구 가는 거야?"

"밭이라구 모두 삼백이십 원 받은걸요. 조선서 삼백이십 원짜리 밭이나 가지군 살 수 있어야죠. 남의 소작도 해봤는데 땅 나쁜 건 품값두……."

"듣기 싫여…… 아내가 벌었다며?"

"네, 돈 쓸 일은 걸루 다 메꿔 나갔읍죠. 그렇지만 밤낮 공장에만 갖다 둘 수 있읍니까?"

마침 차가 꽤 큰 정거장에 머문다. 형사는 수첩을 집어넣더니, 쓰다 달단 말도 없이 차를 내린다.

"얘, 무슨 일이냐?"

어머니가 따라와 진작부터 서 있었던 것이다.

"괜찮어요. 으레 조사허는 건데요."

"글세, 그래두……."

어머니와 아들은 뒤를 돌아보며 서로 이끌며 저희 자리로 돌아왔다.

2

이튿날 새벽, 찻속은 몹시 추웠다. 어제 조선에서처럼 자리가 붐비지는 않아 한 자리에 둘씩은 제대로 앉을 수가 있으나 다리를 뻗어 볼 도리는 없었다. 할아버지와 어머니가 한 자리에서 서로 마주 보듯 양편으로 기대어 입을 떡 벌리고 잠이 들었고, 맞은편 자리에서 창권이 양주는 진작부터 잠이 깨어 있었다.

"여기가 어딜가?"[7]

"……"

남의 집에 가서 자고 깬 것처럼 차 안이 휑한 게 서툴러 보인다. 자는

---

7   1939년 7월 『문장』에 발표할 때에는 없었던 문장으로, 이 문장부터 '강아지 생각이 문득 난다'까지의 내용은 단행본에 수록되는 과정에서 첨가된 것이다.

얼굴이기도 하지만 할아버지, 어머니, 다 남처럼 서먹해 보인다. 창권은 이웃집에 주고 온 강아지 생각이 문득 난다.

"몇 점이나 됐을가?"

"글세."

창권은 뒤틀어 기지개를 켜고 창장을 치밀고 밖을 내다본다. 동이 훤히 트기 시작한다.

"벌서 밝는데."

아내도 목을 길게 빼 내다본다.

"아무것두 뵈지 안네."

"인제 조꼼만 더 감 땅이 뵈겠지."

"밤새도록 왔으니 얼마나 멀어졌을가!"

둘이는 다시 눈을 감아 본다. 몇 달을 간대도 다시 돌아갈 수 없을 만치 조선이 멀어진 것 같다.

"왜 벌서 깼어?"

하고 창권은 아내의 몸으로 바투 가 기대 본다. 아내의 몸은 자기보다 한결 따스하게 느껴진다.

"공장에선 늘 이맘때 깨던걸 뭐."

아내가 공장에서 나와 버렸을 때는 집을 팔아 버리고 동넷집 단칸방 하나를 빌려 임시로 들어 있을 때였다. 아내와 몸온기라도 같이 통해 보는 것은 달포 만이다. 만주로 간대야 쉽사리 저희 내외만의 방을 가져 볼 것 같지 않다.

"가문 집은 어떻거우?"

"봐야지…… 아무케나 서너 간 세야겠지."

"겨울 안으루 질 수 있을가?"

"그럼."

"말르나 벽이?"

"그래두 살게 마련이겠지."

창권은 아내의 손을 꽉 잡아 보고 놓는다. 아내는 눈물이 글썽해진다.

창권은 다시 창밖을 주의해 내다본다. 시커멓던 유리창에 희끄무레하게 떠오르는 안개, 그 안개 속에서 다시 떠오르는 땅, 창권이네게는 새 세상[8]의 출현이다. 어룽어룽 누비 바탕 같은 것이 지나간다. 그 어룽이는 차츰차츰 밭이랑으로 변한다. 밭이랑은 까마득하게 끝이 없다.

"밭들 봐! 야……."[9]

아내도 또 다가와 내다본다.

"아이, 벌판이 그냥 밭이죠!"

어쩌다 버드나무가 대여섯씩 모여 서고 거기엔 무덤인지 두엄가리인지 한둘씩 있을 뿐, 그냥 내처 밭이다.

"저렇게 넓구야 거름을 늴래 닐 수 있어!"

"저걸 어떻게 다 갈가!"

"젠장 저기 뿌리는 씨알만 해두!"[10]

"그리게 말유!"

지붕 낯선 이곳 사람들의 부락이 지나간다. 길에는 푸른 옷 입은 사람들이 나타나기 시작한다. 멀거니 서서 지나가는 차를 구경하는 것이겠

---

8 원작에는 '신세계'라 되어 있다.
9 원작에는 이 뒤에 '넓구나 참!'이란 내용이 있었는데 생략되었다.
10 이 문장과 그 다음의 문장은 단행본 수록 과정에서 첨가된 것이다.

지만 창권이 내외에겐 이상히 무서워 보인다. '밭이 암만 많음 어쨌단 말야? 다 우리 임자 있어. 뭐러 오는 거야?' 하고 흘겨보는 것만 같다.

창권은 허리띠 밑으로 손을 넣어 전대를 더듬어 본다.[11]

3

장쟈워푸(姜家窩柵), 눈이 모자라게 찾아보아야 한두 집, 두세 집, 서로 눈이 모자랄 거리로 드러난다. 이런, 어느 두세 집이 중심이 되어 장쟈워푸란 동네 이름이 생겼는지 알 수 없다. 산은커녕 소 등허리만한 언덕도 없다. 여기 와 개간권 운동을 해가지고 황무지를 사기 시작하는 조선 사람들도 처음에는 어디를 중심으로 하고 집을 지어야 할지 몰랐으나 차차 자기네의 소유지가 생기자 그 땅 한쪽에 흙을 좀 돋우고 돌 하나 없는 바닥에다 돌 주초 하나 없이 청인에게서 백양목 따위 생나무를 사다가 네 귀 기둥만 세우면 흙으로 쌓아 올리는 것이, 근 삼십 호 늘어앉게 된 것이다. 그래서 이제는 장쟈워푸라면 이 조선 사람들 동네가 중심이 되었다.

창권이네가 온 데도 여기다. 창권이네도 중국옷을 입은 황채심이가 시키는 대로 황무지를 십오 상(十五晌 : 약 삼만 평)을 삼백 원을 내고 샀다. 그리고 이십 리나 가서 밭머리에 선 백양목을 사서 찍어다 부엌을 중심으로 하고 양쪽에다 캉(걸어앉을 정도로 높은 온돌)을 만들었다. 그리고, 채

---

11 이 문장은 단행본 수록 과정에서 첨가된 것이다.

심이가 시키는 대로 좁쌀을 열 포대, 옥수수 가루를 다섯 포대 사고, 소금을 몇 말 사고, 겨우내 땔 조, 기장, 수수 따위의 곡초를 산더미처럼 두어 낟가리 사서 쌓고, 공동으로 사온 볍씨 값을 내고, 봇도랑을 이퉁허(伊通河)란 내에서 삼십 리나 끌어오는 데 쿨리(苦力 : 그곳 노동자) 삯전으로 삼십 원을 부담하고 그리고는 빈손으로 날마다 봇도랑¹² 째는 것이 일이 되었다.

깊은 겨울엔 땅 속이 한 길씩 언다. 얼기 전에 삼십 리 대간선(大幹線)은 째어 놓아야 내년 봄엔 물이 온다. 이것을 실패하면 황무지엔 잡곡이나 뿌릴 수밖에 없고, 그 면적에 잡곡이나 뿌려 가지고는 그 다음해 먹을 수가 없다.

창권이넨 새로 와서 지리도 어둡고, 가역¹³도 끝나기 전이라 동네에서 제일 가까운 구역을 맡았다. 한 삼 마장 길이 되는 대간선의 끝 구역이었다. 그것을 쿨리 다섯 명을 데리고, 넓이 열두 자, 깊이 다섯 자로, 얼기 전에 뚫어 놔야 한다. 여간 대규모의 수리공사(水理工事)가 아니다. 창권은 가역 때문에 처음 얼마는 쿨리들만 시키었으나, 날이 자꾸 추워지는 것이 겁나 집일 웬만한 것은 어머니와 아내에게 맡기고 봇도랑 내는 데만 전력하였다.

쿨리들은 눈만 피하면 꾀를 피웠다. 우묵한 양지쪽에 앉아 이를 잡지 않으면 졸고 있었다. 빨리 하라고 소리를 치면 그들도 알아들을 수 없는 말로 마주 투덜대었다. 다행히 돌은 없으나 흙일은 변화가 없어 타박타박해 힘들고 지리했다.

---

12 봇물을 대거나 빼게 만든 도랑.
13 가역(家役). 집을 짓거나 고치는 일.

이런 일이 반이나 진행되었을까 한 때다. 땅도 자꾸 얼어들어 일도 힘들어졌거니와 더 큰 문제가 일어났다. 이날도 역시 모두 제 구역에서 제가 맡은 쿨리들을 데리고 일을 하는데 쿨리들이 먼저 보고 둔덕으로 뛰어올라가며 뭐라고 떠들어 댔다. 창권이도 둔덕으로 올라서 보았다. 한편 쪽에서 갈가마귀떼처럼 이곳 토민들이 수십 명씩 무더기가 져서 새까맣게 몰려오는 것이다.

'마적떼 아닌가!'

그러나 말을 탄 사람은 하나도 없다. 그들은 더러는 이쪽으로 몰려오고 더러는 동네로 들어간다. 창권은 집안 식구들이 걱정된다. 삽을 든 채 집으로 뛰어들어가다가 그들 한패와 부딪쳤다. 앞을 턱 막아서더니 쭉 에워싼다. 까울리,[14] 까울리방즈,[15] 어쩌구 한다. 조선 사람이냐고 묻는 눈치다. 그렇다고 고개를 끄덕이니까 한 자가 버럭 나서며 창권이가 잡은 삽을 낚아챈다. 창권은 기운이 부쳐서가 아니라 얼떨결에 삽자루를 놓쳤다. 삽을 빼앗은 자는 삽을 번쩍 쳐들고 창권을 내려치려 한다. 창권은 얼굴이 퍼렇게 질려 뒤로 물러났다. 창권에게 발등을 밟힌 자가 창권의 등덜미를 갈긴다. 그러고는 일제 깔깔 웃어 댄다. 삽을 들었던 자도 삽을 휘휘 두르더니 밭 가운데로 팽개쳐 버린다. 그리고는 창권의 멱살을 잡고 봇도랑 내는 데로 끄는 것이다.

창권은 꼼짝 못 하고 끌렸다. 뭐라고 각기 제대로 떠들고 삿대질이더니 창권을 봇도랑 바닥에 고꾸라뜨린다. 창권이뿐 아니라 봇도랑 일을 하던 쿨리들도 붙들어 가지고 힐난이다. 봇도랑을 못 내게 하는 모

---

14 고려(高麗)란 뜻의 중국어, 중국인이 한국인을 낮추어 부르는 말.
15 고려방자(高麗房子)란 뜻의 중국어.

이태준 전집 2

양이다. 그러자 윗구역에서, 또 그 윗구역에서 여깃말 할 줄 아는 조선 사람들이 내려왔다. 동리에서도 조선 사람들이 소리를 지르며 나타났다. 창권은 눈이 째지게 놀랐다. 윗구역에서 내려오는 조선 사람 하나가 괭이를 둘러메고 여기 토민들 몰켜선 데로 뭐라고 여깃말로 호통을 치면서 그냥 닥치는 대로 찍으려 덤벼드는 것이다. 몰켜 섰던 토민들은 와 흩어져 버린다. 창권을 둘러쌌던 패들도 슬금슬금 물러선다. 동리에서는 조선 부인네들 몇은 식칼을 들고, 낫을 들고 달려들 나오는 것이다. 낫과 식칼을 보더니 토민들은 제각기 사방으로 흩어져 달아난다. 창권은 사지가 부르르 떨렸다.

'여기선 저력해야 사나 부다! 아니, 이 봇도랑은 우리 목줄이 아니고 뭐냐!'

아까 등덜미를 맞고, 멱살을 잡히고 한 분통이 와락 터진다. 다리 오금이 날갯죽지처럼 뻗는다.[16]

"덤벼라! 우린 여기서 못 살면 죽긴 마찬가지다!"

달아나는 녀석 하나를 다우쳤다. 뒷덜미를 낚아챘다. 공중걸이로 나가떨어진다. 또 하나 쫓아가는데 뒤에서 어머니의 목소리가 난다. 어머니가 달려오며 붙든다.

이 장쟈워푸를 수십 리 둘러 사는 토민들이 한덩어리가 되어 조선 사람들이 보동[17] 내는 것을 반대하는 것이었다.

반대하는 이유는 극히 단순한 것이었다. 보동을 내어 논을 풀면 그

---

16 원작에는 다음과 같이 서술되어 있으나 단행본 수록 과정에서 문장이 첨가되었다.
   "'여기선 이러캐야 사나부다.' 아까 등덜미를 맞고, 멱살을 잡히고 한 분통이 와락 터진다."
17 보동(洑棟). 보막이로 돌라 쌓은 둑.

논에서들 나오는 물이 어디로 가느냐? 였다. 방바닥 같은 들이라 자기네 밭에 모두 침수가 될 것이니 자기네는 조선 사람들 때문에 농사도 못 짓고 떠나야 옳으냐는 것이다. 너희들도 그 물을 끌어다 벼농사를 지으면 도리어 이익이 아니냐 해도 막무가내였다. 자기넨 벼농사를 지을 줄도 모르거니와 이밥을 못 먹는다는 것이다. 고소하지도 않을 뿐 아니라 배가 아파진다는 것이다. 그럼 먹지는 못하더라도 벼를 장춘으로 가지고 가 팔면 잡곡을 몇 배 살 돈이 나오지 않느냐? 또 벼농사를 지을 줄 모르면 우리가 가르쳐 줄 터이니 그대로 해보라고 하여도 완강히 반대로만 나가는 것이었다. 그리고 조선 사람이 칼이나 낫으로 덤비면 저희에게도 도끼도 몽둥이도 있다는 투로 맞서는 것이다.

조선 사람들은 일을 계속하기가 틀렸다. 쿨리들이 다 달아났다. 땅이 자꾸 얼었다. 삼동 동안은 그냥 해토되기만 기다리는 수밖에 없고, 해토가 된다 하여도 조선 사람들의 힘만으로는, 못자리는 우물물로 만든다 치더라도, 모낼 때까지 봇물을 끌어오게 될지 의문이다.

그러나 이 보동 이외에 달리 살 길[18]은 없다. 겨울 동안에 황채심과 몇몇 이곳 말 잘하는 사람들은 나서 이웃 동네들을 가가호호 방문하였다. 보동을 낸다고 물을 무제한으로 끌어오는 것이 아니요, 완전한 장치로 조절한다는 것과 조선서는 봇물이 오면 수세를 내면서까지 밭을 논으로 만든다는 것과 여기서도 한 해만 지어 보면 나도 나도 하고 물이 세가 나게 될 것과 우리가 벼농사 짓는 법도 가르쳐 주고, 벼만 지어 놓으면 팔기는 우리가 나서 주선해 줄 것이니 그것은 서로 계약을 해도

---

18 원작에는 '희망'이라 되어 있다.

좋다고까지 역설하였으나 하나같이 쇠귀에 경읽기였다. 뿐만 아니라 어떤 동네에선 사나운 개를 내세워 가까이 오지도 못하게 하였다.

조선 사람들은 지칠 대로 지치고 악만 남았다.

추위는 하루같이 극성스럽다. 더구나 늦게 지은 창권이네 집은 벽이 모두 얼음장이 되었다. 그냥 견딜 수가 없어 방 안에다 조짚을 엮어 둘러쳤다. 석유도 귀하거니와 불이 날까 보아 등잔도 별로 켜지 못했다. 불 안 켜는 밤이면 바람 소리는 더 크게 일어났다.[19]

창권이 할아버지는 물을 갈아 먹어 낫기는커녕 추위 때문에 기침이 더해졌다. 장근[20] 두 달을 밤을 새더니 그만 자리보전을 하고 눕고 말았다. 하 추우니까 인젠 조선 나가는 차에까지 내다 실어 달라는 성화도 못 하고 그저 불만 자꾸 더 때달라다가, 또 머루를 달여 먹으면 기침이 좀 멎는 법인데, 머루만 좀 구해 오라고 아이처럼 조르다가, 섣달 그믐을 못 채우고 눈보라 제일 심한 날 밤, 함경도 사투리 하는 노인, 경상도 사투리 하는 노인, 평안도 사투리 하는 이웃 노인들에게 싸여, 오래간만에 돋워 놓은 석유 등잔 밑에서 별로 유언도 없이 운명하고 말았다.

4

봄이 되었다. 삼십 리 봇도랑은 조선 사람들의 다시 참호(塹壕)가 되었다. 땅이 한 치가 녹으면 한 치를 걷어 내고 반 자가 녹으면 반 자를 파

---

19 마지막 두 문장은 단행본 수록 과정에서 첨가된 것이다.
20 거의.

낸다. 이 눈치를 챈 토민들은 다시 불온해졌다. 그러나 조선 사람들은 봇도랑에 나갈 때 괭이나 삽만 가지고 나가지 않았다. 있는 물자는 이 황무지와 이 봇도랑을 위해 남김없이 바쳐 버렸다. 이것을 버리고 돌아설 데는 없다. 죽어도 여기밖에 없다. 집도 여기요 무덤도 여기다.[21] 언제 토민들이 몰려오든지, 오는 날은 사생결단이다. 낫이 있는 사람은 낫을 차고 식칼밖에 없는 사람은 식칼을 들고 봇도랑으로 나왔다.

토민들은 조선 사람들이 사생결단을 하고 달려드는 것을 알았다. 그들은 할 수 없이 저희 관청에 진정을 하였다.

쉰징(순경)들이 한둘씩 여러 번 말을 타고 나타났다.

나타날 때마다 조선 사람들은 현정부(縣政府)로부터 현지사(縣知事)의 인이 찍힌 거주권(居住權)과 개간권(開墾權)의 허가장을 내어보였다. 그러나 그네들은 그런 관청과는 아무런 관련이 없는 사람들처럼, 저희 관청 문서를 무시하고 덤비었다.

그러나 삼십 리 긴 보동에 흩어진 사람들을 일일이 어쩔 수는 없어 그냥 동네 가까운 데로만 다니며 울근거리다가 저희 갈 길이 늦을 듯하면 그냥 어디로인지 사라져 버리곤 하였다.

조선 사람들은 밤낮 없이, 남녀노소 없이 봇도랑을 팠다. 물길이 될지, 무덤이 될지 아무튼 파는 길밖에 없었다.[22]

토민들은 자기네 관헌이 무력한 것을 보고 돈을 걷어서 군부(軍部)의 유력한 사람을 먹였다는 소문이 돌았다. 아닌 게 아니라 순경 대신 총을 멘 군인들이 나타나기 시작하는 것이다. 처음엔 다섯 명이 와서 잠

---

21 원작에는 '죽어도 여기 밖에 없고 살아도 여기 밖에 없다'라고 서술되어 있다.
22 마지막 문장은 단행본 수록 과정에서 첨가된 것이다.

자코 봇도랑을 한 십 리 올라가며 보기만 하고 갔다. 다음날엔 한 이십 명이 역시 총을 메고 말을 타고 나왔다. 황채심 이하 사오 인이 그들의 두목 앞으로 나가 자초지종을 이야기하고, 역시 현정부에서 얻은 개간 허가장을 보이고 또 여기 삼십 호 조선 농민은 가지고 온 물자는 이 황 무지와 보동에 남김없이 바쳤기 때문에 이 황무지에 물을 대고, 모를 꽂지 못하는 날은 죽는 날일 수밖에 없다는 것을 간곡히 사정하였다. 그러나 그 군인들은 한다는 소리가,

"타우첸바(돈 내라)."

"늬문 구낭 화칸(너희 딸 이쁘다)."

이따위요, 이쪽 사정은 한 사람도 귀담아듣지 않았다.

이날 밤 조선 사람들은 동회를 열었다. 여기서도 군대의 우두머리를 먹이자는 공론도 없지 않았지만 애초에 개간권 허가운동을 할 때에도 공안국장(公安局長)에게 돈 오백 원, 현지사 부인에게 삼백 원을 들여 순 금 손목고리를 해다 바쳤던 것이다. 이제는 삼십 호 집집마다 털어 모 은대도 단돈 오십 원이 못 될 것이다. 그것으로는 구석구석에서 벌리 는 입을 하나도 제대로 씻기지 못할 것이다. 생각다 못해 여기서도 현 정부에 진정을 해보는 수밖에 없다는 공론이 돌았다. 진정서를 꾸며 가지고 이튿날 황채심이가 장춘으로 갔다.

그런데 사흘이 되어도 황채심이가 돌아오지 않는다.

다른 한 사람이 갔다.

또 돌아오지 않는다.

이번엔 두 사람이 갔다.

역시 돌아오지 않는다.

가는 족족 잡아 두고 보내지 않는 것이 틀림없었다. 무장한 군인들은 수십 명이 봇도랑에 나와 이리 몰리고 저리 몰리고 하면서 봇도랑을 파지 못하게 으르대고 욕하고 때리고 하였다.

그러나 매맞는 것은 죽는 것보다 나은 것이 너무나 엄연하다. 병정들이 저쪽으로 가면 이쪽에선 그냥 팠다. 이쪽으로 오면 저쪽에서 그냥 팠다.

얼마 안 파면 물곬은 서게 되었다.

병정들은 나중엔 총을 놨다. 총소리는 이들에게 물길이 아니면 무덤이란 각오를 더욱 굳게 하였다.[23] 총소리를 들으면서도 멀리서는 자꾸 팠다.

총알이 날아와 흙둔덕을 푹 파헤쳐 놓는다. 어떤 사람은 도리어 악이 받쳐 웃통을 벗어던지고, 보아라 하는 듯이 흙삽을 더 높이 더 높이 떠올려 던졌다.

창권이네 식구도 모두 봇도랑에 나와 있었다. 창권이는 안사람들만 집에 두기 안되었고, 어머니나 아내는 또 창권이만 보동에 두면 무슨 일이 나는 것도 모르고 있을까 보아 따라 나왔다.

봇도랑 속은 거의 한 길이나 우묵해지고 양지가 되어 집에 있기보다 따스하고 그 구수하고 푹신한 흙은 냄새도 좋고 만지기에도 좋았다. 물만 어서 떨떨 굴러와 논자리들이 늠실늠실 넘치도록 들어가만 준다면 논은 해먹지 않고 그것만을 보고 죽더라도 한이 풀릴 것 같았다. 까마득한 삼십 리 밖, 이 푹신푹신한 생흙바닥으로 물이 고이며 흘러오

---

23 이 문장은 단행본 수록 과정에서 첨가된 것이다.

리라고는, 무슨 꿈을 꾸고 나서 그것을 생시에 바라는 것같이 허황스럽기도 했다. 더구나 여기 토민들 가운데는, 이통허보다 여기 지면이 높기 때문에 조선 사람들이 암만 봇도랑을 내어도 물이 올 리가 없다고 장담을 하는 패도 있다는 것이다. 그러나 황채심이란 전에 조선서 세부측량(細部測量) 때 측량 기수도 따라다녀 본 사람이다. 그가 지면고저(地面高低)에 어두울 리 없다.

창권이네가 맡은 구역은 제일 끝구역이다. 여기만 물이 지나간다면 흙이 태고적부터 썩어 댓진 같은 황무지는 문전옥답으로 변하는 날이다. 삼만 평이면 일백오십 마지기[斗落]는 된다. 양석씩만 나준다면 삼백 석 추수다. 대뜸 허리띠끈을 끌러놓게 되는 날이다. 무연한[24] 벌판에 탐스런 모춤[25]이 끝없이 꽂혀 나갈 광경을 그려 보면 팔죽지가 근지러워진다. 창권은 후닥닥 뛰어 일어나 날 깊은 괭이를 내려찍는다. 잔돌 하나 없는 살흙은 허벅지에 퍽 박힌다.[26]

5

아흐레 만에 황채심만이 순경들에게 끌리어 돌아왔다. 현정부에서는 거주권도 개간권도 다 승인한다는 것이다. 다만 논으로 풀지 말고

---

24 아득하게 넓다.
25 볏 모종을 묶은 단.
26 단행본 수록 과정에서 개작되었다. 원작에서 이 문장은 다음과 같이 서술되어 있다.
    "잔돌 하나 없는 부드런 흙은 탐스럽게 퍽 박힌다. 그러나 총소리가 무섭다. 흙을 떠내지는 못하고 찍어 일궈만 놓는다."

밭으로만 일구라는 것이다. 그것을 들을 수 없다고 주장하였더니 가는 족족 잡아 가두었고 나중에는 황채심을 시켜 조선 이민들에게 밭으로만 개간하도록 설복을 시키려 끌고 나온 것이다.

이날 밤이다. 황채심은 순경들이 못 알아듣는 조선말로 도리어 이민들을 격려하였다.

"여러분, 여러분네 알다싶이 저까짓 땅에 서속이나 심자구 우리가 한 상에 이십 원씩 낸 건 안요. 잡곡이나 걷워 가지군 그 식이 장식요[27]. 우리가 말리타관 갖구 온 거라군 봇도랑에 죄다 집어넣소.[28] 것두 우리만 살구 남을 해치는 일이면 우리가 천벌을 받어 마땅하오. 그렇지만 물만 들어와 보, 여기 토민들도 다 몽리[29]가 되는 게 안요? 우린 별수 없소. 작정한 대루 나갈 수밖엔…… 낮에 일할 수 없음 밤에들 나와 팝시다. 낼이구 모레구 웬만만 험 물부터 끄러넣고 봅시다……."

어세와 팔짓을 보아 순경들도 눈치를 챘다. 대뜸 황채심의 면상을 포승줄로 후려갈긴다. 코피가 쭈르르 쏟아진다. 와 이민들은 몰리고 흩어지고 어쩔 줄을 몰랐다.

황채심은 그 길로 다시 끌려갔다.

이민들은 최후로 결심들을 했다. 되나 안 되나 이 밤으로 가서 물부터 끌어넣기로 했다. 십여 명의 장정이 '이퉁허'로 밤길을 올려달았다. 그리고 제각기 제 구역에서 남녀노소가 밤이슬을 맞으며 악에 받쳐 도랑 바닥을 쳐낸다.

---

27 변함없이 종전과 같이 계속하는 경우를 이르는 말.
28 단행본 수록 과정에서 개작되었다. 원작에는 '우리가 봇도랑 내게 얼마나 물자나 인력을 받혀 왔소? 거이 다 된 일 안요'라고 서술되어 있다.
29 이익을 얻음.

새벽녘이다. 동리에서 한 오 리쯤 윗구역에서다. 무어라는 것인지 지르는 소리가 났다. 중간에서 같이 질러 받는다. 창권이는 둑으로 뛰어올라갔다. 또 무어라고 소리가 질러 온다. 그쪽을 향해 창권이도 허턱 소리를 질러 보냈다. 그러자 큰길 쪽에서 불이 반짝 하더니 탕 소리가 난다. 그러자 쉴새없이 탕탕탕 몰방[30]을 친다. 창권은 두 발자국이나 뛰었을까 무에 아랫도리를 후려갈겨 고꾸라졌다.

"익······."[31]

얼른 다시 일어서려니까 남의 다리다. 띠구르르 굴러 도랑 바닥으로 떨어졌다.

어머니와 아내가 달려왔다. 총소리는 위쪽에서도 난다. 뭐라고 하는 것인지 또 악쓰는 소리가 온다. 또 총소리가 난다. 조용하다.

창권의 넓적다리에선 선뜩선뜩 피가 터지었다. 총알이 살만 뚫고 나갔다. 아내의 치마폭을 찢어 한참 동이는 때다. 무에 시커먼 것이 대가리를 휘저으며 도랑 바닥을 설설 기어 오는 것이다. 아내와 어머니는 으악 소리를 지르고 물러났다. 아! 그것은 배암이 아니었다. 물이었다. 윗녘에서 또 소리를 질렀다. 물 내려간다는 소리였다. 아, 물이 오는 것이었다.[32]

창권이네 세 식구는 그제야 와락 눈물이 쏟아졌다.

물줄기는 대뜸 서까래처럼 굵어졌다.

모두 물줄기로 뛰어들었다. 두 손으로들 움켜 본다. 물은 생선처럼

30　총이나 폭발물 따위를 한 곳을 향하여 한꺼번에 쏨.
31　원작에는 "아익쿠······"라 되어 있다.
32　이 문장은 단행본 수록 과정에서 첨가되었다.

찬 것이 펄펄 살았다. 물이다. 만주 와서 처음 들어 보는 물 흐르는 소리다. 입술이 조여든 창권은 다시 움켜 흙물인 채 뻘걱뻘걱 들이켰다.[33]

물은 기둥처럼 굵어졌다.

어디서 또 총소리가 몰방을 친다.

물은 철룩철룩 소리를 쳐 둔덕진 데를 때리며 휩쓸며 내려쏠린다. 종아리께가 대뜸 지나친다. 삽과 괭이를 둔덕으로 끌어올렸다.

동이 튼다.

두 간통 대간선이 허옇게 물빛이 부풀어 오른다. 물은 사뭇 홍수로 내려쏠린다. 괭잇자루가 떠내려 온다. 삽자루가 껍신껍신 떠내려 온다.

"저런!"[34]

사람이다! 희끗희끗, 붉은 거품 속에 잠겼다 떴다 하며 내려오는 것이 사람이다.[35] 창권은 쩔룩거리며 뛰어들었다. 노인이다. 총에 옆구리를 맞은 듯 한편 바짓가랑이가 피투성이다. 바로 창권이 할아버지 운명할 때 눈을 쓸어 감겨 주던 경상도 사투리 하던 노인이다. 창권은 가슴에서 뚝 하고 무슨 탕개[36] 끊어지는 소리가 났다. 차라리 제 가슴 복판에 총알이 와 콱 박혔으면 시원할 것 같았다.

피와 물에 흥건한 노인의 시체를 두 팔로 쳐들고 둔덕으로 뛰어올랐다.

'아!⋯⋯.'

창권은 다시 한번 놀랐다.

---

33 원작에는 다음과 같이 서술되어 있다.
'두 손으로 돈을 움키듯 움켜 흘려보았다. 물이다. 물소리다. 창권은 다시 움켜 흙물인 채 뻘걱뻘걱 드려마시었다.'
34 원작에는 "아!"라고 되어 있다.
35 이 문장은 단행본 수록 과정에서 첨가되었다.
36 물건의 동인 줄을 죄는 물건.

몇 달째 꿈속에나 보던 광경이다. 일망무제, 논자리마다 얼음장처럼 새벽 하늘이 으리으리 번뜩인다. 창권은 더 다리에 힘을 줄 수 없어 노인의 시체를 안은 채 쾅 주저앉았다. 그러나 이내 재우쳐 일어났다. 어머니와 아내에게 부축이 되며 두 주먹을 허공에 내저었다. 뭐라고인지 자기도 모를 소리를 악을 써 질렀다. 위쪽에서 위쪽에서 악쓰는 소리들이 달려 내려온다.

물은 대간선 언저리를 철버덩철버덩 떨궈 휩쓸면서 두 간통 보동이[37] 뿌듯하게 내려쏠린다.

논자리마다 넘실넘실 넘친다.

아침 햇살과 함께 물은 끝없는 벌판을 번져 나간다.

『돌다리』, 박문서관, 1943.12

---

37 원작에는 '열두 자 넓이가'로 되어 있다.

밤길

월미도(月尾島) 끝에 물에다 지어 놓은, 용궁각인가 수궁각인가는 오늘도 운무에 잠겨 보이지 않는다. 벌써 열나흘째 줄곧 그치지 않는 비다. 삼십 간이 넘는 큰 집 역사에 암키와만이라도 덮은 것이 다행이나 목수들은 토역이 끝나기를 기다리고, 미장이들은 겨우 초벽만 쳐놓고 날들기만 기다린다.

기둥에, 중방, 인방에 시퍼렇게 곰팡이가 돋았다. 기대거나 스치거나 하면 무슨 버러지 터진 것처럼 더럽다. 집주인은 으레 하루 한 번씩 와서 둘러보고, 기둥 하나에 십 원이 더 치었느니, 토역도 끝나기 전에 만여 원이 들었느니 하고, 황서방과 권서방더러만 조심성이 없어 곰팡이를 문대기고 다녀 집을 더럽힌다고, 쭝얼거리다가는 으레 월미도 쪽을 눈살을 찌푸려 내어다보고는, 이놈의 하늘이 영영 물커져 버리려나, 어쩌려나 하고는 입맛을 다시다 가버린다. 그러면 황서방과 권서방은 입을 비쭉하며 집주인의 뒷모양을 비웃고, 인전 이 집이 우리 차지라는 듯이, 아직 새벽질[1]도 안 한 안방으로 들어가 파리를 날리고 가마니 쪽 위에 눕는다.

날이 들지 않는 것을 탓할 푼수로는 집주인보다, 목수들보다, 미장

---

1 벽이나 방바닥에 새벽(누런 빛깔의 차지고 고운 흙)을 재벌 바르는 일.

이들보다, 모군꾼인 황서방과 권서방이 훨씬 윗길[2]이야 한다.

권서방은 집도, 권속도 없이 떠돌아다니는 홀아비지만, 황서방은 서울서 내려왔다. 수표다리께 뉘 집 행랑살이나마 아내도 자식도 있다. 계집애는 큰 게 둘이지만, 아들로는 첫아이를 올에 얻었다. 황서방은 돈을 모아야겠다는 생각이 딸애들 때와 달리 부쩍 났다. 어떻게 돈 십 원이나 마련되면 가을부터는 군밤 장사라도 해볼 예산으로 주인나리한테 사정사정해서 처자식만 맡겨 놓고 인천으로 내려온 것이다.

와서 이틀 만에 이 역사터를 만났다.

한 보름 동안은 재미나게 벌었다. 처음 사나흘 동안은 품삯을 받는 대로 먹어 없앴다.

처자식 생각이 났으나 눈에 보이지 않으니 우선 내 입에부터 널름널름 집어넣을 수가 있다. 서울서는 벼르기만 하던, 얼음 넣은 냉면도 밤참으로 사먹어 보고, 콩국, 순댓국, 호떡, 아스꾸리까지 사먹어 봤다. 지까다비를 겨우 한 켤레 샀을 때는 벌써 인천 온 지 열흘이 지났다.

아차, 이렇게 버는 족족 집어 써선 만날 가야 목돈이 잡힐 것 같지 않다.

정신을 바짝 차려 대엿새째 오륙십 전씩이라도 남겨 나가니 장마가 시작이다.

그 대엿새의 오륙십 전은, 낮잠만 자며 다 까먹은 지가 벌써 오래다. 집주인한테 구걸하듯 해서, 그것도, 꾀를 피우지 않고 힘껏 일을 해왔기 때문에 주인 눈에 들었던 덕으로 이제 날이 들면 일할 셈치고 선고가로 하루 사십 전씩을 얻어 연명을 하는 판이다.

---

2 비교되는 것보다 훨씬 질이 좋은 등급.

새벽에 잠만 깨면 귀부터 든다. 부슬부슬 빗소리는 어제나 다름없다.

"이거 자빠져두 코가 깨진단 말이 날 두구 헌 말이여!"

"거, 황서방은 그래 화투 하나 칠 줄 몰으드람!"

권서방은 또 일어나 앉더니 오간인가 사간인가를 뗀다.

"우리 에펜네허구 같군."

"누가?"

"권서방 말유."

"내가 댁 마누라허구 같긴 뭬 같어?"

"우리 에펜네가 저걸 곧잘 해…… 가끔 날 보구 핀잔이지 헐 줄 모른
다구."

"화툴 다 허구 해깔라생[3]인 게로구랴?"

"허긴 남 행랑 구석에나 처넣 두긴 아깝지."

"벨 비러먹을 소리 다 듣겠군! 어떤 녀석은 제 에펜네 남 행랑사리 시
키기 좋아 시킨답디까?"

"허기야……."

"이눔의 솔학 껍질 하내 어디 가 백였나……."

"젠장! 돈두 못 벌구 생호래비 노릇만 허니 이게 무슨 청승이어!"

"황서방두 마누라 궁둥인 꽤 받치능 게로군."

"궁금헌데…… 내가 편질 부친 게 우리 그저께 밤이지?"

"그렇지 아마."

"어젠 그럼 내 편질 봤겠군! 젠장 돈이나 몇 원 부쳐 줬어야 헐 건

---

3 하이칼라쟁이.

데……."

"색시가 젊우?"

"지금 한참이지."

"그럼, 황서방보담 아랜 게로구랴?"

"열네 해나."

"저런! 그럼 삼십 안짝이게?"

"안짝이지."

"거 황서방 땡이로구려!"

하는데 밖에서 비 맞는 지우산 소리가 난다.

"누구야 저게?"

황서방도 일어났다. 지우산이 접히자 파나마에 금테 안경을 쓴 시뿌 옇게 살진 양복쟁이다. 황서방의 퀭한 눈이 뚱그래서 뛰어나간다. 뭐라는지 허리를 굽신하고 인사를 하는 눈치인데 저쪽에선 인사를 받기는커녕 우산을 놓기가 바쁘게 절컥 황서방의 뺨을 붙인다. 까닭 모를 뺨을 맞는 황서방보다 양복쟁이는 더 분한 일이 있는 듯 입을 벌룽거리기만 하면서 이번에는 덥석 황서방의 멱살을 잡는다.

"아니 나리님? 무슨 영문인지나……."

"무…… 뭐시이?"

하더니 또 철썩 귀쌈을 올려붙인다. 권서방이 화닥닥 뛰어내려왔다. 양복쟁이에게 덤비지는 못하나 황서방더러 버럭 소리를 지른다.

"이 자식이 손은 뒀다 뭐세 쓰쟈는 거냐? 죽을 죌 졌기루서니 말두 듣기 전에 매부터 맞어?"

그제야 양복쟁이는 황서방의 멱살을 놓고 가래를 돋워 뱉더니 마룻

널 포개 놓은 데로 가 앉는다. 담배부터 내어 피워 물더니

"인두껍을 썼음 너두 사람 녀석이지…… 네 계집두 사람년이구……."

양복쟁이는 황서방네 주인나리였다. 다른 게 아니라, 황서방의 처가 달아난 것이다. 아홉 살짜리, 여섯 살짜리, 두 계집애와 백일 겨우 지난 아들애까지 내버려두고 주인집 은수저 네 벌과 풀 먹이라고 내어준 빨래 한 보퉁이까지 가지고 나가선 무소식이란 것이다. 두 큰 계집애가 밤마다 우는 것은 고사하고 질색인 건 젖먹이 때문이었다. 그런데 애비마저 돈 벌러 나간단 녀석이 장마 속에도 돌아오지 않는다.

밥만 주면 처먹는 것만도 아니요, 암죽을 쑤어 먹이든지, 우유를 사다 먹이든지 해야 되고 똥오줌을 받아 내야 하고, 게다가 에미 젖을 못 먹게 되자 설사를 시작한다. 한 열흘 하더니 그 가는 팔다리가 비비 틀린다. 볼 수가 없었다.[4] 잘못 하다가는 어린애 송장까지 쳐야 될 모양이다. 경찰서에까지 가서 상의해 보았으나 아이들은 그 애비 되는 자가 돌아올 때까지 주인이 보호해 주는 도리밖에 없다는 퉁명스런 부탁만 받고 돌아왔다. 이런 무도한 연놈이 있나? 개돼지만도 못한 것이지 제 새끼를 셋이나, 것두 겨우 백일 지난 걸 놔두구 달아나는 년이야 워낙 개만도 못한 년이지만, 애비 되는 녀석까지, 아무리 제 여편네가 달아난 줄은 모른다 쳐도, 밤낮 아이만 끼구 앉아 이마때기에 분칠만 하는 년이 안일을 뭘 그리 칠칠히 해내며 또 시킬 일은 무에 그리 있다고 염치 좋게 네 식구씩이나 그냥 먹여 줍쇼 하고 나가선 달포가 되도록

---

4 1940년 5~7월 『문장』에 발표될 때에는 이 문장 뒤에, '이게 무슨 팔자에 없는 치다꺼리인가? 아씨는 조석으로 화를 내었고 나리님은 집안에 들어서면 편안할 수가 없다'라는 문장이 있었으나, 단행본 『해방 전후』(1947)에서는 삭제된다.

소식이 없는 건가? 이놈이 들어서건 다리옹두릴 꺾어 내쫓아야…… 이놈이 사람놈일 수가 있나! 욕밖에 나가는 것이 없다가 황서방의 편지가 온 것이다.

"이눔이 인천 가 자빠졌구나!"

당장에 나리님은 큰 계집애한테 젖먹이를 업히고, 작은 계집애한테는 보퉁이를 들리고, 비 오는 건 아무것도 아니다, 그 길로 인천으로 끌고 내려온 것이다.

"그래 애들은 어딧세유?"

"정거장에들 안쳐 놨으니 가 인전 맡어. 맨들어만 놈 에미애빈가! 개같은 것들……."

나리님은 시계를 꺼내 보더니 일어선다. 일어서더니 엥이! 하고 침을 뱉으며 우산을 펴든다.

황서방은 무슨 꿈인지 모르겠다. 아무튼 나리님 뒤를 따라 정거장으로 나오는 수밖에 없다. 옷 젖기 좋을 만치 내리는 비를 그냥 맞으며.

정거장에는 두 딸이 오르르 떨고 바깥을 내다보다가 애비를 보자 으아 소리를 내고 울었다. 젖먹이는 울음 소리도 없다. 옆에서 다른 사람들이 무심히 들여다보았다가는 엥이! 하고 안 볼 것을 보았다는 듯이 얼굴을 돌린다. 황서방은 가슴이 섬찍하는 것을 참고 받아 안았다. 빈 포대기처럼 무게가 없다. 비린내만 훅 끼친다. 나리님은 어느새 차표를 샀는지, 마지막 선심을 쓴다기보다 들고 가기가 귀찮다는 듯이, 에따 이년아, 하고 젖은 지우산을 큰계집애한테 던져 주고는 시원스럽게 차 타러 들어가 버리고 만다.

황서방은 아이들을 끌고, 안고, 저 있는 데로 돌아올 수밖에 없다.

"거, 살긴 틀렸나 부!"

한참이나 앓는 아이를 들여다보던 권서방의 말이다.

"님자부구 곤쳐 내래게 걱정이여?"

"그렇단 말이지."

"글세 웬 걱정이여?"

황서방은 참고 참던 누구한테 대들어야 할지 모르던 분통이 터진 것이다.

"그럼 잘못 됐구려…… 제에길……."

"……."

황서방은 그만 안았던 아이를 털썩 내려놓고 뿌우연 눈을 슴벅거린다.

"무…… 무돈년…… 제년이 먼저 급살을 맞지 살 줄 알구……."

"그래두 거 의원을 좀 봬야지 않어?"

"쥐뿔이나 있어?"

권서방도 침만 찍 뱉고 돌아앉았다. 아이는 입을 딱딱 벌리더니 젖을 찾는 듯 주름잡힌 턱을 옴직거린다. 아무것도 와 닿는 것이 없어 그러는지, 그 옴직거림조차 힘이 들어 그러는지, 이내 다시 잠잠해진다. 죽었나 해서 코에 손을 대어 본다. 아비 손에서 담뱃내를 느낀 듯 캑 캑 재채기를 한다. 그러더니 그 서슬에 모기 소리만큼 애앵애앵 보채 본다. 그리고는 다시 까부라진다.

"병원에 가두 틀렸어 이건."

남의 말에는 성을 내던 아비의 말이다.

"뭐구 집쿤이 옴?"

"……."

월미도 쪽이 더 새까매지더니 바람까지 치며 빗발이 굵어진다. 황서방은 다리를 치켜 걷었다. 앓는 애를 바투 품안에 붙이고 나리님이 주고 간 지우산을 받고 나섰다. 허턱 병원을 찾았다. 의사가 왕진 갔다고 받지 않고, 소아과가 아니라고 받지 않고 하여 네 번째 찾아간 병원에서 겨우 진찰을 받았다. 의사는 애 아비를 보더니 말은 간호부에게만 무어라 지껄이고는 안으로 들어가 버린다.

"안 되겠읍죠?"

"아는구려."

하고 간호부는 그냥 안고 나가라고 한다.

"한이나 없게 약을 좀 줍쇼."

"왜 진작 안 데리구 오냐 말요? 이런 애 죽는 건 에미애비가 생아일 쥐기는 거요. 오늘 밤 못 넹규."

황서방은 다시는 울 줄도 모르는 아이를 안고 어청어청 다시 돌아오는 수밖에 없었다.

밤이 되었다. 권서방에게 있는 돈을 털어다 호떡을 사왔다. 호떡을 질근질근 씹어 침을 모아 앓는 아이 입에 넣어 본다. 처음엔 몇 입 받아 삼키는 모양이나 이내 꼴깍꼴깍 게워 버린다. 황서방은 아이 입에는 고만두고 자기가 먹어 버린다. 종일 굶었다가 호떡이라도 좀 입에 들어가니 우선 정신이 난다.

딸년들에게 아내에게 대한 몇 가지를 물어 보았으나 달아났다는 사실을 더욱 똑똑하게 알아차릴 것뿐이다.

"병원에서 헌 말이 맞을랴는 게로군!"

"뭐랫게?"

"밤을 못 넹기리라더니……."

캄캄해졌다. 초를 사올 돈도 없다. 아이의 얼굴이 희끄무레할 뿐 눈도 똑똑히 보이지 않는다. 빗소리에 실낱 같은 숨소리는 있는지, 없는지, 분별할 도리가 없다.

"이 사람?"

모기를 때리느라고 연성 종아리를 철썩거리던 권서방이 울리지 않는 점잖은 목소리를 내인다.

"생각허니 말일세…… 집쥔이 여태 알진 못해두……."

"집쥔?"

"그랴…… 아무래두 살릴 순 없잖나?"

"얘 말이지?"

"글세."

"어쩌란 말야?"

"남 새집…… 들기두 전에 안됐지 뭐야?"

"흥! 별년의 소리 다 듣겠네! 자넨 오지랖두 정치겐 넓네."

"넓잖음 어쩌나?"

"그럼, 죽는 앨 끌구 이 우중에 어디루 나가야 옳아?"

"글세 황서방은 노염부터 날 줄두 알어. 그렇지만 사필귀정으로 남의 일두 생각해 줘야 허느니……."

"자넨 이누무 집서 뭐 행랑사리나 얻어 헐가구 그러나?"

"예에기 사람! 자네믄 그래 방두 꾸미기 전에 길 닦아 놓니까 뭐부터 지나가더라구 남의 자식부터 죽어 나감 좋겠나? 말은 바른 대루……."

"자넴 또 자네 자식임 그래 이 우중에 끌구 나가겠나?"

하고 황서방은 버럭 소리를 질렀다.

"나면 나가네."

"같은 없는 눔끼리 너무허네."

"없는 눔이라구 이면경계[5]야 몰라?"

"난 이면두 경계두 모르는 눔일세 웬 걱정이여?"

빗소리뿐 한참이나 잠잠하다가 황서방이 코를 훌쩍거리는 것이 우는 꼴이다. 권서방은 머리만 긁적거리었다.

한참 만에 황서방은 성냥을 긋는다. 어린애를 들여다보다가는 성냥개비가 다 붙기도 전에 던져 버린다.

권서방은 그만 누워 버리고 말았다.

어느 때나 되었는지 깜박 잠이 들었는데 황서방이 깨운다.

"왜 그려?"

권서방은 벌떡 일어나며 인전 어린애가 죽었나 보다 하였다.

"자네 말이 옳으이……."

"뭐?"

"아무래두 죽을 자식인데 남헌테 구진 짓 헐 것 뭐 있나!"

하고 한숨을 쉰다. 아직 죽지는 않은 모양이다. 권서방은 후닥닥 일어났다. 비는 한결같이 내렸다. 권서방은 먼저 다리를 무릎 위까지 올려 걷었다. 그리고 삽을 찾아 든다.

"그럼 안구 나가게."

"어딜루?"

---

5 이면경계(裏面境界). 일의 내용의 옳고 그름.

"어딘? 아무 데루나 가다가 죽건 묻세 그려."

"……."

"아무래두 이 밤 못 넹길 거 날 밝으문 괘니 앙징스런 꼴 작구 보게만 되지 무슨 소용 있어? 안게 어서."

황서방은 또 키룩키룩 느끼면서 나뭇잎처럼 거뿐한 아이를 싸 품에 안고 일어선다.

"이런 땐 맘 모질게 먹는 게 수여. 밤이길 잘했지……."

"……."

황서방은 딸년들 자는 것을 들여다보고는 성큼 퇴 아래로 내려섰다. 지우산을 펴자 쫘르르 소리가 난다. 쫘르르 소리에 큰딸년이 깨어 일어난다. 황서방은 큰딸년을 미리 꼼짝 말고 있으라고 윽박지른다.

황서방은 아이를 안고 한 손으로 지우산을 받고 나서고, 그 뒤로 권서방이 헛간을 가리었던 가마니를 떼어 두르고 삽을 메고 나섰다.

허턱 주안(朱安) 쪽을 향해 걷는다. 얼마 안 걸어 시가지는 끝나고 길은 차츰 어두워진다. 길만 어두워지는 것이 아니라 바람이 세차진다. 홱 비를 몰아붙이며 우산을 떠받는다. 황서방은 우산을 뒤집히지 않으려 바람을 따라 빙그르 돌아본다. 그러면 비는 아이 얼굴에 흠박 쏟아진다. 그래도 아이는 별로 소리가 없다. 권서방더러 성냥을 그어 대라고 한다. 그어 대면 얼굴은 죽은 것이나 마찬가지나 빗물 흐르는 비비틀린 목줄에서는 아직도 발랑거리는 것이 보인다. 바람이 또 친다. 또 빙그르 돌아본다. 바람은 갑자기 반대편에서도 친다. 우산은 그예 뒤집히고 만다. 뒤집힌 지우산은 두 번, 세 번 만에는 갈기갈기 찢어지고 말았다. 또 성냥을 켜보려 한다. 그러나 성냥이 눅어 불이 일지 않는다.

하늘은 그저 먹장이다. 한참 숨을 죽이고 들여다보아야 희끄무레하게
아이 얼굴이 떠오른다.

"이거 웨 얼른 돼지지 안어!"

"아마 한 십 리 왔나 보이."

다시 한 오 리 걸었을 때다. 황서방은 살만 남은 지우산을 집어 내던
지며 우뚝 섰다.

"왜?"

인젠 죽었느냐 말은 차마 나오지 않는다.

"인전 묻어 버려두 되나 볼세."

"그래?"

권서방은 질질 끌던 삽을 들어 쩔겅 소리가 나게 자갈길을 한번 내
려쳐 삽을 짚고 좌우를 둘러본다. 한편에 소 등허리처럼 거무스름한
산이 나타난다. 권서방은 그리로 향해 큰길을 내려선다. 도랑물이 털
버덩한다. 삽도 짚지 못한 황서방은 겨우 아이만 물에 잠그지 않았다.
오이밭인지 호박밭인지 서슬 센 덩굴이 종아리를 어인다.

"옘병을 헐⋯⋯."

밭은 넓기도 했다. 밭두덩에 올라서자 돌각담이다. 미끄런 고무신
한 짝이 뱀장어처럼 뻐들컹하더니 벗어져 달아난다.

권서방까지 다시 와 암만 찾아도 보이지 않는다.

"이거디 더 걷겠나?"

"여기 팝시다."

"여기 돌 아니여?"

"파믄 흙 나오겠지."

황서방은 돌각담에 아이 시체를 안고 있었고 권서방은 삽으로 구덩이를 판다. 떡떡 돌이 두드러지고, 돌을 뽑으면 우물처럼 물이 철철 고인다.

"이런, 비러먹을 놈의 비……."

"물구뎅이지 별수 있어……."

황서방은 권서방이 벗어 놓은 가마니쪽에 아이 시체를 누이고 자기도 구덩이로 왔다. 이내 서너 자 깊이로 들어갔다. 깊어지는 대로 물은 고인다. 다행히 비탈이라 낮은 데로 물꼬를 따놓았다. 물은 철철철 소리를 내며 이내 빠진다.

황서방은

"으흐흐……."

하고 한자리 통곡을 한다. 애비 손으로 제 새끼를 이런 물구덩이에 넣을 것이 측은해 권서방이 아이 시체를 안으러 갔다.

"뭐?"

죽은 줄만 알고 안아 올렸던 권서방은 머리칼이 곤두섰다. 분명히 아이의 입에서 무슨 소리가 난다. 꼴깍꼴깍 아이의 입은 무엇을 토하는 것이다. 비리치근한 냄새가 훽 끼친다.

"여보 어디……?"

황서방도 분명히 꼴깍 소리를 들었다. 아이는 아직 목숨이 붙었다. 빗물이 입으로 흘러들어간 것을 게운 것이다.

"제에길 파리새끼만두 못한 게 질기긴!"

아비가 받았던 아이를 구덩이 둔덕에 털썩 놓아 버린다.

비는 한결같다. 산골짜기에는 물소리뿐 아니라 개구리, 맹꽁이 그리고도 무슨 날짐승 소리 같은 것도 난다.

아이는 세 번째 들여다볼 적에는 틀림없이 죽은 것 같았다. 다시 구덩이 바닥에 물을 쳐내었다. 가마니를 한끝을 깔고 아이를 놓고 남은 한끝으로 덮고 흙을 덮었다.

황서방은 아이를 묻고, 고무신 한 짝을 잃어버리고 쩔름거리며 권서방의 뒤를 따라 행길로 내려왔다. 아직 하늘은 트이려 하지 않는다.

"섰음 뭘 허나?"

황서방은 아이 무덤 쪽을 쳐다보고 멍청히 섰다.

"돌아서세, 어서."

"예가 어디쯤이지?"

"그까짓 건…… 고무신 한 짝이 아깝네만……."

"……."

"가세 어서."

황서방은 아이 무덤 쪽에서 돌아서기는 했으나 권서방과는 반대 방향으로 걸어가는 것이다. 권서방이 쫓아와 붙든다.

"내 이년을 그예 찾아 한 구뎅에 처박구 말 테여……."

"허! 이럼 뭘 허나?"

"으흐흐…… 이리구 삶 뭘 허는 게여? 목석만두 못한 애비지 뭐여? 저것 원술 누가 갚어…… 이년을 내 젖통일 썩뚝 짤러다 묻어 줄 테다."

"황서방 진정해요."

"노흐래두……."

"아 딸년들은 또 어떻게 되라구?"

"……."

황서방은 그만 길 가운데 철벅 주저앉아 버린다.

하늘은 그저 먹장이요, 빗소리 속에 개구리와 맹꽁이 소리뿐이다.

『해방 전후』, 조선문학사, 1947.1;『첫전투』, 문화전선사, 1949. 11[6]

토끼 이야기

현은 잠이 깨자 눈을 비비기 전에 먼저 머리맡부터 더듬었다. 사기 대접에서 밤샌 숭늉은 얼음에 채운 맥주보다 오히려 차고 단 듯하였다. 문득 전에 서해(曙海)[1]가, '이제 현도 술이 좀 늘어야 물맛을 알지' 하던 생각이 난다.

'지금껏 서해가 살았던들, 술맛, 물맛을 같이 한번 즐겨 볼 것을! 그가 간 지도 벌써 십 년이 넘는구나!'

현은 사지를 쭈욱 뻗어 기지개를 켜고 파리 나는 천장을 멀거니 쳐다본다.

『중외(中外)』 때다. 월급날이면, 그것도 어두워서야 영업국에서 긁어오는 돈 백 원 남짓한 것을 겨우 삼 원씩, 오 원씩 나눠 들고, 그거나마 인력거를 불러 타고 호로[2]를 내리고 나서기 전에는, 문 밖에 진을 치고 선빵장사, 쌀장사, 양복점원들에게 털리고 말던 그 시절이었다. 현은 다행히 독신이던 덕으로 이태나 견디었지만, 어머님을 모시고, 아내와 자식과 더불어 남의 셋방살이를 하던 서해로서는, 다만 우정과 의리를 배불리는 것만으로 가족들의 목숨까지를 지탱시켜 나갈 수는 없었다.

"난 『매신』으로 가겠소. 가끔 원고나 보내우. 현도 아무리 독신이지만 하숙빈 내야 살지 않소."

---

1   소설가 최학송(崔鶴松, 1901~1932)의 호.
2   호로(ほろ(幌)). 포장, 덮개.

현은 그 후 『중외』에 있으면서 실상 『매신』의 원고료로 하숙집 마누라의 입을 겨우 틀어막곤 하였다. 그러다 『중외』가 기어이 폐간이 되자, 현은, 그까짓 공연히 시간만 빼앗기던 것, 인전 정말 내 공부나 착실히 하리라 하고, 서해가 쓰라는 대로 잡문을 쓰고 단편도 얽어 하숙비를 마련하는 한편, 학생 때에 맛 모르고 읽은 태서대가(泰西大家)들의 명작들을 재독하는 것부터 일과를 삼았다. 그러나 사람은 조금만 틈이 생기어도 더 큰 욕망에 눈이 텄다. 공연히 남까지 데려다 고생을 시켜? 하는 반성이 한두 번 아니었으나 결국 직업도 없이, 집 한 간 없이, 현은 허턱 장가를 들어 놓았다. 제 한몸 이상을 이끌어 나간다는 것은 확실히 제 한몸 전신으로 힘을 써야 할 짐이었다. 공부고 예술이고 모두 제이 제삼이 되어 버렸다. 배운 도적질이라 다시 신문사밖에는 떼를 쓸 데가 없다. 다행히 첫아이를 낳기 전에 월급은 제대로 나오는 『동아』에 한 자리를 얻어, 또 신문소설이라도 한옆으로 써내는 기술을 가져, 그때만 해도 한 평에 이삼 원씩이면 살 수가 있었으니 전차에서 내려 이십 분이나 걷기는 하는 데지만 우선은 집 걱정을 면할 오막살이가 묻어오는 이백여 평의 터를 샀고, 그 후 부(府)로 편입이 되고 땅시세가 오르는 바람에 터전 반을 떼어 팔아 넉넉히 십여 간 기와집 한 채를 짓게까지 되었다.

　　"인전 집은 쓰고 앉았으니 먹구 입을 걸……."

　　현의 아내는 살림에 재미가 나는 듯하였다. 재봉틀 월부를 끝내고, 간이보험을 들고, 유성기도 이웃집에서 샀다는 말을 듣고 그 이튿날로 월부로 맡아 오더니, 이제는 한걸음 나아가 현이 어쩌다 소리판을 한둘 사들고 와도,

"그건 뭣허러 삼 원씩 주고 사오, 음악이 밥 주나! 그런 돈 날 좀 줘요."

하였고, 여름이면 현은 패스 덕이긴 하지만 혼자만 싸다니는 것이 미안하여 한 이십 원 만들어다, 아이들 데리고 가까운 인천이라도 하루 다녀오라고 주면, 아침에는 인천까지 갈 채비로 나섰다가도 고작 진고개로 가로새어 백화점 식당에나 들어갔다가는, 냄비, 주전자, 찻종, 그런 부엌 세간을 사서 아이들에게까지 들려 가지고 들어오기가 일쑤였다.

이 현의 아내는 바로 이들 집에서 고개 하나 너머 있는 M여전(女專) 문과(文科) 출신이다. 오막살이에서나마 처음에는 창마다 유리를 끼고, 꽃무늬 커튼을 드리우고 벽에는 밀레의 안젤루스를 걸고, 아침 저녁으로 화분을 가꾸었다. 때로는 잠든 어린것 옆에서 조슬란의 자장가도 불렀고, 책장에서 비단 뚜껑 한 책을 뽑아다 브라우닝을 읊기도 하였다. 아이가 둘이 되면서부터, 그리고, 그 흔한 건양사 집들이 좌우 전후에 즐비하게 들어앉는 것을 보면서부터는 모교가 가까워 동무들이 자주 찾아오는 것을 도리어 싫어하였고, 어서 오막살이를 헐고 번듯한 기와집을 지어 보려는 설계에 파묻히게 되었다. 안젤루스에 먼지가 앉거나 말거나, 화초분이 말라 시들거나 말거나 그의 하루는 그것들보다 더 절박한 것으로 프로가 꽉 차지는 것 같았다.

현은 일 년에 하나씩은 신문소설을 썼다. 현의 야심인즉 신문소설에 있지 않았다. 단편 하나라도 자기 예술욕을 채울 수 있는 창작에 자기를 기르며 자기를 소모시키고 싶었다. 나아가서는, 아직 지름길에서 방황하는 이곳 신문학을 위해 그 대도(大道)로 들어설 바 교량이 될 만한 대작이 그의 은근한 본원이기도 했다. 인물의 좋은 이름 하나가 생각나도 적어 두어 아끼었고, 영화에서 성격 좋은 배우 하나를 보아도 그의 사진을 찢어 모아 두었다.

그러나 머릿속에서 구상만으로 해를 묵을 뿐, 결국 붓을 들기는 몰아치는 대로 몰아쳐질 수는 있는 신문소설뿐이었다.

현의 신문소설이 시작되면 독자보다는 현의 아내가 즐거웠다. 외상 값 밀린 것이 풀리고 단행본으로 나와 중판이나 되면 뜻하지 않은 목돈에 가끔 집안이 윤택해지기 때문이다.

'그러나 나도 소위 불혹지년이란 게 낼 모레가 아닌가! 밤낮 이것만 허다 까부러질 건가? 눈 뜨면 사로 가고 사에 가선 통신 번역이나 하고…… 고작 애를 써야 신문소설이나 되고…….'

현의 비장한 결심이 그렇지 않아도 굳어질 무렵인데『동아』가『조선』과 함께 고스란히 폐간이 되는 것이었다.

명랑하라, 건실하라, 시대는 확성기로 외친다. 현은 얼떨떨하여 정신을 수습할 수 없는데다, 며칠 저녁째 술이 취해 돌아왔던 것이다.

*

밤 잔 숭늉에 내단(內丹)이 씻긴 듯 속은 시원하였으나 골치는 그저 무겁다.

'술이 좀 늘어야 물맛을 알지…… 흥, 신문사 십 년에 냉수맛을 알게 된 것밖에 는 게 무언고?'

다시 숭늉 그릇을 이끌어 왔으나 찌꺼기뿐이다. 부엌 쪽 벽을 뚝뚝 울리어 아내를 불렀다.

"기껀 주므셋수?"

"물 좀."

아내는 선선히 나가 물을 떠가지고 와 앉는다. 앉더니 물을 자기가 마시기나 한 것처럼 목을 길게 빼며 선트림을 한다. 아내는 벌써 숨을 가빠하는 것이다. 한 딸, 두 아들이어서 꼭 알맞다고 하던 것이 다시 네 번째의 임신인 것이었다.

"나 당신헌테 헐 말 있어요."

평시에 잔소리가 없는만치 현의 아내는 가끔 이런 투로 현의 정색을 요구하였다.

"요즘 당신 심경 나두 모르진 않우. 그렇지만 당신 벌서 사흘채 내려 술 안유?"

현은 잠자코 이마를 찌푸린 채 터부룩한 머리를 쓸어 넘긴다.

"술 먹구 잊어버릴 정도읫 거면 애당초에⋯⋯.[3] 우리 여자들 눈엔 조선 남자들 그런 꼴처럼 메스껍구 불안스런 건 없읍디다. 술루 심평[4]이 피우? 또 작게 봐 제 가정으루두 어듸 당신들 사내 하나뿐유? 처자식 수두룩허니 두구, 직업두 인전 없구, 신문소설 쓸 데두 인전 없구⋯⋯ 왜 정신 바짝 채리지 않구 그류?"

현은, 듣기 싫어 소리를 치고 다시 이불을 뒤집어썼으나, 또 반동적으로 이날도, 그 이튿날도 곤주가 되어 들어왔으나, 사실 아내의 말에 찔리기도 하였거니와 저 혼자 취한다고 세상이 따라 취하는 것도 아니요 저 혼자나마도 언제까지나 취할 수도 없는 것이었다.

---

3 1941년 2월 『문장』에 발표된 「토끼 이야기」에는 이 부분이 '비분이건, 감개건 말유. 술 먹구 잊어버릴 정도의 거면 애초에 비분한 체 감개한 체 하지 말어줘요'라고 서술되어 있다.
4 셈평. 생활의 형편.

현은 아내의 주장대로 그 송장의 주머니에서 턴 것 같은, 가슴이 섬찍한 퇴직금이지만, 그것을 밑천으로 토끼를 기르기로 한 것이다.

뉘네 집에서는 처음 단 두 마리를 사온 것이 일 년이 못 돼 오십 평 마당에 어떻게 주체할 수 없도록 퍼지었고, 뉘 집에서는 이백 원을 들여 시작했는데 이태가 못 되어 매월 평균 칠팔십 원 수입이 있다는 것은 현의 아내가 직접 목격하고 와서 하는 말이었고, 토끼 기르는 책을 얻어다 주어 현은 하루 저녁으로 독파를 하니, 토끼를 기르기에는 날마다 붙잡히는 일이기는 하나 날마다 신문소설을 써대는 것보다는 마음의 구속은 적을 것 같았고, 신문소설을 쓰면서는 본격소설에 손을 댈 새가 없었으나, 토끼를 기르면서는 넉넉히 책도 읽고 십 년에 한 편이 되더라도 저 쓰고 싶은 소설에 착수할 여력도 있을 것 같았다. 이런 것은 시대가 메가폰으로 소리쳐 요구하는 명랑하고, 건실한 생활일 수도 있는 점에 현은 더욱 든든한 마음으로 토끼 치기를 결심하였다. 그리고 우선 아내의 뒤를 따라 아내와 동창이라는, 이백 원을 들여 지금은 매달 칠팔십 원씩을 수입한다는 집부터 견학을 나섰다.

그 집 바깥주인은 몇 해 전에 『동아』에서도 사진을 이단으로나 낸 적이 있고, 그의 연주회 주최를 다른 사와 맹렬히 다투기까지 하던, 한때 이름 높던 피아니스트였다. 피아니스트답지는 않게 거칠고 풀물이 시퍼런 손으로 현의 부처를 맞아 주었다. 마당엔 들어서기가 바쁘게 두엄내보다는 노릿한 내가 더 나는 훗훗한 냄새가 풍겨 나왔다. 목욕탕에 옷 벗어 넣는 궤처럼 여러 층, 여러 칸으로 된 토끼집이 작은 고층 건물을 이루어 한편 마당을 둘러 있었다. 칸칸이 새하얀 토끼들이 두 귀가 빨족하니 앉아 연분홍 눈을 굴리며 입을 오물거린다. 현은 집에 아이들 생각이 났다. 동화의 세계다. 아동문학을 하는 이에게 더 적당한 부업같이도 생각되었다. 현 부처는 피아니스트 부처에게서 양토 경험담을 두 시간이나 듣고, 보고 더욱 굳어지는 자신으로 돌아왔다. 와서는 곧 광주 가네보 양토부로 제일 기르기 쉽다는 메리켄으로 이십 마리를 주문하였다. 곧 목수를 데려다 토끼장을 짰다. 토끼장이 끝나기도 전에 '오늘 토끼를 부쳤다'는 전보가 왔다. 현은 아이들을 데리고 산으로 가 풀과 아카시아잎을 뜯어 왔다. 두부 장사에게 비지도 마퀴었다.[5] 수분 있는 사료만으로는 병이 나는 법이라 해서 건조 사료(乾燥飼料)도 주문하였다. 사흘 만에 이 작고 귀여운 현의 집 새 식구 이십 명은 천장을 철사로 얽은 궤짝에 담기어 한 명도 탈없이 찾아들었다. 그들은 더위에 할락거리기는 하면서도 그저 궤짝 속이 저희 안도(安堵)인 듯, 밖을 쳐다보는 일이 없이 태연히 주둥이들만 오물거렸다. 자연의 한 동물이라기보다 시험관 속에서 된 무슨 화학물(化學物) 같았다. 아이들과 아내는 즐기어 끄르며 덤비었으나, 현은 뒤에 물러서서 그 작은, 그 귀여운, 그리고 박꽃처럼 희고 여린 동물에게다 오륙 명의 거센 인생의 생계(生計)를 계획한다는 것을 생각할 때 확실히 죄스럽고 수치스럽기도 하였다.

아무튼 토끼가 와서부터 현은 잠시도 쉴 새가 없었다. 먹이를 주고 다음 먹이의 준비까지 되어 있으면서도 얼른 손을 씻고 방으로 들어와 지지가 않았다. 토끼장 앞으로 어정어정하는 동안 다시 다음 먹이 시간이 되고, 다시 그 다음 먹이를 준비해야 되고 장 안을 소제해야 되고,

---

5   마퀴다. 맞추다. 어떤 일을 부탁하여 약속해 놓다.

현은 저녁이나 되어야 자기의 시간으로 돌아올 수가 있었다.

차츰 밤 긴 가을이 깊어졌다. 워낙 구석진 데라 더구나 저녁에는 찾아오는 친구가 별로 없었다. 현은 저녁만이라도 홀로 조용히 등을 밝히고 자기의 세계를 호흡하는 것이 즐거웠다. 십 년 전, 독신일 때 하숙집에서 재독하기 시작했던 태서명작을 다시금 음미하는 것도 즐거웠고, 등불을 멀찍이 밀어 놓고 책장을 살피며 근대의 파란중첩한, 인류의, 문화의, 문학의 뭇 사조(思潮)의 물결을 더듬으며, 한 새 사조가 부딪치고 지나갈 때마다 이 귀퉁이 저 귀퉁이 부스러트리기만 해오던 장편(長篇)의 구상(構想)을 계속해 보는 것도 얼굴이 닳도록 즐거움이었다.

많지는 못한 장서(藏書)나마 현은 한가히 책장을 쳐다볼 때마다 감개무량하기도 하였다. 일목천고(一目千古)의 감을 느끼는 것이다. 새 책은 날마다 나온다. 또 새 책은 날마다 헌 책이 된다. 한때는 인류사상의 최고봉인 듯이 그 앞에는 불법(佛法)도 성전(聖典)도 무색하던 것이 이제는 그 책의 뚜껑 빛보다도 내용이 앞서 퇴색해 버리고 말았다. 그 뒤에 오는 다른 새 것, 또 그 뒤를 따른 다른 새 것들, 책장 한 층에만도 사조는 두 시대, 세 시대가 가지런히 꽂혀 있는 것이다.

'지나가 버린 낡은 사조의 유물들! 희생된 것은 저 책들뿐인가? 저 저자들뿐인가? 저 책들과 저 저자들뿐이라면 인류는 이미 얼마나 복된 백성들[6]이었으랴마는, 인류는 언제나 보다 나은 새 질서를 갈망해 헤매지 않으면 안 되었었다.'

새 사조가 지나갈 때마다 많으나 적으나, 또 그 전 것을 위해서나 새

---

6   원작에서는 '화평한 이웃사람들'이었으나, 단행본 수록 과정에서 개작되었다.

것을 위해서나 반드시 희생자는 났다. 그 사조가 거대한 것이면 거대한 그만치 넓은 발자취로 인류의 일부를 짓밟고 지나갔다. 생각하면 물질문명은 사상의 문명이기도 하다. 한 사상의 신속한 선전은 또 한 사상의 신속한 종국을 가져오기도 한다. 예전 사람들은 일생에 한 번이나 겪을지 말지 한 사상의 난리를 현대인은 일생 동안 얼마나 자주 겪어야 하는가. 청(淸)의 시인 이초(二樵)가 일신수생사(一身數生死)[7]라 했음은 정히 현대의 우리를 가리킴이라 하고, 현은 몇 번이나 책장을 바라보며 쓴웃음을 지었다.

'일신수생사! 사상은 짧고 인생은 길고…….'

*

토끼는 듣던 바와 같이 빠르게 번식해 나갔다. 스무 마리가 아카시아잎이 단풍들 무렵엔 사십여 마리가 되어 북적거린다. 토끼장도 다시 한 오십 마리 치를 늘리려 재목까지 사들이는 때다. 문제가 일어났다. 먹이의 문제다. 풀과 아카시아잎의 저장을 충분히 할 수 없어 비지와 건조 사료에 오히려 믿는 바 컸었는데 두부 장사가 가끔 거른다. 오는 날도 비지를, 소위 실적의 반도 못 가져온다. 건조 사료도 선금과 배달비까지 후히 갖다 맡겼는데도 오지 않는다. 콩이 잘 들어오지 않아 두부 생산이 준 것, 그러니 두부 대신 비지 먹는 사람이 는 것, 그러니 비지는 두부보다도 더 귀해진 셈이다. 건조 사료란 잡곡의 겨(糠)인데 무

---

7   한 몸이 여러 번 죽었다 삶.

슨 곡식이나 칠분도(七分搗) 내지 오분도로 찧으니 겨가 나올 리 없다. 알고 보니 최근까지의 건조 사료란 전년의 재고품이었던 것이다. 현의 아내는 동분서주하였으나, 토끼는커녕 닭을 치던 집에서들까지 닭을 팔고, 닭의 우리를 허는 판이었다.

현의 아내는 억울한 일을 당할 때처럼 며칠이나 얼굴이 붉어 있었으나 결국 토끼를 기름으로써의 생계는 단념하는 수밖에 없었다. 토끼를 헐값이라도 치우기 시작하였다. 그러나 가죽이면 얼마든지 일시에 처분할 수가 있으나 산 것 채로는 어디서나 먹이가 문제라 길이 막히었다. 사십여 마리를 일시에 죽이자니 집안이 일대 도살장이 되어야 한다. 한꺼번에 사십여 마리의 가죽을 쟁[8]을 쳐 말릴 널판도 없거니와 단한 마리라도 칼을 들고 껍질을 벗길 위인이 없다. 현은 남자면서도 닭의 멱 하나 따본 적이 없고, 현의 아내 역, 한번은, 오막살이집 때인데, 튀[9]하기는 한 닭 한 마리를 옹근 채 사왔더니 닭의 흘겨 뜬 죽은 눈이 무서워 신문지로 덮어 놓고야 썰던 솜씨였다. 더 늘쿠지나 말고 오래는 걸리더라도 산 채로 처분하는 수밖에 없었다. 산 채로 처분하자니 팔리는 날까지는 어떻게 해서나 굶겨 죽이지는 않아야 한다. 부드러운 풀은 벌써 거의 없어진 때다. 부엌에서 나오는 것은 무청뿐이요 밖에서 얻을 수 있는 것은 클로버뿐이다. 클로버도 며칠 안 있으면 된서리를 맞을 즈음인데 하루는 현의 아내가 그의 모교인 M여전 운동장이 클로버투성이인 것을 생각해 냈다. 그 길로 고개를 넘어 모교에 다녀오더니, 학교에서는 해마다 사람을 사서 뽑는데도 당할 수가 없어 잔디

---

8   재양(載陽)의 준말. 빤 뒤에 풀을 먹여 반반하게 펴서 다리는 일.
9   새나 짐승을 뜨거운 물에 잠깐 넣었다가 꺼내어 털을 뽑는 일.

를 버릴까 봐 걱정이니 제발 뜯어라도 가라는 것이라 한다. 현은 입맛을 쩍쩍 다시다가, "당신이 가기 싫음 내가 가리다. 오륙[10]이 멀쩡해 가지구 미물이라두 기르던 걸 굶겨 죽여야 옳우?" 하는 아내의 위협에 아내가 홑몸도 아닌 때라, 또 다른 곳도 아니요 저희 모교 마당에 가서 토끼밥을 뜯고 앉아 있는 정상이 어째 정도 이상으로 가긍하게 머릿속에 떠올라, 그만 대팻밥 모자를 집어 쓰고 동저고릿바람인 채 고무신을 끌고, 막 학교에서 돌아오는 큰녀석에게까지 다래끼를 하나 둘러메어 가지고 고개를 넘어 M여전으로 왔다.

운동장에는 과연 잔디와 클로버가 군데군데 반반 정도로 대진이 되어 있었다.

'나야 이렇게 동저고릿바람에 농립을 눌러 썼으니 누가 알아볼라구…… 또 알아본들 현아무개란 하상…….'

하학이 된 듯 운동장에는 과년한 여학생들이 설명하니[11] 다리들을 드러내고 발리볼을 던지기도 하고 자전차를 타고 돌기들도 한다. 현은 남의 집 안마당에 들어서는 것 같은 어색함을 느꼈으나 수긋하고 한편 여가리[12]에 물러앉아 클로버를 뜯기 시작하였다.

"아버지?"

"왜?"

아들애는 아직 우두머니 서서 언덕 위에 장엄하게 솟은 교사와 여학생들이 자전차 타는 것만 바라보고 있었다.

---

10 온몸.
11 아랫도리가 가늘고 어울리지 않게 길다.
12 언저리.

"우리 엄마두 여기 학교 나왔지?"

"그럼…… 어서 이 시퍼런 풀이나 뜯어……."

이 아버지와 아들의 짧은 대화를 학생 두엇이 알아들은 듯,

"애, 너이 엄마가 누군데?"

하며 가까이 온다. 현의 아들애는 코만 훌석 하고 돌아선다. 현은 힐긋 아들을 쳐다본다. 그 쳐다보는 눈이, 가끔 집에서 '떠들면 안 돼' 하던 때 같다. 아들애는 잠자코 제 다래끼를 집어다 클로버를 뜯기 시작한다.

"이거 뜯어다 뭘 허니?"

"토끼 메게요."

"토끼! 너이 집서 토끼 치니?"

"네."

학생들은 저희도 뜯어서 현의 아들 다래끼에 담아 준다.

"너이들 뭣 허니?"

현의 등뒤에서 다른 학생들 한 떼가 몰려온다. 현은 자기까지 아울러 '너이들'로 불려지는 것같이 화끈해진다.

"우린 요쓰바[13] 찾는다누."

딴은 그들은 토끼밥을 뜯어 주기 위해서가 아니라 저희들 '행복'을 찾기 위해서였다.

"나두, 나두……."

그들은 모이를 본 새떼처럼 클로버에 몰려 앉는다. 현은 수굿하고 다른 쪽을 향해 뜯어 나가며, 자기의 아내도 한때는 브라우닝의 시집

---

13 요쓰바(よつば(四つ葉)). 네 잎.

을 끼고 이 운동장 언저리를 거닐다가 저렇게 목마르듯 '행복의 요쓰바'를 찾아보았으려니, 그 '행복의 요쓰바'와 함께 푸른 하늘가에 떠오르던 그의 '영웅'은 오늘 이 마당에 농립을 쓰고 앉아 토끼밥을 뜯는 사나이는 결코 아니었으려니, 이런 생각에 혼자 쓴 침을 삼켜 보는데 무엇이 궁둥이를 툭 때린다. 넓은 마당에 까르르 웃음이 건너간다. 현의 각도로 섰던 발리볼 선수 하나가 볼을 놓쳐 버렸던 것이다.

*

현은 다음날 오후에도 큰녀석을 데리고 M여전 운동장으로 왔다. 클로버는 아직도 한 댓새 더 뜯어 갈 수가 있었다. 그러나 이날이 마지막이게 이날 밤에 된서리가 와버린 것이다. 현의 아내는 마침 김장 때라 무청과 배추 우거지를 이집 저집서 모아들였다. 그러나 그것도 잠시 한철이었다. 현은 생각다 못해 한두 마리씩이라도 없애 보려 대학병원에 그리 친치도 못한 의사 한 분을 찾아가 보았다. 십여 년째 대는 사람이, 그도 요즘은 한두 마리씩 더 갖다 맡기어 걱정이라는 것이었다. 현은 대학병원에서 돌아오는 길에 어느 책사에 들렀다. 양토법에 관한 책에는 토끼의 도살법까지도 씌어 있기 때문이다. 전에 아내가 빌려온 책에서는 그만 기르는 법만 읽고 돌려보낸 것이다.

토끼를 죽이는 법, 목을 졸라 죽이는 법, 심장을 찔러 피를 뽑아 죽이는 법, 물에 담가 죽이는 법, 귀를 잡고 어느 다리를 어떻게 잡아당겨 죽이는 법, 동맥을 잘라 죽이는 법, 그리고 귀와 귀 사이의 골을 망치로 서너 번 때리면 오체를 바르르 떨다가 죽게 하는 법, 이렇게 여섯 가지나 씌어 있었다.

현은 먼지 낀 책을 도로 제자리에 꽂고 주인의 눈치를 엿보며 얼른 책사를 나와 집으로 돌아왔다.

오는 길로, 옷을 갈아입는 길로, 토끼 한 놈을 꺼내었다. 묵직하고, 포근하고, 따뜻하고, 뻐들컹거리고, 눈을 똘망거리고…… 교미기가 지난 놈들이라 새끼 때의 화학물감(化學物感) 박꽃감은 인전 아니요, 놓기는커녕 웬만침 서투르게만 붙잡아도 뻐들컹하고 튕겨져 산으로 치달을 것만 같은 '짐승'이다.

현은 단단히 앙가슴과 뒷다리를 움켜쥐고 마루로 왔다. 딸년이 방에서 나오다가 소리를 친다.

"얘들아, 아버지가 토끼 꺼냈다!"

큰녀석 작은녀석이 마저 뛰어나온다.

"왜 그류 아버지?"

"병 낫수?"

"마루에 가둬. 우리 가지구 놀게."

"이뻐서 그류, 아버지?"

딸년은 제 손에 들었던 빵쪽을 토끼의 입에다 갖다 댄다. 토끼는 수염을 쭝긋거리더니 빵쪽을 물어떼려 한다. 현은 잠자코 아까 책사에서 본 여섯 가지 방법을 생각해 낸다.

"왜 그류 아버지?"

"가 저리들."

현은 그제야 소리를 꽥 질렀다. 아내가 부엌에서 나온다. 현은 아내의 해산달이 멀지 않았음을 깨닫는다. 현은 등솔기에 오싹함을 느끼며 토끼를 다시 안고 뒤꼍으로 왔다. 아내가 따라오며 그 역, 왜 그러느냐고 묻는다.

"뭣 허러 아이처럼 따라댕겨?"

아내는 얼른 물러나지 않는다. 현은 도로 토끼를 갖다 넣고 만다. 암만 생각하여도 그 목을 졸라 쥐고, 뻐들적거리는 것을 이기느라고 같이 힘을 쓰며 뒤어쓰는 눈을 내려다보고 숨이 끊어지기를 기다리는 노릇, 현은 그 목을 졸라 죽이는 법에 자신이 생기지 못한다. 심장이 어드메쯤이라고 그 폭신한 가슴을 더듬어 송곳을 들여 박기는, 남의 주사침 맞는 것도 제대로 보지 못하는 현으로는 더욱 불가능한 일이요, 쥐처럼 덫 속에 든 것도 아닌 것을 물 속에 끌어 넣기나, 귀와 다리를 붙잡고 척추가 끊어지도록 잡아 늘쿠는 것이나, 그 어린아이처럼 따스하고 발랑거리는 목에서 동맥을 싹둑 잘라 놓는 것이나, 자꾸 돌아보는 것을 앞으로 숙여 놓고 망치로 뒤통수를 때리는 것이나, 현으로는 생각할수록 소름이 끼치고, 지금 아내의 뱃속에 들어 있는, 마치 토끼 형상으로 꼬부리고 있을 태아를 위해 이런 짓은 생각만으로도 죄를 받을 것만 같았다.

*

김장철이 지나가자 토끼먹이는 더욱 귀해서 사람도 먹기 힘든 두부와 캐비지로 대는데 하루에 일 원 사오십 전씩 나간다. 이렇게 서너 달만 먹인다면 그 담에는 토끼 오십 마리를 한목 판다 하여도 먹이 값밖에는 나올 게 없다. 서너 달 뒤에 가서는 토끼 문제뿐만 아니다. 토끼 때문에 이럭저럭 사오백 원이 부서졌고, 김장하고 장작 두 마차 들이고, 퇴직금 봉지엔 십 원짜리 서너 장이 남았을 뿐이다.

'어떻게 살 건가?'

어느 잡지사에서 단편 하나 써달란 지가 오래다. 독촉이 서너 차례나 왔다. 단돈 십 원 벌이라도 벌이라기보다, 단편 하나라도 마음 편히 앉아 구상해 보기는 다시 틀렸으니 종이만 펴놓을 수 있으면 어디서고 돌아앉아 쓰는 게 수다. 하루는 있는 장작이라 우선 사랑에 군불을 뜨뜻이 지피고, '이놈의 토끼 이야기나 써보리라' 하고 들어앉아 서두를 찾느라고 망설이는 때였다.

"여보? 어디 계슈?"

하는 아내의 찾는 소리가 난다. 내다보니 얼굴이 종잇장처럼 해쓱해진 아내는 두 손이 피투성이다.

"응!"

"물 좀 떠줘요."

"웬 피유?"

아내의 표정을 상실한 얼굴은 억지로 찡기어 웃음을 짓는다. 피투성이 두 손은 부들부들 떤다. 현의 아내는 식칼을 가지고 어떻게 잡았는지, 토끼 가죽을 두 마리나 벗겨 놓은 것이다. 현은 머리칼이 쭈뼛 솟았다.

"당신더러 누가 지금 이런 짓 허래우?"

"안 험 어떻허우? 태중은 뭐 지냈수? 어서 손 씻게 물 좀 떠나요."

하고 아내는 토끼털과 선지피가 엉킨 두 손을 쩍 벌려 내어민다. 현의 머릿속은 불현듯, 죽은 닭의 눈을 신문지로 가려 놓고야 썰던 아내의 그전 모습이 지나친다. 콧날이 찌르르 하며 눈이 어두워졌다.

피투성이의 쩍 벌린 열 손가락, 생각하면 그것은 실상 자기에게 물을 요구하는 것이 아니었다. 현은 펄썩 주저앉을 듯이 먼 산마루를 쳐다보았다. 산마루엔 구름만 허옇게 떠 있었다.

昭和 十六年 正月十一日

『돌다리』, 박문서관, 1943.12

사냥

심란한 것뿐, 무슨 이렇다할 병이 있어서도 아니요, 자기 체질에 저혈(猪血)이 맞으리라는 무슨 근거를 가져서도 아니었다. 손이 바쁘던 때는, 어서 이 잡무에서 헤어나 조용히 쓰고 싶은 것이나 쓰고 읽고 싶은 것이나 읽으리라 염불처럼 외워 왔으나 이제 막상 손을 더 대려야 댈 수가 없게 되고 보니 그것들이 잡무만은 아니었던 듯 와락 그리워지는 그 편집실이요 그 교실들이었다.

사람이 안정한다는 것은 손발이 편안해지는 데 있는 것은 아니었다. 한은 한동안 문을 닫고 손발에 틈을 주어 보았다. 미닫이 가까이 앉아 앙상한 앵두나뭇가지에 산새 내리는 것도 내다보았고 가랑잎 구르는 응달진 마당에 싸락눈 뿌리는 소리도 즐겨 보려 하였다. 그러나 하나도 마음에 안정을 가져오지 않을 뿐 아니라 점점 신경을 날카롭게, 메마르게 해주는 것만 같았다. 이번 사냥은 이런 신경을 좀 눅여 보려는 한갓 산책에 불과한 것이었다.

한은 즐거웠다. 오래간만에 학생 때[1] 친구 윤을 만나는 것도 반가웠다. 편지 한 장으로 구정을 생각하여 모든 것을 주선해 놓고 부르는 그의 우정이 감사하였다. 오래간만에 촌길을 걸을 것, 험준한 산마루를

---

1   1942년 2월 『춘추』에 발표한 「사냥」에는 '중학 때'라고 되어 있다.

달려 볼 것, 신에게서 받은 자세대로 힘차게 가지를 뻗은 정정한 나무들을 쳐다볼 수 있을 것, 나는 꿩을 떨구고, 닫는 노루와 멧도야지를 고꾸라트릴 것, 허연 눈 위에 온천처럼 용솟음쳐 흐를 피, 통나무 화톳불에 가죽째 구워 뜯을 짐승의 다리, 생각만 하여도 통쾌한 야성적인 정열이 끓어올랐다. 아무리 문화에 길들었어도 사람의 마음 한구석에는 야성에의 향수가 늘 대기하고 있는 듯하였다.

*

월정리(月井里)에서 차를 내리니 윤은 약속대로 두 포수와 함께 폼에 나와 기다리고 있었다. 윤은 한의 손을 잡고,

"그냥 만나선 어디 알겠나?"

하며 의심스럽게 쳐다보았다. 한 역시 한참 마주 들여다보지 않을 수 없었다.

"열다섯 해란 세월이 인생에겐 이렇게 긴 걸세그려!"

대합실에 나와 포수들과 지면을 하고 담배를 한 대씩 피워 물고 찻길을 건너 서북편으로, 촌길로는 꽤 넓은 길을 걷기 시작하였다. 늙은 포수는 꿩철 따위는 아예 재지도 않는다고 하였고 젊은 포수만이, 우선 저녁 찬거리라도 장만해야 한다고, 탄자를 재더니 길섶으로만 꼬리를 휘저으며 달아나는 '도무'라는 개의 뒤를 따랐다. 전에는 황무지였으나 수리조합 덕에 개간이 되어 한 십 리 들어가도록은 뫼초리[2] 한 마리 일지

---

2 '메추라기'의 함경도 방언.

않는 탄탄대로였다. 여기를 걷는 동안, 한은 윤에게서 대서업자로서 본 인생관이라고 할까 세계관이라 할까 단편적이나마 솔직하긴 한 이야기를 심심치 않게 들었다. 결국, 민중이란 어리석은 것이란 것, 이 어리석은 무리들에게 도의를 베푸는 손은 너무 먼 데 있는데 그렇지 않은 손들은 그들의 주위에 너무 가까이, 너무 많이 있다는 것이다.

그래 그들은 행복하기가 쉽지 못하다는 것이다. 학창을 처음 나와서는 그들을 위해 의분도 느꼈었으나 자기 하나의 의분쯤은 이른바 홍로점설(紅爐點雪)[3]에 불과하였고, 그런 모리배들만의 촌읍 사회에 끼어 일이 년 생계를 세우는 동안, 어느 틈엔지 현실에 영리해졌다는 것이요, 그 덕에 오늘에 이르런 사무실 문을 닫고 이렇게 삼사 일씩 나와 놀아도 집에선 조석 걱정은 않게끔 되었노라 실토하였다. 그리고 읍 사람들은 너무 겉약고 촌사람들은 너무 무지몽매하다는 것을 몇 번이나 한탄하였다.

차츰 엷게 눈이 깔린 산기슭이 가까워졌다. 동네를 하나 지나서부터는 논 대신 밭들이 나오며 길도 촌맛이 나기 시작했다. 꼬리가 점점 긴장해지던 도무란 놈이 그루만 남은 콩밭으로 뛰어들었다. 사람 눈에는 아무것도 보이지 않는데 개는 코를 땅에 붙이고 썰썰 맴을 돌면서 내음을 해나간다. 젊은 포수는 총을 바로 잡고 바짝 따라 선다. 일행은 길위에 서서들 바라보았다. 불과 오륙십 보 안에서다. 아무것도 보이지 않던 밭고랑에서 푸드득 하더니 수염랑 같은 장끼 한 마리가 뜬다. 날개도 제대로 펴기 전에 총부리에서 흰 연기가 찍 뻗더니 탕 소리와 함

---

3 빨갛게 달아오른 화로 위에 한 송이의 눈을 뿌리면 순식간에 녹아 없어지는 데에서, 도를 깨달아 의혹이 일시에 없어짐을 비유적으로 이르는 말.

께 꿩은 그 순간 물체가 되어 밭둑에 툭 떨어지는 것이었다. 한은 꿩을 주으러 뛰어갔으나 개가 먼저 와 물었다. 한이 달래 보았으니 개는 쏜살같이 저의 주인에게로 달아났다. 주인이 꿩을 받으니 개는 주인의 다리에 제 등허리를 문대며 끙끙대며 기고 뛰고 하였다. 주인에게 충실하기만 한 것이 아니라 제 공을 되도록 크게 알리려는 공리욕도 개의 강렬한 근성인 듯하였다.

꿩은 죽지 밑에 피가 좀 배어 나왔을 뿐, 그림같이 고요해 있었다. 푸드득푸드득 공간을 파도를 치듯 하며 세차게 날던 것, 어느 불꽃이, 어느 솟는 샘이 그처럼 싱싱한 생명이었으랴만 탕 소리 한번 순간에 이처럼 모든 게 정지해 버린다는 건, 분수없이 허무한 것이었다. 아무튼 사냥 기분은 이 장끼 한 마리에서부터 호화스러워지는 것 같았다.

장산들은 아직도 아득하더니 여기서도 시오 리나 들어가서야 이들의 근거지가 될 동네가 나타났다. 이발소가 있고 여인숙이 있고 주재소까지 있는 꽤 큰 거리였다. 뜨뜻한 갈자리[4] 방에 간소한 여장들을 끄르고 우선 꿩을 뜯고 국수를 누르게 하였다. 한은 시장했기도 했지만 한 산기슭에서 자란 때문일까 꿩과 모밀이 그처럼 제격인 것은 처음 맛보았다.

점심을 치르고 나니 해는 어느덧 산머리에 노루 꼬리만큼 밖엔 남지 않았다. 여기서도 오 리는 올라가야 해마다 해보아 몰이에 익숙한 사람들이 있는 산마을이 있고 그 마을 뒷등부터가 곧 노루며 멧도야지며

---

[4]　갈대를 엮어 만든 자리.

때로는 곰까지도 나오는 목이 산갈피마다 무수히 있어, 대엿새 동안은 날마다 새 골짜기를 털어 볼 수 있다는 큰 사냥터라는 것이었다.

몰이꾼을 마쿼려[5] 늙은 포수만이 윗마을로 올라가고 한과 윤과 젊은 포수는 거리에 남았다. 꿩은 해가 질 무렵에도 내리는 것이라고 이들은 다시 꿩 사냥을 나섰다. 과연 도무는 낮에보다는 꿩을 흔하게 퉁기었다. 총은 한 마리나 혹은 두 마리인 경우에는 으레 하나씩은 떨구었다. 그러나 십여 마리씩 떼로 몰린 데서는 개와 총이 사정(射程) 안에 들어서기 전에 어느 한 놈이고 먼저 날았고, 한 놈만 날면 우르르 따라 날아 버렸다. 어둑스레해서 거리로 들어설 때는 눈발이 부실부실 날리었다. 기름진 까투리며 장끼며 다섯 마리나 차고 들고 신등에 눈을 털며 남폿불 빠안한 촌방에 들어서는 정취엔 한은 도회에 남기고 온 몇 친구가 그리웠다. 발을 씻고 불돌을 제쳐 놓고 싸리나무 불에 말리고, 꿩을 볶아 저녁을 먹고, 주인집 젊은이를 불러내어 국수내기 화투를 치고, 자정이나 되어 이가 저린 동치밋국에 꿩과 모밀의 그 깔끄럽고도 미끄러운 밤참을 먹고, 밤국수 먹으러, 혹은 밤낚시질 다니다가, 혹은 딴동네 처녀에게 반해 다니다가 도깨비한테 홀리던 이야기로 두 시가 넘어서야 잠들이 들었다.[6]

눈들이 부성한 이튿날 아침은 술 먹은 뒤처럼 머리가 터분하고 속이 쓰렸다. 한은 그것이 도리어 심리적으로는 구수하였다. 꿩 한 자웅에 사 원이 넘는다는 말을 들으니 더욱, 진작 이런 촌에 와 밭날갈이나 장

---

5 마쿼다. 맞추다. 시킬 일을 약속하여 부탁하다.
6 원작에는 이 부분이 다음과 같이 서술되어 있다.
   '딴 동네 처녀에게 미쳐 다니다가 겪은 도까비 이야기로 두 시가 넘어서야 잠들이 들었다.'

만하고 총 허가나 맡았더면, 하는 후회도 났다.

자연 늦은 조반이 되었다. 눈은 겨우 발자국 나리만치 깔리었고 바람은 잔잔하여 사냥하기에는 받은 날씨라 하였다.

열 시나 되어 윗마을에 닿았다. 카랑카랑한 늙은 포수는 몰이꾼을 넷이나 데리고 일곱 시서부터 길에 나와 섰노라고 성이 나 있었다.

이내 산으로 들어섰다. 몰이꾼들은 듬성듬성 새를 두어 산기슭, 산 낮은 허리, 중허리, 상허리에 늘어서고 포수들과 윤과 한은 산등을 타고 넘어 두 골짜기만에 가 목을 잡되, 가장 긴요한 목에 늙은 포수가 앉고 다음 목에 젊은 포수가 앉고, 잘못되어 처지면 이리도 짐승이 빠질는지도 모른다는 목에 윤과 한이 섰기로 하였다. 이들은, 만일에 짐승이 오는 눈치면 소리를 질러 다른 목으로 에워만 놓으라는 것이었다.

거의 한 시간이 걸려서야 뚜뚜 소리들이 들려 왔다. 아래위로 맞받으면서 가닥나무를 뚜드리면서 산을 싸고 넘어왔다. 산비둘기가 몇 마리 날았을 뿐, 짐승은 나타나지 않았다. 포수들은 이번엔 다음 산의 자차분한 솔밭 속으로 들어서며 자귀[7]를 해나가기 시작하였다. 늙은 포수는 이내 꽤 큰 노루의 발자국을 찾아내었다. 자국난 데 눈을 만져 보더니 이날 아침에 지나간 것이 틀리지 않다 하였다. 한 등성이를 넘었을 때다. 갑자기 도무의 이악스럽게[8] 짖는 소리가 났다. 늙은 포수가 아뿔싸! 하며 혀를 찼다. 개가 너무 멀리 앞질러 가 퉁긴 것이었다. 송아지 같은데 목과 다리만 날씬한 것이 벌써 꺼불거리고 다음 산비탈을 뛰고 있었다. 늙은 포수는 큰 사냥터에 꿩 사냥개를 데리고 왔다고 찡

---

7 짐승의 발자국.
8 이악하다. 달라붙는 기세가 굳세고 끈덕지다.

찡거렸다. 개는 임자가 불러도 자꾸 짐승만 다우쳤다.

"저 노룬 오늘 백 리도 더 갈 거요."

포수들은 그 노루는 단념하고 다른 데 몰이를 붙였다. 또 허탕이었다. 그 다음 산마루에서 불을 해놓고 점심들을 먹을 때다. 한은 배는 아직 든든하나 다리가 아팠다. 담배를 한 대 피워 물고 꽤 높은 고개의 분수령에 앉아 멀리는 첩첩한 산등성이를 내어다보는 맛과 가까이는 아람찬[9] 참나무들의 드센 가지들을 쳐다보는 것만도 통쾌하였다.

몰이꾼들은 베보자기를 끌러 놓고 싯누런 조밥덩이들을 김치쪽에 버무려 우적우적 탐스럽게 먹었다. 그 숫된 사나이들과 화톳불에 둘러앉아 인생의 한때를 쉬어 보는 것도 즐거운 일이었다. 그들의 빈 보자기들이 다시 그들의 꽁무니에 채워지고 곰방대들을 꺼내 물 때다. 포수 하나가 무어라고인지 소리를 꽥 질렀다. 몰이꾼의 하나가 총을 집어들고 만적거린 것이었다.

"그 사람이 총 묘릴 몰라서요?"

"알구 모르구."

"그 사람이 노룰 다 쐈는걸요."

"노루를 쏘다니?"

하는데, 침이 지르르한 두터운 입술이 벌죽거리며 얼굴이 시뻘개진 당자가 불 앞으로 왔다. 혼솔[10]이 희끗희끗 닳았으나 곤색 양복 조끼를 저고리 위에 입은 것이나 챙이 꺾이었으나 도리우치[11]를 쓴 것이나 지

---

9 두 팔을 벌려 껴안은 둘레의 길이에 가득하다.
10 홈질로 꿰맨 옷의 솔기.
11 사냥모자의 일본말.

까다비를 신은 것이나 몰이꾼 패에서는 이채였다. 그러면서도 얼굴만은 어느 쪽에서 보든지 두리두리한 것이, 흰자위 많은 눈이 공연히 실룽거리는 것이라든지 기중 어리석해 보이는 사람이었다.

"아, 자네가 언제 총을 놔봤나?"

늙은 포수가 물었다.

"왜 난 쏘믄 총알이 안 나간답듸까?"

우쭐렁한 대답이었다.[12]

"이런 젠장 누가 총알이 안 나간댔어! 언제 놔봤느냈지?"

그는 아이처럼 흐하하 웃었다. 그리고 대뜸 신이 났다.

"사람 쏠 번하던 얘기 할가유?"

"어듸 들어 보세."

"아! 하마틈 맹꽁이쉴 차는 걸……."

"요 아래 참나뭇굴서 그랬대지?"

"그럼유! 아, 꿩만 보구 냅다 쏘구 났더니 바루 그쪽에 숯 굽는 패가 둘이나 섰는 걸 금세 보군 깜박 야저먹었지? 가만 보니까 사람이 둘이 다 간 데가 없군요! 맞었음 쓰러졌지 별수 있겠나유? 집으루 삼십륙겔 부를랴는데 아, 한 녀석이 도낄 잔득 들구 성큼성큼 내려오지 않갓나유? 그땐 다리가 떨려 뗄 수두 없구…… 예끼 정칠 이왕 저눔 도끼에 죽느니 총으루 한 방 먼저 갈겨나 본다구 총을 바짝 쳐들었죠. 저눔이 소릴 지를 것만 같아서 겨냥을 할 수가 있어야쥬. 그냥 어림만 대구 잔뜩 들구서 가까이만 오길 기다렸쥬. 아, 수염이 시커머뭉투룩헌 여간 감

때가 아니쥬! 저만큼 오길래 방아쇨 지끈 당겼죠. 아, 귀에선 앵 소리가 났는데 총이 굴르지두 않구 연기두 안 나가구 저눔은 그냥 털레털레 벌써 앞으루 다 왔갔나유! 탄잘 얼결에 재지두 않구 방아쇠만 댕겼으니 나가긴 뭬 나가유! 아, 인전 이눔 도끼에 대가릴 찍히구 마는구나! 허구 앞이 캄캄해지는데 얼른 정신을 채려 보니까 그잔 벌서 쇠고삐 한기장은 지나서 나려가구 있지 않갓나유? 보니까 한 손엔 숫돌을 들구 개울루 도낄 갈러 가는 걸 모루구…… 흐하하…….”

한바탕 산마루에 웃음판이 벌어졌다.

“아니 총은 웬 총인데?”

그의 사촌이 한때 면장으로 총을 가지고 있었다는 것이었다. 그는 아직도 너머 동리에서 볏백이나 거둬들이고 산다는 것이었다.

*

이날은 오후 참에도 결국 탕 소리를 못 내어 보고 내려오고 말았다. 다음날도 노루 한 마리와 도야지 한 마리를 퉁기고도 몰이꾼들이 몰린 덴 너무 몰리고 뜬 데는 너무 떠 어느 한 마리도 총 목에 몰아넣지 못하고 말았다.

사흘째 되는 날은, 윤이 아침결에 나가더니 꿩을 두 마리나 쏘아 와, 한은 기운도 지치고 하여 점심에 국수나 눌러 먹는다는 핑계로 혼자 거리에 떨어지고 말았다.

저녁상이 나오도록 사냥꾼들은 돌아오지 않았다. 상을 물리고 거리 길에 나서 어정거리는 때였다. 쿵 소리가 시커먼 병풍처럼 둘린 뒷산 어느 갈피에서 울려 나왔다. 연이어 또 한 방 쿵 울리었다. 한은 궁금했으나 기다리는 수밖에 없었다. 포수들은 그 후 두 시간이나 뒤에 나타났다. 황소만한 멧도야지를 잡았다는 것이다. 참나무를 베어 그 위에 얹어 싣고 끄노라니 제대로 내려올 리가 없었다. 옆으로 굴러 한번 도랑에만 떨구면 여간해 끌어올릴 수가 없었다. 겨우 윗동네 앞까지 와서는 몰이꾼들도 허기가 져 모두 흩어졌다는 것이다. 윤은, 한더러, 오늘 밤 안으로는 피가 식지 않을 것이니 올라가자 하였으나 한은 저녁 먹은 것도 그저 뭉쿨한 채요, 어둡고 춥기도 하였고, 또 꼭 저혈을 먹기 위해 온 소위 피꾼도 아니요, 포수의 말에 의하면 식은 피라도 중탕을 하여 데우면 조금도 다를 것이 없다 하므로 이튿날 식전에들 올라가기로 한 것이다.

세수들만 하고 해돋이에 윗마을로 올라왔다. 동네 사람들은 벌써 허옇게 나와 둘러싸고 있었다. 그 속에서 몰이꾼 하나가 불거져 뛰어오더니,

"뭔지 변이 생겼읍니다."

했다.

"무슨?"

"어떤 눔이 밤에 와 밸 온통 갈러 필 죄 쏟아 놓구 열[13]은 떼두 못 가구 텃드려만 놓구 살두 여러 근이나 떼갔군요!"

가보니 정말 그대로였다. 빛깔이나 털의 거침부터 짐승이라기보다 여러 백 년 된 고목의 한 토막 같은 게 쓰러졌다. 도적은 그 배만 가르지 않고 뒷다리 살을 썩둑썩둑 베어 갔다. 그것을 총질한 늙은 포수는

---

13 쓸개.

입술이 파래졌다.

"이건 이 동네 사람 짓이 틀림없죠."

하더니 구장 집을 물었다.

"구장은 찾어 어떻게 허시료?"

"가만들 게슈. 내게 맡기슈."

늙은 포수는 구장을 시켜 동네 젊은 사람들을 모조리 구장네 사랑으로 모이게 하였다. 모두 칠팔 인밖에 안 되는데 그중에 네 사람은 이들의 몰이꾼들로, 그 도끼 갈러 내려가는 숯쟁이를 총으로 쏘았다는 곤색 양복 조끼짜리도 물론 끼어 있었다. 이간방에 쭈욱 둘러 좌정이 되기를 기다려 늙은 포수는, 한편 어금니는 빠졌으나 말은 야무지게 입을 열었다.

"이게 한 사람의 짓이지 두 사람의 짓두 아닌 걸 가지구 이렇게 동네여러 분네를 오시란 건 미안헌 줄두 모르지 않쇠다만, 사세부득 이쯤된 게니 잠깐만 용서들 허슈…… 내 방법이란 한 가지밖엔 없쇠다. 쥐인장 물을 뒤 대야만 뜨끈허게 데워 내오슈…… 고기에 탐내 그랬겠수 쓸개에 탐이 났지만 어둬서 쓸개는 텃드리기만 해놓구 왔던 김이니 고기두 떼간 게지…… 아무튼 그 고길 오늘 아침에 삶어 놓구 뜯어 먹구 왔을 게요. 뱃속을 보선목이니 뒤집어 보잘 순 없는 게구…… 뜨건 물에 손을 당거 봄 고기 주므른 사람 손이면 뜨는 게 있습넨다……."

좌중이 일시에 눈들이 서로 손으로 갔다. 모두 둘씩은 가진 손이었다. 모두 울툭불툭 마디들이 험한 손이었다. 선한 일이고 악한 일이고 시키는 대로 할 뿐인, 죄 없는 손들이었다. 더구나 꾀로 살지 않고 힘으로[14] 살기에, 도회지 사람들의 발보다도 더 험해진 그 순박한 손들에게 이런 야박스런 모욕이란 생후 처음들일 것이었다. 한은 한편이긴 하나 늙은 포수가 오히려 얄미웠다. 이 자리에 한 손도 그 죄의 기름이 뜨는 손은 없기를 바랐다. 그러나 데운 물그릇이 나오기 전에 여러 사람의 시선을 혼자 쪼이는 손이 있었다. 곤색 양복 조끼의 손이었다. 깍지도 껴보고, 무릎 밑에 깔아도 보고, 허리춤을 긁적거려도 보고 나중엔 완전히 떨리어 곰방대를 내어 담배를 담았다. 눈치빠른 늙은 포수는 얼른 끼고 앉았던 화로를 내밀었다. 담뱃불을 붙이느라고 길게 뺀 고개가 어딘지 어색할 뿐 아니라 불에 갖다 대는 대통이 덜덜 떨리었다. 늙은 포수는 버럭 소리를 질렀다.

"저 사람이 담밸 부쳐 뭘 부쳐?"

양복 조끼는 그만 입에서 놓쳐 버린 곰방대를 화로에서 집노라고 쩔쩔매었다. 늙은 포수는 옴팡한 눈으로 그를 할퀴듯 쏘아보았다. 그만 양복 조끼의 얼굴은 화로보다도 더 이글거렸다. 늙은 포수는 문을 열어 젖히며 안으로 소리를 쳤다.

"쥐인장? 물 데 내올 것두 없쇠다."

그리고,

"한 사람만 남구 죄 없는 분들은 하나씩 일어나 나가슈."
하였다. 끝내 못 일어서기는커녕, 고개도 못 들고 남아 있는 것이 이 양복 조끼였다. 늙은 포수는 어느새 철썩 그의 귀때기를 갈겼다.

결국 구장이 나와, 자기 동리에서 생긴 불상사를 사과하였고, 이쪽의 처분을 기다리노라 하였다. 늙은 포수에게서는 이내 계산이[15] 나왔다.

---

14 원작에는 '일로'라 되어 있다.
15 원작에는 '타산이'라고 되어 있다.

"피가 그 돼지헌테서 다섯 사발만 나왔겠오? 소불하 다섯 사발 치구두 오십 원허구, 쓸개가 어제 저 사람 제 입으루두 사십 원짜린 염려없을 게라구 그랬소. 사십 원허구, 뒷다릴 함부루 썰어 놨으니 가죽이 못쓰게 되잖었오? 가죽값 십 원만 허구, 백 원만 물어 노슈. 오늘 이 지경 됐으니 사냥헐 맛 있게 됏소? 오늘 하루두 우린 손해요."

"참, 손해가 많으시군요! 허나 이 사람이야 단돈 십 원을 해낼 주제가 어듸 되나요. 요 너머 이 사람 사춘이 한 분 게시니 내 넘어가 의논허구 과히 어굴치 않두록 마련하오리다. 아무튼 주재소에만 알리지 말구 내려가 기달려 주시기요."

늙은 포수는 주재소 말이 저쪽에서 나온 김이라, 오후 세 시까지 기다려서 소식이 없을 때는 주재소에 고소를 한다고 하였고,

"저따위 덜된 자석은 몇 해 감악소 밥을 멕여야 사람 구실을 헐 거요." 하고 을러메었다.

아무튼 도야지를 각을 떠 석 점이나 지워 가지고 거리로 내려왔다. 식전에 십 리 길을 걸은 속이라 모두 시장했으나 한 사람도 고기맛이 있을 리 없었다. 뒷일은 늙은 포수에게 맡기고 한과 윤은 젊은 포수를 데리고 꿩사냥을 나갔다가 어스름해서야 돌아와 보니, 일은 더욱 상서롭지 못하게 번져 있었다. 양복 조끼의 사춘형이 돈 삼십 원을 주며, 이 돈만으로는 포수가 들을 리가 없으니 또 주재소에서도 소문으로라도 벌써 모르고 있을 리 없을 것이니, 주재소로 가서 때리는 대로 맞고, 그저 죽을 때라 잘못했노라 하고, 이 돈 삼십 원밖엔 해놓을 수가 없으니, 이 돈으로 무사하게 처분해 달라고 빌라고 일러 보냈는데 돈 삼십 원을 넣은 양복 조끼는 주재소로도 포수에게로도 나타나지 않았다. 밤이 이

슝해서는 그가 월정리역에서 어디로 가는 것인지 차표 사는 것을 보았다는 소문까지 퍼지었다.

　사냥은 이렇게 마치고 말았다.

*

　차가 창동을 지나니 자리가 수선해지는 바람에 한은 깜박 들었던 잠을 깨었다. 집이 있는 서울이 가까워 온다. 그러나 한은 조금도 반갑지 않았다. 그는 생각하였다. 단돈 삼십 원으로도 달아날 수 있는 그 양복 조끼에게는 세상이 얼마나 넓으랴! 싶었다.

『돌다리』, 박문서관, 1943.12

석양

매헌(梅軒)은 벼르던 경주(慶州) 구경을 하필 삼복지경에 나서게 되었다. 가을에 동행하자는 친구도 더러 있었으나 가을은 좋으나 친구까지는 그다지 기다리고 싶지 않았다.

성미가 워낙 아무나 더불어 쉽게 투합되지 않았다. 아무리 허물없는 친구라도 그는 혼자만치 편치 못했다. 여럿이 와자하며 천 리를 가기보다 홀로 백 리를 가는 것이 더 멀리 가는 맛이기도 했다. 그래 그는 틈이 난 김에 복더위를 그다지 꺼리지 않고 나서 버리었다.

부여(夫餘)가 백제(百濟)의 고도(古都)이듯, 경주는 신라(新羅)의 고도라는 것밖에는, 그는 경주에 대한 별로 지식을 준비하지 못하였다. 뷰로[1]에 가 차표를 사면서도 경주 안내 같은 것 한 장 청하지 않았다. 신을 가벼운 것으로 바꾸어 신고 하이킹 단장을 짚었을 뿐, 가방 하나도 들지 않았다. 어디 못 가본 데를 새로 구경 간다는 것보다는 한때나마 번루(煩累)를 떠나 본다는, 최소한도의 단순을 생활해 본다는, 또는 고독에 환원해 본다는, 그런 정취에 더 쏠리는 편이라, 살림을 그냥 가방에 꾸역꾸역 넣어 들고 나설 필요가 무엇인가 싶었다. 그리고 경주를 다녀왔다면 으레 몇 군데서 기행문을 조를 것이나, 원고지도 한 장 넣지

---

1 뷰로(bureau). 사무소.

않았다. 그는 정신을 차리고 보기보다 정신을 늦추고 쉬고 싶었다. 그는 그만치 벌써 갖가지로 피로했는지도 모른다. 그저 주머니에 돈 한 가지만 과히 부족되지 않게 넣은 것으로 든든하였다.

남북이 그냥 여름의 한중간이라 차는 달리어도 봄새²나 가을처럼 철 다툼 한 군데 보이지 않는다. 게다가 여러 번 지나 본 경부선이라 차창은 별로 매력이 없이 저물어 버렸다. 대구서 갈아탈 때는 아직도 어두웠고 두어 역 지나서부터야 창 밖은 낯선 풍경을 드러내 주었다. 같은 푸른 벌판이나 이슬 빛이 찬란해 아침다웠다. 반야월(半夜月)이란, 시흥을 돋우는 역명(驛名)도 지나갔고 김이 피어오르는 강가엔 농부보다도 부지런한 어부의 낚대 드리운 모양도 시골맛이었다. 볕이 차츰 따가워 창장을 내려 버릴까 할 즈음에 경주에 닿은 것이다.

조선집의 윤곽인 정거장을 나서니 바른편에 석탑이 한자리 섰다. 벌써 뜨겁기 시작한 해는 결코 동쪽 같지 않은 데서 쏘아 온다. 이모저모 부서지고 갈라지고 한 탑은 돌이 아니라 몇만 년 전 지층(地層)에서 나온 무슨 동물의 사등이뼈같이 누르퉁퉁하다. 산이 삥삥 둘리었는데 자차분하게 깔리다 만 시가는 경주가 아니라 경주의 부스러기란 느낌이었다.

매헌은 지팡이를 얼마 끌지 않아 납다데한 여관으로 들어섰다. 방은 차지할 것도 없이 툇마루에 앉아 조반을 치르고, 담배를 한 대 피우고는 박물관(博物館)으로 찾아왔다.

조금만 더 넓었으면 거닐기 좋은, 운치 있는 정원이다. 대개 파편들이나 석물(石物)들이 정을 끈다. 정거장 앞에서 본 탑과는 빛이 주는 인

---

2 봄철이 지나는 동안.

상이 전혀 달라, 도자기(陶磁器) 중에도 이조(李朝) 것처럼 생활이 그냥 풍겨 나왔다. 잎이 무성한 모과나무 밑에 서서 석등(石燈)이 결코 지난 시대의 유물 같지 않았고, 그 뒤뚝거리는 신라의 토기(土器)들과는 달리, 중후한 곡선으로 조각된 우물 돌들은, 이날 아침에도 붉은 손들이 그 옆에서 쌀을 씻고 나물을 헤운 듯 손때조차 알른거리는 것이다.

진열실에 들어가서는, 왕관이라야 기이할 뿐이고, 그가 감격한 것은 봉덕사(奉德寺) 종에서다. 물러설수록 웅대하였고 가까이 볼수록 수없이 엉킨 섬세였다. 웅대와 섬세가 완전히 합일된 것으로, 그는 문학상의 최대작『전쟁과 평화』를 읽고 났을 때의 감격을 이 종 앞에서 다시 한번 맛보는 것 같았다. 그러나 이 종에서는, 공이를 끌러 한 번 때려 본다면 웅장한 소리보다는 슬픈 음향이, 그 자신이 지닌 전설보다도 오히려 슬픈 음향이 우러날 것 같았다.

거리로 나선 그는 목이 말랐다. 그러나 빙숫집보다는 고완품점(古翫品店)이 먼저 눈에 띄었다. 신라 토기에는 그다지 애착이 없으면서도 그의 호고벽(好古癖)은 이런 집 앞을 그냥 지나지 못했다. 와전(瓦塼)이 쌓이고 와당(瓦當)이 쌓이고 토기가 늘어 놓이고, 그리고 여기 고적의 틀에 넣은 사진, 그림엽서들이었다. 와전이나 와당은 볼 만한 것이 없었다. 토기에는 서울서는 보기 드문, 단순한 음각(陰刻)으로도 꽤 변화를 일으킨 것이 몇 가지 눈에 뜨인다. 이것도 사들고 다니고 싶지 않으나 공연히 버릇처럼 골라 보는데 가게 안이 숨이 가쁘게 무덥다. 지지미 샤쓰 바람으로 옆에 와 섰는 소년에게 물을 한 그릇 청했다. 소년은 이내 안으로 들어갔다. 그러나 물그릇을 쟁반에 받쳐 들고 나타나는 것은 소년이 아니라 웬 소녀다. 미목이 청수한 데 매헌은 놀랐다. 맑으면서도 가느스름한 눈매와 두볼진 볼록한 턱이 고요하고 듬직한 인상을 준다.

"물이 꽤 차군!"

"우물에서 새로 떴어요."

의젓한 말소리를 듣고 보니 가슴서껀 키서껀 소녀는 아니다. 흰 바탕에 초록 나뭇잎이 듬성듬성 찍힌 수수한 원피스로 위아래가 설명하니 드러났다. 볕에 약간 그을기는 했으나 알맞추 부른 팔과 다리엔 잠깐 본 동작이나 꽤 세련된 '도회'가 풍기는 처녀다. 매헌은 반가웠다. 딸의 동무래도 좋을 나이지만 도회 사람에겐 도회적인 것만으로도 고향 사람처럼 반가운 듯했다. 아마 어느 전문학교에 가 공부하다 방학에 와 있나 보다 했다.

매헌은 거의 다 마신 물대접을 놓고 다시 주무르던, 주전자도 아니요 항아리도 아닌 토기를 들고 먼지를 불었다.

"더 좀 이상허게 된 건 없나 원!"

"이상헌 거요?"

"좀 재밋게 되구⋯⋯."

"이상허구 재밋게 되구⋯⋯ 평범허더라두 오래 둬두 애착이 변허지 않을 걸 고르시는 게 좋지 않어요?"

매헌은 입이 얼어 처녀의 얼굴부터 다시 쳐다보았다. 너무나 그의 말엔 훌륭한 함축이 있다. 오래 두고 보아도 애착이 변하지 않을 평범이란 그 처녀 자신의 얼굴을 가리키기도 함인 듯, 그냥 담담할 뿐인 표정인데 무한 애착이 간다.

"어떤 게 그런 걸가? 하나 골라 주시오."

처녀는 사양치 않고 두어 군데 손을 망설이다가 이조기라면 제기(祭器)

라고 할, 높은 굽 위에 연잎처럼 널따랗게 펼쳐진 하나를 집어내었다.

"딴은 실과라도 담어 놓으면 훌륭헌 정물 그릇이 되겠군!"

"빈 대루 놓구 봄 더 정물이죠."

처녀는 역시 간단히 해버리는 말인데 깊이가 있다. 고완품을 다루는 집 딸이기로 다 이럴 수야 있으랴 하고 처녀의 교양에 감탄하면서 매헌은 얼른 돈을 치르기가 아까워졌다. 좀 더 그의 교양과 지껄여 보고 싶었다. 그러나 앉을 자리도 없고 무엇보다 무더워서, 여기 어느 여관이 나으냐고 묻고는 나와 버리었다.

그 처녀에게 들은 여관을 찾아 점심을 먹고, 다시 나서 첨성대(瞻星臺)와 석빙고(石氷庫)를 보고, 반월성(半月城) 등성이를 걸어 계림(鷄林)을 지나 문천(蚊川)을 끼고 오릉(五陵)으로 향하였다.

꽤 늘어지게 걷는 길이었다. 언양가도(彦陽街道)에 나서서야 다리 건너로 옛 능원다운 울창한 송림이 바라보인다.

표식이 선 좁은 길은 어둡도록 소나무에 덮여 있었다. 천천히 걸어 땀이 들 만해서다. 소나무들이 좌우로 물러서며 아늑한 공지가 트이는데 봉분이라기보다 기름기름한 잔디의 산이 부드러운 모필로 그은 듯한 곡선으로 허공을 향해 붕긋붕긋 올려 솟는 것이다. 신라의 시조 박혁거세(朴赫居世)를 비롯해 다섯 능이 한자리에 모여 있음이었다. 바라볼수록 그야말로 초현실적인 기이한 풍경이다. 가까이 이를수록 담이 가리어 발돋움을 하나 시원히 바라보이지 않는다. 긴 담을 끼고 나가 보았다. 문이 잠겨 있었다. 할 수 없이 정문을 지나 겨우 봉분의 상반 윤곽만이 엿보이는 대로 계속해 담을 끼고 돌았다. 대소가 다르고 고저가 다른 다섯 봉분의 곡선은 보는 각도마다에서 얼마씩 다른 리듬과

하모니를 일으켰다. 거의 한 바퀴가 끝날 즈음에서다. 지형이 약간 도독해 있어 발돋움을 하기에는 가장 편리한 곳이었다. 매헌은 단장에 힘을 주고 발뒤축을 최고한도로 솟구어 능 안을 엿보았다. 그러나 시원치 않고 오래 견딜 수도 없다. 그만 수건을 내어 땀을 씻는데 문득 공중에서,

"이리 올라와 보세요."

하는 소리가 난다. 놀라 돌려 쳐다보니, 꽤 높은 소나무 중턱에서다. 매헌은 머리가 쭈뼛하였다.

"올라오세요. 여기서가 제일 좋게 봬요."

매헌은 말소리를 인식하자 순간 반갑기도 했다. 그러나 주위가 너무 호젓한 데라 무슨 착각이나 아닌가 싶어 얼른 움직이지 못했다. 땅도 아니요 몇 길이나 될 높은 나무 위에서 내려다보는 처녀는, 분명, 처음부터 이상한 매력을 풍기던 그 고완품점의 처녀였다.

"웬일이오?"

"전 늘 와요."

"그 높은 델 어떻게 올라갔소?"

"올라오세요. 전 웃가지로 더 올라갈 수 있어요."

나무 밑에는 그의 푸른 파라솔과 흰 헝겊 구두가 두 짝 다 쓰러진 채 놓여 있었다. 매헌은 나무 밑으로 왔다. 쓰러진 처녀의 구두를 집어 바로 세워 놓아 주었다. 신 바닥에는 엷게나마 땀자리가 또렷이 배어 있었다. 그는 한결 마음에서 괴이감(怪異感)을 떨어 버리며 벗어 들었던 웃저고리는 낮은 가지에 걸드리고³ 구두를 벗고 처녀가 시키는 대로 엉금엉금 나무를 탔다. 처녀는 앉았던 가지에서 일어나 더 윗가지로 올

라갔다.

"떨어지리다! 난 이만치서두 좋으니 그냥 앉어 있어요."

"괜찮어요. 더 올라오서요. 더 올라오세야 더 좋은 걸 보세요."

결국 처녀가 앉었던 자리까지 올라왔다.

"아! 여기선 봉분들의 조화가 더…….."

"더 뭐야요? 형용해 보세요."

쳐다보니 처녀의 다리가, 발로는 거의 자기 머리를 밟을 만치 가까이 드리워 있었다.

"형용이요?"

"퍽 니힐허지 않어요?"

"니힐!"

오릉의 아름다움은 이 처녀가 발견한 이 소나무의 중턱에서가 가장 효과적인 포즈일 것 같았다. 볼수록 그윽함에 사무치게 한다. 능이라기엔 너무나 소박한 그냥 흙의 모음이다. 무덤이라기엔 선에 너무나 애착이 간다. 무지개가 솟듯 땅에서 일어 땅으로 가 잠긴 선들이면서 무궁한 공간으로 흘러간 맛이다. 매미 소리가 오되 고요하다. 고요히 바라보면 울어야 할지, 탄식해야 할지 그냥 나중엔 멍해지고 만다. 처녀의 말대로 니힐을 형용사로 쓰는 수밖에 없을 것이다.

"여기 능들이 모다 이렇소?"

"괘능(掛陵) 무열왕능(武烈王陵) 다 가봐두 이런 맛은 여기뿐인가 봐요."

"그래 여기 가끔 오시요?"

---

3   걸드리다. 걸처 놓다.

"네, 전 경주서 여기가 젤 좋아요. 어제도 왔더랬어요."

"혼자 무섭지 않소?"

"무서운 맛이 아주 없음 무슨 맛이게요."

쳐다보려야 처녀의 얼굴은 보이지 않는다. 숙성하다고 할까, 교양이 치우쳤다고 할까 그의 정신은 그의 몸에 지나친 데가 있는 것 같았다.

"경주가 고향이오?"

"경주 온 지 몇 해 안 돼요."

"경성이더랬소?"

"……."

매헌은 군이 캐어 묻기도 안 되어 화제를 돌리었다.

"그렇지만 당신 같은 젊은 여성이 뭣 허러 이런 옛 능에나 자주 와 니힐을 즐기시오?"

처녀에게서는 이번에도 대답이 내려오지 않는다.

"혼자 조용히 쉬는 델 내가 와 떠들어 미안허우."

"저 아깐 책 보드랬어요."

"책이오?"

"네."

매헌은 담배를 피워 물었다. 얼마 뒤부터 위에서는 책장 넘기는 소리가 났다. 매헌은 경주에 잘 왔다 싶었다. 오릉의 신비한 곡선들은 사람에게 신비한 안식을 준다.

해는 첫 봉분 위에 그늘이 들기 시작했다. 매미 소리도 이런 데서 듣는 것은 더욱 유장하다.

어느덧 담배를 세 대나 피우고 나니 능 안은 그늘에 덮여 버린다.

"많이 쉬셋어요?"

위에서 처녀가 정적을 깨뜨렸다.

"잘 쉤소! 여기서 당신을 못 만나드면 오능을 헷 보고 갈 번했구려!"

"전 인전 오금이 아퍼졌어요."

매헌도 일어나 나무를 내려왔다. 내려와서 다시 놀란 것은 그 처녀가 들고 내려오는 책이었다. 바로 지난봄에 낸 자기의 수필집이다. 반가운 한편 무안스러웠다. 이런 니힐을 말하는 교양으로 본다면 비웃음을 면치 못할 초기의 감상문들이 꽤 여러 편 실렸기 때문이다.

"요 앞에 냇물이 퍽 맑답니다."

"같이 걸어도 괜찮소?"

"오세요. 인전 포석정(鮑石亭)엔 아마 못 가실 거야요."

책을 낀 처녀의 걸음은 더욱 도시적인 보법이었다. 상체가 짧고 하체가 길어 양장에 을리는 체격이다. 얼마 걷다가 매헌은 물었다.

"그 책 재미있읍듸까?"

"더런 좋은 글이 있어요."

"그 사람 것 다른 것두 읽었소?"

"이인 소설을 아마 더 쓰죠? 소설은 난 별루 않 읽어요."

"왜요?"

"글세요…… 소설엔요 많인 못 봤어두요 너머 교훈이 많이 나오는 거 같어요."

"그 책엔 그런 게 없읍뒷가?"

"더러 있어요. 그래두 꽤 친헐 수 있는 이 같어요. 좀 고독헌 인가 바요."

"고독 예찬이 많치 아마?"

"읽어 보섯나요 이 책?"

하며 처녀는 책을 쳐들어 보인다. 매헌은 그저 자기를 감춘 채,

"읽었지오."

해버린다.

"고독을 예찬허누랍시구 쓴 건 되려 고독을 수다로 만들어 놓았죠?"

매헌은 얼굴이 화끈했다. 처녀는 말을 계속했다.

"제의(題意)가 고독이 아닌 글에서 차라리 이이가 지닌 고독미가 은연히 잘 드러난 거 같아요."

"상당히 예리허군요! 저자가 아마 당신 같은 독잘 가진 줄 알면 퍽 다행으로 생각할 거요."

"선생님은 뭘 허시는 분이세요?"

"나요?"

갑자기 눈부신 햇빛이 닥쳤다. 솔밭이 끝나자 강변이다. 처녀는 아직껏 둘이의 대화는 무시해 버리듯 돌아다보지도 않고 이글이글 단 모새 위로 파라솔도 접어 든 채 뛰어나가는 것이다. 매헌은 어쩔 줄 몰라 다시 소나무 그늘로 들어섰다. 그리고 또 차츰, 이게 정말 현실인가? 자기 눈씨⁴의 의혹이 생기었다. 그, 소녀는 결코 아닌, 더구나 교양으로는 어느 어른의 경지보다도 높은 그 처녀가 그리 멀리도 가지 않아 있는 웅덩이 앞에서 기탄없이 옷을 활활 떨어 버리는 것이다. 반짝이는 모새 위에 푸른 먼산을 배경으로 한순간 상큼 서보는 나체, 그 신비한 곡선들의 오릉 속에서 뛰어나온 요정(妖精)이 아니고 무엇이랴! 탐방

---

4 쏘아보는 시선의 힘.

탐방…… 물은 비낀 햇볕에 금쪽으로 튀었다. 처녀는 그 속에 흐뭇이 잠긴다. 이윽고 상반신을 드러내더니,

"덥지 않으세요?"

소리를 지르는 것이다. 분명히 인간의 소리다. 매헌은 천재(天才)와 천치(天痴)는 일치된다는 말을 생각했으나 이 처녀를 천치로 업신여길 수는 없었다. 어슬렁어슬렁 그 다음 웅덩이로 내려가 땀을 씻고 다시 올라왔을 때는, 처녀는 옷을 입고 파라솔을 받고 발만 맨발로 무슨 곡조인지 나직한 노래를 부르며 어정어정 걷고 있었다.

매헌은 되도록 이 처녀의 기분에 간섭하지 않으려 하였다. 그의 천진(天眞)을 상해하고 싶지도 않았고, 옆에 사람이 있되 혼자이고 싶은 때는 곧, 기탄없이 혼자가 될 수 있는 그의 자연 그대로의 태도를 그는 본받고도 싶어졌다. 큰길 다리 밑에까지 서로 혼자처럼 걸었다.

"이 다리 아래가 퍽 시원허답니다."

"참 서늘하군!

"조곰 더 있어야 큰길은 식을 거야요."

하며 처녀는 발은 물에 담근 채 잔디에 자리를 잡고 앉는다. 매헌도 같은 모양으로 옆에 앉았다. 다리 위로는 자전차도 버스도 사람들도 지나간다.

"실례지만 무슨 학교에 다녔소?"

"저요?"

처녀는 드물게 미소를 띤다.

"내가 나이 자랑이야 헐 게 되오만 나도 딸이 중학에 다니는 것두 있다우. 반말을 쓴다구 어찌 알지 말우."

"전요 그런 덴 태평이랍니다. 해라라두 허세요."

"아깐 내가 속일래 속인 게 아니라 제면적어 내란 말을 안 했소만 사실은 그 책이 부끄럽지만 내가 쓴 거라오."

"네? 매헌 선생님이세요?"

"내 호(號)라우."

"어쩌면요!"

"그렇게 정독을 해주니 고맙소."

"그런 줄두 모르구 전 아까 막우 말씀드렸죠!"

"어듸 막이오? 여간 절실허지 않았소."

"어쩌면요!······."

처녀는 암만해도 '우연'이 믿어지지 않는 듯했다. 담담하던 두 눈동자가 날카로운 초점을 일으킨다. 매헌은 먼저 뜨거워지는 눈을 돌이켰다.

"선생님의 글을 읽구 상상했던 선생님관 아주 딴이세요."

"어떻게 다루?"

"다니지 마세요. 글만 못허세요."

"글만······."

"퍽 실제적인 인물이실 것 같네요."

매헌은 껄껄 웃고,

"실제적인······ 글장사니까! 그러나 글 역 내 것이니까 난 역시 기뿌."

하였지만 속으로는 자기 글에 약간 질투가 가는 심사다.

얼마 전 일이다. 어느 책갈피에서 자기의 동경 유학시절 사진이 나왔었다. 자기인 줄 얼른 몰랐다. 내가 이렇게 젊었었나! 내가 이렇게 남에게 정열적 인상을 줄 수 있었나! 감탄하였고, 지금의 얼굴을 거울

속에 비춰 보고는 그만 사진을 찢고 싶던 충동이었던 것을 매헌은 문득 여기서 생각이 났다.

물은 미뭉히 소리 없이 흘러 오룽 앞을 감돌아 내려간다. 바닥에서는 모새들도 흘러 발을 간지른다. 매헌은 서글펐다. 자기의 얼굴에서, 글에서보다 몇 배 더 발랄하였을 낭만의 피를 뽑아 간 것은, 이 물처럼 흘러가고 거슬러 올 줄 모르는 세월이었다.

"전 동지사 다니다 고만뒀어요."

"왜요? 영문과더랬소?"

"네. 어머니두 돌아가시구, 경주가 경도보다 더 있구 싶어서요."

"어머님께서 언제 돌아가셨소?"

"지난봄에 대상 치렀어요."

"아버지께선 상점에 게슈?"

"반야월에 가 계세요. 과수원이 있는데 올부터 열기 시작했다나요. 그래 여긴 제가 지키구 있는 셈이죠."

"그런데 이렇게 나다뉴?"

"일가집 아일 하나 둔걸요. 난 뭐든지 내 맘대루 하게 내버려 두라구 어머니가 유언해 주셨어요. 난 세상에 젤 귀헌 유산을 받은 셈이야요. 어머니께선 내 성질을 어려서부터 잘 이해해 주셨어요."

"훌륭헌 어머님을 여옛구랴!"

"전 그래두 고독해허지 않을려구 해요. 생각험 고독허지 않은 사람이 있겠어요?"

"실례요만 이름이 뭐요?"

"올치, 저 봐!"

"왜 그러오?"

"실례란 말 잘 쓰시는 것, 이름부터 알려시는 것, 그런 게 선생님의 실제성이세요. 제가 바로 알아마쳤죠?"

매헌은 적이 무안스러웠다. 그리고 그 무안이 걷히면서부터는 자기에게도 먼 옛날에 잃어버리었던 '천진'이 전신에 소생하는 것 같았다.

처녀는 뒤로 들어앉으며 발을 물에서 드러내었다. 새파란 잔디 위에서 물을 떨치기나 하는 것처럼 꼼지락거리는 열 발가락, 매헌은 와락 고와졌다. 그의 정신보다는 모든 게 앳되어 보이는 이 처녀의 형체에서도 그의 발가락은 더욱 앳되어 보였다. 매헌은 두 손에 어린아이의 볼기에와 같은 단순한 감촉욕이 후끈 달았다. 얼른 처녀의 두 발을 붙들었다. 어느 틈에 한 손은 손수건을 꺼내었다. 물을 발가락 새마다 닦고 모새를 턴 구두 속에 제 짝씩 발을 넣어 주고 단추를 똑 똑 잠가 주었다. 어떻게 손이 자연스러웠는지 나중에 오히려 놀라웠다. 처녀는 역시 아무렇지도 않은 태도였다.

큰길에 올라서서는 매헌은 담배를 피워 물고, 처녀는 어릴 때 부르던 노래 같은 사사조의 무슨 곡조를 또 콧노래하며 걸었다. 다시 서로 혼자처럼 얼마를 제 생각들로 걸었다.

"선생님, 낼 불국사 안 가시겠어요?"

"좀 안내해 주겠소?"

"덥지만 선생님 가신다면!"

"갑시다 그럼."

매헌의 여관 앞에 이르러서는, 내일 차 시간을 의논하고 헤어졌다.

다시 온욕(溫浴)을 하고 저녁상을 물리고 나니 단열밤[5]이라 어느덧 초

경은 지났고 몸도 굳은 자리에 뻗어 보고 싶게 곤했다. 그래 누웠으나 잠은 오지 않는다.[6]

어쩌면 그 처녀가 저녁 뒤에 놀러라도 와줄 것 같다. 가까인 모기 소리와 멀리론 개구리 소리가 무인지경처럼 호젓하다. 어쩌면 그 처녀가 이쪽에서 산보삼아 저희 상점으로 와주지 않을까 하고 기다릴 것도 같다. 그렇다고, 해태 한 갑을 거의 다 뽑으면서도 매헌은 얼른 자리를 일지는 못했다. 나다닐 때에는 별로 다른 줄 모르겠어도 이렇게 한번 자리에 털썩 누웠다가는 좀처럼 일어나지지 않는다. 이런 집에서는, 아내가, 왜 점점 게을러 가슈? 하였으나 매헌 자신은 게으름이 아닌 것을 벌써 수삼 년 전부터 은근히 깨달아 오는 것이다.

'모든 게 혈긴가 보다!'

매헌은 메마른 두 손을 배 위에 맞잡고 무엇인지 자기의 마디마디 뼈를 해마다 무게를 가해 누르는 그 무형한 힘에게 편안히 인종하려 하였다.

*

이튿날, 처녀는 첫차 시간에 먼저 나와 있었다. 그 원피스, 그 맨발에 그 흰 구두, 그 파라솔이었다. 매헌은 저만치 처녀를 발견하자 그의 앞으로 뛰어갔다. 퍽 반가웠다. 아침은 자기 인생에도 다시 오는 것 같은

---

5   짧은 밤.
6   1942년 2월 『국민문학』에 발표된 「석양」에는 이 문장 뒤에 '옆방들이 모다 븨었다'라는 문장이 있었으나 단행본 수록 과정에서 삭제되었다.

신선이었다.

'청춘! 청춘은 청춘 그것만으로도 얼마나 미덕이냐!'

한 정거장 다음이지만 매헌은 이등표를 샀다. 타보는 것은 다음이요 우선 사는 기분이었다.

시골 아침차 이등실은 비어 있었다. 처녀는 아무 자리에나 창 가까이 가 앉아 버린다. 넓은 찻간에 하필 그 처녀와 무릎을 맞대이려 들어갈 용기가 나지 않아, 매헌은 마주는 바라뵈는 딴 자리에 앉았다.

"저게 안압지야요."

"이것두 무슨 능이래요."

매헌은, 안압지보다, 능보다, 아침 식탁이 기름졌던 듯, 가을 실과처럼 윤택해진 처녀의 입과 잇속과 오라기 오라기 살아나는 것 같은 살랑대는 처녀의 이마 머리칼에 더 황홀한 정신을 두었다. 그러나 차는 햇볕과 바람이 그대로 비치고 풍기게만 달리지 않았다. 휘우뚱 돌아 처녀의 얼굴을 그늘지게도 달리었다. 처녀의 얼굴이 밝았다 어두웠다 서너 번에 불국사역이었다.

좁은 하이어[7] 한 대는 손님을 터지게 실었다. 좁은 데서니 처녀는 매헌보다도 넓은 자리가 필요했다.

"괜찮대두요. 편히 폭 앉으세요."

그러나 매헌은, 더욱 차가 뛸 때마다 말을 타듯 옹송그리며 십 리 언덕을 올랐다.

"어때요? 사진보다 실지가 좋지요 여긴?"

---

7   돈을 주고 빌리는 차.

차에서 내려 몇 걸음 옮기지 못하고 둘이는 우뚝 서버린 것이다. 절이라기엔 너무나 목가적(牧歌的)인 서정(抒情)이 무르녹았다. 청운교(靑雲橋), 백운교(白雲橋) 흐르는 듯한 돌층계에는 곧 무희(舞姬)라도 나타나 춤추며 내려올 듯하다.

"전 여기 옴 저 돌층계를 오르락내리락허는 게 젤 좋아요! 신라 여자들은 어떤 신발이였을가?"

매헌은 처녀를 따라 백운교를 올라 청운교를 올라 자하문(紫霞門) 안을 들어섰다. 한 길이나 돌을 세워 싸돌린 신라 독특한 양식이라는 대웅전(大雄殿)의 단아한 기단(基壇), 동편엔 다보탑(多寶塔), 서편에는 석가탑(釋迦塔), 매헌은 종교적 의의는 떠나, 탑이란, 사람이 쳐다볼 수 있는 미술품으로는 최고의 형식일 거라 했다. 공간과 입체의 조화, 어느 희랍(希臘)의 인체(人體)가 이처럼 자연스럽고 장엄하랴.

"여기서껀 저기서껀 빈 주초가 많지 않어요? 이 절 경내에 건물이 이천여 간이나 있었대요!"

"얼마나 즐비했을가!"

"그게 일조에 불이 붙었으니 여기가 황황 붙는 불바다였을 것 아니예요? 그 불바다 속에 이 두 탑만이 떡 벋히구 섰었을 걸 상상해 보세요. 얼마나 영웅적이구 비극이였을가요!"

그 말을 듣고 보니 탑들은 더한층 엄연해 보인다. 돌을 쪼은 것이 아니라 녹여 부은(鑄造) 듯한 부드러운 곡선들의 다보탑은 여성적인 미의 극치요, 간소하나 머리털 하나의 틈이 없이 짜인 석가탑은 금강역사(金剛力士) 백을 뭉쳐 세운 듯한 강력한 인상이다. 다보탑과 잘 대조가 되는 남성적 미의 극치다.

매헌은 처녀와 가지런히 범영루(泛影樓)에 걸터앉아 탑 머리에 지나는 구름을 기다리며 보내며 한나절을 저희들도 구름인 듯 유유히 지내었다.

호텔에 와 점심을 같이 하였다. 복도라기보다 전망대로서 서늘한 등의자가 군데군데 놓여 있었다. 처녀는 영지(影地)를 향해 가장 전망이 좋은 자리로 매헌을 이끌었다. 매헌은 담배를 들고, 처녀는 태극선을 들고 깊숙이 의자에 의지해 먼 시선을 들었다. 몇십 리 기장이나 될까, 뽀얀 공간을 건너 검푸른 산마루를[8] 첩첩이 둘리었는데 그 밑에 한 골짜기가 번쩍 거울처럼 빛난다.

"저게 영지로군!"

"네. 아사녀(阿斯女)가 빠져 죽었다는…… 전 여기서 내다보는 이 공간이 말헐 수 없이 좋아요!"

딴은 오릉과 일맥상통하는 유구한, 니힐이 떠돈다. 가만히 살펴보면 작은 구릉(丘陵)들이 있고, 숲들이 있고, 꼬불꼬불 길이 달아나고, 꼬불꼬불 냇물이 흘러가고, 산모퉁이마다 작은 마을들이 있고, 논과 밭들이 있고, 그리고 그 위에 구름이 뜨고, 다시 그 구름의 그림자가 마을 위에 혹은 냇물 위에 던져져 있고…… 무심히 보면 그냥 푸르스름한 땅과 뿌연 대기(大氣)뿐, 아무것도 없노라 하여도 고만일 것이었다.

매헌은 피우던 담배를 버리고 긴 하품을 쉬었다. 얼마 아니 하여 둘이는 쿨쿨 잠이 들어 버렸다.

얼마를 잤는지 아랫도리에 해가 뜨거워 매헌이 먼저 깨었다. 땀이

---

8 원작에는 '연봉이'라 되어 있다.

전신에 홍건해 있었다. 처녀도 이마에 땀이 방울방울 돋았다. 매헌은 손수건을 내어 가장 정한 데로 처녀의 이마에부터, 땀을 씻는다기보다 날쌔게 묻혀내 주었다. 모르고 콜콜 잔다. 양편으로 봉긋한 가슴이 숨소리와 함께 솟았다 낮았다 한다. 부채를 들어 고요히 그에게 바람을 일으켜 보내며 매헌은 처녀의 숨소리를 따라 하여 보았다. 자기보다 훨씬 빠름에 놀란다. 자기가 다섯 번을 쉴 새 그는 여섯 번은 쉬어야 된다. 매헌은 길동무에게서 떨어져 버리는 고독을 맛보며 다시금 올려솟는 처녀의 이마에 땀을 씻어 준다. 햇볕은 점점 그의 얼굴을 범했다. 처녀는 입을 옴짓해 침을 삼키며 눈을 떴다.

"아, 아무 꿈두 없이 잣네요!"

"잘했소."

"죽음이 그런 걸가요?"

"글세!"

둘이는 도랑으로 내려와 목마를 했다. 해는 빛이 붉어지며 산머리에 뉘엿거리었다. 처녀는 호텔 앞 매점에서 불국사 사진이 찍힌 부채를 한 자루 샀다. 그리고 저녁차에 내려가는 자동차표를 미리 한 장 샀다.

"왜 석굴암엔 안 갔다 가려구?"

"전 저녁차에 집에 가요."

더 문답하지 않았다. 자동차 시간은 아직도 한 시간이나 남았다. 둘이는 다시 백운교, 청운교를 올라 다보탑 뒤로 해서 절 뒷산을 올랐다. 장마에 군데군데 패였으면서도 잔딧길이 거닐기 좋게 솔밭 사이로, 비스듬한 언덕으로 깔려 있었다. 언덕에 이르렀을 때 해를 가린 구름은 장밋빛으로 탔다. 둘이는 석양을 향해 풀 위에 앉았다. 영지는 순간순간 연짓빛을 띠었다. 산 마루 마루들에 서기(瑞氣)가 돌고 어디선지 바람결이 선들선들 날러온다. 처녀는 부채를 폈다. 부채에도 처녀의 얼굴에도 석양은 황홀히 물들었다.

"선생님?"

"응?"

"저 여기다 뭐 하나 써주세요."

매헌은 선선히 그의 부채를 받았다. 만년필을 뽑아 잠깐 석양을 향해 생각하였다. 그리고 이의산(李義山)⁹이란, 옛 시인의 석양시 한 편을 써주었다.

夕陽無限好

只是近黃昏

석양은 무한 좋으나 다못 황혼이 가까워 온다는 한탄이었다. 매헌은 자기 자신의 석양을 느끼고 이 글이 생각난 것이다. 영리한 처녀는 이 부채를 받고 그 위에 이윽도록 고요히 눈을 감았다.

"제가 인제 편지해 드릴게요."

석양은 긴 것이 아니었다. 둘이는 이내 일어섰으나 내려오는 길은 이미 황혼이었다. 매헌은 정거장까지 따라 나가 귀여운 한때 길동무를 어두운 밤차에 보내 주었다.

매헌은 불국사에서 사흘을 묵었다. 그러면서도 석굴암(石窟庵)에도

---

9 이의산(李義山, 812~858). 중국 당나라 때의 시인 이상은(李商隱)의 자. 시풍(詩風)이 정밀 화려하여, 송(宋)대 초기 화미한 서곤체시(西崑體詩)의 기본이 되었다.

올라가지 않았다. 날마다 호텔 복도에 앉아 영지 쪽을 향해 무료히 바라보다 석양을 맞이하곤 하였다.

*

집에 돌아와 며칠 안 기다려 처녀에게서 편지가 왔다. 경주는 가을이 좋다고 하였고, 그중에도 오릉이나, 불국사 호텔에서 영지에의 전망이 더욱 그렇다고 하였다. 가을에 오신다면 그때는 자기도 불국사에 가서 며칠 묵으며 동무해 드릴 수가 있으리라 하였다. 그리고 그의 이름은 타옥(陀玉)이라 씌어 있었다.

'타옥!'

매헌은 곧 답장을 썼다. 자기도 가을에 다시 한번 가기로 마음먹고 왔노라는 것과 더구나 타옥과 함께 가보려 석굴암은 아껴 둔 채 왔노라 하였다. 그러고 자기 수필집을 한정판(限定版)으로 한 권을 구하여 함께 부쳐 주었다.

타옥에게서는 또 편지가 왔다. 책 보내 준 것과 석굴암 아껴 둔 것을 감사하였고 어서 경주에 가을이 오기를 고대한다 하였다.

가을은 왔다. 당해 놓고 보니 매헌한테는 너무 속히 왔다. 또 멈칫멈칫하는 동안에 가을은 가버리는 것도 너무 속하였다. 일정한 어디 출근시간이 있어야만 행동이 구속되는 것은 아니었다. '청복(淸福)도 복이라 내게는 무신(無信)한가 보오!' 하는 탄식하는 편지를 보내고 이듬해 가을을 기약하는 수밖에 없었다.

매헌은 가끔 타옥을 그리었다. 경주가 아니라 타옥이었다. 타옥일진

댄 하필 가을이랴 싶어지기도 했다.

매헌은 몇 번이나 아침에만은, '나 오늘 어쩜 시굴 좀 갈 듯허우' 하고 집을 나왔다. 나와 생각하면 타옥을 만나기 위해 간다는 것이 어쩐지 스스로 민망해지곤 하였다.

'내가 타옥을 사랑하는 거나 아닐가?'

매헌은, 아마 지금의 자기의 호흡은 타옥과 육 대 사쯤이나 될 것이라고 스스로 비웃고 어슬렁어슬렁 집으로 돌아와 탁자 위에 놓인, 그 타옥이 '빈 대로 놓구 봄 더 정물이죠' 하던 신라 토기를 장시간을 정좌하여 바라보곤 하였다.

그러나 인생의 위기는 노소를 한가지로 어느 철보다도 봄인 것인가!

매헌은 봄을 지그시 못 보내어 진달래가 져버리기 전에 경주에 내려오고야 말았다. 타옥은 반가이 맞아 주었다. 그러나 매헌은 경이(驚異)라 할까 환멸(幻滅)이라 할까, 타옥을 만나는 순간 일변해 버리는 자기의 심경을 어떻게 수습해야 좋을지 몰랐다. 딴, 전혀 다른 타옥이었다. 경주에 있는 타옥은 역시 유유히 가을을 기다려 만나도 좋을 타옥이었다. 자기를 하루가 급하게 속을 조여 온 것은 매헌 자신 속에 생겨난 한 요녀(妖女)였던 듯, 진정한 타옥의 앞에 서자 매헌의 한가닥 사념(邪念)은 뿌리째 뽑혀 사라지고 마는 것이었다.

"선생님은 그래두 낭만이 계신가 봐!"

타옥은 이런 말조차 예사롭게, 아니 물처럼 담담한 얼굴로 지껄였다. 매헌의 흐렸던 안정은 그 담담한 물에 단박 씻기었다. 매헌은 악몽에서 깬 듯, 다시금 속으로,

'차라리 다행한 일이다!'

하였다.

둘이는 먼저 오릉으로 왔다. 그 소나무에 타옥이 먼저 오르고 매헌이 따라 올랐다. 오릉의 니힐한 맛은 봄이나 여름이나 다를 것 없었다.

이들은 이날로 불국사로 왔다. 청운교·백운교의 긴 층계는, 한결같이, 곧 무희라도 나타나 춤추며 내려올 것만 같은 서정이었다. 솔잎일망정 딴 기운을 띠어 푸르건만, 다보탑과 석가탑은 그저 한 빛깔 한 자세였다.

'오, 두 스핑크스여! 언제까지나 저렇게 서 있을 건가!'

매헌은 적이 처량해졌다.

호텔에 왔을 때는 이미 영지가 짙은 황혼에 묻혀 버린 뒤다. 남폿불 밑에서 저녁을 먹고 남폿불 밑에서 옛 전설을 음미하고 문학을 이야기하고, 미술을 이야기하고, 나라 나라들의 흥망을 이야기하고 때로는 깊어 가는 밤 자취에 귀를 기울여 이 밤의 달은 지금 지구의 어드메쯤을 희멀건히 비치고 있을까를 의논하고, 아무래도 매헌 편이 곤하여 먼저 드렁드렁 코를 골았다.

이튿날은 석굴암으로 올라왔다. 석굴은 자연과는 사귀지 않은 오로지 인조미(人造美)의 전당이었다. 예술의 황홀경이었다. 타옥의 말대로 돌에서 근육과 능라의 미를 느낀다는 것은 감탄할 따름이었다. 타옥은 불타의 무릎 위에 떨어진 바른편 손의 새끼손가락만은 떼어 가지고 싶다 하였다. 처음엔 매헌은 그냥 보여지는 대로의 개념이나 얻으면 그만이라 하였다. 그러나 너무나 정력적인 미의 압도에는 정신을 차리지 않고는 견딜 수가 없었다. 먼저 석굴을 구조부터 눈을 더듬기 시작했다. 매헌은 이내 피로를 느끼었다.

밖으로 나와 한참 쉬어 가지고 불상들을 살펴보기 시작했다. 정면의 불타상은 무슨 찬사를 드리는 것이 오히려 경망스럽기만 할 것 같았다. 불타상 바로 뒤에 섰는 십일면관음(十一面觀音), 아무리 고운 여자라도 정말 숭고한 미란, 종교를, 또는 철학을 체득하지 않고는 발휘하지 못하는구나! 깨달았다. 매헌은 타옥을 불렀다. 십일면관음 앞에 가지런히 세웠다. 십일면관음의 도독한 손등을 쓰다듬고 그 손으로 역시 도독한 타옥의 손을 쓰다듬었다. 지천명(知天命)[10]이 내일 모레인 자기의 그 집요한 삿된 정욕을 만나는 일순에 돈망경(頓忘境)에 빠뜨려 놓는 타옥도 역시 자기에겐 숭고한 영원의 여성이었다.

'타옥!'

굴 안은 한결 엄숙한 정적이었다.

*

매헌은 타옥과 함께 불국사에서 사흘을 지내었다.

매헌은 사흘 동안, 타옥은 이조백자와 같은 여자라 생각하였다. 화려한 그릇들은 앉을 자리를 다투는 것이요, 주인이 눈을 다른 데로 줄까 새우는 것이요 보면 볼수록 소란스럽고 피로해지는 것이나 이조백자는 모두가 그와 딴쪽이다. 바쁜 때는 없는 듯 보이지 않으나 고요한 때는 바로 옆에서 기다리고 있었다. 고요히 위로와 안식을 주며 싫어지는 날이 없는 영원의 그릇이다.

---

10 1942년 2월 『국민문학』에 발표될 때에는 '이순(耳順)'으로 되어 있다.

매헌은 서울에 돌아오는 길로 자기가 문갑 위에 두고 일야 애무하던 이조백자의 필가(筆架) 하나를 타옥에게 보내 주었다. 정말 가을이 오고 또 봄이 오고 다시 가을이 오고, 그동안 타옥과의 순결한 한묵(翰墨)은 끊어지지 않았다.

매헌은 어느 책사와 전작(全作) 한 편을 약속하였다. 가을 안으로 출간해야 한다는 것을 초겨울이 되도록 탈고(脫稿)가 되지 않았다. 달포를 책상에 꼬부리고 앉았더니 옆구리와 어깨가 결리는 것은 물론, 전과 달라 현기까지 난다. 날이 차츰 차지어 방을 덥히니 기름기 없는 피부가 조이는 것은 마음까지 윤습을 잃어버리게 하였다. 매헌은 그예 집에서 탈고를 못 하고 해운대(海雲臺) 온천으로 가지고 왔다.

경주와 가까운 데라 오는 길로 타옥에게 알리었다. 그러나 원고를 끝내는 날 다시 알릴 터이니 그때 오라 하였는데 타옥은 다음 기별을 기다리지 않고 먼저 나타난 것이다.

타옥은 만발(滿發)이었다. 그의 무늬 돋힌 연두 저고리는 그의 얼굴을 연당에 솟은 한 송이 연꽃으로 보여 주었다. 매헌에겐 늙음이 오는 새 타옥에겐 청춘이 절정으로 올려 달은 듯하였다. 으레 그랬을 것이었다. 만나서 이야기는 편지에서 사연보다 오히려 담박한 그였으나 그의 만발한 청춘의 광채만으로도 매헌에겐 간곡함이 폐부에 스며들었다.

"타옥이가 저렇듯 고왔던가?"

"저를 얼마나 밉게 보셨더랬길래!"

"난 많이 늙었지!"

"늙는단 것도 정신 문제가 아니겠어요?"

"그럴가!"

타옥은 탕을 다녀 나와 모락모락 이는 손으로 매헌의 만년필을 가만히 빼앗았다. 매헌은 어쩔해지는 눈을 한참이나 감았다가야 일어서 타옥과 함께 해변으로 나왔다.

바닷가는 바람이 제법 쌀쌀하였다. 파도도 제법 일었다. 매헌은 외투깃을 일으키고 목을 움츠렸으나 타옥은 고름을 허술이 묶은 동저고릿바람으로 앞을 서 뛰어나갔다.

"어서 오세요."

매헌은 이 해변에 여러 번째지만 처음으로 뛰어 보았다.

"선생님?"

"응?"

타옥은 불러 놓고 멍하니 바다만 내다보았다.

"선생님?"

"왜?"

"파도 소리 좋와허세요?"

"그럼!"

"파도 소릴 들음 타고르의 명상이 일어나군 허죠?"

"타고르를 연상허기엔 난 너머 추운걸!"

"파도두 날씨는 물론이구요, 거기 해변 생긴 것 따라, 모새 따라, 물 자체의 맑구 흐린 것 따라 소리가 얼마씩 다를 거야요. 세상의 육지 변두리를 죄다 다녀 봤으면! 어듸 파도 소리가 기중 좋을가?"

"대단헌 명상이시군!"

"파도 소린 참 유구허죠!"

"저 종아리가 좀 시릴가?"

펄럭거리는 검은 서지치마 아래로 밋밋한 두 다리, 그 다리가 엷은 비단 양말을 팽팽히 잡아당겨 신은 것도 매헌에겐 새로 느끼는 타옥의 감촉이었다.

이날 저녁이다. 해변에서 옹송그리고 들어온 매헌은 훈훈한 저녁 식탁에서 반주까지 서너 홉 하고 나니, 전신이 혼곤해졌다. 식탁에서 물러나 타옥과 몇 마디 지껄이지 않아 깜박 잠이 들곤 했다. 놀라 눈을 떠 보면 그동안이 얼마나 짧은 것이었던지, 얼마나 긴 것이었던지, 타옥은 쓸쓸히 혼자 천장을 바라보고 있었다. 당황하여 아닌 것처럼 뻑뻑한 눈알을 굴려 보는 매헌 역 무한히 속으로 쓸쓸하였다. 자기 잠든 새 타옥의 영혼은 넌지시 다른 사람과 대화를 하고 있는 것같이 질투다운, 쓰릿한 고독이 메마른 가슴을 콱 찌르는 것이었다.

"내가 졸았지 그만?"

"여러 날 너머 무릴 허셨나 봐요. 과로허심 안 되세요."

"그리 과로랄 것두 없는데…… 그래 경주 근방에서두 고려자기가 더러 난다구?"

"경주랬어요 누가? 김해(金海)서요. 저어 계룡산(鷄龍山) 계통 같으나 계룡보단 훨씬 유헌 게 가끔 출토된다는군요."

"무안(務安) 것 비슷헌 게 있지…… 그게……."

매헌은 또 깜박해 버렸다.

"선생님?"

"……."

"선생님?"

"그게…… 그게 그렇지만 고런 아니구……."

"일찍 주므세요."

타옥은 후스마[11]를 열고 옆방으로 가버렸다. 매헌은 또 의자에 앉은 채 졸았다. 얼마쯤 뒤에 눈을 떠보니 술이 홱 깨며 오싹 추워진다. 탕으로 갔다. 한 시간이나 후끈히 몸을 데워 가지고 나오니 자리에 들어가기가 아깝도록 정신이 맑아진다. 또 최근의 경험으로 보아 초저녁에 잠깐이라도 졸고 나면 일찍 눕는대야 여간해 잠이 오지 않는 법이다. 담배를 피워 물고 붓을 들기 시작했다.

붓을 든 동안처럼 시간이 빠른 때는 없다. 어느 틈에 손이 시리도록 몸이 식었을 때, 바시시 후스마가 열리었다. 헝큰 머리를 한 손으로 매만지며 한 손으로는 자리옷을 여미며 타옥이가 나타났다.

"몇 신 줄 아세요?"

그제야 매헌은 시계를 들여다보았다. 새로 두 시가 가까웠다.

"무리허지 마시래두요 네?"

매헌은 붓을 던지고 기지개를 켜고 일어났다. 잠에 취했던 타옥은 봉긋한 턱 아래까지 복사꽃으로 붉으면서도 새뽀얘 있었다.

"그만 주므세요."

"자께."

타옥은 다시 제 방으로 가더니 제 베개를 들고 왔다. 그리고 매헌의 베개를 집어다 제 자리에 놓았다.

"선생님이 저 방에 가 주므세요."

"왜?"

---

11 후스마(ふすま(襖)). 광선을 막으려고 안과 밖에 두꺼운 종이를 겹바른 장지.

"글세요."

"왜?"

"글세요."

하며 타옥은 매헌의 자리에 누워 버리는 것이다.

매헌은 더 묻지 않았다. 따스하게 녹은 자리를 주는 타옥의 마음에 그윽히 입 맞추고 그 온천보다는 향기롭기까지 한 타옥의 체온 속에 푸근히 묻혀 버리었다.

*

얼마를 잤을까, 해운대에 와 처음 늦잠이었다. 눈을 떠보니 천장 사이로 햇볕이 눈부시다. 시계를 집으려 머리맡을 더듬으니 웬 종이 한 장이 집힌다. 집어다 보니 타옥의 글씨다.

'선생님 전 갑니다. 최근에 약혼을 했읍니다. 어제저녁에 이야기 끝에는 이런 말씀도 드릴려고 했으나 그만 기회가 없었읍니다. 오늘 아침 배에 그이가 동경으로부터 와요. 부산으로 마중을 가려니까 선생님 깨시기 전에 그만 가버리게 되는 거야요. 용서하세요 네? 너머 무리허시지 마시고 편안히 쉬시며 좋은 작품을 잘 완성시켜 가지고 올라가시기 바랍니다.

선생님! 저이들 장래를 축복해 주세요 네?'

*

매헌은 벌떡 일어났다. 머리맡에는 이 편지뿐이 아니었다. 원고 쓰던 책상에 두었던 담배와 성냥과 깨끗이 부신 재떨이까지 갖다 가지런히 놓아 주고 간 것이었다.

매헌은 한참이나 턱을 괴고 눈을 감았다가 타옥의 편지를 다시 읽어 보았다. 후스마를 홱 열어 보았다. 텅 비어 있었다. 비었던 방에서는 찬기운이 음습해 왔다. 매헌은 담배를 집었다. 반갑이 넘어 남은 것을 차례차례 다 태우고야 겨우 일어났다.

'가버리었구나!'

종일 마음이 자리잡히지 않았다. 술도 마셔 보았다. 담배를 계속해 피워도 보았다. 저녁녘이 되자 바람은 어제보다 더 날카로운 것 같으나 매헌은 해변으로 나와 보았다.

파도 소리는 어제와 다름없었다. 타옥의 말대로 파도 소리는 유구스러웠다.

석양은 해변에서도 아름다웠다. 그러나 각각으로 변하였다. 너무나 속히 황혼이 되어 버리는 것이었다.

— 壬午 正月 念七日 —

『돌다리』, 박문서관, 1943.12

무연(無緣)

　처음에는 고기를 잡는 재미에 가나 차츰은 낚는 맛에요, 낚는 데 자리가 잡히면 그로부터는, 하필 물에 가야만 낚시질이 아닌 듯하다. 밝은 날 아침에 떠나기 위해 이날 저녁 등 밑에 앉아 끊어진 실을 잇는 것이나, 뜰망이나 어룽을 매만지는 것부터 이미 낚시질이며 물동무와 함께 누워 지난 어느 한때의 낚고 끊기던 이야기로 흥을 돋움도 또한 낚시질이니, 지금 내가 이런 이야기를 쓰는 것조차 한 낚시질일 수 없지 않을 것이다.

*

　한번 송전(松田)서, 한번 인천(仁川)서 배를 타고 나아가 낚시질을 해보았다. 그것으로 바다 낚시질을 말하는 것은 심히 망령될 것이나 바다 낚시질은 좀 소란하고, 좀 노동에 가깝고, 꽤 물리는 날은 직업적인 결과를 갖게 되는 것만은 사실인 것 같았다.

　맑고 고요하고 짐스럽지 않기는 아무래도 민물 낚시질이라 생각한다.

　내가 서울서 처음 민물 낚시질을 가본 데는 동대문 밖 중랑천(中浪川)이다. 논물이 빠지는데다가 회기리(回基里) 쪽으로부터 하수도 이리 합치는 모양으로 물내가 퀴퀴하고 물리는 것도 미여기 따위 잡고기가 흔한데 반두질꾼,[1] 주앵이질꾼,[2] 미역 감는 패, 잡인이 너무 모여 시비부도처(是非不到處)[3]는 아니었다.

다음으로 가본 데가 소래(蘇來) 저수지다. 경인선으로 가 소사(素砂)서 내려 마침 버스가 있으면 대야리(大也里)까지 타고 없으면 장찬 십 리 길을 걸어야 하는 데다. 얕은 줄밭이 많고 깊은 데는 돌로 쌓은 둔덕에 앉게 되므로 바닥도 좋지 못하고 사람도 너무 뜨거워진다. 그러나 가끔 손아귀가 번 붕어를 낚을 수 있는 맛에 공일날 같은 때는 무려 삼사십 명은 모이는 데다.

서울서 과히 떨어지지 않은 망우리(忘憂里)고개 너머 수택리(水澤里)에 좋은 늪들이 서너 자리나 있는 것은 훨씬 뒤에 알게 되었다. 이시미[4]가 나와 송아지를 먹고 들어갔다는, 좀 오래고 깊은 소(沼)나 늪에는 으레 있는 전설이 여기도 있는만치 두 칸 반 낚싯대에 으레 길 반은 서는 깊은 물이었다.

고기만을 탐내지 않는 바에는 역시 앉을 자리 좋은 데가 으뜸으로, 자리를 가려 앉으면 물도 맑은 편이요, 울멍줄멍 먼산의 전망도 일취 있는 데다. 붕어도 소래서보다 더 큰 것이 가끔 나타났고 어쩌다가는 잉어가 덤벼 줄을 끊거나 한눈 파는 새 낚싯대째 끌고 달아나기도 일쑤였다. 은비늘이 물 위에 솟아 뛰고 해오라기 한가히 조는 모양도 수향 경치로는 제격이었다.

---

1   양쪽 끝에 가늘고 긴 막대로 손잡이를 만든 그물을 가지고 물고기를 잡는 사람.
2   긴 낚싯줄에 여러 개의 낚시를 달아 물고기를 잡는 사람.
3   옳고 그름이 관계하지 않는 곳. 1942년 6월 『춘추』에 발표될 때에 없었던 것으로, '시비부도 처는 아니었다'는 내용은 단행본 수록 과정에서 첨가된 것이다.
4   '이무기'의 강원도 방언. 전설상의 동물로 뿔이 없는 용.

그러나 원체 사람이 너무 모여들었다. 버스를 내리는 데서부터 경쟁들이다. 잘 물리는 자리에 앉으려는 것은 욕심이라기보다 누구나의 상정일 것이나, 젊은이도 십오 분은 걸리는 데를 늙은이가 뛰는 것은, 뛰다가 그예 떨어지고 마는 것은, 더욱 좁은 논틀길이어서 더 뛰지 못하는 늙은이를 떠다밀고 앞서 달아나는 것은 어느 쪽이나 함께 아름다워 보일 리 없다.

"물립니까?"

남의 옆을 고요히 지나는 교양이 별로 없다. 또 잘 물리어도 잘 물린다고 대답하는 정직도 그리 없다. 곤드레[5]가 한 시간만 까딱 안 하면 벌써 탄식이 나온다. 두 시간만 되면 그만 자리를 옮긴다. 다음 자리에서부터는 욕이 나온다. 용왕님이 옆에 있기만 하면 얻어맞았지 별수 없을 것이다. 온 늪의 고기를 제 자리에만 끌어 모을 듯이 깻묵과 반죽 미끼를 아낌없이 퍼붓는다. 옆의 친구가 여간해서는 그냥 견디지 못하고 미끼 던지는 경쟁이 일어난다. 이렇게 고기들은 낚시를 찾을 겨를이 없이 그만 배가 불러 버리는 것이다. 제일 질색인 것은, 큰 고기에 마음이 들뜬 친구다. 소위 '낭에'라고, 납이 호두알만치나 달린 것으로 남은 다 쫓아버릴 듯이 혼자 털버덩대고 돌아다니는 것이다. 시정에서 부리던 얌치와 악지와 투기를 그냥 가지고 오는 사람이 거의 전부인 것이다.

'좀 멀더라도 이런 사람들한테 시달리지 않을 데가 없을까?'

수십 년 잊어버리었던 데가 진작부터 생각났고 희미한 기억이 차츰 소명해지는 데가 있었다. 강원도 동주(東州) 땅 어느 산촌으로, 산촌이

---

5 낚시의 찌.

면서 물이 많아 '용못'이란 이름을 가진 동리다. 어려서는 자주 가보던 외가댁 동네다.

외조부님께서 낚시질을 즐기셨다. 손수 낚싯대를 다듬으시고 손수 줄을 드리셨다. 지금 우리가 사다 쓰는 도구와는 다르다. 참대가 귀한 데라 서울 인편이 있을 때, 대설대보다는 배나 굵고, 한 발은 훨씬 넘어서 자르면 끝이 간필 붓두껍만할 대와, 길이가 그것과 거의 비등할 왕대를 쪼갠 죽편을 사온다. 통대는 불에 쪼여 굽은 데를 바로잡고, 대설대 만들 듯 마디를 뚫는다. 자루엔 소뿔을 깎아 아로새겨 박고 끝은 터질 염려가 없도록 명주실로 감은 후에 밀을 먹인다. 죽편으로는 그 끝에 꽂을 휘추리를 다듬는 것이다. 이것도 굽은 데를 잡은 다음, 처음에는 칼을 쓰고 다음에는 사금파리로 다듬어, 다시는 트집도 아니 가고 물도 아니 먹게 기름칠을 해가며 끝을 돌을 달아 몇 달이고 매달아 두는 것이다. 이것을 거꾸로 꽂으면 통대 속에 잠겨 버리고, 바로 꽂으면 전체가 꿩의 장목을 든 것처럼 중동이[6] 처지는 법 없이 쭉 뻗어야 쓰는 것이다. 어려서 몇 번 들어 본 기억이나 요즘 사다 쓰는 낚싯대처럼 중동이 무거운 법은 결코 없는 것이다. 실도 명주로 세 벌로 들여 가락나무 물을 들이고 그것을 청석돌에 감아 기름을 먹여 밥솥에 쪄내는 것이다. 여간 공이 아니었다. 낚시도 머슴아이를 시켜 휘이는 것이라 미늘이 커서 여간해선 고기가 떨어지지 않는 것이요, 목줄도 흰 말총을 뽑아다 매는 것으로 물 속에 들어가면 투명해 고기 눈에 잘 띌 리도 없다. 고기족댕이는 장마때 같은 때 댑싸리로 손수 결으시었고 받침대에는

---

6   사물의 중간이 되는 부분.

무슨 글인지 한문인데 잔글씨로 여러 줄 새긴 것을 본 생각이 난다.

이 외조부님께서는 '당금질'이라고, 앉아서 하는 낚시질만 다니시었다. 내가 몇 번 따라가 본 데는 '쇠치망'이라는 데다. 동네 앞을 지나 내려오는 약간 흐린 개울물과 금학산(金鶴山) 깊은 산골짜기에서부터 '칠송정'이니 '선비소'니 여러 소를 이루며 흘러 내려오는, 차고 맑은 '한내천'이 합수되는 데다. 석벽 밑은 아무리 가문 때라도 바닥이 들여다보이지 않는다. 이시미가 나와 소를 잡아먹어 '쇠치망'이란 이름이 생겼다는 데로, 고기도 흐린물 것과 맑은물 것이 다 모이는 데다. 싯누런 붕어도 있고, 무지개처럼 오색이 영롱한 '무당치리'도 있고, 은비늘에 청옥빛이 도는 '참마자떼'와 검고 가시는 세나 맑은물 고기 중에서도 제일급인 '꺽지'도 있다. 비가 오는 때거나 비가 든 직후여서 물이 붉은 때에는 지렁이 미끼로 붕어와 드럭마자와 미여기를 잡는 것이요, 물이 맑아지면 여울담에서 돌미끼를 잡아 참마자와 꺽지를 낚는 것이다. 매미 소리뿐, 그리고 저 아래 여울담에서 물소리뿐, 무한 고요한 주위였다. 내가 갑갑해하는 눈치면 외조부께서는 낚시는 담가 놓은 채 나를 이끌고 원두막으로 가시었다. 차미[7]는 진흙밭에서 아침 이슬에 딴 '백사과'[8]였다. 희고 동글고 홈마다 푸른 줄이 진 것인데 배꼽을 따면 볼그스름한 것은 무르익은 표였다. 요즘 '메론'을 연상시키는 향기와 단맛인데 그 연삭삭한 맛은 '메론'이 당치 못할 것이다.

그러나 나는 외조부님보다는 외삼촌들을 따라다니기가 더 즐거웠다. 외삼촌들은 '당금질'은 갑갑하다고 하지 않았고 그물을 가지고 '선

---

7 참외.
8 노르스름한 빛이 도는 흰 참외.

비소'로 가거나 낚시질이면 '여울노리'를 하였다. '당금질'보다 낚싯대도 경쾌하고 낚시도 파리 한 마리를 끼면 고만이게 작다. 곤드레도 수수깡 속보다는 훨씬 가는 무슨 나무의 속을 뽑아 쓴다. 여울에 들어서서 낚시를 흘리는 것이다. 여울 고기는 여간 민활하지 않아, 곤드레가 미처 채일 새가 없이 고기 그것처럼 노는 것이다. 물은 흘러 내려가고 고기는 거슬러 끌려 올라오므로 낚싯대에 실리는 탄력은 갑절이나 더하다.[9] 장마 뒤면 가끔 호화스러운 무망치리가 끌려 나온다. 은어(鮎) 비슷하게 생긴 것으로 등은 검으나 몸은 푸른 바탕에 붉은빛이 거칠게 주욱죽 그어졌다. 배에는 약간 누른빛까지 돌아 '여울노리'에서는 가장 유쾌한 꽃고기다. 가문 때에는 이보다 맑고 기름지기는 더한 '갈베리' '날베리'들이 물린다. '선비소'에서부터 '진소'까지 오 리도 못 되는 데를 내려가는 동안, 두 사발들이 족댕이가 차버리는 것이 항용이다. 낚시를 물 만한 놈이면 적어도 찌뿜짜리[10]에서부터 굵은 놈은 거의 한 자에 이르는 놈이 간혹 있다.

그물을 가지고 '선비소'로 갈 때는 족댕이는 안 된다. 아예 옥수나 오이를 따러 다니는 다래끼를 들고 간다. 큰 바위를 둘러 그물을 치고 돌을 들어다 바윗등을 드윽득 갈면 신짝만큼한 꺽지, 뚝지, 날베리 들이 나와 그물을 쓰는 것이다. '선비소'는 물이 맑고 강변이 깨끗하여 천렵들을 많이 오는 덴데, 옛날, 어떤 선비가 여기 바위 위에 나와 글을 읽다 책이 바람에 날려, 그것을 집으려다 빠져 죽어서 '선비소'란 이름인만치 독가비[11] 많기로도 유명한 데였다. 낮에라도 아이들끼리만

9　1942년 6월 『춘추』에 발표된 「무연」에는 '홍청거리는 탄력은 갑절 더하다'라고 서술되어 있다.
10　길이가 한 뼘쯤 되는 물건이나 물고기.

은 무서워 못 오는 데다. 그러나 조금도 어두운 인상을 주는 데는 아니다. 등성이가 잣나무숲인 석벽이 좌청룡(左靑龍) 우백호(右白虎)로 둘리어 남향볕이 언제든지 뜨거웠고 속속들이 자갈이어서 아무리 헤엄을 쳐도 물이 흐르지 않는다. 탐스런 들백합이 석벽에 늘어져 웃고 구름을 인 금학산은 늘 명상(瞑想)에 조는 처사(處士)의 풍도였다. 나는 용못을 생각하면 먼저 '선비소'부터 그리워지곤 하였다.

우리가 서울 온 후로 외가와 내왕이 드물어졌고, 더욱 나는 공부로, 세상살이로 서울서도 다시 나돌아 전전하기를 여러 해에 외조부님도 이미, 내가 강호(江戶)에 있을 때 옥루(玉樓)에 오르셨고, 외삼촌들도 누대 살아오던 용못을 버리고 만주 어디로, 북지 어디로 흩어졌다 하니, 나와 용못은 점점 인연이 멀어지고 만 것이다.

그러던 것이 낚시질로 인해 물을 찾게 되었고, 물녘에 앉아 떠오르는 데는 진작부터 '용못'이었다. 그러나 길이 외지고 이제는 찾아가야 누가 낯을 알 만한 데도 아니어서, 나 혼자 전설의 하나로 즐길 뿐이더니, 낚시터를 찾아다녀 볼수록 사람 멀미가 못 견딜 지경이요, 청유(淸遊)가 아니라 때로는 욕되는 적이 없지 않아, 그 매미 소리뿐이요, 그 들백합의 웃음뿐인 '쇠치망'과 '선비소'에 한번 낚시를 담가보고 싶은 욕망이 더욱 간절해지어 그예 지난 여름에는 뜻을 정하고, 여러 날 앞서부터 행장을 갖추다가 바람 잔 날을 택해 새벽차로, 어느 고운님을 뵈오러 가는 길이 그처럼 설레랴 싶게 '용못'을 찾아갔던 것이다.

---

11 도깨비.

아아! 십 년이면 산천도 변한다는 십 년이 두어 번 지났기로 과연 세월에는 산천도 못 믿을 것이던가! 동네 한가운데 있는 '큰 돌다리' 밑에 소녀 하나가 나와 걸레를 헹구는데 흙탕이 이니, 개울이 아니라 그만 조그만 도랑이 되어 버렸구나! 전에는 겨울에도 얼음 위에서 떡메로 때리면 얼음이 살가는 바람에 손뼉 같은 붕어가 자빠져 뜨던 데다. 이 개울물이 어찌해 이다지 줄었느냐 물었으나 걸레 빠는 소녀는 예전 개울은 본 적도 없으니 내 묻는 것만 부질없었다. 농사가 한참 바쁜 머리라 동네는 빈 듯 고요하였다. 누구를 만난대야 서로 알아볼 리도 없겠기에 예전 외갓집이던 집이 있는 웃말 쪽은 바라만 보고 우선 낚시부터 담가 보고 싶은 욕심에 '쇠치망'으로 향하였다.

걸을 만치 걸었다. 저만치 어드메쯤이 '쇠치망'이려니 하는 데서 나는 더욱 요령을 잡을 수 없어 한참이나 망설이었다. 분명 '쇠치망' 일대를 산을 뭉개 메꾸고 뻘건 진흙길이 비탈을 돌아간 것이다. 김매는 농군에게 물은즉, 거기가 '쇠치망'이 옳다 한다. 뒷산 골짜기에 광산이 생겨 화물자동차가 드나드느라고 길을 닦아 '쇠치망'의 소(沼)는 없어진 지 오래다 한다. 그 앞에 다가가 보니, 흐르는 물도 좁은 목으로는 성큼 뛰어 건널 정도다. 다시 농군에게 돌아와 물으니, 앞 개울물은 수리조합 저수지에 수원을 빼앗기어 겨우 논에서 빠지는 물이나 내려오는 것이며 '선비소'를 거쳐 흘러오는 한내천조차 수도 수원지가 되어 읍의 사람들이 먹어 말리는 때문이라 했다. 그러면 '선비소'도 물이 줄었느냐 물으니, 물이 뭐요 아마 그냥 갯장변이리다 한다. 허무한 노릇이다.

왔던 길이니 옛 추억이나 더듬을까 하여 땀을 흘리며 '선비소'로 올라가니 등성이에 잣나무숲은 백골 치듯 하얗게 깎이고, 공동묘지가 된 듯 무덤이 됫박 덮이듯 했다. 그새 여기 사람이 저렇듯 많이 죽었는가! 물이 보일 만한 덴데 보이지 않는다. 가까이 가니까야 물소리가 난다. 흐르는 소리가 아니라 한번 나고 그치는 소리인데 어떻게 되어 난 물소리인지 이상하다. 내 걸음에서 나는 것이 아닌 자갈 밟는 소리가 들린다. 그쪽을 살피니, 웬 하얀 귀신 같은 노파가 '선비소'의 바로 석벽 밑에서 올려 솟는 것이다. 나는 등골이 오싹해 걸음을 멈추었다.

무얼까? 주춤주춤 자갈밭으로 올라서더니 꾸부정하고 엎딘다. 자갈을 주워 치마폭에 담는 것이다. 한참 담더니 허리를 펴고 돌아서 주춤주춤 석벽 밑으로 내려가는 것이다. 물은 보이지 않으나 물소리가 난다. 아까 들은 것도 자갈을 물에 쏟는 소리였었다. 파뿌리 같은 머리가 또 올려 솟는다. 주춤주춤 자갈밭으로 올라서더니 또 자갈을 집히는 대로 치마폭에 담아 가지고는 다시 내려간다. 나는 판단하기에 곤란하였다. '선비소'에는 여러 가지 독가비의 전설이 있다 하나 밤도 아니요, 낮이라도 운권청천[12]인데 독가비라 보기에는 내 자신의 상식을 너무 멸시해야 된다. 사람이라 보기에는, 이런 처소에 옴직하지 않은 백발 노파일 뿐 아니라 돌을 주워다 물을 메운다는 것이 이해할 수 없는 행동이다. 사방을 둘러보니 산밭에서 김매는 사람들이 처처에 있다. 나는 용기를 얻어 부러 자갈 소리를 크게 내며 석벽 밑에서 물 소리를 내고 다시 주춤주춤 올라서는 노파를 향해 나아갔다.

---

12 운권청천(雲捲晴天). 구름이 걷히고 하늘이 맑게 갬.

"여보슈?"

노파는 탁 풀어진 뿌연 눈으로 헐떡이며 마주 보기만 한다.

"돌은 왜 담어다 물에 넣소?"

대답이 없다. 꾸부정하고 그저 자갈을 줍더니 또 물로 내려간다. 또 올라오는 것을 소리를 질러 물었다.

"물을 아주 메꿔 버릴려구 그러시오?"

그제야 노파는 고개를 끄떡인다.

"왜요?"

역시 말은 없이 자기의 행동만 계속한다.

'쇠치망'만 그리 못하지 않게 깊고 넓던 여기가 자갈이 내려 밀려 평지처럼 변작이 되었는데 물줄기가 여기는 아주 끊어져 버리었다. 다만 석벽 밑에만 겨우 두어 간통 되게 자작자작한 물이 남았을 뿐인 것을 이 알 수 없는 노파가 부지런히 메꾸고 있는 것이었다.

금학산만은 예와 같았다. 흰 구름을 이고 태평스럽게 졸고 있다. 석벽을 더듬으니 들백합도 몇 송이 시뻘겋게 피어 있기는 하였다. 연목구어(緣木求漁)란 말을 생각하며, 어구(漁具)를 벗어 놓고 불볕에 앉아 한참 쉬어 가지고는 다시 동네를 향해 들어오는 수밖에 없었다. 노파는 쉬지도 않고 땀을 철철 흘려 가며 지성으로 돌을 물에 나르고 있었다.

차미막[13]을 겨우 하나 찾았다. 맨 요새 '긴마까'[14]뿐이다. '백사과'니 '감사과'[15]니 '먹사과'[16]니는 이전 절종이 되었다는 것이다. 그것도 개화

---

13 참외막.
14 노란 참외.
15 감 같이 붉고 맛이 좋은 참외.
16 빛은 검으나 달고 맛이 좋은 참외.

속에 맞지 않아 그런지, '긴마까'처럼 잘 열리지부터 않고 잘 찾지들도 않는다는 것이다.[17]

차미까지도 고전이 되어 버리는가! 나는 종로에서 사먹는 것보다 좀 신선하기는 한 '긴마까'를 먹으며 이 차미막 주인에게서 그 '선비소'의 백발노파의 수수께끼를 겨우 풀었다.

그는 독가비도 망령난 늙은이도 아니라 한 슬픈 어머니였다. 그의 작은아들이 병신을 비관하여 '선비소'에 빠져 죽었다는 것이다. 넋이라도 건져 주려 물굿을 했더니 물에서 나오는 넋은 자기 아들이 아니라 의외에도 자기 아들보다 몇십 년 앞서 빠져 죽은, 안마을 어떤 집 종년이었다. 물귀신은 그렇게 언제든지 대신 들어가는 사람이 있어야 나온다는 것으로, 다시 누가 빠지기 전에는 암만 물굿을 한들, 자기 아들의 넋은 건질 바가 없었다. 살아서도 병신으로 구석으로만 돌던 것이 죽어서까지 외딴 벼랑 밑 우중충한 물 속에서 일구영천 천도될 길이 없을 것을 생각하고는 몇 번이나 그 어머니는 자기를 그 물에 던지었으나 번번이 큰아들에게 건짐을 받아 작은아들을 대신할 물귀신이 되지 못하다가, 마침 '선비소'가 물이 줄고 장마때면 자갈만 내려 쏠려 변작이 되는 통에, 옳구나 하늘이 무심치 않다! 하고 날마다 나와 그 얼마 되지 않는 물을 메꾸기 시작한 것이라 한다. 허황하나 이 또한 인생의 얼마나 진실한 사정이기도 한가!

나는 웃말로 올라서 우리 외가댁이던 집을 찾았다. 중년 할머니가 손자인 듯 갓난애를 업고 마당에서 밀멍석의 닭을 쫓고 있었다. 지나

---

17 이 문장과 그 다음 문장은 원작에는 없던 내용으로 단행본 수록 과정에서 첨가된 것이다.

가던 사람인데 사랑 구경이나 하겠노라 청하니, 아들이 출타하고 없으나 들어가 쉬라 한다.

사랑 마당에 들어서니 기억은 찬찬하나 눈에 몹시 설어진다. 누마루가 어렸을 때 우러러보던 것처럼 드높지는 않다. 삼면 둘러 걸분합이던 것이 유리창이 되었다. 전면에 호상루(濠想樓)란 현판이 붙었었는데 없어졌고, 붕어 달린 풍경도 간데없다. 사랑방은 미닫이가 닫혀 있다. 누마루 밑을 돌아 연당으로 가보았다. 연은 한 포기도 없이 창포만 무성한데 개구리들만 놀라 물로 뛰어든다. 밤이면 개구리들이 어찌 드끄럽도록 울었던지, 외조부께서 잠드실 동안은 하인을 시켜 돌을 던져 울지 못하게 하던 연당이다. 연당 건너 초당이 그저 있다. 삼간 사랑이 겨울이면 너무 휑뎅그르하시다고 단간방에 단간마루를 달아 지어, 삼동에만 드시던 초당이다. 새 주인은 이 초당은 돌보지 않는 듯, 이엉 썩은 물이 벽과 기둥에 숭업게 흘렀다. 영창 바로 위에 무슨 글 여러 줄의 흔적이 있다. 종이가 몹시 삭았다. 이것이 이 집에 남은 우리 외조부님의 유일한 필적이나 아닌가 해 반가이 나아가 살펴본즉, 안노공(顏魯公)체의 둔중한 운필이 과연 그 어른 모습다웠다.

坐茂樹以終日濯淸泉以自潔採於山美可茹釣於水鮮可食起居無時惟適之安…….[18]

---

18 한퇴지(韓退之, 768~824)의 「송이원귀반곡서(送李愿歸盤谷序)」의 일부분이다. 그 의미는 다음과 같다. '무성한 나무에 앉아 하루를 보내고, 맑은 샘물에 씻어 스스로 깨끗이 하며, 산에서 캐낸 맛있는 나물을 먹을 수 있고, 물에서 낚시질하니 생선을 먹을 수 있다. 일어나고 앉는 것에 정해진 때가 없으니 오직 편한 대로 할 뿐이다…….'

더 읽을 수가 없이 아래는 종이가 삭아 떨어져 버리었다. 그 초당에 잘 어울리는,[19] 속기 없는 좋은 글이다. 나중에 돌아와 상고해 보니 한퇴지(韓退之)의 글이었다. 글은 비록 남의 것이나 한때 생활은 바로 이 어른의 것이었다.

'기거무시 유적지안…….'[20]

나는 초당 마루에 걸터앉아 멀리 금학산 머리에 구름을 바라보며 이런 생각을 입 속에 다스렸다.

'이 초당 주인께서 지금껏 현세해 계시다면 오늘의 '쇠치망'과 '선비소'에 심경이 어떠실 것인가?

잘 사시다 잘 가시었다!

자연도 주인과 함께 오고 주인과 함께 가는 것인지 몰라!

기거무시의 생활부터 없으며 이제는 전설일밖에 없는 그런 청복을 시정에서 파는 속취 분분한 물감 칠한 낚싯대로 더불어 낚으러 다닌다는 것은 그 생각부터가 한낱 부질없는 꿈이런가!'

외가댁 문중에서 아직 몇 집은 이 동리에 계신 줄 짐작하나 나는 수굿하고, 그 아들의 넋을 물을 메꿈으로써 건지기에 골독한 늙은 어미의 애달픔을 한편 내 속에 맛보며 길만 걸어 동구 밖을 나서고 말았다.

한 사조의 밑에 잠겨 산다는 것도, 한 물 밑에 사는 넋일 것이었다. 상전벽해(桑田碧海)라 일러는 오나 모든 게 따로 대세의 운행이 있을 뿐, 처음부터 자갈을 날라 메꾸듯 할 수는 없을 것이다.

---

19 울리다. 어울리다.
20 이 문장부터 작품 끝까지의 내용은 원작에 없었던 것으로, 한 문장(외갓댁 문중에서 (…중략…) 나서고 말았다)을 제외하고 단행본 수록 과정에서 첨가되었다.

― 壬午 三月 ―

『돌다리』, 박문서관, 1943.12

돌다리[1]

정거장에서 샘말 십 리 길을 내려오노라면 반이 될락말락한 데서부
터 샘말 동네보다는 그 건너편 산기슭에 놓인 공동묘지가 먼저 눈에 뜨
인다.

창섭은 잠깐 걸음을 멈추고까지 바라보았다.

봄에 올 때 보면, 진달래가 불붙듯 피어 올라가는 야산이다. 지금은
단풍철도 지나고 누르테테한 가닥나무들만 묘지를 둘러, 듣지 않아도
적막한 버스럭 소리만 울릴 것 같았다. 어느 것이라고 집어 낼 수는 없
어도, 창옥의 무덤이 어디쯤이라고는 짐작이 된다. 창섭은 마음으로
'창옥아' 불러 보며 묵례를 보냈다.

다만 오뉘뿐으로 나이가 훨씬 떨어진 누이였었다. 지금도 눈에 선하
다. 자기가 마침 방학으로 와 있던 여름이었다. 창옥은 저녁 먹다 말고
갑자기 복통으로 뒹굴었다. 읍으로 뛰어들어가 의사를 청해 왔다. 의
사는 주사를 놓고 들어갔다. 그러나 밤새도록 열은 내리지 않았고 새
벽녘엔 아파하는 것도 더해 갔다. 다시 의사를 데리러 갔으나 의사는
바쁘다고 환자를 데려오라 하였다. 하라는 대로 환자를 데리고 들어갔
으나 역시 오진(誤診)을 했었다. 다시 하루를 지나 고름이 터지고 복막

---

1 1943년 1월 『국민문학』에 발표될 때의 제목은 '石橋'였으나, 단행본에 수록되는 과정에서 '돌
다리'로 개제된다.

(腹膜)이 절망적으로 상해 버린 뒤에야 겨우 맹장염(盲腸炎)인 것을 알아낸 눈치였다.

그때 창섭은, 자기도 어른이기만 했으면 필시 의사의 멱살을 들었을 것이었다. 이런, 누이의 허무한 죽음에서 창섭은 뜻을 세워, 아버지가 권하는 고농(高農)을 마다하고 의전(醫專)으로 들어갔고, 오늘에 이르러는, 맹장 수술로는 서울서도 정평이 있는 한 권위가 된 것이다.

'창옥아, 기뻐해 다구. 이번에 내 병원이 좋은 건물을 만나 커지는 거다. 개인병원으론 제일 완비한 수술실이 실현될 거다! 입원실 부족도 해결될 거다. 네 사진을 크게 확대해 내 새 진찰실에 걸어 노마……'

창섭은 바람도 쌀쌀할 뿐 아니라, 오후 차로 돌아가야 할 길이라 걸음을 재우쳤다.

길은 그전보다 넓어도 졌고 바닥도 평탄하였다. 비나 오면 진흙에 헤어날 수 없었는데 복판으로는 자갈이 깔리고 어떤 목은 좁아서 소바리가 논으로 미끄러져 들어가기 십상이었는데 바위를 갈라 내어서까지 일매지게[2] 넓은 길로 닦아졌다. 창섭은, '이럴 줄 알았더면 정거장에서 자전거라도 빌려 타고 올걸' 하였다.

눈에 익은 정자나무 선 논이며 돌각담을 두른 밭들도 나타났다. 자기 집 논과 밭들이었다. 논둑에 선 정자나무는 그전부터 있는 것이나 밭에 돌각담들은 아버지께서 손수 쌓으신 것이다.

창섭의 아버지는 근검(勤儉)으로 근방에 소문난 영감이다. 그러나 자기 대에 와서는 밭 하루갈이도 늘쿠지는 못한 것으로도 소문난 영감이

---

2 일매지다. 모두가 다 고르고 가지런하다.

다. 곡식값보다는 다른 물가들이 높아졌을 뿐 아니라 전대(前代)에는 모르던 아들의 유학이란 것이 큰 부담인데다가,

"할아버니와 아버니께서 나를 부자 소린 못 들어도 굶는단 소린 안 듣고 살도록 물려주시구 가셨다. 드럭드럭 탐내 모아선 뭘 허니, 할아버니께서 쇠똥을 맨손으로 움켜다 넣시던 논, 아버니께서 멍덜을 손수 이룩허신 밭을 더 건 논으로 더 기름진 밭이 되도록, 닥달만 해가기에도 내겐 벅찬 일일 게다."

하고, 절용해 쓰고 남는 돈이 있으면 그 돈으로는 품을 몇씩 들여서까지 비뚠 논배미를 바로잡기, 밭에 돌을 추려 바람맞이로 담을 두르기, 개울엔 둑막이하기, 그리다가 아들이 의사가 된 후로는, 아들 학비로 쓰던 몫까지 들여서 동네 길들은 물론, 읍길과 정거장 길까지 닦아 놓았다. 남을 주면 땅을 버린다고 여간 근실한 자국이 아니면 소작을 주지 않았고, 소를 두 필이나 매고 일꾼을 세 명씩이나 두고 적지 않은 전답을 전부 자농(自農)으로 버티어 왔다. 실속이 타작(打作)만 못하다는 둥, 일꾼 셋이 저희 농사 해 가지고 나간다는 둥 이해만을 따져 비평하는 소리가 많았으나 창섭의 아버지는 땅을 위해서는 자기의 이해만으로 타산하려 하지 않았다. 이와 같은 임자를 가진 땅들이라 곡식은 거둔 뒤, 그루만 남은 논과 밭이되, 그 바닥들의 고름, 그 언저리들의 바름, 흙의 부드러움이 마치 시루떡 모판이나 대하는 것처럼 누구의 눈에나 탐스럽게 흐뭇해 보였다.

이런 땅을 팔기에는, 아무리 수입은 몇 배 더 나은 병원을 늘쿠기 위해서나 아버지께 미안하지 않을 수 없었다. 그러나 잡히기나 해가지고는 삼만 원 돈을 만들 수가 없었고, 서울서 큰 양관(洋館)을 손에 넣기란

돈만 있다고도 아무 때나 될 일이 아니었다.

'아버지께선 내년이 환갑이시다! 어머니께선 겨울이면 해마다 기침이 도지신다. 진작부터 내가 모셔야 했을 거다. 그런데 내가 시굴로 올 순 없고, 천생 부모님이 서울로 가시어야 한다. 한동네서도 땅을 당신만치 못 거둘 사람에겐 소작을 주지 않으셨다. 땅 전부를 소작을 내어맡기고 는 서울 가 편안히 계실 날이 하루도 없으실 게다. 아버님의 말년을 편안 히 해드리기 위해서도 땅은 전부 없애 버릴 필요가 있는 거다!'

창섭은 샘말에 들어서자 동구에서 이내 아버지를 뵐 수가 있었다. 아버지는, 가에는 살얼음이 잡힌 찬물에 무릎까지 걷고 들어서서 동네 사람들을 축추겨 돌다리를 고치고 계시었다.

"어떻게 갑재기 오느냐?"

"네. 좀 급히 여쭤 봐야 할 일이 생겼읍니다."

"그래? 먼저 들어가 있거라."

동네 사람 수십 명이 쇠고삐 두 기장은 흘러내려간 다릿돌을 동아줄 에 얽어 끌어올리고 있었다. 개울은 동네 복판을 흐르고 있어 아래위 로 징검다리는 서너 군데나 놓였으나 하룻밤 비에도 일쑤 넘치어 모두 이 큰 돌다리로 통행하던 것이었다. 창섭은 어려서 아버지께 이 큰 돌 다리의 내력을 들은 것이 아직도 기억에 남아 있다.

"너이 증조부님 돌아가시어서다. 산소에 상돌을 해오시는데 징검다 리로야 건네올 수가 있니? 그래 너이 조부님께서 다리부터 이렇게 넓 구 튼튼한 돌루 노신 거란다."

그 후 오륙십 년 동안 한 번도 무너진 적이 없었는데 몇 해 전 어느 장마엔 어찌 된 셈인지 가운데 제일 큰 장이 내려앉아 떠내려갔던 것이다. 두께가 한 자는 실하고 폭이 여섯 자, 길이는 열 자가 넘는 자연석 그대로라 여간 몇 사람의 힘으로는 손을 댈 염두부터 나지 못하였다. 더구나 불과 수십 보 이내에 면(面)의 보조를 얻어 난간까지 달린 한다 한 나무다리가 놓인 뒤에 일이라 이 돌다리는 동네 사람들에게 완전히 잊혀진 채 던져져 있던 것이었다.

집에 들어가니, 어머니는 다리 고치는 사람들 점심을 짓느라고, 역시 여러 명의 동네 여편네들과 허둥거리고 계시었다.

"웬일인데 어째 혼자만 오느냐?"

어머니는 손자아이들부터 보이지 않음을 물으신다.

"오늘루 가야겠어서 아무두 안 데리구 왔읍니다."

"오늘루 갈 걸 뭘 허 오누?"

"인전 어머니서껀 서울로 모셔 갈 채빌 허러 왔다우."

"서울루! 제발 아이들허구 한데서 살아 봤음 원이 없겠다."

하고 어머니는 땅보다, 조상님들 산소나 사당보다 손자아이들에게 더 마음이 끌리시는 눈치였다. 그러나 아버지만은 그처럼 단순히 들떠질 마음이 아니었다.

아버지는 아들의 뒤를 쫓아 이내 개울에서 들어왔다. 아들은, 의사인 아들은, 마치 환자에게 치료방법을 이르듯이, 냉정히 채견채견히 이야기를 시작하였다. 외아들인 자기가 부모님을 진작 모시지 못한 것이 잘못인 것, 한집에 모이려면 자기가 병원을 버리기보다는 부모님이 농토를 버리시고 서울로 오시는 것이 순리인 것, 병원은 나날이 환자가 늘어 가나 입원실이 부족되어 오는 환자의 삼분지 일밖에 수용 못하는 것, 지금 시국에 큰 건물을 새로 짓기란 거의 불가능의 일인 것,

마침 교통 편한 자리에 삼층 양옥이 하나 난 것, 인쇄소였던 집인데 전체가 콘크리트여서 방화 방공으로 가치가 충분한 것, 삼층은 살림집과 직공들의 합숙실로 꾸미었던 것이라 입원실로 변장하기에 용이한 것, 각층에 수도·가스가 다 들어온 것, 그러면서도 가격은 염한 것, 염하기는 하나 삼만 이천 원이라, 지금의 병원을 팔면 일만 오천 원쯤은 받겠지만 그것은 새 집을 고치는 데와, 수술실의 기계를 완비하는 데 다 들어갈 것이니 집값 삼만 이천 원은 따로 있어야 할 것, 시골에 땅을 둔대야 일 년에 고작 삼천 원의 실리가 떨어질지 말지 하지만 땅을 팔아다 병원만 확장해 놓으면, 적어도 일 년에 만 원 하나씩은 이익을 뽑을 자신이 있는 것, 돈만 있으면 땅은 이담에라도, 서울 가까이라도 얼마든지 좋은 것으로 살 수 있는 것……. 아버지는 아들의 의견을 끝까지 잠잠히 들었다. 그리고,

"점심이나 먹어라. 나두 좀 생각해 봐야 대답허겠다."

하고는 다시 개울로 나갔고, 떨어졌던 다릿돌을 올려놓고야 들어와 그도 점심상을 받았다.

점심을 자시면서였다.

"원, 요즘 사람들은 힘두 줄었나 봐! 그 다리 첨 놀 제 내가 어려서 봤는데 불과 여남은이서 거들던 돌인데 장정 수십 명이 한나잘을 씨름을 허다니!"

"나무다리가 있는데 건 왜 고치시나요?"

"너두 그런 소릴 허는구나. 나무가 돌만허다든? 넌 그 다리서 고기 잡던 생각두 안 나니? 서울루 공부 갈 때 그 다리 건너서 떠나던 생각 안 나니? 시쳇사람들은 모두 인정이란 게 사람헌테만 쓰는 건 줄 알드

라! 내 할아버니 산소에 상돌을 그 다리로 건네다 모셨구, 내가 천잘 끼구 그 다리루 글 읽으러 댕겄다. 네 어미두 그 다리루 가말 타구 내 집에 왔어. 나 죽건 그 다리루 건네다 묻어라…… 난 서울 갈 생각 없다."

"네?"

"천금이 쏟아진대두 난 땅은 못 팔겠다. 내 아버님께서 손수 이룩허시는 걸 내 눈으루 본 밭이구, 내 할아버님께서 손수 피땀을 흘려 모신 돈으루 작만허신 논들이야. 돈 있다구 어듸가 느르지논 같은 게 있구, 독시장밭 같은 걸 사? 느르지 논둑에 선 느티나문 할아버님께서 심으신 거구, 저 사랑마당엣 은행나무는 아버님께서 심으신 거다. 그 나무 밑에를 설 때마다 난 그 어룬들 동상(銅像)이나 다름없이 경건한 마음이 솟아 우러러보군 헌다. 땅이란 걸 어떻게 일시 이해를 따져 사구 팔구 허느냐? 땅 없어 봐라 집이 어듸스며 나라가 어듼는 줄 아니? 땅이란 천지만물의 근거야. 돈 있다구 땅이 뭔지두 모르구 욕심만 내 문서쪽으루 사 모기만 하는 사람들, 돈노리처럼 변리만 생각허구 제 조상들과 그 땅과 어떤 인연이란 건 도시 생각지 않구 헌신짝 버리듯 하는 사람들, 다 내 눈엔 괴이한 사람들루밖엔 뵈지 않드라."

"……."

"네가 뉘 덕으루 오늘 의사가 됐니? 내 덕인 줄만 아느냐? 내가 땅 없이 뭘루? 밭에 가 절하구 논에 가 절해야 쓴다. 자고로 하눌 하눌 허나 하눌의 덕이 땅을 통허지 않군 사람헌테 미치는 줄 아니? 땅을 파는 건 그게 하눌을 파나 다름없는 거다."

"……."

"땅을 밟구 다니니까 땅을 우섭게들 여기지? 땅처럼 응과(應果)가 분명헌 게 무어냐? 하눌은 차라리 못 믿을 때두 많다. 그러나 힘드리는 사람에겐 힘드리는 만큼 땅은 반드시 후헌 보답을 주시는 거다. 세상에 흔해 빠진 지주들, 땅은 작인들헌테나 맡겨 버리구, 떡 도회지에 가 앉어 소출은 팔어다 모다 도회지에 낭비해 버리구, 땅 가꾸는 덴 단돈 일 원을 벌벌 떨구, 땅으루 살며 땅에 야박한 놈은 자식으로 치면 후레자식 셈이야. 땅이 말을 할 줄 알어 봐라? 배가 고프단 땅이 얼마나 많을 테냐? 해마다 걷어만 가구, 땅은 자갈밭이 되니 아나? 둑이 떠나가니 아나? 거름 한번을 제대로 넣나? 정 급허게 돼 작인이 우는 소리나 해야 요즘 너이 신의들 주사침 놓듯, 애꾸진 금비(藥品肥料)만 갓다 털어넣지. 그렇게 땅을 홀댈 허군 인제 죽어서 땅이 무서서 어딜루들 갈 텐구!"

창섭은 입이 얼어 버리었다. 손만 부비었다. 자기의 생각은 너무나 자기 본위였던 것을 대뜸 깨달았다. 땅에는 이해를 초월한 일종 종교적 신념을 가진 아버지에게 아들의 이단적(異端的)인 계획이 용납될 리 만무였다. 아버지는 상을 물리고도 말을 계속하였다.

"너루선 어떤 수단을 쓰든지 병원부터 확장허려는 게 과히 엉뚱헌 욕심은 아닐 줄두 안다. 그러나 욕심을 부련 못쓰는 거다. 의술은 예로부터 인술(仁術)이라지 안니? 매살 순탄허게 진실허게 해라."

"……."

"네가 가업(家業)을 이어나가지 않는다군 탄허지 않겠다. 넌 너루서 발전헐 길을 열었구, 그게 또 모리지배(謀利之輩)의 악업이 아니라 활인(活人)허는 인술이구나! 내가 어떻게 불평을 말허니? 다만 삼사 대 집안에서 공드려 이룩해 논 전장을 남의 손에 내맡기게 되는 게 저윽 애석헌 심사가 없달 순 없구……."

"팔지 않으면 그만 아닙니까?"

"나 죽은 뒤에 누가 걷우니? 너두 이제두 말했지만 너두 문서쪽만 쥐구 서울 앉어 지주 노릇만 허게? 그따위 지주허구 작인 틈에서 땅들만 얼말 곯는지 아니? 안 된다. 팔 테다. 나 죽을 임시엔 다 팔 테다. 돈에 팔 줄 아니? 사람헌테 팔 테다. 건너 용문이는 우리 느르지논 같은 건 한 해만 부쳐 보구 죽어두 농군으로 태났던 걸 한허지 않겠다구 했다. 독시장밭을 내논다구 해봐라, 문보나 덕길이 같은 사람은 길바닥에 나 앉드라두 집을 팔아 살려구 덤빌 게다. 그런 사람들이 땅 임자 안 되구 누가 돼야 옳으냐? 그러니 아주 말이 난 김에 내 유언(遺言)이다. 그런 사람들 무슨 돈으로 땅값을 한몫 내겠니? 몇몇 해구 그 땅 소출을 팔아 연년이 갚어 나가게 헐 테니 너두 땅값을랑 그렇게 받어 갈 줄 미리 알구 있거라. 그리구 네 모가 먼저 가면 내가 묻을 거구, 내가 먼저 가게 되면 네 모만은 네가 서울루 그때 다려가렴. 난 샘말서 이렇게 야인(野人)으로나 죄 없는 밥을 먹다 야인인 채 묻힐 걸 흡족히 여긴다."

"……."

"자식의 젊은 욕망을 들어 못 주는 게 애비 된 맘으루두 섭섭허다. 그러나 이 늙은이헌테두 그만 신렴쯤 직혀 오는 게 있다는 걸 무시하지 말어 다구."

아버지는 다시 일어나 담배를 피우며 다리 고치는 데로 나갔다. 옆에 앉았던 어머니는 두 눈에 눈물을 쭈루루 흘리었다.

"너이 아버지가 여간 고집이시냐?"

"안요. 아버지가 어떤 어룬이신 건 오늘 제가 더 잘 알았읍니다. 우리 아버진 훌륭헌 인물이십니다."

그러나 창섭도 코허리가 찌르르하였다. 자기가 계획하고 온 일이 실패한 것쯤은 차라리 당연하게 생각되었고, 아버지와 자기와의 세계가 격리되는 일종의 결별의 심사를 체험하는 때문이었다.

*

아들은 아버지가 고쳐 놓은 돌다리를 건너 저녁차를 타러 가버리었다. 동구 밖으로 사라지는 아들의 뒷모양을 지키고 섰을 때, 아버지의 마음도, 정말 임종에서 유언이나 하고 난 것처럼 외롭고 한편 불안스러운 심사조차 설레었다.

아버지는 종일 개울에서 허덕였으나 저녁에 잠도 달게 오지 않았다. 젊어서 서당에서 읽던 백낙천(白樂天)의 시가 다 생각이 났다. 늙은 제비 한 쌍을 두고 지은 노래였다. 제 뱃속이 고픈 것은 참아 가며 입에 얻어 문 것은 새끼들부터 먹여 길렀으나, 새끼들은 자라서 나래에 힘을 얻자 어디로인지 저희 좋을 대로 다 날아가 버리어, 야위고 늙은 어버이 제비 한 쌍만 가을 바람 소슬한 추녀끝에 쭈그리고 앉았는 광경을 묘사하였고, 나중에는, 그 늙은 어버이 제비들을 가리켜, 새끼들만 원망하지 말고, 너희들이 새끼 적에 역시 그러했음도 깨달으라는 풍자(諷刺)의 시였다.

'흥!⋯⋯.'

노인은 어두운 천장을 향해 쓴웃음을 짓고 날이 밝기를 기다려 누구보다도 먼저 어제 고쳐 놓은 돌다리를 보러 나왔다.

흙탕이라고는 어느 돌틈에도 남아 있지 않았다. 첫곬으로도, 가운뎃

곬으로도 끝엣곬으로도 맑기만 한 소담한 물살이 우쭐우쭐 춤추며 빠져 내려갔다. 가운뎃장으로 가 쾅 굴러 보았다. 발바닥만 아플 뿐 끄떡이 있을 리 없다. 노인은 쭈루루 집으로 들어와 소금 접시와 낯수건을 가지고 나왔다. 제일 낮은 받침돌에 내려앉아 양치를 하고 세수를 하였다. 나중에는 다시 이가 저린 물을 한입 물어 마시며 일어섰다. 속의 모든 게 씻기는 듯 시원하였다. 그리고 수염의 물을 닦으며 이렇게 생각하였다.

'비가 아무리 쏟아져도 어떤 한정을 넘는 법은 없다. 물이 분수없이 늘어 떠내려갔던 게 아니라 자갈이 밀려 내려와 물구멍이 좁아졌든지, 그렇지 않으면, 어느 받침돌의 밑이 물살에 궁굴러 쓰러졌던 그런 까닭일 게다. 미리 바닥을 치고 미리 받침돌만 제대로 보살펴 준다면 만년을 간들 무너질 리 없을 게다. 그저 늘 보살펴야 허는 거다. 사람이란 하늘 밑에 사는 날까진 하루라도 천리(天理)에 방심을 해선 안 되는 거다……'

『돌다리』, 박문서관, 1943.12

뒷방마님

윤은 담배 가게를 둘이나 지나쳤다. 그런데 저만치 또 하나 나타난다. 우편국 안 우표 파는 구멍처럼 유리를 뚫고 얼굴 하얀 소녀가 시퍼렇게 쌓인 해태갑 옆에서 이쪽을 내다보기까지 한다.

'저렇게 모퉁이마다 점령허구 앉았는 걸 봄, 담배란, 인생에게 밥보다 옷보다두 더 소중한 건지두 몰라!'

이런 생각을 하면서 윤은 저고리와 바지의 주머니 바닥마다 다시 한번 손끝으로 쓸어본다. 각전이란 오 전짜리 한 닢 걸리지 않는다. 그의 손은, 팽팽한 조끼 윗주머니에 찌른, 네 겹으로 겹쳐진 오 원짜리 지폐로 왔다. 아까 접을 때 빨각거리던 소리가 다시 손톱 끝에 느껴진다.

'이걸 부실러?'

그새 담배 가게는 닥쳤다. 얼굴 하얀 소녀는, 윤을 얼굴은 보지 않고 닦은 지 오랜, 볼이 터진 구두에만 살짝 눈을 던지더니 '흥!' 하기나 하는 것처럼 턱을 고이며 얼굴을 딴 데로 돌린다.

'허, 고년!'

윤은 입안은 좀 텁텁했으나 담배 가게를 또 그냥 지나치기를 '잘했다!' 하였다.

하루 배급 쌀이 일 원 이십 전, 장작이 한 단에 오십 전, 고기나 이삼십 전어치, 채소라야 일이십 전, 오 원짜리를 부순댔자 오늘은 아내의

내어미는 손에 떳떳할 수가 있으나, 그러나,

"거 밤낮 일 원, 이 원, 안달이 나 어디 살겠수?"

하고, 십 원짜리, 하다못해 오 원짜리라도 한몫 들고 나가, 남처럼 고기라도 시목으로 한 근씩 척척 사들고 들어와 보고 싶어하는 아내의, 작으나 절실하기는 한 욕망을 단 하루라도 이뤄주고 싶던 것도, 윤 자신에게 있어서도 작으나 절실하기는 하던 욕망이라,

'담배야 잠시 참는다구 살이 내리랴! 아내더러, 거 들어올 때 담배나 뒤 갑 사가지구 오, 하면 오늘 담배는 군소리가 없으렸다!'

하고 윤은 담배 가게가 다시 나서건 말건, 부지런히 집을 향해 걷는데, 큰길을 건너 다시 골목길을 들어서다. 저만치 웬 마나님 한 분이 앞섰는데 그 뒷모양, 그 걸음걸이가 대뜸 눈에 익다. 머리엔 공단 조바위, 왼편 손엔 회색 책보, 손목엔 까만 염주, 바른손으론 흰 양산을 낮수건으로 중동을 질끈 동여 짚었다.

'뒷방마님!'

윤은 볼수록 그 아장거림이나 약간 체머리[1] 끼가 있어 보이는 것까지 뒷방마님이 틀리지 않았다. 그 왼편 손에 든 책보 속에는 그분이 좋은 곳으로 가기 위해 벌써 여러 해째 외우는, 윤도 여러 번 보았고, 한번은 뚜껑을 다시 매어드린 적도 있는, 그 밀다심경(蜜多心經)이 들어 있을 것도 틀리지 않았다. 윤은 이런 생각들이 혈관에서 일어나는 것처럼 전신이 화끈함을 느끼며 우뚝 길 위에 서 버리었다.

뒷방마님은 골목을 바른편으로 접어들었다. 윤은 얼른 다시 걸었다.

---

1 머리가 저절로 계속하며 흔들리는 병적 현상.

골목은 다시 틔었다. 뒷방마님은 그저 양산을 짚는다기보다 끌며 타박타박 걷고 있었다.

*

뒷방마님은, 윤이 낳기 전부터 이미 윤의 집 식구였다. 윤의 어머니가 시집올 때 친정에서 데리고 온 침모로서, 자식도 친척도 없는 여인이었다. 윤의 어머니를 주인이라기보다 자기 딸처럼 아끼어 윤의 어머니가 부엌에 내려서게 되면, 바느질 감을 붙들었다고 해서 그냥 앉아 있지 않았다. 다른 하인이 없어서가 아니라 윤의 어머니의 시집살이면 무어든 대신 맡아서 자기 손발로 해내고 싶어했다. 그런 다심한 정과 의리에는 윤의 아버지도 일찍부터 감동되어, 내외간 말다툼 한마디 그 뒷방마님 듣는 데서는 크게 하기를 미안해 여겼다. 윤에게도, 그의 할머니나 외할머니보다 오히려 살뜰히 굴었다. 커서 중학에 다닐 때까지도 할머니에겐 떼쓰지 못할 것을 이 뒷방마님한테는 곧잘 떼를 썼다.

뒷방이 그의 방이었던, 뒷방마님은 바늘귀가 안 보일 때까지 여러 식구들의 옷을 지어대었다. 그러나 요즘 침모들처럼 월급이란 것이 없었다. 그는 단지 이 집에서 식구의 한 사람으로 쳐주는 데 만족하였고, 이 집 식구의 한 사람으로 이 집에서 죽는 것을 바랄 뿐이었다. 그랬는데 윤의 집이 갑자기 몰락이 되어 집 한간 남지 않게 된 것이었다. 셋집 살림으로 나서게 되어 윤의 할머니까지 그의 딸네 집으로 처소를 옮기게 되는 형편에 이르러, 이 뒷방마님에게만 뒷방이 안재할 리 없었다. 그때는 이미 눈이 어두워 침모로 오랄 데도 없어, 마침내 양로원으로 가 염주를 헤이고 앉았게 된 것도 이미 삼 년 전의 사정이었다.

윤의 집 식구들은 뒷방마님을 잊은 적이 있어도 뒷방마님만은 윤의 집을 잊은 적이 없는 듯, 매달은 아니라도 매철 따라서 꼭꼭 와주었다. 손목에 벌써 길든 지 오랜 염주를 걸고 그 언제 어디서 죽을지 몰라 잠시를 나와도 놓는 법이 없다는 밀다심경 책보를 들고 자기 양산은 겨울이나 여름이나 구별이 없으면서도 윤의 옷을 보고는 으레 봄이면 "여태 솜것을 못 벗었구나!" 가을이면 "여태 솜것을 못 입었구나!" 하고 혀를 쯧쯧 차곤 했다. 한번은 "돈이 다 어딜가 썩누?" 하였다. 윤이 "돈은 있으면 멀 하실려우?" 물었더니 "너이 아버진 물쓰듯 하던 걸 넌 지금이 한참인데 얼마나 답답허겠니!" 하였고, 윤이 "이담 내 돈 잘 벌어 잘 쓰는 걸 보구 도라가슈" 하였더니 "그래라. 그땐 날 더두 말구 삼만 원만 다구" 하였다.

어느 드팀전에 어느 해 여름에 적삼 감 한 가지 끓은 게 한 이 원 된다 하였고 자기가 가면 할머니나처럼 반가워하는 몇 아는 집 아이들에게 군밤이라도 몇 톨씩 사가지고 한번 가보고 싶다는 것이었다.

윤은 그 후부터는 뒷방마님을 생각하면 '삼 원'이 생각났고, 어쩌다 삼 원 돈을 만지게 되면 문득 뒷방마님 생각이 나곤 하였다. 이제 오 원 지폐를 몸에 지니고 앞에 가는 노인이 뒷방마님인 것을 알았을 때 전신이 화끈 달아올랐음은 오로지 이런 기회를 맘속에 오래 별러왔기 때문이었다.

*

'삼 원! 얼른 이 오 원짜릴 담밸 사구 바꾸자!'

뒷방마님의 뒷모양이 저만치 막다른 데서 다시 옆골목으로 꼬부라지려는 데서였다. 새로 나타나는 담배 가게로 뛰어들었다.

"피종 한 갑만 주슈."

"그건 바꿀 게 없는걸요."

윤은 잠깐 어쩔 줄 모르다가 뒷방마님의 뒷모양이 다른 골목 안으로 사라지는 것을 보고 얼른 오 원짜리를 도로 집어넣고 뒤를 따랐다.

이번에 나서는 골목은 제법 번화하였다. 반찬 가게와 과일전도 여기저기 있었다. 뒷방마님은 이 세상 모든 시설이 이미 자기에겐 한 가지도 상관이 없다는 듯이 돌아보기는커녕 곁눈 한 번 팔지 않고 그냥 앞만 향해서 타박타박 걸을 뿐이었다. 마치 그의 인생의 종점을 향해 나아가는 그의 운명을 보는 듯 번잡한 거리로되 그분의 그림자는 산협 속에처럼 호젓해 보였다. 윤은 얼른 과일전으로 들어갔다.

"사과 좀 살 테니 이거 바꿀 거 있겠소?"

"웬걸요. 이제 이 위 싸전에서 바꿔가서……."

윤은 얼른 다시 길로 나섰다.

'예라 오 원짜리째 그냥 드리자! 삼 원의 거이 갑절, 얼마나 좋아허실가! 우리 집에 와 일생을 희생한 어른 아니냐? 이까짓 오 원 한 장을 그냥 드리지 못허구 부슬르지 못해 발발 떠는 내 꼴이…… 에이!'

윤은 몇 걸음 뛰었다. 이제는 '뒷방마냄 어딜 가세요?' 하면 이내 알아듣고 돌아설 만한 거리에 왔을 때다. 바로 싸전 앞인데 배급 쌀 사러 온 사람들이 늘어섰다. 그들의 그, 물건을 산다기보다, 목숨을 사는 것 같은, 진실하고 긴장한 태도들은, "배급 쌀은 외상두 없다. 어듸 가 한

줌인들 꿀 수나 있는 줄 아니?" 하시던 어머니의 말씀을 집에서 듣던 몇 갑절 큰소리로 질러주는 것 같았다.

윤은 그만 뛰던 속력 그대로 뒷방마님에게 내처 뛸 힘이 없어지고 말았다. 휘휘 둘러보았다. 윤은 육고집[2]으로 들어섰다.

"얼른 고기 반 근만 주슈."

하나같이 뚱뚱한 육고집 주인은 청룡도만한 칼을 들어 어기죽어기 죽 창구멍으로 오더니,

"얼마치라구요?"

하고 다시 말을 시킨다.

"반 근이래지 않었소? 그런데 오 원짜리 하나 바꿀 거 있겠소?"

"돈 오 원 없을라구……."

하면서 돌아서더니, 쇠갈고리에 열을 지어 걸어놓은, 갈비를 한참, 시목을 한참, 다리를 한참, 어디서 베어 와야 할지 몰라 쳐다만 보더니, 결국 도로 첫머리로 와 시목에서 주먹만치 베어 온다. 저울추가 놓기가 바쁘게 떨어진다.

다시 어청어청 가더니 이번엔 다리에서 한 점 떼어온다. 그만 저울추가 반대로 지나쳐 올라간다.

"여보 급허우."

윤은 행길을 내다보았다. 꽤 멀어지긴 했어도 뒷방마님의 뒷모양은 그냥 길 위에 있다. 오 원짜리는 벌써 디민 지 오래다. 육고집 주인은 바구니에서 각전을 헤이기 시작하였다.

---

2 푸줏간. 정육점.

"거 일 원짜리 지전 없소?"

"그 양반, 각전은 돈 안요?"

"급허니까요."

그나마 각전은 사 원도 채 못 되는 모양이었다. 허리띠에 찬 주머니에서 열쇠를 꺼내더니 각전 바구니를 얹어놓은 커다란 궤목궤를 열기 시작하는 것이었다.

윤은 다시 행길을 내다보았다. 희끗, 분명히 뒷방마님의 뒷모양이 또 샛골목으로 빠지는 순간이었다.

"얼른요."

육고집 주인의 투박한 주먹이 지전, 각전 한데 뭉쳐 내미는 대로 받아들기가 바쁘게 윤은 뛰었다. 그 희끗 사라지던 골목에 다다라 본즉, 길은 다시 갈라져 두 갈래였다. 어느 쪽에도 뒷방마님의 뒷모양은 보이지 않는다. 윤은 잠깐 망설이다가 좁은 골목부터 뛰어들어갔다. 뒷방마님의 걸음으로 더 가지 못했을 데까지 가보나 없다. 도로 나와 다른 골목을 또 그만치 뛰어 보았다. 여기서도 만나지 못하였다.

'그럼, 이 근처 어느 집에 들어가신 거나 아닐까?'

그러나 물을 사람도, 귀를 엿들을 데도 없는 것이었다.

윤은 몇 가지 후회가 안타깝게 치밀었으나 그만 담배를 한 갑 사서 피우며 집으로 돌아오고 말았다.

*

그 뒤, 고작 한 보름 지났을까 한 어느 날 저녁이다. 윤은 집에는 부

고 한 장이 배달되었다. 바로 양로원에서 온, 경주 김 씨, 뒷방마님의
부고였다.

十六年 十一月 十二日

『돌다리』, 박문서관, 1943.12

제1호 선박의 삽화[1]

K도(道), 목포와 지호(指呼) 사이에 있는 이 섬은 번잡한 목포항과는 달리 매우 조용한 곳이었다. 끊임없이 들려오는 기관차의 소음이라든가, 주야를 가리지 않고 드나드는 기선의 소음도 이 K섬에서는 유달산(儒達山)에 부딪혀 되돌아 온 여운만이 들려 올 뿐이었다. K도는 그야말로 썰물의 파도 소리 말고는 평화로운 갈매기 울음만 들려 올 뿐인 한적한 섬이었다.

이런 K도에도 드디어 시대의 손길이 뻗쳐 왔다. 조그마하면서도 바다에 관한 모든 것을 혼자 떠맡고 있기나 한 것처럼 소란을 떨어대는 발동기선이 하루 수십 회씩 출입을 하면서 사람들과 목재를 실어 나르곤 하였다. 섬의 저 쪽에서는 창고가 올라가고 있었으며, 이쪽에서 사무실과 사택, 합숙소 등이 신축되느라고 분주하였고, 축항(築港) 작업과 산을 깎아내는 발파음 등이 요란하게 울려 퍼졌다.

목포에 있던 몇 개의 조선회사가 대회사로 통합되면서, 그 조선소가 이 K도에 자리 잡게 된 것이었다. 국민복을 입은 사무원들, 팔뚝에 붉은 완장을 두른 감독과 오장(伍長)들, 오장을 겸한 조선 책임자들, 목수(大工), 잡역부들, 청소년 견습공 등이 누가 누군지 알 수 없을 정도로 뒤

---

1   호테이 토시히로 · 심원섭이 번역하였다.

섞여 북적이고 있었다.

내내 북적대던 그 인파가 오늘은 조금 질서 있게 보였다. 아침부터 계속 울려대는 호각 소리에 맞춰 인파는 한 조씩 대열을 가다듬었다. 그런 와중에 국기가 게양되면서 가장 작은 발동기선인 미도리마루(綠丸)가 국민복을 입은 수십여 명의 사람들을 태우고 그 모습을 드러냈다. 일흔이 넘은 노(老)사장이 맨 먼저 내려왔다. 고집불통처럼 보이는 이마에 굵은 땀이 흘러내리고 있었으나 상의는 단추 하나도 끌러놓은 것이 없었다. 교통국(交通局) 출장소장이 뒤이어 내려왔다. 그 뒤로 조선부장(造船部長)이 내려왔고, 뒤를 이어 내려오는 사무원들도 평소와는 달리 눈과 입가에 가득 긴장감을 드러내고 있었다. K도 조선소가 직접 제작하게 될 표준형 화물선의 설계도가 이날 도착한 것이었다.

국민의례가 끝나고 사장의 인사, 교통국 출장소장의 격려사가 끝난 후 조선 책임자들에게 설계도가 한 장씩 건네졌다. 뒤이어 조선부장의 연설이 있었다.

긴 연설이었다. 조선 책임자가 아닌 이들은 눈만 휘둥그레져 있을 뿐이었으나, 그들이 맞았던 시간 중에서 가장 중요한 때이므로, 졸거나 웅성거리는 이들은 없었다. 그 뒤 질문 시간에 이르러, 책임자 중 한 사람이 일어나 질문을 시작했을 때는 견습공뿐만 아니라 일반 노무자석에까지 웅성거리는 분위기가 퍼졌다.

"저이가 구니모토(國本)[2]야."

"구니모토가 최고라지."

---

2 창씨명임.

"뭐가?"

"뭐긴 뭐야, 이 밥통아, 배 만드는 거 말이지."

"국어[3]도 잘 한다며."

구니모토와 가와사키 감독만이 일어났을 뿐, 책임자들은 말없이 도면만 응시하고 있었다. 조선부장의 연설을 구니모토나 가와사키(川崎) 감독 이상으로 잘 알아들을 수 있는 이가 없었기 때문이다. 무엇보다도 도면이 너무 복잡했기 때문에, 이런 자리에서 그 내용을 금방 이해할 수도 없었을 뿐 아니라, 혹 질문하고 싶은 것이 있다 하더라도, 짧은 국어 실력으로는 부하나 동료들의 조롱거리가 되기 십상이었기 때문이다. 그리고 이 자리에서 질문할 기회를 놓친다 하더라도 그들이 별 걱정을 하지 않아도 될 이유가 있었다. 그들에게는 모르는 부분에 관해서 가와사키 감독보다도 더 친절하게 조선어로 가르쳐 주는 구니모토라는 존재가 있었기 때문이다. 학술적인 문제라면 또 모르지만, 조선 기술이라든가 설계도 내용 파악, 완성된 선박의 문제를 순식간에 파악해 낼 수 있는 안목에 관해서라면, 가와사키 감독도 구니모토를 따라 올 수 없다는 것을 그들은 잘 알고 있었다. 삼십여 명의 책임자 중에 섞여 있는 하야시(林)나 히라노(平野) 등, 자기들의 나이를 들먹이면서 "구니모토 시대는 이미 지났어" 하고 질투를 해대던 축들도, 막상 도면이 펼쳐지자 구니모토 주위에 모여 서 있었다.

구니모토는 어릴 때 모지(門司)[4]에 있는 조선회사에서 십년 동안 일한 적이 있었다. 이번에 통합된 회사의 모(母)회사인 목표 M조선회사에 입

---

3 일본어.
4 일본 규수에 있는 도시.

사한 지도 이미 칠 년이 가까웠다. 그중 후반 3년은 감독으로 일하였다. 그는 조선 작업뿐만 아니라, 손재주 자체가 뛰어난 인물이었다. 그래서 설계 도면보다도 완성된 실물 쪽이 더 낫다는 평을 받고 있었다. 같은 설계도로 만든 배인데도, 구니모토가 만든 배는 보기만 해도 튼튼하고 빠른 것처럼 보였다. 선원들 역시도 구니모토가 만든 배가 속도가 빠르다고 말하곤 했다.

구니모토가 갖고 있는 것은 뛰어난 조선 기술만이 아니었다. 원래 배를 좋아했다. 어릴 때에는 연날리기를 좋아해서 대나무 조각이나 종이가 있으면 연 만들기에 열중하곤 했는데, 어찌된 일인지 모형 배를 깎아 만드는 일을 익힌 뒤부터는 연 따위는 돌아보지도 않았다. 하늘보다 안전하게 배를 띄울 수 있는 바다를 좋아했으며, 실을 이용해야 하는 연보다 바람을 마음껏 이용해서 자유자재로 움직일 수 있는 배를 더 마음에 들어 했다.

경성(京城)의 어느 백화점에 들렀을 때였다. 구식 돛단배 모형이 유리상자 속에 들어 있었는데, 값이 목선 한 척 값 정도였다. 이로 미뤄 보아 이것은 조선공들을 위한 것이 아니라 호화로운 응접실이나 서재 장식용 상품이 분명했다.

"배를 좋아하는 게 그렇게 천한 취미는 아니군."

구니모토는 의기양양해졌다. 그는 귀가하자마자 돛단배 제작에 몰두했다. 지금까지 모형만 이미 십여 척을 만들었을 뿐만 아니라, 그중 가장 멋진 것은 지금도 조선회사 사장집에 모셔져 있었다.

구니모토에게 배는 자기 자식과 같은 것이었다. 외장(外粧) 작업이 끝난 배가 자기 손을 떠나 타인 손으로 넘어가는 것을 볼 때에는 자긍심과 더불어 말로 할 수 없는 고독감을 느끼곤 했다. 그것은 딸을 시집보낼 때의 마음과 똑같은 것이었다. 아직 딸이 어리기 때문에 그런 경험이 있었던 것은 아니나, '딸을 시집보낼 때에 느끼는 것이 바로 이런 마음일 거'라고 내내 느끼곤 했다. 누가 만든 배인지 몰라도 선수(船首)가 깨지거나 외판(外板)이 벗겨지거나 한 채로 다른 배에 끌려 들어오는 배를 보면, 구나모토는 선주보다도 더 분개하곤 했다.

"저 배에 탄 놈들은 모조리 눈뜬장님들이구나. 배라는 건 하라는 대로 움직이기 마련인데, 저 놈들 저래 놓고도 태연하겠지."

비바람이 심하게 몰아치는 날에는 구니모토는 자주 선창을 돌아보고 귀가하곤 하였다. 바람이 불면 작은 목선들은 선창에 따로 모아 정박시켜 두는 것이 보통의 관례였다. 구니모토는 남의 솜씨를 보는 것도 즐거웠지만, 몇 년 전에 시집보냈던 자기의 딸을 보는 것도 기뻤다. 파도를 타고 각양각색으로 몸을 흔들어대는 배들의 모양을 보는 것도 즐거웠다.

이런 구니모토가 지금까지 직접 만든 배 중에서 가장 규모가 큰 것이 90톤급이었다.

"철선(鐵船)에 뒤지지 않을 정도로 큰 놈을 만들어 보고 싶어."

이것이 그가 갖고 있는 은밀한 소망이었다. 그러던 차에 이번 배가 ○○톤을 훨씬 넘는다는 사실을 알고 나서 구니모토의 기세는 당당해졌던 것이다. 많은 회사들이 통합되었을 뿐 아니라, 모집된 조선공 숫자만도 2백 명 이상에 이르고 있었다. 배 한 척을 각각 담당하는 책임자만도 50여 명이나 되는 그 속에서, 기술면에서나 능률면에서나 가장 뛰어난 사람이 되고 싶은 경쟁심이, 누구보다도 강하게 구니모토의 속에 끓어올랐다.

구니모토는 밤새 잠을 이루지 못했다. 설계도가 지금까지 다룬 것 중에서 가장 치밀하고 정확한 것이었기 때문에 걱정거리는 없었다. 조립을 끝낸 골격 위에 외판(外板)을 붙여서 배 모양이 완성되는 것을 눈앞에 그려보는 것은 즐거운 일이었다. 그러나 배의 형태를 생각하면 할수록 의심이 가는 데가 있었다.

"이렇게 크고 적재량이 많은 놈이라면 가능한 한 물의 저항이 적어야 하는데……."

구니모토의 눈에는 배의 가로 길이가 너무 넓어 보였다. 외양면으로도 날씬한 맛이 없었다. 따라서 선수(船首)와 선복(船腹)이 받는 물의 저항이 늘어나서 속도가 떨어질 것으로 생각되었다. 그러나 설계자가 한 개인도 아닌 데다가, 가령 그것이 한 개인이었다고 치더라도, 지금 옆 자리에 있는 것도 아니기 때문에 이의를 제기할 수도 없었다. 이 문제로 고심하고 있는 사이에 문득 "옳지, 이렇게 하면 되지" 하는 생각이 떠올랐다.

"이렇게 설계한다면 오히려 각자 솜씨를 잘 드러낼 수 있겠구나. 일단은 설계도를 따를 수밖에 없지만, 선수와 선복 사이만이라도 솜씨를 발휘해서 줄인다면, 경쾌한 맛이 더 나게 될 거야. 이 점을 생각하고 있는 책임자는 몇 안 될 거야."

구니모토는 결심을 굳혔다.

"먼저 기술과 능률로 내 존재를 확실하게 보여 줘야지. 가와사키? 흥, 가와사키 따위가 뭐 감독이야. 제작이나 배 보는 안목이라면 목포 바닥에서 날 따라잡을 놈은 한 놈도 없어."

구니모토는 전에 있던 회사에서 감독 자리에 있었기 때문에, 새 회사에서 남의 밑에 들어가게 된 것을 다소 불만으로 여기고 있었던 것이다.

다음 날 아침 일찍, 사장 이하 조선부장, 자재부장, 노무계 주임, 본사원(本社員) 등이 출근을 했다. 공사장 할당이 시작되었으며 책임자들에게 공원(工員)들과 선재(船材)가 배당되었다. 공원은 직공(職工) 자격을 갖고 있는 이가 19명, 견습공 30명, 그리고 책임자까지 합하여 50명이 한 척의 배를 완성하는 것인데, 작업 시간은 아침 일곱 시부터 저녁 여섯 시 반까지였다. 점심시간 30분, 오후 중간 휴식이 30분, 꼭 하루 열 시간 반의 작업이었다.

첫날 아침부터 책임자들 사이에 오가던 화제는 "야, 너희들 하루 이렇게 일해서 완성 때까지 얼마나 걸릴 것 같아" 하는 것이었다. 점심시간에 책임자들이 모이는 자리에 가와사키 감독이 나와 "어때? 며칠 정도면 끝낼 것 같나? 한번 맞혀봐" 하며 이 화제를 끌어냈던 것이다.

모두 입을 다물고 구니모토의 입만 바라보았다. 구니모토는 이미 대충 가늠이 되어 있었으나 다른 책임자들의 속생각도 알고 싶었다.

"기무라(木村), 한 달 내에 완성한다고 했지."

"농담이야. 우리가 하느님이 아닌 다음에야 어떻게. 아무래도 2백일 정도는 걸리겠지."

이걸 시발로 해서 모두의 말문이 터졌다.

"이백일까지는 안 걸릴 테지만, 백일 정도는 있어야……."

"백일? 백일 가지고는 외판(外板) 붙이는 것만도 벅차."

"맞아. 이것 좀 봐. 백이삼십일 정도라면 페인트 작업까지는 할 수 있지."

"우린 5개월 정도로 잡았어."

"백오십일이라. 그래, 그 정도는 걸릴 것 같네."

구니모토는 이야기가 끝날 때까지 묵묵히 있었다. 그리고 마음속에서 '좀 줄여 볼까' 하고 자기 생각을 점검해 보았다.

그러나 아무리 새로운 설계라 해도, 크기와 척 수가 정해져 있는 이상, 그렇게 막연한 추정만으로 될 일이 아니었다. 구니모토는 연 인원 2천 명이라면 가능할 거라고 생각했다. 직공이 20명, 견습공 3명을 한 평으로 쳐서 열 명, 즉 30명으로 진행한다면, 삼칠이 이십일, 70일이라면 충분할 거라고 생각했던 것이다.

*

어쨌든 용골(龍骨)이 제일 먼저 세워진 것은 구니모토의 작업장에서였다. 일찌감치 1호선은 구니모토 차지일 거라는 얘기들이 흘러 다니던 차였다. 계획상으로는 배 한 척마다 이름이 따로 붙는 것이 아니라, 완성된 차례대로 제0호선이라고 부르기로 되어 있었다. 때문에 1호선이라면 기술이나 능률면에서 가장 우수할 것은 당연했다. 또한 1호선의 책임자에게는 특별한 상이 주어질 참이었다.

조골(助骨) 작업이 시작된 것도 구니모토의 배가 최초였다. 이 속도로 간다면 구니모토의 70일 계획은 충분히 달성 가능할 것이었다. 그러나 조골이 붙은 뒤부터는 웬일인지 작업 진척 속도가 느려졌다. 게다가 구니모토의 옆 작업장을 맡은 히야시(林)의 배가 용골 작업에서는 5일이나 뒤졌는데도, 조골이 붙기 시작한 시기는 구니모토의 그것과 거의 차이가 없었다.

구니코토는 당황하기 시작했다. 그러나 역시 외판이 붙기 시작한 것은 구니모토가 최초였다. 그러나 3일 후에는 하야시의 배에도 외판이 붙기 시작했기 때문에, 구니모토는 하루도 작업 속도를 늦출 수가 없었다.

"하야시한테 이렇게 추격을 당하다니……."

구니모토는 하야시가 밉기까지 했다. 하루라도 더 빨리 완성을 시킬 자신은 있었으나, 다른 배라면 모두 3~40일씩 유유히 앞서 놓고 여유를 부리고 있었을 것을, 하야시 때문에 한숨 돌릴 틈도 없었을 뿐만 아니라, 유아독존의 명성마저 잃게 될 지경이었다.

그러나 아무래도 방법이 없는 일이었다.

"하야시를 따돌리는 대신에 기술적 측면에서 앞서 가보자."

구니모토는 한 번에 끝날 일도, 두 번 세 번 정성을 기울였다. 직공에게 맡겨도 될 일도 일일이 자기 손을 대지 않고는 못 견뎠다. 이렇게 하여 작업은 늦어졌으나 하야시의 배보다는 적어도 4, 5일 앞설 자신이 있었다. 기공일부터 드디어 72일 되던 날, 하야시의 배보다 나흘 일찍 완공을 보았다.

과연, 배를 보는 안목이 있는 이들은 같은 설계이면서도 하야시보다 구니모토 쪽이 훨씬 더 뛰어나다고 입들을 모았다. 견습공의 눈에도, 구니모토의 배가 나올 곳은 나오고 섬세한 곳은 섬세하게 완성되어 있었으며 전체 모습이 잘 빠져 있는 것처럼 보였다. 구니모토는 작업이 종료된 날, 목포로 나가 술과 담배를 한턱내면서 조원(組員)들을 고무했다. 그리고 다음날부터 다음 배의 용골을 깎기 시작했다.

목포 조선소의 제1호선은 물론 구니모토의 배로 정해졌다. 위장망이 씌워졌으며, NO 1이라는 글자도 새겨졌다. 이 1호선만 갖고도 진수식을 가져도 될 일이었으나, 제2호선, 즉 하야시의 배가 금방 완공될 예정이었기 때문에, 그것을 기다려서 두 척이 함께 진수식을 갖기로 계획이 잡혔다.

*

진수식 날은 날씨가 맑았다. 목포에서 온 본사의 간부들은 물론, 교통국 출장소장 외에 많은 낯선 사람들의 모습이 보였다. 부윤(府尹)과 서장(署長), 신관(神官), 신문기자, 사진반, 은도끼로 진수되는 배의 밧줄을 끊을 어린 소녀, 말쑥하게 차린 사장의 손녀딸 등, K도가 생긴 이래 가장 호화로운 광경이 펼쳐졌다.

한편에서는 식장 준비로, 한편에서는 진수식 작업으로 아침부터 분주했다. 그중에서도 두 배의 책임자들은, 작업 일정 때문에도 그랬지만, 자칫 문제라도 생기면 어쩌나 하는 마음으로 내내 초조하였다. 진수대(進水臺)에서 올려다보면 배는 엄숙하게 서 있었다. 구니모토는 이렇게 큰 배를 진수시키는 것은 물론이요, 다른 이가 만든 그런 것을 보는 것도 처음이었다. 철선 진수식 때처럼 헤드유(油)를 사용하는 것도 처음이었다. 선체에 비해 진수대가 작게 보이는 것도 어쩔 도리가 없었다.

"옆으로 쓰러지기라도 한다면……." 구니모토는 가와사키 감독으로부터 나가사키(長崎) 조선소 어딘가에서 그런 일이 있었다는 것을 들은 적이 있었다. 기름이 부족해서 미끄러짐이 멈출 때도 그렇게 되기 쉽고, 너무 미끄러워서 빨리 내달릴 때도 그럴 위험이 있다는 것이었다. 식이 어떻게 진행되었는지, 어디까지 진행되었는지, 구니모토는 전혀 알 수가 없었다. 비켜, 비켜 하는 가와사키의 호령 소리에 구니모토는 간신히 선복에서 빠져 나왔다. 만일의 사태에 대비해서 배의 좌우에는 누구도 서 있어서는 안 되는 것이었다. 그러나 구니모토는 배가 쓰러진다면 자기 혼자라도 지탱해 보이겠다는 기백으로 멀찍이 물러서는 행동은 취하지 않았다. 은도끼 소리는 들리지 않았으나, 배는 움직이기 시작했다. 멋지게 미끄러졌다. 선미(船尾) 쪽에서 곧 흰 포말이 일기 시작했다.

잠시 후 이번 작업에서 가장 많은 정성이 들어간 선수가 구니모토의 앞을 지나갔다. 산처럼 눈앞을 막고 있던 선체가 사라지자, 곧 강한 햇빛과 함께 바닷바람이 밀어닥쳤다. 그래도 구니모토는 정신이 없었다. 배는 완전하게 진수대를 떠나 반 정도 물속으로 가라앉는 듯하였다. 이윽고 배가 다시 떠올라 원래 모습으로 돌아온 것을 보고 나서, 구니모토는 처음으로 해변을 진동하는 만세 소리가 귀에 들려오는 것을 깨달았다. "휴우" 구니모토는 처음으로 땀을 씻고 그 자리에 주저앉았으나, 가와사키가 손을 내밀며 다가왔기 때문에 그것을 잡고 일어섰다.

이날 구니모토와 하야시 두 책임자에게는 사장이 주는 특별상이 수여되었다. 특히 제1호선의 책임자 구니모토에게는 두툼한 부상(副賞)이 첨가되었다. 내빈 측에서 부윤과 서장이 구니모토를 불러 격려와 찬사를 늘어놓았을 뿐 아니라, 직공과 견습공에 이르는 구니모토조(組)의 모든 조원들 역시 어깨를 으쓱거렸다.

그러나 다음날 아침이었다. 상상도 할 수 없는 일이 벌어졌다. 의장부(艤裝部)에서 진수된 배에게 의장을 씌우려고 배 위에 올라가 보니, 선창에 물이 차 있었던 것이다. 다른 배를 조사해 보니, 그 배에는 한 방울의 물도 들어와 있지 않았다. 그런데 이 배만 심하게 침수되어, 밖에서 보면 무거운 짐이라도 가득 실은 듯이 선각(船脚)이 물속에 깊이 가라앉아 있었다. 더욱이 그 배는 기술적으로 가장 뛰어나다고 하는 구니모토의 제1호선이었기 때문에 사람들의 경악은 컸다.

"내 배가 침수됐다."

구니모토는 믿지 않았다. 조선공에게 이 이상의 커다란 치욕은 없었다.

"내 배가? 그럴 리가 없어. 진짜 가라앉았다면, 이건 누군가의 음모다."

당황한 구니모토는 내닫기 시작했다. 배에 오르지 않아도 밖에서 이미, 화물이 5~60톤 정도는 족히 쌓여 있는 것처럼, 선체가 물 속 깊이 숨어 있었다.

"아니 이럴 수가!"

가와사키 감독이 눈을 휘둥그렇게 뜬 채로 달려 왔다.

"누군가 날 함정에 빠뜨리려는 놈이 있어."

"그럴 리가. 배에 올라가 봤나?"

"그만 둬. 우린 20년이나 조선소 밥을 먹은 놈들이야. 가라앉을 배를 만들지는 않아. 가와사키상은 날 그런 인간으로 보나?"

"어쨌든 빨리 원인을 조사해서 구멍을 막아야지."

"대체 어떤 놈의 짓일까."

구니모토는 동료 중 누군가가 질투 끝에 저지른 짓임에 틀림없다고 생각하였다. 각 작업장에서 좋은 구경거리가 생겼다는 얼굴로 모여든 책임자들이나 직공들을 샅샅이 훑어보면서 감독과 함께 1호선으로 올랐다.

구멍은 금방 발견되지 않았다. 선수 아래의 외판(外板) 한 장이 젖혀져 있었다. 모든 것이 물속에서 일어난 일이었으며, 그것이 사람의 짓으로는 볼 수 없는 성질의 것이었기 때문에, 누군가의 음모일 리가 없다는 것을 즉시 알 수 있었다.

구니모토는 안색이 창백해졌다. 구니모토는 가와사키 감독이나 의장원들 앞에서 머리를 들 수가 없었다. 아무 말 없이 땅으로 내려가서, "웬 일이야. 어떻게 된 거야" 하고 캐묻는 동료들에게 한마디의 대답도 하지 않은 채 그대로 사택으로 돌아가 버렸다.

자기 손으로 물이 새는 배를 만들었다는 것은 생각조차 할 수 없는 일이었다. 물에 뜬 채 수리할 수 있을 정도의 구멍이라고 해도, 일단 물이 새는 배를 만들었다는 것은 조선공에게 무엇보다도 큰 치욕이었다. 이번 배의 상태는 그야말로 펌프로라도 퍼내지 않으면 안 될 정도였다. 배를 뭍으로 다시 끌어올려서 외판을 일일이 새로 붙이지 않으면 안 될 상태였던 것이다.

"꼴불견이구나……."

구니모토는 열이 나서 자리에 몸져 누워 버렸다. 문을 닫고 해가 지기만을 기다렸다.

외판이 젖혀진 이유는 간단했다. 선재(船材)의 선택이 여의치 못했기 때문에, 뱃머리의 모습을 설계도보다 세련되고 예쁘게 보이기 위해서 무리하게 굽혀 놓았기 때문이었다.

"그렇다고 해도 이렇게 심하게 휠 줄이야. 운이 나빴나."

구니모토는 이렇게 생각했다. 그리고

"체면이 있지. 여기서 어떻게 다시 연장을 잡나."

그는 결심했다.

저녁도 그런 채, 그는 해가 지자마자 집을 나섰다. 가와사키 감독집으로 가자면 작업장을 지나야 했다. 그 쪽을 보지 않으려 해도 그럴 수가 없었다. 제1호선은 여봐란 듯이 뱃머리를 높이 쳐들고서 선체의 반 정도를 땅 위로 드러내고 있었다.

"흥, 내일이면 목포에서 몰려 온 수선공 놈들이, 이 배 만든 놈 낯짝 좀 보자, 그러겠지."

구니모토는 벌써 귀가 간지러웠다. 생각해 보면, 펌프로 물을 퍼 올릴 때부터 발동기선으로 인양할 때까지, 얼마나 많은 인간들이 험구를 늘어놓을지 모르는 일이었다.

구니모토가 가와사키 감독 집 현관 앞까지 왔을 때였다. 동료 누군가가 와 있지 않을까 하던 차에 현관문이 드르륵 열렸다.

"누군가?"

"가와사키 상?"

"어, 구니모토 아닌가."

"가와사키 상하고 좀 상의할 게 있어서……."

"그래?"

그러면서 가와사키는 정종 한 병을 흔들어 보였다.

"금방 목욕 끝내고 한 잔 하러 구니모토 군 집으로 가려던 참이었지. 마침 잘 됐네. 얼른 들어오게."

구니모토는 묵묵히 그의 뒤를 따랐다.

술이 나올 시간도 아깝다는 듯이 구니모토는 찾아온 이유를 말하기 시작했다.

"가와사키 상한테는 정말 미안하네."

"미안하긴. 우리야 동지 아닌가. 헌데 원인은 찾았나?"

"원인? 그거야 빤하지. 정말 몰라서 묻나?"

"난 알지. 그러나 당사자는 아직 모를 테지."

감독은 의미 있는 웃음을 지었다.

"그 외판이 왜 젖혀졌는지 그걸 모른단 말이지."

"그 정도는 알고 있겠지."

"어쨌든 간에 가와사키 상, 난 여기선 일하기 어렵게 돼버렸어."

"그 기분 잘 알겠네. 나도 개구쟁이 시절부터 조선공으로 잔뼈가 굵은 놈이지. 헌데 내가 보기엔 구니모토 군은 아직 이번 실패의 원인이 어디 있는지 모르는 것 같아. 그걸 깨닫지 못했기 때문에 그만두겠다고 여기 찾아온 거야."

가와사키 감독의 목소리가 갑자기 무거워졌다. 단정하게 앉아 무릎을 여미며 담뱃불을 비벼 끈 후 띄엄띄엄 말을 꺼내기 시작했다.

"이번의 조그만 실패는 구니모토 군 자신이나 조선소에 있는 모두에게 오히려 매우 다행스런 일이라고 나는 생각하고 있네. 이제부터 어떻게 일을 해야 하는가 큰 가르침을 받았다고나 할까. 단단한 목재를 갖다 주고, 중요하기 짝이 없는 선수(船首)의 외판으로 쓰라고 했으니 회사 책임도 있고 내 책임도 있지. 그래서 구니모토 군만 나무랄 수도 없어. 하지만, 그렇게 외판 한두 장 다시 바르는 게 문제가 아니야⋯⋯."

"그럼⋯⋯."

구니모토는 이유를 알 수 없었다.

"이 조선소에서 구니모토 군을 당할 기술자가 없다는 사실은 자타가 공인하는 바지. 나뭇결이 거친 그 조선 삼나무를 억지로라도 그런 각도로 붙일 수 있는 사람은 없어. 난 그것도 잘 알고 있지."

"⋯⋯."

"그러나 원인은 거기 있는 게 아닐세. 그 외판이 당시는 원래 생각대로 붙어 있었어도 물에 잠기면 비틀린다는 것을 구니모토 군이 몰랐을 리가 없었을 거야."

"그럼 내가 알면서도 그랬다는 건가? 좀 불쾌하네."

"물론 경쟁심은 필요하네. 없으면 안 되지. 나한테도 경험이 있어. 그런 경쟁심이 나쁘다는 건 아니야. 단 일을 시작할 때부터 구니모토 군은 너무나 자기 솜씨만 보여 주겠다든가 자기 영예만 염두에 두고 있었던 게 아니었나. 실제 설계도를 보면, 1호선은 보기엔 이쁘지만 너무 무리한 부분이 많았네. 그렇게 생각되지 않았나? 지금은 대량 생산이 목적이니까 선재(船材)가 충분하지 않다는 것을 전제로 하고 처음부터 외양 같은 건 제쳐 둔 설계인 건데……."

"하지만 실제로는 외양만의 문제가 아닐세. 속도 하고도 관계가 있고……."

"실제로, 라고 하지만 실제로 그렇게 실패하지 않았나. 그러니까 지금은 실패한 그 사실을 추궁하고 있는 게 아닐세. 구니모토 군, 속마음을 말해 봐. 이번 1호선을 만들고 있는 동안, 구니모토 군은 자기 명예만 생각하고 있지 않았나."

"물론 없었다고는 할 수 없겠지."

"그렇지 않다고 하는 건 아니네. 하지만 전에 개인회사에서 개인 자격으로 일하고 있던 때의 생각을 그대로 갖고 있는 것은 좀 문제가 아닐까. 반성할 여지가 있다고 생각하네. 완성된 배도 이름을 안 붙이고 몇 호선…… 이렇게 부르는 거야. 우리 노동자들도 전선에 있는 병사들처럼 개인의 이름 따위는 필요가 없는 거지. 가능하다면 세밀하게 분업화해서 일 자체의 능률을 높여야 돼. 이번 1호선의 경우도, 책임자들이 일일이 확인하는 것이 당연한 것일지도 모르지만, 구니모토 군은 하나하나 자기 손을 거치지 않으면 다음 작업에 들어가지 못하게 했어. 그만큼 정성을 들이는 것은 좋은 거지만, 그 때문에 일이 늦어지는 것도 사실이지. 다른 직공들한테 맡겨도 되는 것은 믿고 맡기는 것이 분업정신이 아닌가. 만약 이번 일에서 구니모토 군이 처음부터 지금까지의 개인주의를 완전히 청산하고 작업에 임했다면, 1호선은 제작 일수도 70일 이내로 기록을 세웠을 테고, 선수의 그 무리도 없었을 게 아닌가. 어때? 그렇게 생각하진 않나?

구니모토는 대답하지 않았다. 그러나 그 자세나 표정에는 아까보다는 훨씬 더 경건한 의지 같은 것이 내비치고 있었다.

"첫째 동료들은 명예를 위해 서로 경쟁하는 개인이 아니라, 같은 전선에서 싸우고 있는 전우로 생각할 것. 둘째 설계도 그대로 일하는 것이 가장 안전한 길이라는 것을 명심할 것. 셋째 가능한 한 분업적으로 직공들에게 책임을 맡겨서 그 성과가 좋든 나쁘든 책임을 개인이 아니라 공동으로 질 각오를 할 것. 이런 것들이 이번 1호선 실패로 배운 정신훈련 내용이라네."

"……."

"많은 말을 할 필요가 없네. 다 같은 전우라고 생각하면, 한 척의 배를 하루라도 더 빨리……이렇게 외치는 긴박한 정세 아래에서 개인의 체면 따위 문제로 직장을 떠나는 게 옳은 일일까."

"더 이야기 안 해도 되네. 잘 알았으니까."

잠시 두 사람 사이에 침묵이 떠돌았다.

두 사람은 술이 나왔다는 사실을 그제야 알아차렸다.

"자 기분을 바꾸고 오늘은 푸욱 마시세. 그리고 내일부터는 다시 새 기분으로……."

"고맙네. 정말 생각이 모자랐던 것 같네. 가와사키 상 때문에 실패의 원인을 잘 알았네. 근데 지금 몇 시나 됐지?"

"왜? 금방 아홉 시를 쳤어."

"외판 한 장 붙이는 데 세 시간이면 충분하거든. 헌데 날이 밝기 전에 발동기선을 쓸 수 있을까."

"그 사람들이야 깨우면 되지만 밤일까지 할 필요가 있겠나. 자, 오랜만에 한 잔 하세. 기분이 너무 좋아."

"아니, 한 잔 하는 건 내일로 미루지. 1호선의 엉덩이가 입을 딱 벌리고 있는데, 술이 목구멍으로 넘어갈 것 같지 않네."

구니모토는 결국 자리를 떴다.

*

다음날 아침 조선장에 모인 이들은 모두 놀랐다. 오늘 수리할 예정으로 뭍으로 끌어올리기로 되어 있었던 1호선이, 그런 일이 있었나, 하는 천연덕스러운 얼굴로 물 위에 떠올라 있었기 때문이었다.

제1호선의 책임자였던 구니모토는 자기 작업장에 태연하게 앉아, 다음 배의 용골을 깎느라고 정신이 없었다.

『문학사상』, 1996.4

중편

코스모스 피는 정원

한 집에서

"선주? 이렇게 꽉 쳇는데두 다라날 테요?"

"아야, 아퍼요 팔이……."

"그리게 왜 다러나요?"

하고 한 걸음 나서며 선주를 안았다. 분명히 안았는데 품안이 허전하다. 허전한 김에 치영(致榮)은 잠을 깼다.

"벌서 날이……."

날은 다 밝았는데 꿈이었다. 유리창에는 굵다란 물방울이 어룽어룽 굴러 내린다. 치영은 노곤한 다리를 힘껏 뻗으며 돌아누웠다. 봄비라 그런지 별로 빗소리도 들리지 않는다. 울고 싶은 우울, 꿈에 선주를 본 날 아침은, 아니 아침뿐이 아니라 온종일 그날은 슬픈 날이었다. 어제 아침처럼, '이제부터는 학생이 아니로구나! 의학사, 의사로 돈벌이를 할 것인가? 의학자로 학구 생활을 할 것인가?' 이런 생각은 던져둔 채, 선주를 본 꿈 생각으로만 머리가 무겁다. 꿈속에서 보는 선주는 늘 그 선주였다. 그 선주, 여고보시대의 선주, 소녀로부터 처녀로 옮겨가는 그 명랑하면서도 부끄럼 잘 타는 열칠팔 세 때의 선주였다. 꿈은 세월도 먹지 않는 듯 늘 처음보던, 그리고 얼마 뒤에 자꾸 무슨 대답을 들어

가지려고 이편에서 조르면 '난 아무것도 몰라요' 하고 얼굴이 새빨갛게 타버리던, 그 선주만이 만나지는 것이었다.

치영은 벌써 칠팔 년전 일인, 처음으로 선주와 부딪쳐 보고 처음으로 이성에 대한 새 감정의 봉지를 터뜨리던 때를 추억해 본다.

어스럼한 짙은 황혼이었다. 장마 때면 도랑이 되어 버리는 동구밖의 우묵한 좁은 길, 길 좌우 언덕에는 찔레꽃이 달빛처럼 환하게 밝아있었다. 마침 밭에서 들어오는 연장을 실은 소, 씩씩거리는 황소인데 어둠 속에서 어디로 가던 길인지 선주가 동생의 손목을 이끌고 나타났다. 곧 황소와 마주치게 되자 선주는 이쪽이 누구인 것도 알아볼 새 없이 달려들었다. 치영은 얼른 그와 그의 동생을 업듯이 등 뒤로 보내고 두 팔을 쭉 벌려 소를 막아주었다. 그리고 소에게 실린 연장 끄트머리를 피하노라고 얼굴을 뒤로 제치었을 때 치영의 그 머리는 선주의 가슴에 푹 묻혀보는 듯하였다. 소가 저만치 가고 누구인지 알아볼 수 없는 농군이 마저 지나간 뒤에야 치영은 길로 내려섰다. 그제야 선주도 받힐 것처럼 무섭던 황소를 막아준 남학생이 아주 모르지는 않는 치영인 것을 알았다. 그러나 고맙다는 말은 몇 번이나 할 듯 할 듯 하기만 하다가 잠잠한 채 앞서가는 동생을 따라가 버리고 말았다. 너무나 황홀하여 갈 바를 잊고 우두커니 서 있던 그때 치영이에겐 찔레꽃의 향기조차 새삼스럽게 코를 찌르는 것 같았다.

그날 저녁 선주의 얼굴은 워낙 살결이 맑고 군 데 없는 바탕이지만 치영의 눈 속에 퍽 아름다운 인상을 찍어주었다. 꿈에 나타날 때마다 늘 그 찔레꽃이 달빛처럼 환하게 밝은 향기의 언덕을 배경으로 하곤 하였다. 어떤 때는 쫓아가 손을 잡으면 '난 아무것도 몰라요' 하고 생시에서처럼 뛰어 달아났다. 또 어떤 때는 손을 잡힌 채로 가만히 앉아 이것도 생시에서 하듯, 언제까지든지 기다릴 터이니 기쁘게 공부하여 돈벌이나 하는 의사가 되지 말고 학위를 얻어 훌륭한 과학자가 되어달라고 당부하였다.

그런데 지금 깨고 난 꿈은 선주가 뛰어 달아나려던 꿈이었다.

"선주!"

치영은 가만히 불러본다. 만일 큰소리로 부른다면 방금 밑엣층에서 무엇이고 하고 있을 선주가 알아들을 것이다. 알아듣더라도 지금은 선주라거나 선주 씨 하여서는 올라오지 않을 것이다. 아주머니, 해야 되는 친구의 아내, 친구라도 이만저만하지 않은 소학 이전에서부터의 죽마고우.

치영은 한 편 다리를 번쩍 쳐들었다. 한숨이 나가는 대로 벽이나 한 번 쾅 하고 차 보려던 것이다. 그러나 아래층에서 너무 조용한 것을 느끼자 들었던 다리를 도로 슬그머니 놓고 만다. 아래층에서 쏴 하는 수돗물 쏟아지는 소리가 올라온다. 치영은 머리맡을 더듬어 끌러놓았던 손목시계를 갖다 본다.

"이런!"

날이 흐렸을 뿐, 해는 뜬 지가 오랬다.

치영은 얼른 일어나 방을 치우고 아래로 내려갔다. 수도 앞에서 자기 남편이 먹고 간 그릇인 듯한 것을 부시다가 얼른 일어나 자리를 내이는 선주, 혼인 후에 몸이 느는 편으로 에이프런을 졸라맨 까닭도 있겠지만 가슴께가 봉긋이 올려솟은 것이 별로 드러나 보인다. 꿈속에서 보던 선주와는 형이라도 몇째 우엣형처럼 우람스런 어른이다.

"김 군 벌서 갔나요?"

"네에."

그리고는 세수를 하고 나서도, 밥상을 받고도, 치영은 선주에게 아무말도 하지 않았다. 선주도 그랬다. 또 치영은 한 번도 선주의 얼굴을 쳐다보지 않았다. 이것은 늘 삼가는 바이다. 쳐다보고 싶은 생각은 기회있는 대로 있었지만 과거는 깨끗이 잊어버리고 털끌만치라도 관심하지 않는 체하려 억지로 눈을 피하곤 하여 왔다. 그의 손이나 가슴을 볼지언정 목 위에 눈을 보내지 않으려 했고 어깨와 새까만 머리쪽에 철따라 금비녀나 비취비녀가 꽂혀 있는 것을 바라볼지언정 눈과 부딪칠까봐는 무서워했다. 그래 치영은 늘 고개를 숙이는 것이 이 집에 와 버릇이 되었다.

"참 조반 안 잡수세요?"

한 반이나 먹다가야 치영은 생각이 나서 물었다.

"어서 잡수세요."

하고 선주는 역시 부엌에서 무엇을 하는 체하고 있다. 선주는 자기 남편이 먹기 전에 먼저 먹지 않는 것과 똑같이 치영이가 먹기 전에도 먼저 먹지 않았다. '내가 서울서 안 살면 몰라도 내가 살림하면서야 자넬 하숙밥을 먹게 하겠나? 사나이 자식들끼리 그런 일이 있기도 용혹무괴지. 그걸 생각하고 쭈뼛거려서는 남아가 아닐세. 더구나 자네와 나 사이에⋯⋯' 하고 강제로 치영을 끌어온 것도 그의 남편인만치 그 남편은 눈곱만한 것이라도 자기 아내가 치영에게 노엽게 할까봐 자주 잔소리를 하였다.

수저나 식기 같은 것도 똑같은 것으로, 양말 한 짝을 빨더라도 치영의 것과 함께 빨게 하였다. 남편이 이렇게 당부하지 않더라도 또 선주는 선주대로 치영에게 미안함과 그리울 바 추억을 가진지라 조곰치도 성의를 아끼지 않았다. 다만 괴로운 것은 치영의 외로움을 조석으로 눈앞에 두고 봐야 하는 것이었다. 치영은 동무에 팔려, 어디 가서 잘 먹고 노는 날 저녁에도, 선주의 생각에는 다른 뜻이 있어 들어오지 않는 것만 같았고, 엊저녁과 같이 밤늦게 들어와 자기 부처가 불을 끄고 누운 방 옆을 지나 혼자 묵묵히 이층으로 올라가는 것을 보면 무슨 더러운 죄나 짓는 것처럼 송구스러워 견딜 수가 없었다. 올라가면서 이쪽을 향하고 시퍼런 눈방울을 흘기는 것도 같고 올라가서는 찬바람이 이는 자리에서 잘 생각은 않고 언제까지든지 앉아만 있는 것도 같았다. 이런 날 밤이면 선주는 이마가 따끈거리며 잠이 오지 않았다.

자기에게 팔이나 다리를 던지고 씩씩 코를 고는 익수(益洙)가(남편) 밉살머리스럽기도 하였다. 곧 이층으로 뛰어올라가, 영원히 녹지 않는 얼음이 박힌 치영의 가슴을 녹여주고 싶은 정열조차 숨차게 끓어오르는 적이 한두 번이 아니었다.

치영은 고요히 상을 물리고 일어섰다. 이렇게 익수가 나가고 없어 선주와 단둘이 될 때에는, 얼굴을 마주칠까봐 더 겁이 났고 평범히 할 말이라도 주눅이 들어 벼르기만 하고 못하고 말았다. 숭늉을 한 그릇 더 달래고 싶었으나 여러 해만에 만난 것처럼 가슴이 울렁거려 그냥 이층으로 올라가려는데

"양복 찾아오셨나요?"
하고 선주가 밥상을 들며 물어본다.
"지금 그거나 찾으러 갈가 합니다."

"그럼 어서 찾아오세요. 보게⋯⋯."

치영이가 학생복을 벗게 되자, 처음으로 신사복을 맞춘 것은, 늘 셋이 모이면 화제(話題)에 궁한 이 집안에서는 상당히 큰 이야기거리였다. 며칠 전부터 익수는 넥타이 매는 것을 가르쳐 주었고 선주는 양복감에 따라 넥타이를 어떻게 택해야 된다는 것을 어느 잡지에서 본 대로 말해 주었다. 서로 쳐다보는 자유만 가지지 않을 뿐, 남편이 있는 자리에서는 꽤 치영이와 지껄이는 선주였다.

*

신사복을 처음 입어보는 것으로라도 우울을 씻어볼까 하고 치영은 곧 거리로 나와 양복을 찾고 와이셔츠를 사고 선주가 일러준 것을 참고해가며 넥타이도 하나 골라서 샀다. 사가지고 돌아오니 선주는 그제야 조반을 먹고 있다가

"양복이 곤색이라구 허셨죠?"

하였다. 치영의 생각에는 선주가 자기와 단둘이 되는 자리에서 어색한 감정이 일어날까봐 그것을 미리 경계하기 위해 부러 말을 자꾸 거는 것 같았다.

"네 곤색입니다."

"저기 체경 있는 데 가 입으세요."

"뭘요."

하고 치영은 손바닥만한 면경밖에 없는 자기방으로 올라가려 하였으나 선주가 굳이 자기방으로 가서 남편의 체경 달린 양복장 문을 열어주

는 것이다. 그리고 그 양복장 속에서 무엇인지 얄팍하고 길다란 종이
갑 하나를 집어내더니

"오늘은 이걸 매시라고 그랬어요."

한다.

"뭡니까 그게?"

"넥타이야요. 어제 우리가 본정 갔다가 드린다구 산 거야요."

"네."

하고 그것을 받노라고 마주서는 바람에 눈결이 선주의 것과 마주쳤다.
가슴이 찌르르하였다. 선주의 얼굴도 붉어 있었다. 넥타이가 좋다는
말도, 고맙다는 말도 다 잊어버리고 우선 웃저고리를 벗고 와이셔츠를
입었다. 넥타이를 매려고 거울속을 들여다보니 선주가 그저 서 있다.
아침마다 익수가 이 거울앞에서 넥타이를 매려니, 그럴 때, 흔히는 선
주가 저렇게 뒤에 서서 보아주는 것이나 아닐까? 이런 생각에 미치매
넥타이는 어디로 가고 그네들 부부의 의좋게 가지런히 섰는 광경만으
로 거울 속이 차버린다. 치영은 눈을 힘주어 감았다 뜬다.

"보는 사람이 있으니까 넥타이가 안 매집니다."

"그럼 가겠어요. 저리"

하고 선주는 분명히 웃는 듯하며 밥먹던 데로 갔다. 그리고 치영이가 말
쑥하게 아래 위를 신사복으로 차리고 나왔을 때는 한 어머니가 훌륭해
진 아들을 보듯, 한 누이동생이 출중한 오라버니를 우러러보듯, 사랑과
공경과 감격으로 치영을 보아주는 듯했다. 서로 말은 없어도, 또 치영이
가 눈을 들어 마주보지는 않아도 선주의 그런 호의와 감격이 확실히 이
쪽 가슴에 느껴짐을 깨달았다. 치영이가 겨우 감사하다는 말 대신에

"넥타이가 잘 울리는가 봅니다."

하고 선주의 앞을 지나치려 하니, 선주의 손이 어깨를 건드린다. 돌아다보니 선주의 그 찬물에 데어 발그레한 손이 여기저기 묻은 실밥을 뜯어주는 것이었다. 그리고 나직한 목소리로 이렇게 묻는 것이다.

"졸업 후에 어떻하실지 작정하셨어요?"

"아직 못했읍니다."

선주가 진정스럽게 물어줌이 비록 원망스러운 사람일지라도 거짓이 아니요 참된 호의임을 모르지 않는지라 정숙하게 대답하였다.

"학위를 얻두룩 허시지오."

"글세요. 너머 또 햇수가 걸리니까요. 그렇다구 이대루 나가 야부의사가 되어 버리기두 싫구요."

"고작 사 년이래면서 뭐 멀어요. 저이 집엔 십 년을 게서도 괜찮으니 염례 마시구 연구부에 게시두룩 하세요. 집에서도 오늘 아츰에 나가시면서 그렇게 하시는 게 좋을 거라구 그리시던데요."

"……."

"낙심말구 나가주시면 전 그 우의 행복이 없겠어요."

하고 선주는 말끝이 흐려졌다. 치영이도 콧날이 찌르르하며 눈앞이 흐려짐을 느꼈다. 선주는 오래 숨겨오던 울음을 더 걷잡을 수 없어 밥상 치우던 것도 벌려놓은 채 자기방으로 들어가 버렸고 치영도 학생복 벗은 것을 자기 방에 올려다 두고는 지향도 없이 밖으로 나오고 말았다.

*

비는 그친 지 오래다. 서울 하늘이 반은 시퍼렇게 드러났다. 치영은 골목 밖을 나와서 다시 눈을 감고 지금도 울고 있기가 쉬운 선주의 모양을 상상해 본다.

'이다지 애착이 끊어지지 않을 걸 내가 어떻게 처음부터 그렇게 선선히 익수에게 양보하는 태돌 가졌을까?…… 모두 선주를 위해서다. 선주의 행복을 위해서요, 우정은 다음이었다. 익수에겐 재산, 또 그는 나처럼 학비 때문에 중간에 쉬지를 않았다. 삼 년이나 먼저 학교를 마쳤고 이내 들기 어려운 식은에 뽑혔다. 선주의 행복을 위해 익수는 확실히 나보다 우월하였다. 양보가 아니라 나는 익수에게 권한 것이었다. 그랬기에 오늘 선주는 내 눈으로 보는 바와 같이 비교적 안락한 가정을 가진 것 아니냐?…… 그런데 왜 나는 선주를 원망하나?'

치영은 어느 틈에 늘 다니던 버릇대로 그 연미사진관 쪽을 향해 걷고 있었다. 어떤 상점의 큰 진열창이 나오면 기웃이 자기의 신사복 모양을 비춰보기도 하면서, 남들이 다 유심히 보는 것 같아서 걸음이 다 쭈뼛거려짐을 느끼면서도 치영의 머릿속에는 이날 아침의 우울과 흥분이 날래 사라지지 않는 것이다. 선주의 꿈을 깬 날 아침인데도 또 늦잠을 자서 익수가 은행으로 간 뒤에 선주와 단둘이 있어 본 긴장과, 넥타이를 받은 것 또 선주의 손이 양복의 실밥을 뜯어주던 것, 또 그까짓 것들보다는 '낙심말구 나가 주세요. 전 그 우의 행복이 없겠어요' 하고 울음을 참지 못하던 것, 그것들이 주는 뜨거운 것인지 차가운 것인지도 모를 강렬한 자극의 감격, 그 감격은 날래 식어질 불이 아니었다. 치영은 또 혼자 마음속에 중얼거리면서 걷는다.

'내가 선주를 원망하는 건 그 점이다. 내가 익수에게 권하는 눈치를 알자 옳다 됐구나 하는 듯이 마치 그러기를 고대했던 것처럼, 이내 익수에게 허혼해 버린 것이다. 난 사실이지 익수에게 권하기는 하면서도 속으로는 선주도 나를 위해 익수와 혼인하지 않아주기를 은근히 바랐던 거다…….'

얼마 더 걷지 않아 연미사진관의 진열창이 나왔다. 중앙에 걸린 제일 큰 사진, 오늘도 그저 걸려 있었다. 어떤 기생임에 틀리지 않은 여자인데 퍽 보드러워 보이는 두 손길을 책상 위에 깔고 그 위에 한편 뺨을 갸름하게 가벼이 대고 무엇을 생각하다가 갑자기 쳐다보는 듯한 표정을 가까이서 찍은 사진이다. 그런데 그 눈뜸과 입가짐이 똑 선주와 같은 것이다.

처음 이 사진을 발견할 때는 '선주가 저런 모양으로!' 하고 놀랐으나 자세히 들여다보니 선주는 아니요 어떤 기생의 사진인 듯하였다. 그러나 그 눈에 빛나는 총기와 선주의 제일 고운, 그 다문 입의 표정이 바로 그 사람처럼 닮아있는 것이다. 선주의 사진이 치영에게 한 장 있기는 하나 명함판보다도 작은 것이어서 정말 얼굴만치 큰 이 사진에서처럼 선주다운 싱싱한 표정이 느껴지지 않았다. 치영은 학교시간이 늦을 것도 잊고 정신없이 서서 바라보았었다.

'이거야말로 보고 싶되, 한집에 있는 얼굴이되, 보지 못하고 사는 나를 위해 하나님의 동정인가 보다!'
하고 그 후부터는 십분 하나는 더 걸어야 하되 학교에 가는 길을 이 사진관 앞을 돌아서 다녔고 저녁 산보나, 혹은 선주의 목소리만으로는 마음만 뒤숭숭할 때에는 으레 이 사진과 진열창으로 왔다. 와서는 기웃이 사진관 안을 엿보고 좌우에 지나는 사람들이 유심히 보지 않나를 엿보면서 그 이름도 모르는 기생의 사진을 쳐다보았다.

'선주의 얼굴을 이렇게 자유로 감상할 수 있는 나라면…….'

사진관 진열창 앞에 설 때마다 어린아이 같은 탄식이 나왔다.

'엎질러진 물이다!'

하고 단념하려 하나, 그래서 며칠 동안은 이 사진을 보러 오지도 않아 보았으나 그것은 일주일을 넘기기가 어려웠다.

'어떤 기생일까?'

'기생이면 요릿집에만 가면 누구나 불러볼 수가 있을 것 아닌가? 그러나 학생으로…… 무슨 돈에…….'

하고 여러 번 속으로 궁금해하고 별러만 왔다. 이렇게 궁금해 하고 별러오는 동안 은근히 그 사진의 인물에게 정이 들기도 하였다.

만일 만나 보아서 과연 사진과 같이 꼭 선주를 닮았으면 선주의 실물(實物)은 아니로되 선주를 복사(複寫)한 여자거니 하고라도 가슴의 상처를 메꿀 수가 있을 것 같기도 했다.

'이름이 무얼까? 주소는?'

한번은 사진관 안에 심부름하는 아이만이 보였을 때, 용기를 얻어 들어가 보았다. 그러나 아무리 아이에게라도, 학생복을 입고 와서, 기생사진을 가지고 이름이 무어냐 어디 사느냐 말이 나오지 않았다. 원판(原板)이 있으면 야끼마시(燒增)[1]라도 한 장 해 가지고 싶었으나 그런 말을 내기에는 더욱 어려워서 어름어름하다가 중판엔 얼마요 명함판엔 얼마냐고 공연히 사진값만 물어보고 나왔다.

---

[1] 야끼마시(やきまし(燒き增し)). 복사, 추가 인화.

*

　오늘은 학생복이 아니라 용기를 더 낼 수도 있고 생전 처음 신사복이라 졸업기념도 되고 하니 독사진도 한 장 박을 필요가 있다.

　사진을 박으면 사진사는 영업 정책상 손님에게 호의를 가질 것이다. 호의를 갖는다면 여염부인도 아니요 기생의 이름쯤, 그가 부속된 권번(券番)쯤 알고서야 가르쳐 주지 않을 리 없을 것이다.

　치영은 진열창 앞에 오래 서 있지 않고 사진관 안으로 들어갔다.

　무론 사진관에서는 사진사나 조수 같은 사람이나 모두 기대하던 이상으로 친절하다. 이내 사장(寫場)으로 인도되었다.

　"무슨 판으로 박으실지? 하나 큼직하게 박으시지."

하고 사진사는 손을 싹싹 비비며 견본 앨범을 내어놓는다. 앨범을 받아 장장이 넘겨보았으나 또 기생의 사진들도 몇 장 붙었으나 진열창에 있는 그 기생은 보이지 않는다.

　"저……"

　"네?"

　"저어…… 진열창에 걸린 기생사진요?"

　"네 그 중앙에 걸린 거 말슴이죠?"

　"그건 너머 크지요?"

　"좀 큽지오. 그러나 얼굴을 실물만큼 취미로 박는 분들이 요즘 많습니다. 그렇게 한 장 박으시죠."

　"……그게 기생이죠?"

하고 치영은 말이 나온 김에 쇠뿔도 단김에 빼랬다는 생각을 하고 얼굴을 제법 들면서 물어보았다.

"기생입니다. 저 남추월이라구 한동안 검무춤 잘 추기로 유명하던 기생입니다."

"네……."

"걔두 아마 지금은 늙었을 겁니다."

하고 사진사는 여전히 손을 비빈다.

"늙어요?"

"그럼요 저 사진이 벌써 근 십 년 전 겁니다. 그러니 지금은 삽삽이 훨씬 넘었을 거 아닙니까? 기생은 갓 수물이 환갑이라구 안 그럽니까?"

하고 웃는 것이다.

그러자 사장에서 걸상도 옮겨놓고 반사기와 배경도 옮겨놓고 하던 조수인 듯한 청년이 오더니

"그럼 지금은 기생노릇 안 허나요?"

하고 치영이가 묻고 싶은 것을 대신 물어준다.

"안헐 걸 아마…… 절라두 부자한테 살림드러 갔단 제가 오래지…… 아일 낳어두 아마 서넛 낳을 걸세."

치영은 결국 소중판으로 박기로 하고 걸상에 가 앉았다. 사진사는 자꾸 좀 웃는 얼굴을 가지라고 하였다.

그러나 웃음을 억지로 짓자니 얼굴의 근육들이 이상스럽게 켱기었다. 켱기는 웃음대로, 잘못되었는지 모른다고 하여 한 번 더 다시 박고 사진관을 나섰다.

날은 맑아졌으나 길은 그냥 질었다.

치영은 어데로 가야할 지 모른다. 그러나 속으로 '선주도 늙을 게

다…… 한 십 년 지나면 선주도 아마 아일 서넛 낳을 것이다……' 하면서 허턱 큰길 쪽으로 걸었다.

애인의 딸

열대여섯 해가 지나갔다. 선주만이 꽃다운 시절을 놓쳐버린 것이 아니라 김익수도, 장치영도 다 사십객이 되어 버렸다. 선주 여사는 그동안 딸 형제, 아들 형제 사남매를 낳았고, 남편은 S은행 본점에서 얼마 오래 있지 않고 남쪽 어느 곳 지점으로 전근되어서 시골살림을 하는 지도 벌써 오래다. 뒤를 이어 무럭무럭 자라는 사남매를 가진 여섯 식구의 가정, 비교적 고급의 봉급이어서 선주 여사의 가정은 늘 윤택하고 즐거웠다.

그러나 치영은 그저 외로웠다. 의학박사의 학위를 얻었고 세 전문학교에 강사로 다니며 수입도 군색하지는 않아서 문밖에다 정원 널찍한 터를 사고 서재도 하나 얌전하게 지었다. 그러나 늙은 식모가 한 사람 있을 뿐, 장 박사의 생활의 짝이라고는 오직 책이 있을 뿐이었다. 선배들과 친구들이 그렇게 권하였건만 그중에도 익수는 마땅한 혼처가 있을 때마다 벌써 여러 차례나 편지로 혹은 일부러 서울까지 와 결혼하기를 권유해 보았으나, 장 박사는 말로 혹은 글발로 옛날 서양 시인 키츠의 말을 빌어 '나의 최대의 행복은 결혼에 있지 않네. 내 담소한 서재에서 책과 더불어 있는 시간이 얼마나 거룩하고 즐거운지 모르네. 내가 책을 정신없이 읽고 있을 때 책장을 살랑살랑 흔들며 내 뺨을 스치는 미풍(微風)이 내 사랑스런 아내일 것이요, 저녁이면 창을 통해 내 머리맡에 반짝이는 별들이 귀여운 내 아들이요 딸들일 것일세'라고 하여 한 번도 혼담에 응하지 않았다.

그러나 시인 키츠의 속은 어떠하였는지 모르나 장 박사는 냉정한 과학자의 속으로도 가끔가끔 외로움에 시달리지 않으면 안 되었다. 꿈을 꾸는 도수가 줄었을 뿐, 사십이 넘은 오늘까지도 가끔 그 첫사랑이요 마지막 사랑인 선주의 꿈을 꾸었다. 지금 선주 여사는, 그때 찔레꽃이 달빛처럼 환하게 밝은 언덕을 배경으로 하고 나타났던 그 선주에다 대면 형이라도 몇째 위의 형이기보다 더 올라가 어머니뻘이 되게 중년부인이 되었건만, 또 가끔 서울에 오는 그 중년 부인의 손선주 여사를 만나도 보건만은 꿈속에는 한결같이 그 소녀시대에서 처녀시대로 옮기는 앳된 선주만이 나타나곤 하였다. 앳되고 깨끗한 순정시절의 선주, 그는 이제는 사십객 장 박사의 애욕의 대상은 아니었다. 오래 불도를 하는 이 마음속에 보살을 지녔듯이 이제는 한낱 종교와 같이 늘 영혼속에 머물러 그윽한 위로와 감격을 주는 대상이었다. 그래서 선주의 꿈을 꾸어도 그날 아침이 그전과 같이 그렇게 슬프지만은 않았다. 오랫동안 그 꿈이 오지 않으면 장 박사는 은근히 그 꿈을 기다리며 살았다.

그런데 꿈보다도 사실은 더 감격스러웠다.

선주 여사는 서울서 살림할 때 맏딸을 낳았다. 이름은 장 박사의 의견까지 종합하여 지은 옥담(玉談)이다. 옥담이는 돌이 겨우 지나 아우를 보았다. 장 박사는 옥담을 귀애했다. 젖을 떼일 때는 반은 장 박사가 기르다시피 저녁이면 이층으로 안고 올라와 데리고 자면서 똥오줌까지 받았다. 그러다가 겨우 말을 배우며 아지 아지하고 장 박사를 따를 만

하다가 시골로 가게 되니 장 박사의 외롭고 서글픔은 한층 더 컸었다.

그러다가 옥담이가 저희 아버지를 따라 서울 오기는 벌써 보통학교에 들던 해였다. 장 박사는 그때 옥담을 보고 깜짝 놀랐다. 어려서는 그리 몰랐는데 여덟 살 먹은 옥담의 얼굴에는 저희 어머니의 모습이 완연히 드러났다. 그 후 여름방학마다 옥담이를 불러올리든지 자기가 가든지 해서 일 년 만에 만나볼 때마다 옥담은 점점 그 선주, 찔레꽃 언덕의 선주가 더 고대로 되어가는 것이었다. 장 박사는 남모르는 그리움과 감격에서 옥담을 꼭 안아주곤 하였다.

그리고 서재에서 책을 볼 때에는 그런 줄 모르다가도 어쩌다 백화점 같은 데 가 어린아이들의 그 조그만 정물(靜物)들과 같이 아름다운 양말이나 구두나 장난감들을 보면 어디서 솟아나는 생각인지 문득 결혼도 하기 전에 아이 생각부터 났고, 그러고는 이내 옥담이 생각이 나서 명절 때든 아니든 크리스마스 때든 아니든, 옥담의 소용품을 여러 가지씩 사 부치곤 하였다.

그러던 옥담이가 장 박사에게 오게 되었다. 다니러 오는 것이 아니라 시골서 보통학교를 졸업하고 서울로 공부를 오는데 벌써 삼사 년 전부터 장 박사가 마퀸[2] 대로 장 박사에게 와 있으며 공부하러 오는 것이다.

장 박사는 방을 따로 하나 치우고 책상과 학용품 같은 것은 무론, 옷 넣고 입을 의장까지 하나 사다놓고 오랫동안 외가에나 가 있던 제 자식

---

2 마퀸다. 맞추다. 어떤 일을 부탁하여 약속해 놓다.

을 맞이하는 것 같은 어버이로서의 애정을 체험하면서 맞이하였다.

옥담은 영리하여 처음부터 들고 싶어하던 ×화여고보에 문제없이 뽑히었다. 저녁이면 좋은 아저씨 장 박사의 지도로 산보와 복습도 잘 하여서 성적과 건강이 모두 훌륭하였다. 이학년이 되며부터는 음악을 과외로 배우겠다고 하여 장 박사는 피아노를 다 사들였다.

"옥담아?"

"응?"

"응이 뭐야 밤낮 어린앤가?"

"그럼 네에 자⋯⋯."

하고 옥담은 피아노 걸상에서 일어서며 아저씨의 팔에 매어달린다.

"피아노가 좋지?"

"응."

"그래두 응이야?"

"하하⋯⋯."

하고 옥담은 순진하게 웃어버린다. 그리고

"아저씬 무슨 창가가 좋우?"

묻는다.

"나⋯⋯."

하고 아저씨는 잠깐 생각하다가

"난 좋아하는 찬송가가 있지."

한다.

"무슨 찬송가? 찬송가면 내가 치게"

"정말?"

"그럼 뭐 찬송가야 못 칠까봐…… 내가 치게 해봐요. 어서"

"난 할 줄은 모른다. 얘."

"나허구 같이해요. 응. 내 찬송가 책 가져오게."

"그래."

옥담은 정말 곡조 찬송가 책을 가져왔다.

"몇 장?"

"몇 장인지나 알면 제법이게."

"뭔데? 그럼 첫마디만 해봐요 응?"

"첫마디."

장 박사는 굉장히 잘할 것처럼 넥타이를 다 느꾸어 놓더니 목청을 다듬느라고 마른기침을 자꾸 한다.

"괜 베르기만 하네…… 어서요."

"자! 봐라…… 에헴…… 하날 가는 밝은 길이 내 앞에 있으니…… 잘하지?"

"응. 그거…… 난 벨난 거나 하신다구. 내 치게 나두 거 좋아……."

옥담은 찬송가 책에서 이내 그 하날 가는 밝은 길이를 찾았다. 그리고 아저씨의 노래를 반주할 뿐만 아니라 저도 노래불렀다. 반주는 아저씨의 노래만큼 서투르나 노래는 여간 맑고 아름답지 않았다. 너무나 잘 부르는 그의 노래 소리에 아저씨는 이내 입을 다물고 듣기만 하고서 있었다.

이후로 장 박사는 가끔 피아노 머리에서 혹은 옥담의 등 뒤에서 그거친 목청으로 이 하날 가는 밝은 길을 부르곤 한다. 암만 불러도 잘 되지는 않았다. 옥담의 반주는 이내 책을 덮고도 외어 쳤으나 장 박사의 목소리나 곡조는 별로 나아지지 않았다. 그러나 장 박사는 늘 한마디씩이라도 불러보기를 즐겼다.

옥담이가 온 뒤로부터는 휴등했던 방에 다시 불이 들어온 듯, 이렇게 늘 밝은 기운이 집안에 떠돌았으나 그러나 혼자 서재에서 책만 보다가 눈이 피곤할 때나 무엇이 동기였는지는 막연하나 갑자기 옛날 선주의 생각이 머리를 풍길 때에는 혼자 무인지경에 앉은 것처럼 역시 고적하였다.

"옥담아?"

어떤 때는 그의 이름부터 부르기도 하나 흔히는

"하날 가는 밝은 길이······."

하고 노래부터 부른다. 그러면 자기 방에서 복습하고 앉았던 옥담이는 날쎄게 피아노 앞으로 뛰어와서 그 반주를 울렸다. 둘이서 끝까지 부르고는 으레 옥담이가 건반 위에 두 손을 펼친 채 고개를 돌려 방긋이 쳐다보았다.

"오!"

장 박사는 오! 소리만 내었을 뿐 '선주!' 소리는 늘 삼켜버렸다. 옥담이가 그렇게 쳐다보는 눈은 더 저희 어머니 같았다. 박사는 고요히 옥담의 어깨를 또닥또닥 해주고 그때가 밤이면 으레 부엌으로 갔다. 옥담은 피아노 연습을 하게 하고 자기는 물을 끓여 찻상을 차리는 것이다. 옥담의 컵에 설탕을 넣고 그것을 다 풀어까지 놓고서 옥담을 부르는 것이다.

한번은 이렇게 밤식탁에서 차를 마시면서 옥담이가 제딴은 속으로 벼르기만 하던 것을 물어보았다.

"아저씨?"

"왜?"

"왜 아저씬 아주머니 안 얻우?"

"아주머니?"

"응, 아저씨 색씰 말야. 왜 안 얻우?"

"어디 떨어졌나 얻게……."

"남 놀리긴…… 난 아주머니 하나 있었으면 좋겠어."

"왜."

"없으니깐 안됐지 뭐유 집엔 식모 늙은이뿐이구…… 어린애두 하나 없구 뭘."

"너 어린애 아니냐?"

"내가 왜……."

"……."

아저씨는 씩 웃었을 뿐, 더 대꾸를 하지 않았다.

옥담이는 그 후에도 늘 혼자 궁금하였다.

'왜 우리 아저씬 결혼 안 하실까?'

학교에서 처녀로 있던 여선생님이 혼인하는 것을 볼 때나 동무들 중에 저희 오빠나 아저씨가 혼인한다는 말을 들을 때나 늘 옥담은 자기 아저씨 생각을 하였고, 그 독신으로 늙으려는 태도가 커갈수록 더 궁금스러웠다.

한 해는 여름방학 때였다. 옥담은 진작 시골집으로 내려갔을 것으로 되 며칠 있다가 동경(東京)에서 열리는 학회(學會)에 가는 아저씨와 같이 떠날 작정으로 그날을 기다리고 있는 때였다.

장마는 진 지 오래다. 올에도 넓은 뜰 안에 구석구석이 코스모스가 무데기 무데기로 올려 솟았다. 쑥갓처럼 먹음직스럽게 자랐다. 벌써 서너 차례나 솎아주었지만 또 벌써 배여진 듯 가까이 가서 들여다보면 옆으로 가지를 뻗지 못하고 키만 올려 솟는다. 옥담은 우산을 받고 오정 때까지 그것들을 다시 솎아 주고 순도 잘라주었다.

아저씨는 무슨 화초보다 코스모스를 사랑하였다. 언덕 위에 지은 집이라 가을이면 담과 지붕 위에는 온통이 유리처럼 맑고 푸른 하늘뿐이라 그런 하늘 밑에 한마당 어우러진 코스모스 밭은 꽃밭이라기보다 진주와 보석의 밭이었다. 아저씨는 '우리 집은 코스모스 피었을 때가 제일 아름다운 때라' 하시고 그때면 으레 친구들을 잘 청하셨다. '하날 가는 밝은 길이'도 그런 마당에서 늘 부르셨다.

옥담은 혼자 점심을 먹고 시름없이 내리는 빗발을 내다보면서 또 자기가 솎아준 코스모스의 포기포기에 눈을 주면서 창가에 서 있었다. 아저씨는 오늘도 일찍 돌아오지 않는다. 피아노도 좀 쳐보았다. 그러나 흥이 나지 않는다. 아저씨의 책상으로 와서 책장을 들여다보았다. 가죽 뚜껑을 한 책들은 파랗게 곰팡이가 피었다. 옥담은 그런 책들을 꺼내 곰팡이를 닦다가 아저씨가 중학 때에 쓰던 것인 듯한 헌 영어사전 한 책을 발견하였다. 자기도 지금 영어사전을 쓰는 중이라 펴볼 흥미가 났다. 한 번 찾아본 단어(單語)에는 빨간 연필로 언더라인을 그어서 페이지마다 시뻘겋다. 그 시뻘건 것을 보노라고 여기저기 넘기는데 그 속에 웬 사진 같은 것이 편 듯 넘어간다. 다시 그 페이지를 펼쳐본즉 사진이다.

'뭐?'

옥담은 놀랐다. 며칠 전에 박은 자기의 사진 같아서다. 그러나 빛깔이 누르스름한 데가 있는 것이 오랜 사진이다. 꼭 자기 얼굴 같으나 머리와 옷 모양도 다르다.

'옛날 사진?'

가만히 보니 자기 어머니 같은 데도 많다. 더 생각해 보니 자기 어머니의 처녀 때 사진이 틀리지 않을 것 같다.

'우리 엄마 학생 때! 그럼 이게 우리 아버지 책일가?'

하고 겉장을 들췄다. 거기는 분명히 '치영 장'이라고 영어로 아저씨의 이름이 쓰여 있다.

'웬일일까?'

옥담은 곰곰이 생각하다가 얼른 그 사진의 뒤쪽을 돌려보았다. 거기는 이렇게 쓰여있다기보다도 장식되어 있는 것이다.

'그대는 나의 태양! 그대가 있음으로 나는 인생의 아침을 맞이하도다.'

옥담은 눈이 의심스러웠다. 몇 번 다시 읽어보아도 그런 말이다.

'그대는 나의 태양…… 인생의 아침을…….'

옥담은 소설에서 더러 이런 유의 달콤한 문구를 읽기도 하였거니와 처음이라 하더라도 그런 문구에서 우러나는 감정에 이미 과민할 나이였다. 옥담은 자기의 사진이 아니지만 얼굴이 가슴과 함께 홧홧 달았다.

꼭꼭 눌러 쓴 글자가 아무리 중학생 때 글씨라 하더라도 아버지의 글씨보다는 아저씨의 글씨다.

'우리 엄마와!'

사진은 자세히 들여다볼수록 엄마의 학생 때 얼굴이 틀릴 것 같지 않다.

'오! 라!'

옥담은 아저씨와 엄마와 친하게 지내면서도 어딘지 어색한 데가 있던 것을 몇 가지 생각해 내었다.

'정말 그런가 보다! 그래서 아저씨가……'

아저씨가 독신생활 하는 비밀의 열쇠도 여기서 잡히는 듯하였다.

옥담은 사진을 도로 영어사전에 끼워, 그 영어사전을 또 도로 책장에 끼워 놓았다. 그러나 천연스럽게 앉아 있을 수가 없었다. 다시 꺼내보고 다시 생각해 보고 다시 넣어두고 하였다. 이날, 비에 젖은 레인코트를 털며 들어서는 아저씨의 모양은 다른 날보다 더 몇 배 외롭게 보였다.

"아저씨?"

"그래?"

"……."

불러는 놓고 옥담은 아저씨의 얼굴만 쳐다보았다. 아저씨는 언제나 마찬가지로 그 시선부터가 쓰다듬어 주는 듯한 부드러운 눈웃음을 보여주었다. 그러나 옥담의 눈은 새삼스럽게 아저씨의 얼굴에서 다른 여러 가지를 발견하였다. 움푹 가라앉은 눈자위, 두드러진 광대뼈, 벌써 흰 것이 꽤 많이 섞인 윗수염, 웃을 때에는 배나 더 접혀지는 주름살들, 청춘이란 이미 한 개 전설과 같이 지나가 버린 지 오랜, 빈 마당과 같은 얼굴이었다.

"왜 옥담아?"

아저씨는 책을 한 짐씩이나 넣고 다니는 가방을 책상 위에 놓더니 옥담을 꼭 안고 머리를 쓰다듬었다.

"혼자 심심했니?"

"아니."

"그럼?"

"저어…….."

"응? 뭐? 점심 뭐해 먹었니? 참 우리 오래간만에 오늘 저녁 나가 먹을가?"

"싫어요."

"왜?"

"진창에 뭘 하러…… 아저씨?"

"그래?"

옥담은 그 사진 이야기가 그리 쉽사리 입 밖에 나와지지 않았다.

그래 말로 물어보기보다 실물, 그 사진을 내어 보이면 아저씨가 먼저 무어라고 말이 있으려니 하고 영어사전이 꽂힌 책장 앞으로 뛰어갔다.

메트로노메

그러나 옥담의 손은 쉽사리 그 영어사전에 미치지 못하였다. 첫머리에 있는 다른 책 하나를 뽑아들며

"아저씬 왜 책에 모두 곰팽이 핀 것두 몰으셨우?"

하고 자기가 곰팽이 닦은 것을 자랑하였을 뿐이다.

다음날 아저씨가 나간 뒤에야 옥담은 다시 사진을 꺼내보았다. 이번에는 자기 책상 속에 갖다 넣어두고 여러 번 바라보면, 여러 번 바라볼수록 자기 어머니의 처녀 때가 틀리지 않으리라는 자신이 생긴다. 그래 웃기 좋아하는 아저씨되 어딘지 쓸쓸한 구석이 있는 얼굴인 것을 바라볼 때, 어느새 시골 자기 아버지의 번둥번둥한 얼굴이 밉살머리스럽

게 생각되기까지 하였다.

'왜 우리 엄만 아저씨 같은 일 버렸을까? 내가 보겐 아저씨가 더 점잖으시구 학식두 더 많어 뵈는데…… 박산데…… 엄마가 처녀땐 좀 맹초였나보다.'

하는 생각도 했다.

옥담은 아저씨와 함께 서울을 떠났다. 아저씨는 그 차로 바로 부산으로 직행하였고 옥담은 중간에서 내려 고향집으로 들어갔다. 집에 가서는 아버지와 어머니가 자꾸 이상스럽게 보였다. 더욱 어머니가 그랬다.

"왜 날 그렇게 빤히 보니? 어멈이 늙어 뵈니?"

"아니…… 좀 늙으시기두 했지만……."

"좀만 늙었니, 인전 늙은이다 나두……."

어머니는 한숨까지 쉬며 웃었다. 그리고

"너이들 다 낳서 길러서 가리켜서 하누라고 내가 늙지 안니?"

하였다.

"그래서 늙으셨어?"

"그럼."

"그럼 엄만 슬픈 일은 조곰두 없수?"

"슬프긴 왜? 너이들 잘 자라구 아버지 은행에 잘 다니시구 먹을 게 없니 입을 게 없니 뭐 슬퍼?"

"먹구 입을 것만 걱정 없으면 고만인가?"

"그럼 먹구 입는 것처럼 중한 게 어딧니?"

"그것만 걱정이 없으문 고만유?"

"그럼."

"정말?"

딸은 말똥말똥 쳐다보았다.

"정말이지. 정말 아니문 어째."

하고 어머니는 귓등으로 듣는 듯, 갓난이를 치켜들고 세장 세장을 시작했다.

그러나 며칠 뒤에 달 밝은 밤이었다. 아버지만 어디 나가시고는 온 식구가 마루에 걸터앉아 옥수수를 한 자루씩 들고 먹으면서였다.

"이렇게 맛난 옥수수 아저씨 좀 드렸으문."

옥담이가 우연히 한 말이었다.

"아저씨가 옥수수 좋아하시던?"

"그럼 뭐…… 내가 서울서야 봤나 뭐. 작년 여름에 우리 집에 와 그렇게 잘 잡숫는 걸 엄마두 보군 뭘……."

"참 잘 잡숫더라…… 이번에도 동경서 나오시다 들르시건 네가 쪄드리렴."

"엄마가 좀 쪄 드리구랴. 내가 쪄드리는 것보담 엄마가 쪄드리문 더 좋아하실걸……."

"……."

옥담은 계획이 있어 이런 말을 한 것은 아니다. 속에 있기는 하던 생각이지만 나오기는 우연한 것인데 어머니는 아무 말도 없이 딸의 눈치만 한번 힐긋 보았을 뿐이다. 그리고 달빛에 보아도 어머니의 얼굴은 무심한 채 있지 못하였다. 옥담은 속으로 '옳구나!' 하였다. 그리고 미련한 척하고

"참, 엄마."

하면서 방으로 뛰어들어가 서울서 가지고 온 사진을 들고 나왔다.

어머니는 달빛에나마 그 사진이 아득한 옛날 자기 쳐녀적임을 얼른 보아 깨달았다.

"이게 웬 거냐…… 어서 났니?"

어머니의 말소리는 평범하지 못하다.

"엄마지?"

"어디서 났냐니까."

"글세 엄마지?"

"……."

어머니는 잠깐 멍청하니 섰다가 무슨 생각엔지 사진의 뒤쪽을 돌려 보았다. 무엇이 쓰여 있는 것을 알자 사진쪽을 볼 때보다 더 바투 눈에 갖다대더니 더 얼굴빛이 달라졌다.

"내가 아저씨 책장을 치다가 얻었어. 중학교때 쓰시던 건가봐. 다 해진 영어사전 속에 들어있겠지."

"그래 아저씨 뵈드렸니? 그냥 잠작구 가져왔니?"

"잠작구 가져왔지 엄마 같길래."

"그게 아마 너이 아버지가 학생때 쓰시던 책인가 보다. 아저씨하군 너이 아버지가 퍽 친했으니까 너이 아버지 책이 거기 가 있었구나."

옥담은 '아니야, 책엔 아저씨 이름이 쓰여 있던데. 그리구 그 사진 뒤쪽에 쓴 글씨두 아저씨 글씨가 분명한데' 소리가 입술에서 날름거렸으나 꾹 참고

"글세……."

하여 버리고 말았다. 어머니는 그 사진을 돌려주지 않았다. 동생들이

그게 무어냐고 덤벼들어도 꼭 쥐고 내어놓지 않았다. 그리고 천연스럽게 앉았지 못하고 갑자기 어멈을 불러 다림질감을 내다가 눅이라 하였고 다림질을 하면서도 여러 번 다리미불을 엎질렀다. 옥담은 어머니가 그렇게 하는 것이 모두 아저씨를 생각하는 때문이거니 하였고, 이렇게 해서나마 어머니가 아저씨를 생각해 주는 것이 외로운 아저씨를 위해 즐거웠다.

그러나 어머니는 이날 저녁뿐이었다. 이튿날 아침부터는 전과 마찬가지로 무심히 지내는 것이었다.

'오! 아저씨를 위해 누가 있나?'

옥담은 어머니가 원망스러웠다. 아저씨와 아버지와 어머니와의 삼각관계를 여러 모양으로 상상해 보고 지금보다도 더 비극의 주인공이었을 그 시대의 아저씨를 위해 눈물까지 머금어 보았다.

'아저씬 불쌍한 이다! 훌륭한 이다!'

아저씨를 평소에보다 더 존경하고 싶은 정성이 끓어올랐다. 어머니가 아저씨를 버린 것이 죄라면 그 죄를 어머니 대신 자기가 지고 싶었다. 할 수만 있는 일이라면 어머니 때문에 아저씨가 받는 그 외로움, 그 어두움을 자기로써 단란하게, 명랑하게 해드리고 싶었다. 그래 아저씨가 동경서 나오다가 들렀을 때, 아저씨만 혼자 서울로 떠나게 하지 않고 자기도 방학은 아직 세 주일이나 남았으나 함께 따라나서고 말았다.

떼깍 떼깍 떼깍……

아저씨가 동경 갔던 선물로 사다준 메트로노메(拍子機)였다. 바스켓에 넣었던 것을 차 안에서 심심해 꺼내 틀어놓았다. 우룽우룽 달려가는 기차 소리도 그 떼깍 떼깍 소리에 맞는 것 같았다. 모든 것이 박자가

맞으면 재미있구나 하였다. 사람의 생활도 박자를 맞추어 주는 메트로노메가 필요하리라 생각된 옥담은

'내가 아저씨의 메트로노메가 되어드렸으면!'

하였다. 아저씨는 떼깍 떼깍 소리와 함께 한참이나 고갯짓을 하다가 옆엣사람들도 들을 만치

"하날 가는 밝은 길이."

하였다. 옥담이도 나직이 따라 부르면서 서울이 가까워지는 창 밖을 내다보곤 하였다.

봄이 가져오는 것

옥담에게 졸업을 가져오는 봄이 왔다. 봄은 졸업장만 가져오지 않았다. 졸업장에 얹어 덤으로 가져오는 것이 많았다. 졸업 날 어느 화장품 회사에서는 분과 베니와 향수와 눈썹 그리고 먹까지 넣어서 이쁜 한 갑씩을 선사하였다. 자기네 상품 광고에 지나지 않지마는 기껀 크림밖에 써보지 못한 소녀들에게는 무안하리만치 흥분과 호기심을 일으켜 놓는 것이었다. 옥담은 자기방에서 무슨 큰 비밀이나 가지는 것처럼 숨을 죽여가며 물분을 발라보고 베니칠을 해보고 하였다. 훨씬 덧뵈었다. 아침마다 만지던 자기의 뺨이지만 갑자기 더 포근포근 살이 오르는 것 같았다. 거울을 가까이 들여다보고 물러서 들여다보고 하다가는 누가 오는 듯하면 미리 준비하여다 놓은 물수건으로 얼른 화장된 얼굴을 문대겨버렸다. 문대겨 버리고 나면 겉에 발리었던 분빛과 베니빛은

확실히 없어졌다. 그러나 살 속에 나타났던 따끈따끈한 혈조(血潮)의 빛은 곧 사라지지 않았다. 사라지지 않을 뿐 아니라 모르는 며칠 사이에 얼굴은 갑자기 자라는 듯 손으로 만져보아도 다를 만치 피었다.

전문학교에 들어서 두루마기를 양속으로 골라 좀 몸에 맞게 지어 입고 구두도 굽이 좀 높아진 새것을 신고 나섰더니 아는 사람마다 여러 해만에 만나는 것처럼 커졌다고, 이뻐졌다고 놀래었다. 집에서는 이 봄으로 혼인문제를 일으켰다.

"누가 혼인한대나."

하고 귓등으로도 담아듣지 않는 체는 하면서도 한가한 저녁이면, 아니 어떤 때는 공부를 하다 말고도 연애니, 결혼이니 하는 문제에 언제 시작되었는지도 모르게 공상의 무지개가 뻗어오르곤 하였다.

하루는 전문학교에 와 이태째 되는 가을이었다. 학교에서 돌아오니 아저씨가 코스모스가 피어 넘친 마당에 서 있었다.

"좋은 편지 왔다."

는 하면서도 어딘지 웃음은 억지로 짓는 것 같았다.

"어디서 왔예요?"

"집에서."

편지를 받아 보니 아버지에게서 온 편지이긴 하나 자기에게 온 것은 아니었다.

"아저씨한테 온 건데 뭘."

"그래두 가지구 드러가 읽어 봐."

하는 것이다.

옥담은 무슨 예감에선지 얼굴이 따끈함을 느끼며 편지를 가진 채 자기방으로 들어왔다.

편지는 혼인사연이었다. 전에 한번처럼 공부보다는 시집을 보내는 것이 어떠냐는 의견이 아니라 적당한 자국이 있으니 정혼해야겠다는 주장이요, 자세한 것은 당장에게도 들려줄 겸 불일간 아버지가 상경하리라는 것이었다.

'적당한 자국!'

옥담은 그 마디에 더 한번 눈을 주었다. 그리고 밖을 내어다보았다. 아저씨는 이쪽으로 등을 돌리고 서서 코스모스를 어린아이 머리를 쓸어주듯 그 크고 여윈 손길로 한번 획 쓸어주고 나서는 그 가녈픈 고개들이 다시 일어나 간들거리는 것을 물끄러미 들여다보고 있었다.

'외로운 아저씨!'

눈물이 핑 어리었다.

'아버지는 아저씨한테서 어머닐 빼앗고 또 나까지……'

옥담은 눈이 자꾸 젖어서 밖으로 나오지 못했다.

이날 밤이다. 복습을 하고 피아노를 한 곡조 치고 자리에 누우려 불을 끄니 마당이 대낮처럼 밝다.

"아저씨 달 좀 봐"

하고 어린아이같이 소리를 질렀다.

"난 벌서부터 보구 있다누."

하는 소리는 아직 서재에서 났다. 옥담은 끄르려던 옷고름을 다시 여미고 아저씨의 서재로 갔다. 아저씨는 진작부터 불은 끄고 달을 켜고 있었다.

"여기 와 저 달 좀 봐라."

"어쩌문!"

옥담은 의자를 끌고 와 아저씨 옆에 가지런히 앉았다. 넓은 유리창에는 아래 절반은 코스모스요 위의 절반은 달이었다.

달과 코스모스! 그것을 비인 듯한 서재에서 혼자 밤이 깊어가는 줄도 모르고 내어다보고 앉았는 아저씨! 너무나 감상적인 그림이었다.

"아저씨?"

"그래."

"버레들도 꽤는 울지?"

"그리게."

"버레 같은 미물도 달 밝은 게 좋을가? 그런 감각이 있을가?"

"감각이야 있겠지. 환한 걸 유쾌해 할런지 공포를 느낄런지 그건 몰라두……."

"아무리 버레기루 달빛에 공포야 느낄가 뭐."

"글세."

아저씨는 눈을 돌려 달빛에 박꽃처럼 뽀얘진 옥담의 얼굴을 바투 들여다보았다. 달은 없어도 찔레꽃이 달밤같던 그 옛날 황혼의 언덕에서 보던 선주의 얼굴, 바로 그 얼굴이 무슨 보자기에 싸여 있다가 고대로 끌러진 것 같았다.

"옥담아?"

"네?"

"……."

장 박사는 멍하니 바라만 보았다.

"왜 아저씨?"

"……."

"응? 왜요?"

"넌……."

"네."

"넌, 넌 달빛이 유쾌하냐 무서우냐?"

"남을 버레루 아시나베."

"……."

장 박사는 또 멍하니 바라보기만 하였다. 버레소리는 달빛과 무엇을 경쟁하듯 울어낸다.

"아저씨?"

"응?"

"아버지 올라오실 것 없다구 편지해줘요."

"왜?"

"나 혼인하기 싫여요."

"왜?"

"글세 싫예요."

"어디 지금 당장 하라시니? 정혼만 해두면 좋지 안니?"

"정혼두 싫예요."

"왜?"

"나 평생 시집 안 가."

"그게 무슨 소리야?"

"나 평생 이렇게 살구퍼."

"뭐?"

"……."

옥담은 더 대답하지 않았다. 그리고 이내 울기 시작했다. 왜 그런지 갑자기 버릇이 된 것처럼 눈물이 잘 솟아올랐다.

"왜 우니 응?"

"……."

"옥담아?"

장 박사는 의자를 더 바투 대어놓고 옥담의 등을 어루만지며 물었다.

"옥담아 그런 편지 온 걸 왜 즐거워할 게지 울긴?"

"……."

"응?"

"내가 다 알았예요."

"무얼?"

"아저씨 이렇게 외롭게 사시는 거……."

"그게 무슨 소리야?"

"우리 엄마가 아저씨한테 잘못한 걸……."

"……."

장 박사는 입이 선뜻하여 한참이나 아무 말도 못하였다.

나 다녀올게

이날 밤에 옥담은 울음에 젖은 입으로 몇 번이나

"난 언제까지던 아저씨 헬퍼로 아저씨한테 있을 터예요."

하였다. 그리고 아버지가 정말 올라와서 그 적당한 자국이라는 데를 역설하였으나 옥담은 우물쭈물하지 않고 태연스럽게 혼인할 의사가 전혀 없다는 것을 끝까지 주장하였다.

이렇게, 옥담은 장 박사를 아저씨라고 하는 대신 아버지라고 부르면서까지 학교에서 돌아오면 그의 서재의 일을 돕고, 그의 정원의 일을 돕고, 그의 살림까지 거의 맡아 보살피는 것으로 온전히 행복스러운 날들이 흘러갔다. 아침이면 마당에서 라디오 체조, 저녁이면 팔라에서 '하날 가는 밝은 길이'의 노래, 토요일이면 북한(北漢)이나 남한(南漢)으로 하이킹, 그렇지 않으면 가까운 온천으로 주말여행, 그리고 봄이 되면 넓은 마당의 구석구석에 코스모스를 가꾸기 시작하면서 가을밤 달의 화원을 기다리는 것이 이 집의 풍속이었다. 이웃에서들은 그전과 같이 전문학교 다니는 선생님댁이라 부르지 않는다. 피아노 치는 집, 노래 잘하는 집, 코스모스 많이 피는 집, 그렇지 않으면 '왜 그 딸하구 아버지하구 동무처럼 밤낮 손목 잡고 산보 나오는 집 말야' 하는 것이다.

그러나 세월은 그런 딸 그런 순정의 처녀 옥담에게도 역시 실없는 장난꾼이었다. 한번은 코스모스들이 반은 피고 반은 봉오리 진 이른 가을이었다. 장 박사는 어떤 저서의 원고를 몰아치노라고 달포를 학교에 강의시간만 마지못해 다녀올 뿐, 수염도 번번히 깎을 새 없이 원고지에 묻혀 지내었다. 그런데 다른 때 그럴 때 같으면 옥담이가 학교에 갔다 와서는 이쪽에서 부를 새 없이 옆을 떠나지 않고 시중을 들어 줄 것인데 이번에는 몇 번이나 찾아도 가끔 저녁 외출을 하고 방에 있지 않았다. 박사는 생각하기를 졸업학년이라 동무끼리 나뉠 날이 가까워 놀러 다니는가 보다 했을 뿐이다. 그러다가 원고가 끝나매 마침 내일이 토요일이라 박사는 학교에서 돌아오는 길로 전에도 그렇게 했던 것과 마찬가지로 미쓰코시 뷰로에 들러 내금강까지 왕복 두 장을 사가지고 돌아왔다. 집에 와서도 전과 같이 저녁 식탁에서 포켓에 넣었던 손을 주먹을 쥐어 내어놓고

"이 속에 뭬 들었는지 알문 용치."

한 것이다.

"뭘가?"

옥담의 기름송이 같은 눈은 불빛에니까 더욱 아련하였다.

"어디 용치."

"뭘가?"

옥담은 머뭇거리다가 냉수컵을 들어 물부터 마셨다. 전에는 대뜸 '그까짓 걸 못 알아맞혀' 하고 무슨 활동사진표니, 무슨 음악회표니, 그리고 망월사 가는 차표니, 소요산 가는 차표니 하고, 함부로 주어대다가 나중에는 막 달려들어 주먹을 펼쳐보려 덤볐으나 이날은 이상스럽게 냉수부터 마시며 침착을 지키려 애를 쓰는 것 같다.

"뭘가?"

하면서 웃는 웃음도 가화(假花)와 같이 어설펐다. 그러나 박사는 그런 것들에 마주 눈치를 가지려 하지 않고 무슨 기분 좋지 않은 일이나 있었나 해서 일부러 일어서 옥담의 옆으로 가 새파란 이등차표 두 장이 든 주먹을 펴보였다.

"내금강!"

옥담은 차표에 찍힌 대로 읽었다.

"뷰로에서 물어봤더니 요즘 단풍이 한참이래더라. 너 단풍 땐 못 가

봤지?"

그러나 옥담은

"언제 가시게?"

부터 되물었다.

"내일."

"내일……."

옥담은 어느 틈에 얼굴을 약간 갸울이었다.

"왜 내일 무슨 약속 있니?"

"응."

하고 옥담은 고개를 까득이었다.

"누구하구 무슨?"

"동무하고."

"동무 누구?"

"……."

옥담은 또 냉수컵을 들어 마셨다.

"누군데? 네 동무면 데리구 가치들 가쟜구나. 월요일 아츰에 도라온 다구 그리구."

"……."

옥담은 얼굴만 붉어질 뿐, 얼른 누구라 대답하지 않았다.

"무슨 약속이냐?"

물어도 대답이 없다.

"무슨 굉장한 비밀인 게로군."

하여 보니 얼굴을 푹 수그리고 식탁에 엎드리고 만다.

박사는 더 묻지 않고 물러섰다. 그리고

"너 물르기 어려운 약속이면 내금강은 요담 주말로 연기하잣구나. 난 낼 집에서 쉬게."

하여 주었다.

옥담은 확실히 무슨 비밀이 눈 가장자리에 찰락거렸다. 눈을 바로 주려하지 않았다. 이튿날 학교에 다녀와서는 부리나케 세수를 고쳐하고 양장으로 옷을 갈아입고, 아끼는 새 구두를 내어 신었다.

"어딜 가시누? 아주 성장인데."

박사는 서먹해서 기분을 억지로 감추며 놀려주었다.

"나 다녀옥게."

옥담이도 말소리만은 천연덕스럽게 하면서 핸드백을 집어 들었다.

"어디 좀."

"뭐?"

박사는 옥담의 새파란 가죽핸드백을 빼앗아 속을 열어보았다.

"내용은 너무 빈약하시군."

하고 자기 지갑에서 지전 몇 장을 꺼내 넣어주었다.

누가 밖에서 기다리기나 하는 것처럼 뛰어나가는 옥담의 발소리는 이내 사라져 버렸다. 그가 한편 구석으로 밀어버린 흙 묻은 헌구두만 한참 굽어보고 섰다가 박사는 바지포켓에 두 손을 찌른 채 서재로 들어와서 그대로 걸상에 풀썩 물러앉았다.

"나 다녀옥게……."

옥담이가 남기고 나간 말이다. 박사의 귀에는 그 말이 매미 소리처럼 자꾸 계속해 들렸고 또 그렇게 찌르르 하는 강한 자극을 느꼈다. 무론 옥담은 어딘지는 모르나 다녀서는 곧 돌아올 것이다. 그러나 우선은 열 번 나갔다 열 번 다 돌아와준다 치더라도 언제든지 한 번은 '나 다녀올게'는 하지 않고 '안녕히 계셔요' 하고 이집에서 아주 나가버릴 날이 있을 것을 깨닫지 않을 수 없었다. '난 언제까지든 아저씨 헬퍼로 아저씨한테 있을 터예요' 한 말을 영구히 그러리라고 믿었던 것은 아니다. 아닐 뿐 아니라 도리어 옥담이가 제 말을 고집해 언제까지나 지킨다 하더라도 박사의 도리로는 그것을 용인해 둘 리가 없었다. 그가 졸업학년이 되면서부터는 박사도 그의 시골집 부모들과 똑같이 옥담의 결혼을 위해 늘 관심을 가져오던 차였다. 다만 '안녕히 계ㅋ셔요' 하고는 이 집에서 아주 나가버릴 날이 의외로 가까이 닥친 것을 갑자기 깨닫는 놀람과 서글픔이 있을 뿐이었다.

순리(順理)

옥담은 어디를 멀리 걸은 듯, 피곤하기는 하나 유쾌한 얼굴로 어둡기 전에 돌아왔다. 박사는 즐거이 맞이하였다. 그리고 저녁 뒤에 마당으로 나와 코스모스가 우거진 벤취에 걸어앉아 옥담을 불러내었다.

"네?"

"여기 아버지 옆에 앉아."

"왜?"

"왜는 무슨 왜…… 그래 오늘 재미있게 놀았나?"

"응…… 조 별 봐 아버지? 고건 늘 먼저 뜨네."

박사도 잠깐 옥담의 눈과 함께 별을 바라보았다.

"옥담아?"

"응?"

"이 아버지한테도 비밀인가?"

"……."

"응 나한테두?"

"아니……."

"그럼 오늘 갔던 델 좀 이야기해."

"저…… 미쓰코시 갔다가 인왕산 왜 접때 아버지허구 갔던 코쓰 있지. 거기 산보하구 왔어."

"누구허구?"

"……."

"그건 물으면 안되나?"

"안될 건 없어두……."

"그럼 왜? 실례되나?"

"내가 먼저 말하려구 하던 걸 들켜서나 얘기하는 것처럼 되니까 하기 싫여졌어……."

"건 내가 미안하다. 그렇지만 그런 일이 나쁜 일은 아니지 안니? 나쁜 일이 아니니까 네가 한 거 아니냐?"

"나쁜 일은 왜…… 내가 또 다른 남자와 다닌다면 나쁘지만."

"그리게 말야 나쁜 일 아닌 걸 웃사람이 짐작으로 알고 분명히 알려구 못는데 뭐 들킨거냐? 내가 분명히 알아야 널 도와주지 안니?"

"……."

"아직껏 너는 날 많이 도아줬지? 이번엔 내가 널 도아줄 차례 아니냐. 그러니깐 묻는 거지. 네 행복을 패니 간섭하려구 묻는거냐 어디?" 하고 박사는 옥담의 한편 손을 끌어다 꼭 쥐면서 등을 어루만져 주었다. 영리한 옥담은 이내 기분을 고쳐서 여물은 가을 버레들의 맑은 소리에 쌓여 도련도련 지껄이기 시작했다.

"안 지 얼마 안돼요. 퍽 쾌활해요. 웃음엣 말두 잘하구…… 저어 동경 가 와세다 다녔대나요. 절라도 사람인데 좀 부잔가봐. 삼형젠데 이이가 가운데라나…… 이름은 김병식……."

"김병식…… 나인?"

"스물여덜."

"아직 미혼인가?"

"미혼이래 공부하노라고 동경 가 오래 있었대."

"어떻게 알았나?"

"요전 개학하구 이낸데 왜 한번 우리반 아이네가 저이 엄마 환갑날이라고 저녁에 청해서 나두 갔더랜 거 알지?"

"응."

"그날 걔네 집에서 도람프덜 하구 놀아서 알았는데에……."

"그래?"

"그담에 학교로 그이가 편질 했겠지. 그래 그 내 동무애한테 그일 자세 물었더니 저이 오빠 친군데 퍽 좋은이라구 하면서 사궈 보라군 하면서 걔가 샘을 내겠지."

"그럼 그 애두 그 사람을 사랑한 게로군?"

"뭘…… 그래두 저쪽에선 맘에 없는걸. 그리고 확실히 자기만이라도 그일 사랑하는 것두 아니야…… 괘니 남의 일이니까 샘을 부리지 뭐……
그래서 요즘 와선 개가 그일 중상을 막 해."

"뭐라구?"

"뭐 난봉을 좀 핀다나."

"사실인지 아나?"

"안야. 그럴 사람 아닌데 뭘…… 난 뭐 천친가. 돈을 좀 자유스럽게
쓰구 양복같은 것두 좀 잘해 입구 외양두 남한테 빠지지 않으니까 고런
말을 모두 만들어내지. 것두 첨부터 그런 말을 한 대문 또 몰라. 첨엔
사실대루 좋은 사림이니 교제해 보라고 해 놓고는 지금와선 그게 무슨
낭청스런 소리람."

박사는 더 묻지 않았다. 그 대신 당장 내일 저녁으로 그 청년을 집에
초대하기로 하였다.

옥담은 일요일 하루를 집안을 치고, 식탁을 꾸미고, 몸매를 다듬노
라고 분주하였다. 박사는 옥담이가 적어준 대로 친히 장에 나가서 생
선을 사고 나물을 사고 실과를 사고 그릇까지도 몇 가지 새로 사왔다.
젊었을 때 선주를 잃어버리던 상처의 아픔이 다시 저려올라옴도 속일
수 없는 진정이거니와 옥담을 코흘릴 때부터 데리고 기른 외로운 늙은
학자의 심경으로는 그 애틋함이 친딸의 사위를 보는 것 같은 즐거움도
또한 속일 수 없는 진정이었다. 전날에 선주의 행복을 빌었듯이 진심
에서 옥담의 행복을 빌면서 그의 청년 김병식을 맞이한 것이다.

청년은 들은 바와 같이 쾌활한 성격이다. 여러 번 와 본 집처럼 서툴
러 하는 데가 없어서 주인편이 도리어 쭈뼛거릴 만하다. 눈 속은 그리
맑지 못하나 적은 눈이 아니요, 이마가 좀 벗어진 데는 나이가 스물여

넓은 더 들어보이나 시원스러웠다. 입이 좀 묵직해 보이지 않았다. 잠자코 있을 때도 두 입술을 꾹 힘주어 다물지 못하고 곧 무슨 소리를 내야만 될 것처럼 자리를 잡지 않았다.

"김 군 서울 와 있은 지 오래오?"

"한 이태 됩니다…… 아니올시다. 참 세월처럼 빠른 건 없군요. 벌써 삼 년이나 됐군요."

"그간 무얼하셨오?"

"뭐 한거 없읍니다. 솔직하게 말씀이지 조선사회서 할 게 있읍니까? 아직 먹을 건 있으니까 관공청에 가 오이³, 기미⁴ 소린 듣구 싶지 않구 그렇다구 무슨 사업에 투자하려니 믿을 만한 사업도 없구요. 아무턴지 우선 가정생활부터 독립해 가지고 뭘 좀 해볼가 합니다. 앞으로 많이 사랑해 주십시오."⁵

하는 이런 투의 말이 건드리기가 바쁘게 그 자리잡지 못한 입술에서 품위없이 엎질러져 나오는 것이었다. 박사는 곧 이 청년의 감정과 교양이 너무 시정적(市井的)인 데 불쾌하였다. 혹시 자기가 옥담을 빼앗긴다는 관념에서 불순한 감정으로 보고 듣고 하기 때문이 아닐까 자기부터 의심도 하였고 그래서 이날뿐 아니라 사흘이 멀다하고 저녁을 초대해서 가까이 사귀어 보았으나 속을 더 들여다보면 더 들여다볼수록 속이 너무 비어보였다. 또 뒤로 수소문을 하여 알아본즉 민적에는 없으나 어려서 장가든 처를 쫓아버린 사나이였다. 서울 와서도 하는 일 없이

---

3 오이(おい). 친한 사람이나 아랫사람을 부를 때 쓰는 일본말.
4 기미(きみ). 자네. 너.
5 1937년 6월 『여성』에 발표된 원작에는 '지도해주십시오'라고 되어 있다.

한 달에 사오백 원 돈을 갔다가 낭비하는 것도 알았다. 그가 결코 옥담의 행복을 보장할 만한 사나이가 아님을 판정하였을 때, 박사는 옥담을 불러 앉혔다.

"너 나를 믿지?"

"아이 무슨 구술시험 보시듯 하네."

옥담은 그런 말을 이제와 대답해야 하는 것은 너무 새삼스러웠다.

"글세 네 진정으로 대답해라. 중대한 충고를 네게 해야 되겠어서 그린다."

"그럼 그냥 하시문 되지 않아요."

"그래…… 난 네 행복을 위해선 네 육친이나 똑같은 성을 갖고 있다고 내딴은 믿는다."

"……."

"너……."

"응?"

"너 김 군 단념 못하겠니?"

"못하겠어요."

"아니! 너 어떻게 그렇게 준비하고 있은 것처럼 대답이 쉬우냐?"

"……."

"난 적어두 달폴 두구 여러 가질 참작해 하는 말인데."

"저두요."

"……."

그만 박사편이 말이 막혔다. 그러나 속으로 '아직 철없는 것' 하여 버리고 자기가 하려던 말을 계속했다.

"내가 다 알아봤다. 우선 첫날 보고도 사람이 좀 침착치 못하다 했다."

"난 괘니 뚱한 하믈렡 타잎은 싫여……."

"글세 쾌활한 건 나두 좋아한다. 그렇지만 뭘 알고 격에 맞게 선선히 지꺼리고 격에 맞게 선선히 행동하는 게 정말 쾌활한 거지 귀동냥으로 된 말 안된 말 지꺼려대는 건 쾌활 아니야."

"그럼 뭐예요."

"그건 경망이지."

"흥……."

옥담은 가벼운 코웃음을 지었다.

"그리구 결점이 많더라. 넌 한 가지 반 가지두 결점 없는 사람인데 왜 티 많은 사람한테 가니?"

"결점? 응 저 본처 쫓아 버린 것? 나두 알어…… 그렇지만 건 죄악이라군 생각 안해요. 것두 제 의사로 결혼했다가 희생시킨다면 죄지만, 이건 부모네 맘대루 한건데 그이가 책임질 게 뭐 있어요. 그리고 공정하게 보더라도 싫은 걸 억지로 살면 두 사람이 다 희생 안야요? 두 사람이 죽는 것보단 한 사람이 죽는 게 낫지 않어요? 나도 또 그래요. 저이가 나 때문에 자기 안해가 싫어졌다면 내가 책임져야죠. 그렇지만 벌서 칠팔 년 전에 갈라서고 지금은 완전한 독신자니까 전에 한번 그런 액운이 있었다는 걸로 험될 것 없지 않어요. 그런 걸 험으로 잡는 건 쓸데없는 관념 안야요?"

"……."

박사는 너무나 놀랬다. 옥담의 속에 어느 틈에 그런 맹랑한 준비지식이 들었나 함을 놀라지 않을 수 없었다.

"그인 퍽 선량한 사람인 줄 난 믿어요. 그이가 내가 묻지도 않는데 먼저 자기 과걸 다 얘기해 줬어요. 전처 보낸 걸로 늘 마음이 아픈 거서껀 또 서울 와 지내는 동안 그런 화푸리로 요릿집에 돌아다닌 거서껀 죄다 말하고 울면서 언제부터 새 코스로 살겠다고 약속했어요. 그런데 어떻게 믿지 않어요?"

"그래?……"

"그리구 또 정말 그이가 과거생활이 죄악이였다구 하면 난 더 좋을 것 같어요."

"어째?"

"나로 인해 그이가 구해지는 것 안야요?"

"……"

"그인 인제부터 공부 더 할 것도 맹세했어요."

"무슨 공부?"

"철학."

"어디 가서?"

"집에서 연구하겠다구…… 먹을 건 있으니까 조용히 아버지처럼 학구생활 하겠다구 그러는데…… 그인 나와 똑같이 아버질 존경해요. 아버지가 정말 내 행복을 위하시면 그일 버리게 해서 내게 상철 맨드시는 것보단 그일 지금부터 잘 지도해 주시는 편이 더 순리가 아니세요?"

"……"

박사는 어리둥절해지고 말았다.

의견이 아니라 감정을

장 박사는 이날 밤, 밤새도록 생각해 보았다. 자기 가슴속에 첫사랑의 상처를 미루어 옥담의 말이 가볍게 들리지 않은 것이다. 비록 남의 눈에는 우습게 보이더라도 당자 옥담의 눈에는 최초요, 또는 최후로 발견한 영웅이 그 청년일 것이다. 그 점을 존중해야 할 것을, 자기가 선주를 못 잊는 감정에 비추어 결정하려 하였다.

날이 밝기를 기다려 박사는 옥담을 불렀다.

"너 밤에 많이 생각해 봤니?"

"아니"

옥담은 천연스럽다.

"아니라니? 그렇게 무심해? 아가씨두 원……."

"무심은 왜요?"

"생각해보지 않았다는 게 무심이지 뭐야?"

박사는 옥담의 귀를 붙들어 아프다고 할 때까지 흔들었다. 옥담은 귀와 함께 붉어진 입으로

"생각할 게 없는 걸 뭐. 난 한번 맘먹은 건 언제든지 그대로니까…"

한다.

"물론 매사에 그래야 쓰지. 그 대신 마음먹기까진 충분히 생각해서 후회가 없어야 해."

"……."

"게 앉어!"

옥담은 눈치를 살금살금 보며 앉는다.

"난 지난밤 오래 생각해 봤다."

"……."

"네 의견을, 아니 네 의견이 아니지 네 감정이지 네 감정을 존중하기로 했다."

"정말?"

옥담은 그제야 뛰어 일어서며 박사의 곁으로 왔다. 그리고

"난 아저씨만은 믿었어."

했다.

"뭘?"

"내 감정을 무시하시지 않으실 걸."

"어떻게?"

옥담은 그것은 대답하지 않았다.

박사는 이 뒤로 더욱 자주 그 청년을 집에 초대하였다. 그리고 어떤 때는 목사와 같은 근엄한 태도로 그의 과거 생활의 간증을 받았고 어떤 때는 형이나 친구와 같이 애정으로 그를 충고하였다. 당자도 곧 감화됨이 있는 듯 장 박사나 옥담이나 보기에만 아니라 사실로 기생집과 요릿집은 무론 마작구락부나 빌리야드홀에까지 발을 끊었다.

박사는 곧 옥담의 집에도 알렸다. 옥담의 집에서는 그의 아버지와 어머니가 다 함께 올라와서 사위될 사람의 선을 보았다. 그들의 눈에는 김병식이가 총각이 아닌 것만 유감일 뿐 장 박사보다는 도리어 만족해들 하였다. 그래 이듬해 봄 옥담이가 졸업하기가 바쁘게 결혼식이 벌어졌다.

튤립과 라일락의 오월달 혼인식장, 신부 옥담이도 튤립과 같이 탐스

럽고 라일락과 같이 향기로웠다. 신랑집도 신부집도 본가는 다 시골이지만 신랑의 친구는 대개 서울에 있었고, 또 신부 편으로 친아버지 친어머니의 친구는 서울에 얼마 없었지만 장 박사의 편으로 남자 손님이 적지 않았다. 예복은 입었든 안 입었든 학자풍의 점잖은 신사들은 대개가 징박사의 친구였다.

장 박사는 젊었던 그 옛날에 옥담의 어머니, 선주의 혼인을 당할 때처럼 그렇게 슬프지는 않았다.

그러나 옥담이마저 자기의 번화하지 못한 생활 속에서 빠져나가는 것은 해를 잃어버린 위에 또 달까지 잃어버리는 암흑이었다. 친자식은 아니라 하나 친자식을 모르는 장 박사에게 있어서는 옥담을 친자식과 무엇이 다른지 구별할 도리가 없었다.

"너이 서울다 집을 산다지?"

약혼이 되자 장 박사는 이것부터 옥담에게 물었다.

"그럼, 곳 서울다 사구 그이만 먼저 들어있겠다구 그랬어."

"어떤 집을 고르누? 집을 고르는 덴 그 집의 장래 주부이실 네 의견이 있겠지?"

"막 놀리셔……."

하고 옥담은 얼굴을 돌이켰다.

"놀리는 게 아니라 너이 집 고르는 조건엔 내가 바랄 조건두 한 가지 있어 그린다."

"무슨?"

"그걸 뭇기 전에 네가 김 군한테 집에 대해 청구한 조건부터 들어보잤구나?"

"공기 좋은 데루 사자구 그랬지 뭐."

"또?"

"교통 편하구."

"또?"

"본격적 양관이기 전에 차라리 조선집이 좋다구 그리구……."

"또?"

"그거지 뭐. 참 될 수 있으면 수도하구 까스하구 다 들어온 집."

"그거뿐야?"

옥담은 수그린 고개를 까딱거렸다. 박사는 성큼 옥담에게 달려들었다. 그리고 또 귀를 잡아 흔들었다. 옥담은 아야얏 소리를 질렀다.

"너 이 조건을 첫재로 쳐야 해?"

"무슨?"

옥담은 끄들린 귀가 아퍼 눈물이 핑 돌았다.

"우리 집에서 십 분 안에 갈 수 있는 가까운 데다 정할 것."

"……."

옥담은 잠깐 멍하니 서 있다가 새로운 눈물이 핑 쏟아지고 말았다. 이것은 끄들린 귀가 아파서 나오는 눈물보다는 훨씬 뜨거운 것이었다.

박사는 옥담의 친아버지보다 더 이 혼인에 긴장하였다. 옥담의 친아버지는 옥담이 말고도 또 딸도 있고 아들도 있다. 옥담의 혼인 후에도 다시 사위를 보는, 또는 며느리를 보는 혼사가 있을 것이다. 그러나 장박사에게 있어선 옥담이가 최초요 최후일 것이었다. 내일부터는 살림이 없을 사람처럼 돈을 아끼지 않고 썼다. 친아버지가 너무 과한 듯해 손을 못대이는 것은 장 박사가 모두 사주었다.

"피아노도 너 가지고 가거라."

하였다. 그러나 옥담은

"집 사는 대로 피아노부터 끄랜드로 하나 산다구 그랬어요."

하고 피아노만은 마다하였다. 장 박사도 더 좋은 것을 산다니까 피아노는 주지 못하였다.

혼인식장 준비도 장 박사가 나서 주선하였다. 자기가 친히 그 지배인과 아는 K호텔로 정하고 손님도 될 수 있는 대로 식장이 짜이고 근엄스러운 기분이 나게 학위와 명망이 높은 사람뿐인 자기의 친구 혹은 선배까지들도 친히 전화로 초청한 것이다.

그래 식장은 정각 전에 좌석이 넘쳤고 신랑 신부는 모르는 손님들이되 모두 의관을 정중하게 차리고 온 이가 많았다. 주례자도 당대의 명망가 ××신문사 사장이 나서게 되었다. 장 박사는 기뻤다. 사람사람에게 신부는 내 친딸이나 다름없다는 것을 자랑하고 싶었다. 자기는 체험하지 못하였으나 결혼식이란 인생 일생에 얼마나 신성하고 얼마나 뜻깊고 얼마나 새롭고 얼마나 정중한 의식인가를 절실히 느꼈다. 그중에도 그 새로움, 꺾인 꽃이건만 신부의 가슴에서니 아침 화원에서 보는 듯한 튤립과 라일락, 그 아무나 낄 수 있는 것이언만 신랑의 손에서니 더욱 눈이 부시는 백설 같은 흰 장갑, 때는 오후이되 모두가 아침인 듯 새로웠다.

'오! 축복할 새 날!'

하는 감격으로만 가득찬 박사는 복도에서 대령하고 섰는 보이들보다도 더 공손하게 한편 옆에 서서 식의 진행을 바라보고 있었다. 신랑과 신부에게 차례로 묻는 다짐에, 다

"예."

하고 대답이 지나고 신랑의 손이 신부의 손에 반지를 끼워주는 순간이다. 보이들밖에는 어딘지도 모를 뒤편 어느 문쪽에서

"이놈, 이 멀정한 놈앗."

소리, 계집의 발악하는 소리가 유리창이 깨어지듯 뛰어들었다.

"여기 증인들이 있다! 이놈, 이 개 같은 놈…… 혼인하마구 남 영업까지 떼드려 놀젠 언제구 오늘 와선……."

기생이었다. 동무 기생 서너 명이 모조리 술이 얼근해서 따라서는 것인데 발악을 하는 기생은 신랑을 붙잡기만 하면 옆구리에 차고 달아나기나 할 것처럼 광목 깔아놓은 길로 들이 달았다. 신랑의 친구인 듯한 청년 하나가 얼른 나서며 길을 막았다.

"웬 놈야?"

소리와 함께 기생은 그 청년의 뺨을 철썩 올려붙였다.

"기생도 사람이다. 너 이놈들 누깔엔…… 날 쥑여라 쥑여! 어서 이놈……."

장 박사가 뛰어들었다. 성큼 기생을 안고 한 손으로 기생의 입부터 틀어막으며 밖으로 나오려 했다. 기생은 선선히 끌리지 않았다. 막 할퀴고 막 물어뗴었다. 장 박사의 목과 손에서는 이내 피가 흘렀다. 모두들 일어섰다. 모두들 어쩔 줄을 몰랐다. 장 박사는 여러 사람의 도움을 받아 이내 기생의 한 패를 밖으로 끌어내기는 하였다. 그러나 기생을 끌어내고 보니 신랑신부는 어데로인지 사라지고 없었다. 손님들은 장 박사의 친구들도 장 박사에게 인사도 없이 슬몃슬몃 흩어지기 시작했다.

가을비의 새벽

그러나 혼인식은 끝난 셈이다. 옥담은 정당한 김병식의 새 아내로 그를 따라 어느 온천으로 신혼여행까지 다녀왔다. 다녀오는 길로 옥담의 부처는 곧 장 박사에게 찾아와 사례하였다. 사례뿐이 아니라 병식은 다시는 기생과의 접촉이 없을 것을 열 번 스무번 맹세하였다. 박사도 달게 들어주었다. 옥담과 알기 전에 알았던 기생이므로 박사는 앞으로만 다시 그런 일이 없기를 충고하였고 자기가 당한 망신은 다만 옥담의 기분을 위해 아무것도 아닌 체하였다.

옥담도 가서 말없이 살았다. 소원대로 십 분쯤 밖에는 안 걸리는 곳에 새로 지은 기와집을 사고 가끔 옥담이 혼자서, 혹은 동부인해서 외로운 박사를 찾아와 보며 저희끼리는 깨가 쏟아지게 살았다.

그러나 여름이 지나면서부터는 옥담은 늘 혼자만 찾아왔다.

"김 군은 요즘 뭘 하나? 바쁜가?"

하면

"뭘 괜히 나댕기지."

할 뿐, 옥담은 자기 남편에게 관한 말을 일체로 하기 싫어하는 눈치가 보였다. 그 눈치를 느끼자 박사는 건강한 줄 알았던 사람에게서 위험한 병균을 발견했을 때처럼 속으로 깜짝 놀람이 있었다. 박사는 따져 물었다.

"왜 네가 요즘 얼굴빛이 나쁘냐?"

"아니. 나쁘긴 왜?"

하고 옥담은 웃었으나 억지로 꾸밈이다.

"난 못 속여…… 어디 아프냐?"

"아닌데."

"그럼?"

"왜 어떻게 달러 뵈세요?"

"무슨 걱정이 생겼니?"

"아니."

박사는 더 묻는 대신 뜨거운 애정과 어린애를 걱정하는 듯한 눈으로 옥담의 눈을 내려다보았다. 옥담의 눈은 이내 흐려지고 마는 것이다. 나중에 눈물 방울이 굴러나오고 말았다.

"요전엔 무슨 볼일이 있다구 인천엘 한 사흘 가 있다 왔에요."

"무슨 볼일?"

"글세 그냥 볼일이라고만 그리구 묻는 걸 싫여하니까……."

"가서 사흘씩? 거기서 자구?"

옥담은 고개를 끄덕인다.

"그리군?"

"그리군 늘 나가면 새루 석점 넉점에야 술이 취해 들어와선 괘니 탓을 잡구 아침은 열두 시나 돼야 일어나 먹구……."

"요즘두 그리니?"

"그럼."

"충고해 보지?"

"그럼…… 인전 내 말 같은 건 여간 웃업게 알어야지 뭐."

"……."

박사는 일어섰던 걸상에 다시 펄썩 주저앉았다.

이날 밤 박사는 옥담의 집을 찾아갔다. 사실 옥담뿐 저녁때인데 그의 남편은 있지 않다. 옥담과 함께 그가 들어오기를 기다렸다. 열 시, 열한 시, 새로 두 시가 넘어도 안 들어온다. 동이 틀 무렵에야 자동차 소리가 나더니 들어오는데 새벽 기운에 술은 깼으나 유흥에 지친 몸은 사지를 제대로 가누지 못하며 들어서는 것이다.

"어디 갔다 늦었네 그려?"

박사가 마주 나가며 억지로 좋은 얼굴을 지었다.

"네, 네…… 아 웬일이세요? 친구들을 만나 좀……."

박사는 별말은 하지 않았다. 저녁 먹고 산보 나왔다가 들렀는데 밤이 늦도록 들어오지 않으니까 궁금해서 옥담과 함께 기다려 보았다 하였을 뿐이다. 그러나 속으로도 박사는 그렇게 무심한 채 지낼 수는 없는 일이다. 이튿날 저녁에 또 갔다. 또 옥담이뿐이다. 또 기다렸다. 이날 밤은 밤이 다 새어버리도록 안 들어왔다. 밖에서 잔 것이었다. 박사는 학교에는 안 가는 날이나 다른 볼일은 많은 날이었다. 그러나 가지 않고 이튿날 오후 두 시까지나 그냥 기다리고 있다가 기어이 병식이를 만났다.

"아니…… 오늘은 학교에 안 가셨나요?"

"볼일은 있지만 못가고 이렇게 앉았네."

"네?"

하고 그는 어리둥절해 한다.

"나 어쩌녁 여덜 시부터 여기 와 자넬 기다렸네."

"네?"

술은 취해 있지 않았다. 그는 준절히 나무라는 박사의 말을 근신하는 태도로 앉아 들었다. 박사는 저녁마다 왔다. 며칠 동안은 저녁마다 병식이가 아내와 함께 있었다. 그러나 속으로는 옥담에게 더욱 비위가 상했다. 박사의 그 지극한 사랑과 충고에 감동하기보다는 이런 계획적인 투로 자기의 자유를 단속하는 아내와 장 박사가 더욱 아니꼬와졌다. 하루는 나가더니 한 일주일이 되어도 들어오지 않았다.

박사도 어쩔 수가 없었다. 이왕 당한 일이니 얼마 동안은 속을 썩이면서라도 네가 처음 약혼할 때 하던 말대로 너로 말미암아 그 남편이 구해지는 사람이 되도록 끝까지 사랑과 성의와 충고로 그를 대하는 수밖에 없다고 옥담에게 일렀을 뿐이다.

그 뒤 옥담에게서 남편이 돌아왔다는 말은 들었으나 만나보지는 못하고 여러 날이 지났다.

산듯산듯한 가을비가 한 이틀 계속해 내리는 날 새벽이었다. 박사는 아직 어렴풋한 잠 속에 있는데 누가 대문을 덜컹거리었다. 나가 보니 옥담이다. 흐트러진 머리를 아무렇게나 쪽지고 밤잠을 못자 충혈된 눈대로 까실한 소름에 싸여 새벽비에 젖어 들어서는 것이다.

"웬일이냐?"

박사의 목소리는 떨리었다. 옥담은 대문 안에 들어서기 바쁘게 그냥 엉엉 울어대었다. 박사는 어디를 맞은 것이나 아닌가 하고 옥담의 뺨, 눈, 팔, 다리를 옷을 들치며 살펴보았다. 상한 데는 없어보였다. 우선 달래며 방으로 데리고 들어갔다.

"난 인전 더 참지 못하겠어요."

한참 울고 난 옥담은 이미 결심이 있는 듯 태연히 하는 말이다.

"그때 아버지 충골 안 받은 벌이야요."

"……."

박사는 멍하니 듣는 수밖에는 없었다.

"글세 그 녀석이 새로 두 시나 돼서 들어오는가 부더니 건는방으로 들어가겠지. 그래 웬일인가 했더니 글세 웬 게집년을 대리구 와선……."

"뭐?"

박사는 이마가 화끈해지는 듯 눈을 부비었다.

"바루 딴 년두 아니구 혼인날 그년을 대리구와 막 지꺼리구 노는군 그래 날 사람으루 아는 녀석이야요 그게……."

"그래 지금 그년 허구 있덴?"

"있겠지…… 인제야 쿨쿨덜 자는가 봅디다."

하고 다시 옥담은 울음을 참지 못하였다.

박사는 눈을 꽉 감았다 떴다. 이마에 번개줄기 같은 핏대가 뻗히었다. 양말도 신지 않은 채, 속샤쓰 위에 그냥 자켓만 걸친 채 박사는 밖으로 나왔다. 무얼 찾는 듯 두리번거리다가 그냥 우산을 받을 생각도 없이 마당으로 내려섰다.

"아버지?"

옥담은 쫓아나와 박사를 막았다.

"난 인전 그놈과 남이야요. 아버지도 그놈과 남이야요. 찾어갈 것 없어요."

"아니다. 그런 짐생 같은 놈은……."

박사는 후들후들 물끓는 주전자처럼 떨었다.

"그래두 글세 인전 걸 뭐라구 상댈해요. 참으세요. 같은 사람 돼요." 하면서도 옥담은 힘에 부쳐 딸려나오며 있었다. 박사는 대문을 나서더니 옥담을 낙엽처럼 뿌려던졌다. 그리고 옥담이가 따를 수 없게 뛰었다.

코스모스가 만개한 날

옥담이가 숨이 땅에 닿아 쫓아와 자기집 마당 안에 들어섰을 때는 벌써 계집은 어데로인지 달아나고 자기 남편은 퇴 아래에 거꾸러져 피를 흘리고 있었다.

"아버지?"

옥담은 숨소리인지 말소리인지 모를 소리를 내었다. 박사는 손에 잡았던 장작개비를 그제야 놓았다.

행낭아범이

"아니 이게 웬 변입니까?"

하고 부엌에서 냉수를 떠들고 나와 쓰러진 서방님에게로 가더니 냉수바가지를 풀썩 놓아버리고 눈이 더 뚱그래져 물러섰다.

병식은 피는 코에서 터진 듯했으나 어느 급소를 맞은 듯, 얼굴이 종이빛이 되어 꼼짝은커녕 숨이 끊어진 것이다. 바투 가 들여다보니 눈을 뒤어쓴 것이다.

"아버지?"

옥담은 모기소리만치 질렀다. 더 큰 소리가 나와지지 않았다.

"쥑였다 내가……."

박사는 태연히 혀끝을 내어 입술을 축였다. 그리고 옥담을 꼭 안았다.

"내 걱정은 말아. 너일 위해 난 이만치 씨여진 걸 만족한다!"

하고 박사는 눈물 엉킨 눈을 꿈벅이었다. '너일 위해'란 옥담만이 아니라 그의 어머니 선주까지를 가리킴인 듯했다. 박사는 이내 밖으로 나왔다. 박사는 곧 경찰서로 가서 숙직경관에게

"사람을 죽이고 왔오."

하고 자수하였다.

그러나 사람은 죽지는 않았다. 옥담이가 곧 의사를 불러대어 턱밑으로 동맥을 몹시 맞아 정지되었던 피는 심장이 고정되기 전에 다시 돌수가 있었다. 한 두어 주일 동안 치료해야 될 만한 타박상의 진단이 내렸을 뿐, 병식의 생명에는 아무 관계가 없었다.

옥담은 시골집 아버지를 전보로 올라오게 하여 변호사를 대어 가지고 서울 아버지의 석방을 위해 애를 썼다. 신문에서 그 기사를 읽은 사람마다 눈물을 머금고 장 박사를 위해 그 경찰서로 진정의 편지를 보냈다. 경찰관들도 장 박사의 인격이나 사건의 원인을 보아 가혹한 심문한번 하지 않았다. 검사국으로 넘어갈 것도 없이 놓여 나오리라는 말을 변호사에게서 들을 때, 옥담은 그렇게 기쁨, 그렇게 광명함, 그렇게 감사함을 느껴본 적은 없었다.

가을 장마는 이내 들었다. 씻은 듯이 푸른 하늘 아래 한마당 넘쳐 어우러진 코스모스는 어느 해 가을보다 더 다감스러웠다.

'오늘이나 나오실까?'

아침이면 옥담은 대문 쪽을 내다보고 눈물을 머금었다. 어제 치워놓은 그대로지만 아버지의 서재를 다시 치우고 여러 날 동안 파리하고 수염이 거칠어졌을 박사의 얼굴을 생각하고는 면도칼과 면도물까지 아침마다 준비해 놓고 기다렸다.

코스모스가 만개한 날 아침이다. 역시 면도물을 갈아놓고 피아노로 가서 오래간만에 '하날 가는 밝은 길이'를 치며 불렀다. 한번 부르고 나면 속은 좀 시원하나 너무나 주위가 더 적적해진다. 또 불렀다. 암만 불러도 그치고 싶지 않았다. 목이 쉬도록 부르는데 나중에는 자기 목소리 아닌 소리가 함께 울리는 것이다. 깜짝 놀라 돌아보니 유리창 밖에는 서울 아버지, 장 박사다. 수염이 정말 시커멓게 난 입으로 그러나 광명에 넘치는 얼굴로 '하날 가는 밝은 길이'를 따라 부르면서 들여다보는 것이었다.

"아!"

옥담은 거의 날아서 밖으로 나왔다. 그리고 울컥 목에 막히는 것이 있어 아무말도 못하고 벙어리가 되어 박사에게 뛰어올라 매어달리기만 하였다. 팔로가 아니라 영혼으로 매어달림인 듯, 옥담은 눈물솟는 눈을 한참이나 꼭 감고 뜨지 못했다.

*

장 박사의 집에서는 전과 같이 '하날 가는 밝은 길이' 노래가 무시로 흘러나왔다. 동네에서들도 여전히, 피아노 치는 집, 노래 잘하는 집, 코스모스 많이 피는 집, 그리고 '왜 그 딸하구 아버지하구 동무처럼 밤낮 손목 잡고 산보 나오는 집 말야' 하는 것이다.

— 丁丑 五月 十三日 朝 —

『구원의 여상』, 한성도서, 1937.6

부록

이태준의 단편소설과 근대 조선의 감성

조윤정

『이태준전집』 2권에는 「까마귀」(1936.1)부터 일문소설 「제1호 선박의 삽화」(1944.9)까지 단편소설 18편과 중편소설 1편을 수록하였다. 그의 단편집 『돌다리』에 수록된 작품이 모두 포함되어 있으며, 「까마귀」 이후에 발표된 소설들 가운데, 『구원의 여상』과 『가마귀』, 『이태준단편선』, 『이태준단편집』과 같은 작품집에 나눠 실렸던 해방 이전의 단편소설을 찾아 연대별로 정리하여 수록하였다. 각각의 소설은 잡지에 발표한 원본을 참고하되, 단행본에 수록된 작품을 기본 자료로 삼아 실었다. 「아련」(1939.6)의 경우 단행본에 수록되어 있지 않아, 잡지 『문장』에 발표했던 당시의 작품을 텍스트로 삼아 정리했다. 이번 전집에는 이태준 소설의 언어를 살리기 위해 대화의 내용이나 일본어 발음을 가급적 원문 그대로 살려 쓰고 각주에 그 뜻을 밝혀두었다. 또한, 일문 소설 「제1호 선박의 삽화」(『국민총력』, 1944.9)의 경우 이 소설을 발굴하고 번역한 호테이 토시히로와 심원섭 선생님의 동의하에 『문학사상』 (1996.4)에 발표된 번역본을 수록했다.

첫 창작집 『달밤』(한성도서, 1934) 출간 이후, 조선 문단에서 '단편작가'로서 독특한 지위를 획득한 이태준은, 『구원의 여상』(한성도서, 1937)과 『가마귀』(한성도서, 1937) 등의 단편집을 출간한 이후에도 당대 비평가들로부터 체홉이나 모파상, 포 등에 비견되는 명망을 유지한다. 이태준은 스스로 단편집 『가마귀』를 엮으며 쓴 머리말에, 저널리즘과의 타협 없이 비교적 순수한 자신 대로 쓴 단편소설이 자기 생활에서 가장 즐겁고 안전하고, 신성한 일이라고 말했다. 그리고 그가 "작가들의 직업이 아니라 작가들의 예술을 보려면 아직은 단편을 떠나 구할 데가 없다"(『동아일보』, 1939.3.24)고 말했던 것처럼, 그의 문학적 성취에 대한 당대 평론가들의 비평 역시 그의 단편소설에 경사되어 있다.

단편작가로서의 이태준은 벌써 일가를 이루었다는 것이 움직이지 않는 세평(世評)이다. (…중략…) 이태준의 단편을 한번 읽은 사람이면 그 작품의 인물들을 잊지 못한다. 인물 자체로 보면 하잘것없는 존재들이지만 읽고 난 뒤에 언제까지나 인상이 사라지지 않는 야릇한 매력을 가진 것이 이 씨의 작품 인물들이다. (…중략…) 이 씨의 인물 묘사의 비밀이 있다면 그 것은 그들에 대한 부절(不絶)한 흥미와 동정 그것뿐일 것이다. 이 씨의 작품 인물은 다만 선명할 뿐만은 아니다. 보드랍고 따뜻한 것이 또 그 매력의 일면이다. 그것은 그들에 유머와 페이소스가 있기 때문이다. 하잘것없는 인물들의 평평범범한 생활 가운데 흐르고 있는 유머와 페이소스, 그것을 포착하여놓는 작자의 명확한 수법 ─ 이것이 이태준의 단편의 매력이었다.

단편소설이 인생의 단념(斷念)을 파착(把捉)하야 전 인생을 암시하는 데 그 전적 기능이 발휘되는 것이라면 거기에는 작가로서 한층 불발부동(不拔不動)의 초점과 명확한 모티브를 가질 제만이 성취될 수 있는 것이다. 이 점에 있어서 이태준 씨의 단편은 확실히 어느 누구의 것보다도 선명한 인상을 주고 있다.

전자는 제2단편집 『가마귀』(한성도서, 1937)를 읽고 최재서가 작성한 「단편작가로서의 이태준」(『문학과 지성』, 1938)의 일부이고, 후자는 『이태준단편집』(학예사, 1941)에 대한 윤규섭의 서평(『매일신보』, 1941.3.23)의 일부이다. 이 글들에서 짐작할 수 있듯, 이태준의 단편소설은 인생의 단면을 포착하되 그것이 독자에게 뚜렷한 인상과 감정의 동요를 유발하는 차원에서 많이 언급된다. 『구원의 여상』에 대한 이운곡의 서평 역시 이태준 소설이 가진 "마음을 정화하는 힘"(『동아일보』, 1937.6.26)에 대해 강조한다. 이태준 소설의 사상성 결여를 비판하던 임화와 백철도 「사상은 신념화, 방황하는 시대정신」(『동아일보』, 1937.12.14)과 「현대소설의 귀추」(『문학의 논리』, 1940), 그리고 「문장과 사상성의 검토」(『동아일보』, 1938.2.16)에서 그의 단편소설이 가진 '통일된 분위기로서의 애수'에 대해 말한다. 김문집 역시 「이태준론」(『삼천리문학』, 1938.4)에서 이태준의 문학적 본질을 "센티멘털리즘"이라 단언한다. 특히, 임화는 이태준이 소설에서 그린 '슬픈 감정'이 동시대인의 가슴 속에 숨겨진 비애를 그리고 있으며, 그것이 비극의 아름다움으로까지 승화된 예로 「농군」을 꼽는다. 임화는 「농군」을 "크나큰 비극을 속에다 감춘 서사시"라 평한다. 임화의 이 말은 이태준의 소설을 만주 개척에 대한 낙관적 전망과 오족협화의 이념을 선전하는 생산소설과 분별하는 당대인들의 수용 방식을 암시하기도 한다. 그는 이태준이 보여주는 "체홉 유의 애수"가 "미려한 필치"와 더불어 그를 "유니크한 단편작가"로 존재하게 하는 제일 중요한 요소라 강조한다.

실제로 2권에 수록된 소설을 보면 죽음, 이별, 이주, 시대의 변화와 같은 상황 속에서 인물이 경험하는 '상실감'이나 그것을 넘어선 '비애', '동정', '불안'이 작품 전체의 분위기를 압도하는 작품들이 많은 수를 차지한다. 임화와 백철이 사상성 결여에 대해 비판하면서도 이태준의 단편소설에 일관되게 흐르는 '애수'의 분위기를 언급한 것은 그와 같은 정서가 가진 잠재적 가능성에 대한 전망을 보았기 때문일 것이다. 실제로 임화는 「사상은 신념화, 방황하는 시대정신」에서 「가마귀」, 「복덕방」에 대해 비평하며, 이 작품에는 "동양적 선미(東洋的禪味)"나 "죽음에 대한 신비적 관찰" 등이 나타나지만 그것은 "현대 조선청년의 절망감의 반영"으로 읽을 수 있다고 말한다. 최재서 역시 「단편작가로서의 이태준」(『문학과 지성』, 1938)에서 이태준이 그린 시대에 뒤떨어진 사람의 고독과 애수에 대해, 작가가 그 주제를 의식적으로 인생과 사회에 연관시켜보려는 의도로 읽는다. 최재서는 그 의도가 작품에서는 "아이러니"와 "시니시즘"으로 나타난다고 언급한다. 이와 같은 독법은 이태준의 소설 세계를 동양적 과거로의 회귀나 신비주의로 일축하지 않고, 시대와의 관련 속에서 읽을 수 있는 가능성을 열어준다.

이태준은 이병기와 더불어 잡지『문장』을 간행했으며 옛 것, 전통, 아름다움 등에 대한 지각력을 가진 작가였다. 그 점에 대해서는 여러 연구자들이 조선주의 문화운동 및 동양론과 관련하여 분석한 바 있다. 그에게 고완(古翫)은 대상을 창조하고 향유한 인간과 사건, 그것이 지닌 시간적 무게, 그리고 그 대상에 투영된 정서의 흔적을 추적하는 일이다. 이태준은 효용적 가치를 잃은 존재에 대한 상고주의가 반근대적인 퇴행으로 떨어지지 않도록 경계를 늦추지 않는데, 이 같은 태도는 그의 수필집『무서록』뿐 아니라「영월영감」,「패강냉」,「돌다리」와 같은 단편소설에서도 발견할 수 있다. 이태준은 식민지 자본주의를 직시하며 문명화의 속도감에 함몰되지 않고 근대성의 방향을 물었다. '새 시대' 속에서 '스러지는 것'들에 대한 연민과 동정을 느낀 이태준의 주관은 신체제와 이태준 사이에 존재했던 미묘한 길항과 긴장을 암시한다.

또한, 그의 미의식은 조선어에 대한 자의식과 연결되어 있다. 제2회 조선예술상을 수상한 이태준의『福德房』이 정인택에 의해 번역되어 1941년 모던일본사에서 출판되었을 때, 장혁주는 일본어판 소설집의 발문을 쓴다. 그 글에서 장혁주가 "이광수 씨를 조선어의 제1기 개척자라고 한다면 이 작자는 제2기의 혁신자이다. 씨의 문학은 아무래도 번역되기 힘든 문학이고 원문의 문장미를 정확하게 사용하지 않으면 원작의 맛이 대부분 말살되어 버린다"고 말한 이유도 조선문화를 형상화하는 이태준 '문장미'의 독창성과 '시대의식'에 입각해 있다.

1930년대 중반 이후 이태준의 단편이 보여주는 변화 가운데 하나는 작가가 서술자이자 주인공으로 등장하는 작품이 증가한다는 사실이다. 첫 창작집『달밤』에 수록된 작품들에서 작가임을 추측케 하는 서술자가 관찰자의 입장에 서 있었던 것과 차이를 보이는 부분이다. 「장마」, 「패강냉」, 「토끼이야기」, 「사냥」, 「석양」, 「무연」과 같은 작품들이 그 예이다. 이 작품들은 작가의 심경을 여과 없이 표출하고 있으며, 작가가 경험하고 목격한 시대적 문제들도 곳곳에서 보여준다. 이태준의 사소설은 조선어 강습의 폐지,『동아일보』와『조선일보』에 이어『문장』과『인문평론』마저 폐간된 시대적 정황 속에서 창작된 것이다. 이 때문에 소설은 지식인의 '여유'에 스며드는 '상실감', 그에 뒤이어 오는 '불안'과 '허무'의 자각에 초점이 맞춰져 있다. 이태준의 사소설이 전기적 사실과의 내적 연관성, 일상성, 미의식, 그리고 검열 우회의 방식 등을 통해 작가의식과 정치성을 표현한 양상에 대해서는 많은 연구자들이 논의한 바 있다.

"자기 자신, 심정, 반성의 심화"를 지향하는 이태준의 작가의식은 당대 평자들에 의해서도 관심의 대상이 되었으며, 시대감각과의 조응이나 사회적 연관성의 강화를 요구받기도 한다. 신남철은 「작가심정의 문제」(『동아일보』, 1937.6.23)에서 1930년대 후반 내성화(內省化)하는 조선 작가들의 소설에 대해 비판적 관점을 취하면서도, 이태준의 문학관을 예로 들며 사소설이나 심경소설이 문학적 성취를 이루려면 "동시대의 감각을 촉발"하는 "전체, 일반성과의 연락"을 보여주어야 한다고 강조한다. 앞서 언급했던 윤규섭이 그의 글에서 이태준 작품을 고평하면서도 그의 '사소설(私小說)'적 경향에 대해서는, 사생활이 사회적 연관성과 건전한 생활인식능력에 근거하기를 바란다는 말을 부언하는 것도 같은 맥락에서 읽을 수 있다.

이에 반해, 임화는 이태준의 사소설이 시대적 분위기에 대응하고, 그 속에서 지식인이 느끼는 생의 모순을 그리는 데 뛰어난 부분을 강조하는 방식을 취한다. 앞선 논의들이 이태준이 사소설을 창작하는 가운데 보완해야 할 점을 언급하고 있다면, 임화는 고상한 삶을 추구하는 작가의 천품이 오히려 인간의 존재적 모순을 드러내는 데 성공의 요인으로 작용한 점에 입각해 있다. 한해에 발표된 조선의 소설들을 개괄하는 글들(「사상은 신념화, 방황하는 시대정신」, 『동아일보』, 1937.12.4; 「소설의 인상」, 『춘추』, 1943.1)에서 임화는 이태준의 사소설의 경향을 집약적으로 제시한다. 그는 이태준이 "지식인의 생의 근본적 모순을 개시"하는 소설에서 신변의 사소한 에피소드를 골라왔음을 말한다. 그리고 그는 「장마」가 "신변기술(身邊記述)이면서도 시대적 분위기에 상당한 농도로 부딪"친 작품이며, 「토끼이야기」와 「사냥」이 "감명을 주는 이야기가 된 비밀은 뜻밖에 평범한 것"에 있다고 강조한다. 임화는 이태준이 자기의 방법을 가지고서만 이야기를 진행하지만, 작가가 지닌 "자유와 천품과 소질"에 의해 그 이야기가 인간이 겪는 생활의 공허와 그것이 야기하는 불안에 대한 자각으로 이어질 수 있었다고 분석한다. 실제로 1941년, 조선 작가들을 대상으로 한 잡지사의 설문조사(『삼천리』, 1941.12)에서 「토끼 이야기」는 채만식, 최명익, 최정희, 박계주 등의 작가들이 한해에 읽은 소설 중 가장 좋다고 생각하는 작품으로 꼽혀 그 작품성을 인정받는다.

김문집은 이태준의 사소설에서 작가의 문학적 재생을 전망하기도 한다. 그는 「'수난의 기록'과 '패강냉'」(『동아일보』, 1938.1.21)에서 '작자 자신인 주인공의 말'에서 "무류(無類)의 치졸성(稚拙性)과 문청성(文靑性)"을 발견했지만, 의외로 그 점을 통해 "「가마귀」 이후 절망했던 이태준의 재생을 예기한다"고 단언한다. 그리고 그는 소설 「패강냉」의 예술적 시대적 가치를 '골동취미의 예술적 지양', '작품이 요구하는 감상을 파괴'한 것에서 찾는다. 김문집의 이 말은 이태준이 자기를 통해 시대를 말하되, 자기 응시와 자기 절제를 통해 작가가 시대에 대응할 수 있었던 가능성을 적시한 것으로 이해할 수 있다. 이처럼 당대 독자들이라면 누구나 이태준임을 알 수 있는 소설의 형식을 통해 이태준은 자신이 느끼는 시대에 대한 위기의식을 함축하고 그 자체의 진실성을 통해 문학적 성취를 이룰 수 있었던 것이다.

이번 전집에는 발굴작인 일본어 소설 「제1호 선박의 삽화」가 새로 실렸음을 밝혀 둔다. 이 작품은 국민총력조선연맹의 기관지인 『국민총력』에 실렸던 것으로, 창씨 개명한 조선인 조선소노동자들이 화물선을 건조하는 과정을 담고 있다. 작가는 배를 만드는 과정 속에서 경쟁과 실패를 경험하는 구니모토를 통해 '개인주의의 청산'과 공동체 의식의 중요성을 보여준다. 그 과정에서 작가는 소설에서 배를 만드는 '조선인' 구니모토의 뛰어난 기술과 배를 대하는 장인정신, 그리고 일본인 및 조선인과의 관계를 형상화하는 데 집중한다. 또한, 짧은 일본어 실력 때문에 책임자의 연설을 알아듣지 못하면서도 동료들의 조롱거리가 될까봐 침묵하는 조선인 노동자들의 모습을 보여줌으로써 내선일체의 국민됨에 균열을 일으킨다.

소설에서 구니모토는 어린 시절부터 배에 관심을 가지고 있었기에 그가 배를 만들면서 갖는 기쁨이나 소망은 전쟁과 무관한 지점에 놓여 있었다. 그런 맥락에서 보면, 이 소설은 구니모토의 배 만들기가 이념화되어가는 과정을 보여주는 동시에 그에 완전하게 합일될 수 없는 지점을 드러낸다는 점에서 문제적이다. 소설의 마지막에 이르면 노동자들 사이의 경쟁에 끼어드는 질투심과 의혹, 가와사키와 구니모토의 대화 사이에 끼어드는 침묵 등은 전쟁 준비의 긴박감 속에서 봉합되어 버린다. 그러나 소설의 끝에 남는 것은 개인주의 청산을 강조하는 가와사키 감독의 가르침이 아니라, 자신의 실패를 받아들이고 선박 수리에 몰두하는 구니모토의 경건한 표정과 배 만드는 일에 대한 집념이다. 그러므로 이태준의 일본어 소설은 국책이 어떤 방식으로 소설에 투영되었는가가 아니라, 국책이 가진 논리적 모순으로부터 시대적 맥락을 고구하고 그 속에서 소설을 쓴다는 것의 의미를 중층화하는 과정에서 의미를 획득할 수 있다.

그의 소설에 대해 지속적으로 언급되는 선명한 인상과 감성과 같은 정서적 차원의 문제는 작품에 머무는 주체, 즉 작가, 인물, 평론가를 포함한 독자의 세계인식이 종결되지 않았고 종결될 수 없음을 드러낸다. 이태준 소설이 가진 분위기는 작가와 인물, 독자가 가장 내밀한 방식으로 체제와 접속된 상태를 암시한다. 소설은 그 속에서 끊임없이 재해석될 수 있다. 그러므로 이태준 소설과 그에 대한 당대 작가들의 목소리는, 소설이 가진 재현의 불완전성과 그것이 가진 문학적 가능성에 대한 모색으로 받아들여질 수 있다.

작품 목록[*]

작품명	발표지	발표연도	분류
五夢女	시대일보	1925.7.13	단편
구장의 처	반도산업	1926.1.1	단편
모던걸의 만찬(晚餐)	조선일보	1929.3.19	콩트
행복	학생	1929.3	단편
그림자	근우	1929.5	단편
온실화초	조선일보	1929.5.10~12	단편
누이	문예공론	1929.6	단편
백과전서의 신의의	신소설	1930.1	단편
기생 山月이	별건곤	1930.1	단편
은희부처(恩姬夫妻)	신소설	1930.5	단편
어떤날 새벽	신소설	1930.9	단편
구원의 여상(久遠의 女像)	신여성	1931.1~8	장편
결혼의 악마성	혜성	1931.4·6(2회)	단편
고향	동아일보	1931.4.21~29	단편
불도나지 안엇소 도적도 나지 안엇소 아무일도 업소	동광	1931.7	단편
봄	동방평론	1932.4	단편
불우선생(不遇先生)	삼천리	1932.4	단편
천사의 분노	신동아	1932.5	콩트
실낙원 이야기	동방평론	1932.7	단편
서글픈 이야기	신동아	1932.9	단편
코스모스 이야기	이화	1932.10	단편
슬픈 승리자	신가정	1933.1	단편
꽃나무는 심어놓고	신동아	1933.3	단편
法은 그러치만	신여성	1933.3~1934.4	장편

---

[*] 이태준의 전체 작품 수는 콩트 6편, 단편 63편, 중편 4편, 장편 14편이다.

작품명	발표지	발표연도	분류
미어기	동아일보	1933.7.23	콩트
제2의 운명	조선중앙일보	1933.8.25∼1934.3.23	장편
아담의 후예	신동아	1933.9	단편
어떤 젊은 어미	신가정	1933.10	단편
코가 복숭아처럼 붉은 여자	조선문학	1933.10	콩트
馬夫와 敎授	학등(學燈)	1933.10	콩트
달밤	중앙	1933.11	단편
박물장사 늙은이	신가정	1934.2∼7	중편
氷點下의 우울	학등	1934.3	콩트
촌띄기	농민순보	1934.3	단편
불멸의 함성	조선중앙일보	1934.5.15∼1935.3.30	장편
점경	중앙	1934.9	단편
어둠(우암노인)	개벽	1934.9	단편
애욕의 금렵구	중앙	1935.3	중편
성모(聖母)	조선중앙일보	1935.5.26∼1936.1.20	장편
색시	조광	1935.11	단편
손거부(孫巨富)	신동아	1935.11	단편
순정	사해공론	1935.11	단편
三月	사해공론	1936.1	단편
가마귀	조광	1936.1	단편
황진이	조선중앙일보	1936.6.2∼9.4(연재중단)	장편
바다	사해공론	1936.7	단편
장마	조광	1936.10	단편
철로(鐵路)	여성	1936.10	단편
복덕방	조광	1937.3	단편
코스모스 피는 정원	여성	1937.3∼7	중편
사막의 화원	조선일보	1937.7.2	단편
화관(花冠)	조선일보	1937.7.29∼12.22	장편
패강냉(浿江冷)	삼천리	1938.1	단편
영월영감(寧越令監)	문장	1939.2·3월호	단편
딸삼형제	동아일보	1939.2.5∼7.17	장편
아련(阿蓮)	문장	1939.6	단편
농군(農軍)	문장	1939.7	단편

작품명	발표지	발표연도	분류
청춘무성(靑春茂盛)	조선일보	1940.3.12~8.10	장편
밤길	문장	1940.5~6·7 합병호(2회)	단편
토끼이야기	문장	1941.2	단편
사상의 월야(思想의 月夜)	매일신보	1941.3.4~7.5	장편
별은 창마다	신시대	1942.1~1943.6	장편
행복에의 흰손들	조광	1942.1~1943.1	장편
사냥	춘추	1942.2	단편
석양(夕陽)	국민문학	1942.2	단편
무연(無緣)	춘추	1942.6	단편
왕자호동(王子好童)	매일신보	1942.12.22~1943.6.16	장편
석교(石橋)	국민문학	1943.1	단편
뒷방마님	『돌다리』에 수록	1943.12	단편
제1호선박의 삽화(일문소설)	국민총력	1944.9	단편
즐거운 기억	한성일보	1945.10	단편
너	시대일보	1946.2	단편
해방 전후(解放前後)	문학	1946.8	단편
불사조(不死鳥)	현대일보	1946.3.27~7.19(연재중단)	장편
농토	삼성문화사	1948.8	장편
첫 전투	문화예술(4권)	1948.12	단편
아버지의 모시옷		1949	단편
호랑이 할머니	『첫전투』(문화전선사, 1949.11)에 수록	1949	단편
삼팔선 어느 지구에서		1949	단편
먼지	문학예술	1950.3	단편
백배천배로		1952	단편
누가 굴복하는가 보자	『고향길』(재일본 조선인교육자동맹 문화부, 1952.12)에 수록	1952	단편
미국 대사관		1952	단편
고귀한 사람들		1952	단편
네거리에 선 전신주		1952	단편
고향길		1952	단편
두 죽음	미확인	1952	단편

작가 연보[*]

1904 11월 4일 강원도 철원군 묘장면 진명리 출생. 부친 이창하(李昌夏), 모친 순
     흥 안씨의 1남 2녀 중 장남. 집안은 장기 이씨(長鬐 李氏) 용담파(龍潭派). 「장
     기 이씨 가승(家乘)」에 의하면 상허의 본명은 규태(奎泰). 부친의 정실은 한양 조씨이
     고 적자로 규덕(奎悳)이 있음). 호는 상허(尙虛)·상허당주인(尙虛堂主人). 부(父)
     이창하(1876~1909)의 자(字)는 문규(文奎), 호는 매헌(梅軒). 철원공립보통
     학교 교원, 덕원감리서 주사를 역임한 개화파적 지식인.

1909 망명하는 아버지를 따라 러시아 땅 해삼위(블라디보스톡)로 이주. 8월 부친
     의 사망으로 귀국하던 중 함경북도 배기미(梨津)에 정착. 서당에서 한문
     수학.

1912 어머니 별세로 고아가 됨. 외조모 손에 이끌려 고향 철원 용담으로 귀향
     하여 친척집에 맡겨짐.

1915 안협의 오촌집에 입양. 다시 용담으로 돌아와 오촌 이용하(李龍夏)의 집에
     기거함. 철원 사립봉명학교에 입학.

1918 3월에 봉명학교를 우등으로 졸업. 철원 읍내 간이농업학교에 입학하나
     한 달 후 가출하여 여러 곳을 방랑하다 원산 등지에서 2년간 객주집 사환
     등의 일을 하며 2년여를 보냄. 외조모가 찾아와 보살핌. 이때 문학서적
     탐독. 이후 중국 안동현까지 인척 아저씨를 찾아갔다가 뜻을 이루지 못하
     고 경성으로 옴.

---

[*] 이 연보는 상허학회의 민충환·이병렬 교수 등을 비롯하여 그간 축적되어 있던 연보에, 박
성란·박수현이 작성한 이태준 연보와 연구사를 참고하였고, 최종적으로 박진숙 교수가 오
류를 바로잡고 일부를 추가하여 만들었다.

1920	4월 배재학당 보결생 모집에 응시하여 합격하나 입학금 마련이 어려워 등록하지 못함. 낮에는 상점 점원으로 일하며 밤에는 야학에 나가 공부함.
1921	4월 휘문고등보통학교에 입학. 고학생으로 비교적 우수한 성적을 받음. 이때 상급반에 정지용·박종화, 하급반에 박노갑, 스승으로 가람 이병기가 있었음. 습작을 시작함.
1924	『휘문』의 학예부장으로 활동. 동화 「물고기 이약이」 등 6편의 글을 『휘문』 제2호에 발표함. 6월 13일에 동맹휴교의 주모자로 지적되어 5년제 과정 중 4학년 1학기에 퇴학. 이해 가을 휘문고보 친구인 김연만의 도움으로 유학길에 오름.
1925	일본에서 단편소설 「오몽녀(五夢女)」를 『조선문단』에 투고하여 입선, 『시대일보』(7월 13일)에 발표하며 등단함.
1926	4월 동경 상지대학(上智大學) 예과에 입학. 신문·우유 배달 등을 하며 '공기만을 먹고사는' 매우 궁핍한 생활을 함. 동경에서 『반도산업』 발행. 이때 나도향, 화가 김용준·김지원 등과 교유.
1927	11월 학교를 중퇴하고 귀국함. 각 신문사와 모교를 방문하여 일자리를 구하나 취업난에 직면함.
1929	개벽사에 기자로 입사. 『학생』(1929.3~10) 창간 때부터 책임자. 『신생』 등의 잡지 편집에 관여함. 『어린이』지에 소년물과 장편(掌篇)을 다수 발표함. 9월 백산 안희제의 사장 취임에 맞춰 『중외일보』로 자리를 옮김. 사회부에서 3개월 근무 후 학예부로 옮김.
1930	이화여전 음악과를 갓 졸업한 이순옥(李順玉)과 결혼.
1931	『중외일보』(6월 19일 종간) 기자로 있다가, 신문 폐간과 함께 개제된 『중앙일보』(사장 여운형) 학예부 기자가 됨. 장녀 소명(小明) 태어남. 경성부 서대문정 2정목 7의 3 다호에 거주.
1932	이화여전(梨專, 1932~1937)·이화보육학교(梨保)·경성보육학교(京保) 등

학교에 출강하며 작문을 가르침. 장남 유백(有白) 태어남.

1933 박태원·이효석 등과 함께 '구인회(九人會)'를 조직. 1933년 3월 7일 『중앙일보』에서 개제된 『조선중앙일보』 학예부장에 임명됨.

경성부 성북정 248번지로 이사. 이후 월북 전까지 이곳에서 거주함.

1934 차녀 소남(小楠) 태어남.

1935 1월, 8월 2회에 걸쳐 표준어사정위원회 전형위원, 기록 담당. 조선중앙일보를 퇴사, 창작에 몰두함.

1936 차남 유진(有進) 태어남.

1937 「오몽녀(五夢女)」가 나운규에 의해 영화화됨(주연 윤봉춘, 노재신. 이 작품이 춘사(春史)의 마지막 작품임).

1938 만주 지방 여행.

1939 『문장(文章)』지 편집자 겸 신인 작품의 심사를 맡음(임옥인·최태응·곽하신 등이 추천됨). 이후 황군위문작가단, 조선문인협회 등의 단체에서 활동.

1940 삼녀 소현(小賢) 태어남.

1941 제2회 조선예술상 받음(1회는 춘원(春園)이 수상).

1943 강원도 철원 안협으로 낙향. 해방 전까지 이곳에서 칩거함.

1945 문화건설중앙협의회, 문학가동맹, 남조선민전 등의 조직에 참여. 문학가동맹 부위원장, 『현대일보』 주간 등을 역임.

1946 2월부터 민주주의 민족전선 문화부장으로 활동. 남조선 조소문화협회 이사. 7~8월 상순 사이에 월북. 「해방전후」로 제1회 해방문학상 수상. 장남 휘문중학 입학. 8월 10일부터 10월 17일까지 '방소문화사절단'의 일원으로 소련의 모스크바, 레닌그라드 등지를 여행.

1947 5월 소련 여행기인 『쏘련기행』이 남쪽에서 출간됨.

1948 8·15 북조선최고인민회의 표창장을 받음.

1949 북조선문학예술총동맹 부위원장, 국가학위수여위원회 문학분과 심사위

원이 됨. 단편 「호랑이 할머니」 발표. 이 작품은 해방 후 북한에서 발표된 '최고의 걸작'으로 평가됨.

1950 6·25동란 중 낙동강 전선까지 종군갔다가 돌아오는 길에 서울에 들러 문학동맹 사람들을 모아놓고 전과 보고 연설을 함. 10월 중순 평양수복 때 '문예총'은 강계로 소개(疏開)하였는데 이태준은 따라가지 않고 평양 시 외에 숨어 있으면서 은밀히 귀순을 모색하였다고 함. 12월 국방군의 북진 을 따라 문화계 인사들이 이태준을 구출하려 했으나 실패함.

1952 남로당과 함께 숙청될 위기에서 소련파 기석복(奇石福)의 후원으로 제외됨.

1954 3개월간의 사상검토 작업 중 과거를 추궁당함.

1956 소련파의 몰락과 더불어 과거 '구인회' 활동과 사상성을 이유로 1월 조선 노동당 중앙위원회 상무회의 결의로 임화, 김남천과 함께 가혹한 비판을 받음. 2월 '평양시당 관할 문학예술부 열성자대회'에서 한설야에 의해 비 판, 숙청당함.

1957 함흥노동신문사 교정원으로 배치됨.

1958 함흥 콘크리트 블록 공장의 파고철 수집 노동자로 배치됨.

1964 중앙당 문화부 창작 제1실 전속작가로 복귀함.

1969 김진계의 구술기록(『조국』, 현장문학사, 1991(재판))에 의하면, 1월경 강원도 장동탄광 노동자 지구에서 사회보장으로 부부가 함께 살고 있었다고 함. 이후 연도 미상이나 사망한 것으로 알려짐(북한의 원로 문학평론가 장현준과 의 인터뷰 기사, 『한겨레』, 1991.12.19). 일설에는 1953년 남로당파의 숙청이 끝난 가을 자강도 산간 협동농장에서 막노동을 하다가 1960년대 초 산간 협동농장에서 병사한 것으로 알려짐(강상호, 「내가 치른 북한 숙청」, 『중앙일 보』, 1993.6.7).